Mon cœur serré comme une sardine

KAREN MERRAN

Mon cœur serré comme une sardine

ROMAN

J'AI LU

À la famille Merran (au sens large).
Merci à tous les Marocains
qui m'ont inspiré cette histoire.

Partie 1

Safi

1

Mars 1967

— Et toi, Jacob ? Que veux-tu faire quand tu seras plus grand ?

— Musulman, je réponds en mettant un morceau de poulet au citron à la peau croustillante dans ma bouche.

Je n'ai pas le temps d'esquiver la main de mon père qui claque sur ma joue avec l'intention de me faire recracher ce que je viens de dire.

— *Wouliwouliwouli !* s'écrie ma mère. *Man hdars*[1] *!* Que Dieu préserve !

Mauvaise réponse ! Ma mère et mes sœurs me regardent comme si j'étais devenu fou. J'ai huit ans presque et demi et, même si ça a l'air clair pour tout le monde, personne n'a pris le temps de m'expliquer qu'on ne dit pas qu'on veut devenir musulman, ni à table ni jamais. Pire, on n'a même

1. Que Dieu préserve !
Tous les mots et proverbes arabes que vous rencontrerez au cours de votre lecture sont traduits dans le glossaire en page 469. (*N.d.A*)

pas le droit d'y penser. Quand on naît dans une famille juive, on peut devenir grand, gros, fort, riche, pauvre, chauve, boulanger, coiffeur, épicier, garagiste, mais pas musulman. C'est comme ça. C'est impossible.

Quatre de mes sœurs sont présentes, mais aucune ne dit un mot pour me défendre. Pas même Odette, avec qui je m'entends le mieux. Pas même Simone qui, d'habitude, n'est jamais d'accord avec mes parents. Elles auraient pu me prévenir. Elles sont plus grandes, elles ont quatorze et vingt ans, et savent plus de choses que moi. Comme si la claque n'avait pas suffi, mon père y ajoute une menace :

— Que je ne t'entende plus dire une chose pareille ! Et à table en plus !

Ma mère essaie de calmer mon père et, pour changer de sujet, elle se met à crier sur l'une de mes sœurs.

— Messodi, au lieu de ne rien faire, va chercher la sauce piquante à la cuisine.

Messodi a seize ans et se lève en soupirant. Les colères de mon père sont plutôt rares, mais elles font beaucoup de bruit. En temps normal, il a de l'humour, mais il peut aussi faire peur avec sa grosse voix. J'y serais bien allé, moi, chercher la sauce piquante.

— Même pour rire ! ajoute-t-il en pointant un doigt sur moi.

J'essaie de trouver le courage d'expliquer pourquoi j'ai dit ça. Mais quand mon père s'énerve, c'est dur d'en avoir du courage. Et quand je l'ai trouvé, c'est trop tard, ma mère a réussi à attirer son attention sur le menu de shabbat prochain. Ma tante

Hassiba de Casablanca vient à la maison avec son mari et ses enfants.

Pourtant, j'ai dit la vérité. Depuis la semaine dernière, j'ai envie d'être musulman. Comme Brahim, mon meilleur copain. On rigole bien tous les deux. Lui, il porte des gandouras larges. Moi, ma mère m'oblige à porter des bermudas et des pantalons qui me grattent quand je transpire. En plus, bientôt, ses parents organisent une grande fête en son honneur. Toute sa famille va se réunir, il y aura des bons gâteaux, ils vont le transformer en homme alors qu'il a le même âge que moi et il recevra plein de cadeaux ! Ça a l'air tellement bien d'être musulman.

Le lendemain de la claque, après l'école, on mange des amandes tous les deux et je l'interroge :

— Est-ce que ça t'arrive de vouloir être juif, toi ?

— Ben non ! Pour quoi faire ?

— Je ne sais pas. Je demandais au cas où.

J'ai huit ans presque et demi et je suis un garçon. Il vaut mieux le préciser car il n'est pas bon de naître sans zizi à Safi. C'est la première chose qu'on regarde lorsqu'une femme vient d'accoucher, avant même de voir quelle tête a le bébé. S'il y a un zizi, on prépare une grande fête pour la circoncision et on invite toute la famille et les amis. Mais s'il n'y en a pas, j'entends ma mère et ses amies répéter : « La malheureuse, elle a eu une fille. Si Dieu veut, le prochain sera un garçon. »

Heureusement, j'ai donc été fourni avec ce qu'il faut pour rendre mes parents heureux. Ma mère a longtemps et beaucoup prié pour que je vienne au monde et que je ne sois pas une fille. Elle a mangé salé pendant des mois. Elle a bu des tisanes de *zahtar*[1] mélangé avec de la *chiba*[2]. Elle le conseille à tout le monde puisque ça a marché pour elle.

Ma mère me répète souvent que je suis trop beau pour être vrai. Je suis son septième enfant, mais elle continue de s'émerveiller sur tout ce qui sort de ma bouche. Elle se vante auprès de ses copines de ce que je réussis à faire pour mon âge. Et dès qu'elle me voit, c'est plus fort qu'elle, elle a envie de m'embrasser.

Brahim, lui, est le dernier d'une famille de cinq garçons. Son père est potier. Il habite en bas de la côte de la Biada, et moi, j'habite en haut. Je vais à l'école, mais lui n'y a jamais été. Quand on est musulman, on a des privilèges, je crois.

Chaque soir, je rentre de l'école à pied avec ma sœur Anna. Elle n'a qu'un an et quatre mois de plus que moi, mais elle se prend pour une grande. Avant de rencontrer Brahim, il y a plus d'un an, ma sœur et moi, nous n'étions pas rassurés de monter la côte de la Biada. Des enfants musulmans nous jetaient des cailloux en criant : « *Yéhoudi ! Yéhoudi !*[3] » Anna avait peur. Et moi aussi, mais moi, en plus, j'étais en colère. Un jour, je lui ai demandé à Anna :

— Mais pourquoi ils nous lancent des pierres ? On leur a rien fait, nous !

Elle a accéléré et elle m'a lancé, agacée :

— Allez, dépêche-toi au lieu de poser des questions bêtes ! Maman va s'inquiéter si on est en retard.

---

1. Thym.
2. Absinthe.
3. Juif ! Juif !

Et puis, quand je les ai vus rire, je me suis dit que, pour eux, c'était un jeu. Est-ce qu'ils se rendent compte que c'est dangereux ? Si leur mère savait, ils prendraient certainement une bonne raclée.

Une fois, j'ai ramassé un caillou et je l'ai envoyé sur un des enfants. Mais je n'ai pas réussi à le toucher et tous ses copains nous ont attaqués. C'était comme si une pluie de cailloux tombait sur nous ! On a vraiment cru que ça allait mal se finir. On a couru super vite. Quand on est arrivés à la maison, Anna était folle de rage contre moi. Elle a tout raconté à ma mère qui a tout raconté à mon père. Et je me suis fait punir. Mes parents étaient énervés contre moi et contre les musulmans. Le soir, je me suis levé pour aller aux toilettes et j'ai entendu mes parents :

— Tu te rends compte, ils auraient pu recevoir un caillou sur la tête ! disait ma mère avec sa voix angoissée. *Lahl hfed*[1] *!* Dieu préserve ! Ça aurait pu être très grave ! On ne peut plus vivre ici ! C'est plus possible !

— Il faut qu'on réfléchisse sérieusement à partir, a répondu mon père.

J'ai senti une grosse boule dans mon ventre, presque plus grosse qu'un ballon de foot. Partir où ? Dans une autre rue ? On habite ici depuis toujours ! J'aime ma maison, moi ! Pas question de déménager à l'autre bout de Safi, tout ça parce que des enfants jouent à viser nos têtes avec des cailloux !

Heureusement, cette mauvaise idée est passée par leurs têtes et elle a l'air d'en être ressortie.

---

1. Dieu préserve !

Le lendemain et les jours d'après, ils n'en ont pas reparlé.

Il n'empêche que, même si c'est une montée, on essaie de marcher le plus rapidement possible pour éviter ces enfants qui jettent des cailloux. Parfois, les jours de sirocco surtout, c'est très dur d'aller vite dans la côte. On transpire de partout. Mon bermuda me colle, et tout me gratte. Je déteste ça ! C'est sur cette montée que j'ai rencontré Brahim. Il livrait une poterie pour son père, il a trébuché ou glissé sur quelque chose et, même s'il était enveloppé dans du papier journal, le petit vase qu'il tenait dans les mains s'est cassé en deux. Brahim avait la tête baissée, mais j'ai compris qu'il pleurait. Je l'ai entendu renifler. J'ai dit à ma sœur de rentrer à la maison qui était à quelques mètres et moi je suis resté avec lui. Il essayait désespérément de faire tenir les deux morceaux ensemble, mais, sans colle, il n'y avait aucune chance que ça marche. Je ne savais pas encore que son père était potier, mais je me doutais qu'il allait prendre une raclée. La dernière fois que j'ai cassé un verre à thé, je m'en suis pris une, alors que je n'avais même pas fait exprès. Et puis, je me suis souvenu que nous avions un petit vase à peu près pareil sur le buffet de la salle à manger. Ma mère a tellement d'objets de décoration dans le salon qu'elle ne se rendrait pas compte s'il en manque un. Ou alors elle accuserait Aïcha, la bonne, comme d'habitude. Je me suis précipité chez moi et j'ai caché le vase sous mon pull. Je suis sorti discrètement sans que personne me remarque. Je le lui ai tendu. Il a relevé la tête. Son visage s'est illuminé puis s'est refermé aussitôt avec un air méfiant.

— Prends-le !

Je lui ai déposé à côté et je suis reparti chez moi, sans même attendre un remerciement.

Le lendemain, Brahim était au même endroit et m'attendait avec un sac rempli d'osselets.

— On joue ?

On s'est installés sur les marches devant ma maison.

— Moi, c'est Jacob.

— Brahim.

— Je commence !

Le jour encore d'après, il m'attendait plus bas, au début de la côte de la Biada. Lorsqu'il s'est aperçu que des enfants nous jetaient des cailloux, il leur a hurlé dessus en arabe. Je parle un peu arabe, mais pas assez bien pour comprendre ce qu'il leur a dit. En tout cas, il leur a fait peur, car les enfants se sont mis à courir.

Il avait dû manger du mouton la veille car il avait encore plus d'osselets.

À partir de ce jour-là, on s'est retrouvés presque tous les soirs après l'école, soit en bas de la côte, soit devant chez moi. Grâce à lui, on ne nous jette plus de cailloux.

Brahim, c'est le meilleur joueur d'osselets que je connaisse dans tout le Maroc. Même mes cousins de Casablanca qui sont plus âgés ne sont pas aussi doués que lui.

Il ne parle pas très bien français. Ma mère qui passe son temps à me reprendre quand je fais des fautes deviendrait folle parfois si elle l'entendait. Il mélange deux mots d'arabe, avec trois mots de français et il a une conjugaison très spéciale. Mais, moi, je m'en fiche complètement. On se comprend très bien. Mon père et ma mère parlent arabe entre eux de temps en temps, mais, à nous, ils ne parlent qu'en français. Ma mère trouve que c'est chic, et que parler arabe ne sert pas à grand-chose car tout le monde comprend le français ici. Mon père m'a expliqué qu'avant ma naissance le Maroc était sous protectorat français. C'est pour ça qu'il y a autant de Français à Safi. Je comprends un peu l'arabe grâce à Aïcha. C'est elle qui me gardait quand j'étais bébé. Elle adore chanter des chansons marocaines quand elle épluche les légumes. Papi Prosper aussi. Il ne chante pas, lui, mais quand je lui parle en français, il répond en arabe.

Odette m'a dit que, bientôt, tout le monde serait obligé d'apprendre l'arabe littéraire à l'école. C'est le roi qui a décidé. Elle n'était pas contente. Moi non plus d'ailleurs car ça va nous faire encore plus de devoirs.

2

Quand il est de bonne humeur, mon père nous fait beaucoup rire. Il adore faire marcher ma mère et lui faire croire n'importe quoi. Une fois, en voulant attraper une boîte d'épices dans un placard en hauteur, il a reçu une conserve sur la tête. Il était un peu sonné et quand il a retrouvé ses esprits, il s'est mis à parler arabe et a fait croire à ma mère qu'il ne savait plus parler français. Elle était affolée. Elle pensait vraiment que son cerveau avait été définitivement abîmé. La plaisanterie a duré toute une soirée. Mon père adore raconter cette histoire.

Et son dernier coup n'est pas mal non plus. Dimanche dernier, ma mère est allée prendre le thé chez une cousine. Lorsqu'elle est rentrée, il lui a annoncé qu'il avait installé un nouveau système dans le salon pour allumer la lumière.

— Il suffit de taper dans tes mains. Une fois pour allumer. Deux fois pour éteindre.

— Tsss ! a répondu ma mère qui n'avait pas envie de se laisser embarquer dans une nouvelle histoire.

— Regarde, je te montre !

Mon père a tapé une fois et la lumière s'est allumée. Puis deux fois et elle s'est éteinte. Je faisais un effort pour ne pas exploser de rire. Puis il s'est tourné vers moi et m'a dit :

— Essaie, Jacob !

J'ai tapé dans mes mains, le plus sérieusement possible. Ma mère avait encore des doutes, mais on sentait qu'elle n'était pas loin de nous croire.

— Essaie, toi aussi, Ruby ! a-t-il dit à ma mère.

— Max, tu es encore en train de te moquer de moi ?

— Essaie et tu verras !

Ma mère s'est laissé convaincre et a tapé dans ses mains. La lumière s'est allumée. Puis deux fois et la lumière s'est éteinte. Elle a recommencé plusieurs fois. Je me mordais la joue pour ne pas craquer.

— C'est fabuleux, ton système ! Tu as trouvé ça où ?

— On me l'a rapporté de France. Tout le monde en a là-bas.

La France, c'est le mot magique pour ma mère. Tout est plus beau en France. Elle y est allée une fois avec sa sœur bien avant que je naisse. Les tomates ont plus de goût, les robes des femmes sont élégantes, les gens polis. Elle passe son temps à lire des romans d'auteurs français : Zola, Flaubert, Hugo.

Elle s'est amusée avec ce nouveau système d'éclairage un bon moment. On est passés à table et on ne lui a pas dit que ma sœur Anna était cachée derrière la porte du couloir avec le doigt sur l'interrupteur. On a parlé d'autre chose. Pendant la nuit, mon père a entendu un bruit de claquement dans le salon. C'était ma mère qui s'était levée pour boire. Elle était en train de taper dans ses mains :

— Ta machine est déjà en panne ! J'espère que tu n'as pas payé ça cher !

Quand mon père nous a raconté cette histoire le lendemain au petit déjeuner, il pleurait de rire. Nous aussi, on était écroulés. Ma mère rigolait avec nous. Il faut dire qu'elle est habituée avec mon père.

Ces fous rires à la maison, c'est quand il fait beau dehors et qu'il n'y a pas beaucoup de sardines dans la mer. Mon père, c'est un céréalier. Quel est le rapport entre le beau temps, les sardines et les céréales ? Le beau temps et les céréales, c'est facile à comprendre : comme son métier c'est d'acheter et de vendre des grains de blé, de maïs, et d'orge, il faut que les récoltes soient bonnes pour qu'il gagne de l'argent. Le rapport entre les sardines et les céréales, moins facile. Les adultes répètent très souvent : « Quand y en a sardina, y en n'a pas comera. Quand y en a comera, y en n'a pas sardina[1]. » Pendant longtemps, j'ai cru que c'était le titre d'une chanson. Puis, un jour, j'ai demandé à mon père ce que ça voulait dire :

— C'est comme ça, mon fils ! C'est la volonté du Bon Dieu. Les années où la mer donne beaucoup de sardines, les récoltes de céréales sont moins bonnes et le pain est cher. Et inversement.

— Tout le monde ne peut pas être content en même temps ? C'est soit les pêcheurs, soit nous ?

— Oui, c'est un peu ça.

J'ai trouvé que c'était vraiment injuste.

---

1. Quand il y a des sardines, il n'y a pas de pain. Quand il y a du pain, il n'y a pas de sardines.

L'année dernière, il y a eu beaucoup de sardines. Il a fait très chaud et les récoltes ont séché. Mon père n'arrêtait pas de dire à ma mère d'arrêter de dépenser les sous. Il avait beaucoup de mal à faire des blagues. Mais cette année, il a plu comme il faut, donc tout va bien.

Le jeu préféré de mon père, c'est de nous interroger sur les capitales. La question peut tomber à n'importe quel moment, au milieu d'une conversation, dans la rue, dans la voiture, ou même quand on est aux toilettes. Il tape à la porte et il dit :

— Jacob, donne-moi la capitale de l'Argentine.

Il faut lui répondre très vite, sinon on a perdu. Au début, je trouvais ça nul comme jeu, mais maintenant que je suis devenu fort, je trouve ça drôle. Il a le même genre de jeu avec les tables de multiplication. Mais pour le moment, il embête surtout mes sœurs avec ça.

Chez moi, c'est très bizarre. Mon père travaille avec des musulmans dans son entreprise de céréales, ma mère rigole avec l'épicier, le marchand de poissons et les autres commerçants de la rue du Rbat et elle leur souhaite en arabe de vivre en paix et en bonne santé, ils s'entendent très bien avec Myriam et Ismaël, les voisins qui viennent manger la *dafina*[1] de temps en temps à la maison. Pourtant, j'ai l'impression que mes parents ont quelque chose contre les musulmans. Ça a un rapport avec les informations. La dernière fois, on était à la plage avec ma mère et je lui ai demandé :

— Tu les aimes bien, les musulmans ?

---

1. Plat traditionnel de la cuisine juive sépharade, consommé le samedi midi, après avoir cuit pendant plus de douze heures.

Je ne l'ai jamais vue aussi mal à l'aise. Elle m'a lancé un regard noir puis elle a regardé partout autour si quelqu'un avait entendu ma question. Et elle m'a répondu en pinçant les lèvres :

— Bien sûr que je les aime !

Elle a dû sentir que j'allais poser d'autres questions car elle a changé de sujet. Elle s'est tournée vers Messodi et lui a raconté, comme si c'était la nouvelle la plus intéressante de Safi, que la fille de madame Benita allait bientôt se marier avec le fils Sibony.

3

Brahim ne va pas à l'école car il aide son père. Ils sont cinq garçons. Son plus grand frère, Mohamed, est policier, mais tous les autres travaillent dans le quartier des potiers. Deux de ses frères, Hassan et Ahmed, fabriquent des poteries dans l'atelier, Ali s'occupe des livraisons avec une carriole et un âne et Brahim, lui, se charge des plus petits objets à pied.

— Avec Ali, nous livraisons les poteries que mon père il fabrique !

— Nous livrons ! l'ai-je corrigé.

Sauf que le problème de Brahim, c'est qu'il est très maladroit. Il tombe souvent. Il casse tout. Il renverse. Et son père, ça le met très en colère, alors qu'il ne fait pas exprès. La dernière fois, on s'est acheté une boule de glace avec l'argent que mon oncle Henri m'a donné. On l'a partagée car, lui aussi, il adore les glaces, mais il l'a fait tomber par terre. J'ai dit que ce n'était pas grave, mais j'ai menti car j'adore les glaces.

Brahim est maladroit, mais ça ne l'empêche pas d'être fort aux osselets. J'ai beaucoup de mal à le battre. Parfois, on joue aussi à Zorro tous les deux. Quand on n'arrive pas à se mettre d'accord sur qui fait Don Diego de la Vega et qui fait le sergent Garcia, on dit qu'il y a deux Zorro qui protègent le Maroc. Lui s'occupe du Sud car il a de la famille à Essaouira et moi je m'occupe du Nord car j'ai des oncles et tantes et ma grande sœur de vingt-quatre ans, Jacqueline, qui habitent à Casablanca.

La première fois que Brahim est venu chez moi, il était impressionné car, chez lui, ce n'est pas aussi grand et pas aussi bien décoré. Et lui, il n'a pas une chambre pour lui tout seul. Avec trois de ses frères, ils dorment tous dans la même chambre. Moi, comme je suis le seul garçon, j'ai le droit d'avoir une chambre pour moi. Quand mes sœurs ne sont pas à l'internat, elles partagent leur chambre.

— Je ne suis jamais venu dans la maison des juifs ! m'a-t-il dit en regardant la *mezouzah* à l'entrée de la porte.

— Et alors, tu trouves ça différent ?

— Ben non. Enfin, si, c'est grand.

Aïcha était dans la cuisine en train de pétrir de la pâte à pain. Elle a souri quand elle nous a vus. Ils ont parlé en arabe avec Brahim. Elle connaît la sœur de sa mère. C'est normal, à Safi, tout le monde connaît quelqu'un qui connaît quelqu'un qu'on connaît. Puis Aïcha a soulevé un torchon qui recouvrait une grande tôle et elle en a sorti deux petits pains au maïs tout chauds. Elle a ouvert le placard où il y a le pain de sucre et elle a rempli les petits pains avec. Elle sait que j'adore ça. On s'est régalés. Elle est comme ma mère. Ça lui fait plaisir de voir les gens manger.

En ce moment, on aime bien jouer aux explorateurs. On est très courageux. Rien ne nous fait peur. On a déjà exploré les chambres de mes sœurs. On a découvert que Messodi avait un amoureux en fouillant dans son bureau. Ils s'écrivent des lettres d'amour qui puent le parfum. On a même trouvé un paquet de cigarettes sous le matelas de Simone. Comme on en a un peu marre d'explorer ma maison, je demande à Brahim :

— T'as déjà vu un vrai dentier ?

— Non.

— Suis-moi !

C'est l'heure de la sieste de mon grand-père. Papi Prosper habite une maison en face de la nôtre. C'est là que mon père a grandi. C'est une vieille villa un peu plus grande que chez moi. Mes oncles et tantes de Casablanca dorment là quand ils viennent à Safi. Ma grand-mère est morte il y a très longtemps et je ne l'ai pas connue. Avant, papi travaillait avec papa dans les céréales, mais aujourd'hui il est trop vieux. Et donc, maintenant, il s'occupe de ses collections. C'est un collectionneur de collections. Chez lui, il y en a partout. Il collectionne tout ce qu'il trouve, mais alors vraiment tout. Des bouteilles, des journaux, des cartes postales, des timbres, des flacons de parfum vides... et surtout des pièces de monnaie. Il les range dans des grands livres, par pays et par année. Et ce qu'il préfère le plus, c'est les montrer. Le problème, c'est qu'il peut en parler pendant des heures et des heures. Dès que quelqu'un voyage, il lui demande de lui rapporter des pièces. J'ai questionné mon père :

— Mais papi, il doit être super riche avec tous ces sous ?

— Tu parles ! Est-ce que tu crois que Hmido l'épicier accepte les pesetas ou les lires ? Au Maroc, ça ne vaut rien.

Papi m'encourage souvent à regarder dans les poubelles si quelqu'un n'a pas jeté des choses importantes pour sa collection, mais ma mère a horreur de ça.

— Je t'interdis de faire les poubelles !

— C'est pour papi !

— Même si c'est pour le président de la France ! Et si quelqu'un te voit ? Mon fils n'est pas un vagabond !

Nous frappons à la porte. Sa bonne Minha nous ouvre. C'est la cousine d'Aïcha. Je lui dis que ma mère m'a envoyé chercher des papiers très importants. Elle ne pose pas plus de questions et nous laisse entrer. Elle retourne à sa friture, car mon grand-père adore manger des *sfunj*[1] pour le goûter. Ça sent dans toute la maison. Papi ronfle fort. On l'entend depuis le salon. On ne fait pas de bruit. On va dans sa chambre. Il dort profondément. On s'approche de son lit. Juste à côté, il y a un verre avec son dentier. Je le prends et je le montre à Brahim. Il fait une mine de dégoût. Je remue un peu le verre pour faire bouger les dents. On rit en silence.

Je l'emmène ensuite dans la pièce où papi range toutes ses collections. J'ouvre la porte doucement. C'est une pièce aussi grande que ma chambre, mais c'est le gros bazar. Il y a du papier peint abîmé avec des grosses fleurs orange. Je n'ai pas compté, mais il doit y avoir plus de cent mille choses. On ne peut même pas marcher. Il y a des caisses de livres et

1. Beignet au miel.

d'albums, des piles de journaux, des tas de bouchons… Minha n'a pas le droit d'y mettre les pieds. Cette pièce, c'est un rêve pour tous les explorateurs. Nous entrons et, sans faire exprès, Brahim bouscule une bouteille qui en bouscule une autre qui fait tomber une pile de journaux sur ses pieds. On dirait un tremblement de terre. Ça fait un de ces bruits ! Mon grand-père se réveille et se met à crier le nom de la bonne. On se dépêche de tout remettre en place. Il arrive avec un balai, prêt à nous taper dessus :

— Papi ! C'est moi ! C'est moi ! Je voulais montrer à mon copain Brahim toutes tes collections.

Mon grand-père n'a pas eu le temps de remettre son dentier. Ça lui fait une tête bizarre, surtout au niveau de la bouche. Il postillonne de partout. Ça nous donne envie de rire. On se retient, car il a l'air en colère. Et s'il le dit à mes parents, je risque d'être puni. Il me gronde en arabe.

— *Mat jich ina*[1] *!* Tu n'as pas le droit de venir ici !

— Désolé, papi.

Brahim répète en arabe qu'il est désolé.

— *Smehlya*[2] *! Smehlya !*

Mon grand-père ramasse la pile qui est tombée et vérifie qu'aucune bouteille n'est cassée. Puis il se calme. Il dit à Brahim :

— Tu veux que je te montre ?

Brahim fait oui pour être poli. Et moi dans ma tête, je dis : oh non… Brahim est fichu. Il va devoir écouter mon grand-père pendant des heures et des heures et encore des heures. Quand il commence, on

1. C'est interdit de venir ici !
2. Pardon !

ne sait jamais quand il va s'arrêter. Mon grand-père apporte sept énormes albums de pièces dans la salle à manger ainsi que sa loupe. Il installe Brahim à côté de lui. Il est pris au piège. Au début, il a l'air intéressé, mais, très vite, il bâille. Il s'ennuie et moi aussi. Je compte les ronds du papier peint sur le mur. On n'ose rien dire. Brahim est bien élevé. Quand Minha apporte le thé avec les *sfunj*, on pense être sauvés. Mais on se trompe. On prend chacun un beignet avec du sucre dessus. Mon grand-père avale le sien et continue, encore et encore. Le cauchemar… Je réfléchis à ce que je pourrais faire pour nous libérer. Et puis, au bout d'un moment, je lance :

— Papi, il est tard ! Il doit rentrer ! Sa mère va s'inquiéter.

— Attends encore un peu, il n'a pas vu le meilleur !

— Mais moi aussi, je dois partir ! Tu connais maman.

— Bon, alors pars, toi ! Je dois encore lui montrer les pièces françaises en argent.

Heureusement, le téléphone sonne. Mon grand-père se lève pour répondre. On en profite pour sortir en courant.

— Il parle toujours aussi longtemps ton grand-père ?

— Il peut faire bien pire ! Je crois qu'il t'aime bien !

— Il n'allait jamais s'arrêter !

— Il n'a sorti qu'une très petite partie de sa collection. Tu aurais pu rester une semaine entière !

— On n'explore plus chez lui ! *Baraka*[1] !

1. Ça suffit !

4

Ma mère passe beaucoup de temps à s'occuper de la maison. Elle demande à Aïcha de bien nettoyer tous les jours. Elle adore acheter des choses pour décorer chaque pièce. Le chic du chic pour elle, c'est tout ce qui vient de France : des petits objets en porcelaine très fragiles, ou des tableaux. Quand on reçoit du monde, elle n'oublie jamais de le préciser si on lui fait des compliments. Un autre avantage que j'ai à être le seul garçon, c'est qu'elle ne me crie pas dessus pour que je range mes affaires. Mais ce n'est pas le cas de mes sœurs, qui non seulement doivent ranger leur chambre mais aussi aider ma mère et même parfois ranger mes affaires.

Ma mère est très belle. Par rapport à ses copines qui viennent prendre le thé à la maison, c'est vraiment la plus jolie. Elle a de petits yeux vert clair et des cheveux très foncés pas très longs qu'elle passe beaucoup de temps à coiffer. Elle porte des jolies robes avec du rose, du bleu, du jaune. Elle n'est pas super grosse contrairement à madame Bensoussan et à madame Cohen. Pourtant, c'est sans doute la meilleure cuisinière de Safi. Les gens qui viennent à la maison lui font plein de compliments quand ils goûtent ses *rlibats* et ses *massapans*. On lui demande ses recettes, mais elle s'arrange toujours pour oublier un ingrédient. La dernière fois, elle expliquait à ma sœur Jacqueline, qui s'est mariée au mois de novembre, comment faire le pain du shabbat et elle lui disait :

— On va certainement te demander la recette. Surtout tu restes floue sur les quantités ou alors tu fais exprès d'oublier un ingrédient. Il est important que les gens apprécient de venir manger chez toi.

Ma mère pense que ne pas finir son assiette représente un grand danger. On s'arrête de grandir, on a mauvaise mine, on a des trous de mémoire, on dort mal la nuit et on peut tomber malade. Donc, il n'est pas envisageable de quitter la table en laissant l'ombre d'une miette de boulette. Mais même si ma mère a la réputation d'être l'une des meilleures cuisinières de Safi, je n'aime pas tout ce qu'elle prépare. J'aime bien son poulet aux olives et la *dafina* du samedi midi, mais les tripes, la langue ou le foie… ça me dégoûte ! Ces plats dont mon père raffole lui demandent beaucoup de travail et sont, paraît-il, très bons pour le développement des enfants, donc je n'ai pas le droit de quitter la table sans avoir terminé. J'ai beau négocier, il n'y a rien à faire, mon assiette doit être vide. Un jour, je suis resté presque trois heures dans la salle à manger. Toutes mes sœurs étaient parties se coucher, sauf ma mère et moi. J'ai bien essayé de cacher quelques morceaux de foie en dessous de la grande table, sur le rebord. Mais elle s'en est rendu compte et, maintenant, elle m'a à l'œil. Quand je ne mange pas assez vite, elle prend ma fourchette et remplit ma bouche, sans me laisser négocier. Elle fait même semblant d'avoir mal au poignet, en gémissant pour que ma bouche s'ouvre plus vite.

Ma mère s'inquiète beaucoup pour tout, tout le temps. La dernière fois, elle écoutait la radio et elle entendait qu'il y avait eu trois morts en Israël, près de la frontière. Même si nous n'avons pas de famille en Israël, même si elle ne connaît personne là-bas, elle était aussi très inquiète pour les Israéliens. De manière générale, ma mère s'inquiète trop. Elle voit le mal là où il n'y a rien de spécial. Et puis j'ai découvert ce que ça voulait dire être angoissé. La peur s'est installée chez nous, comme si c'était un nouveau membre de la famille.

5

Avril 1967

Depuis le début, je vous parle de mes sœurs, mais vous devez être complètement perdu. Des sœurs, j'en ai six. La plus grande, Jacqueline, s'est beaucoup occupée de moi quand j'étais bébé. Le problème, c'est qu'elle n'a pas remarqué que j'avais grandi et elle me parle comme si j'avais deux ans. Je crois que je l'ai déjà dit, elle s'est mariée au mois de novembre. Son mariage, ce n'était pas une partie de plaisir. J'ai cru que j'allais y laisser mes joues. On n'arrêtait pas de me pincer en me disant : « *Tbarquela*[1], qu'il a grandi ! » ou encore « À ton mariage ! ». Mais moi, je n'ai pas envie de me marier. Ils sont fous ! Je suis trop petit ! Les filles sont nulles et elles ne savent jouer qu'à la marelle et à la corde à sauter ! Jacqueline était très belle avec sa robe blanche bien gonflée. Son mari, Bruno, avait un énorme nœud papillon autour du cou, on aurait dit un paquet-cadeau. Ma mère n'a

1. Grâce à Dieu.

pas arrêté de dire à tout le monde qu'il était de bonne famille et qu'il avait une belle situation à Casablanca. Il travaille pour une compagnie de bateaux de croisière. Je l'aime bien. Il m'a promis qu'un jour il m'emmènerait en voyage dans l'un de ses bateaux.

Ma sœur la plus jeune, Anna, qui n'a qu'un an et quatre mois de plus que moi, est très énervante. Elle croit qu'elle peut me donner des ordres. Je ne me laisse pas faire. Et moi aussi, parfois, je l'embête. Elle passe sa vie à cafter aux parents tout ce que je fais. Je suis tout le temps avec elle puisqu'on est dans la même classe. Elle a souvent des bonnes notes. Mais il faut avouer qu'elle termine toujours ses devoirs. Vivement l'année prochaine, quand elle sera à l'internat à Marrakech ! J'aurai la paix ! Et elle ne pourra plus rien répéter à ma mère. Tout le monde dit qu'on se ressemble beaucoup physiquement. Je ne trouve pas. Avec ses yeux ronds, on dirait un poisson.

Il y a aussi Rebecca, qui a vingt-deux ans. Elle est belle, même si elle n'est pas très grande. Les garçons sont tous amoureux d'elle. Elle a des yeux verts, les cheveux clairs et la peau un peu caramel. Quand elle met du rouge à lèvres, je pense que c'est la plus belle fille du Maroc. Sauf qu'elle vit en France. Elle fait ses études de pharmacie à Montpellier. Elle revient peu à Safi car la France, c'est loin. Je ne la vois pas beaucoup. Le voyage est long et il coûte cher. Mais elle va revenir pour les vacances d'été quand elle aura fini ses examens. Elle nous écrit des lettres et, parfois, elle m'écrit une lettre rien qu'à moi. J'aime bien avoir du courrier.

Simone a vingt ans. Depuis que Rebecca est partie étudier en France, elle a une chambre pour elle toute seule, comme moi. Elle n'est pas comme les autres filles. Elle s'en fiche des robes et du maquillage. C'est la rebelle de la famille. Avec mes parents, c'est la guerre. Elle leur tient tête. Elle n'a pas envie de faire des études. Dès qu'elle a eu son bac, elle a voulu travailler pour gagner son argent à elle. D'abord dans un magasin de chaussures, puis au cinéma Roxy, puis dans une banque, et dans une boulangerie. Et, finalement, elle a trouvé un travail qui lui plaît bien. Elle s'occupe des Éclaireurs de Safi. Elle est cheftaine de scouts. Elle n'est jamais là pendant les vacances scolaires. Avec elle, il y a de l'action. Les dîners sont animés et ça finit par crier. Elle répète à mes parents qu'elle s'en fiche de ce que les autres pensent. Ma mère dit qu'elle est née avec le sale caractère de sa belle-mère. Mon père répond toujours qu'il y a beaucoup plus de casse-pieds dans sa famille que dans la sienne. Moi aussi, il m'arrive de me disputer avec elle, mais elle m'énerve beaucoup moins qu'Anna.

Messodi a seize ans. C'est l'opposée de Simone. Elle ne s'énerve jamais, elle est très calme, même un peu timide. Elle va au lycée à Marrakech. Comme ma mère, elle vénère les écrivains français. Elle a toujours la tête dans un livre. Elle adore ça. Ma mère est obligée de lui demander d'arrêter de lire quand nous sommes à table car ça ne se fait pas. Quand j'étais petit, c'est elle qui me lisait des histoires. Mais maintenant que je sais lire, je dois me débrouiller tout seul. Elle rêve d'être écrivain. Si ça se trouve, un jour, elle écrira un livre qui parlera de moi !

Et puis il y a Odette. Elle a quatorze ans. Elle est aussi à l'internat du collège à Marrakech, donc je ne la vois que le week-end, pendant les fêtes et les vacances scolaires. C'est ma sœur préférée. Elle me parle comme si j'étais un grand et pas un bébé. C'est la seule qui me donne des explications quand je lui en demande et quand elle en a. Elle veut devenir coiffeuse de gens connus à Paris quand elle sera plus grande. Elle m'a montré un magazine la dernière fois, où des femmes avaient des « coiffures à la mode ». Un jour, elle partira de Safi, elle ouvrira son salon, et toutes les chanteuses qu'on entend à la radio, Sheila, Sylvie Vartan, France Gall, viendront se coiffer chez elle. En attendant, elle s'entraîne sur des poupées, sur mes sœurs et aussi sur moi. Ma mère n'est pas très contente quand elle pratique sur ma tête. Elle me met plein de produits : de l'huile d'olive ou d'argan, parfois du vinaigre qui pue. Et elle utilise une brosse qui rend mes boucles toute lisses. Pendant qu'elle me coiffe, on discute. J'adore ces moments. Quand je l'écoute me parler de son rêve de devenir une grande coiffeuse, je me demande moi aussi ce que je deviendrai quand je serai plus grand. La dernière fois, le rabbin Moshé a dit à la synagogue qu'il y avait le libre arbitre. On peut choisir de faire ce qu'on veut, Dieu nous laisse le choix. C'est une bonne nouvelle.

Du lundi au vendredi, il n'y a que Simone, Anna et moi à la maison. Messodi et Odette reviennent de Marrakech avant shabbat pour le week-end. Rebecca n'est jamais là, sauf pendant les vacances d'été. Quant à Jacqueline, elle vient nous voir minimum une fois par mois, avec ou sans son mari.

Quand ma mère l'envoie faire une course chez l'épicier, Odette me demande toujours de l'accompagner. Elle pourrait y aller avec Anna ou Messodi. Mais je suis le seul garçon et même si je suis le plus petit, je suis le plus fort. Elle pense que je peux la protéger. Elle a peur qu'on nous enlève. Notre tactique, c'est de faire semblant de parler arabe alors qu'en vérité on connaît seulement quelques mots.

Odette m'aime autant que ma mère mais sans les inquiétudes. Elle s'en fiche si je ne mets pas mon chapeau quand il fait chaud ou si je ne termine pas mon assiette de poivrons farcis. La dernière fois, j'ai trouvé une barrette dorée à la plage. J'ai demandé un morceau de journal à Brahim avec lequel il enveloppe les poteries pour ne pas qu'elles s'abîment et je lui ai offerte pour qu'elle fasse des coiffures avec. Elle était tellement contente ! Elle m'a pris dans ses bras et elle m'a dit qu'elle avait de la chance d'avoir un frère comme moi.

Je ne sais pas si c'est parce qu'elle n'a pas mis son chapeau à la plage ou si c'est parce qu'elle n'a pas fini son assiette, mais Odette est revenue de Marrakech avec une mine atroce, a dit ma mère. Elle est très pâle et elle n'arrête pas de tousser. Elle est restée au lit tout le week-end. Ma mère lui a donné des cuillères de miel avec de l'huile d'olive et des tisanes. Mais elle ne va pas mieux. Elle a de la fièvre. Elle n'est pas repartie à Marrakech.

Comme mon père connaît le docteur Benmimouni, il a accepté de venir voir ma sœur un dimanche. Il est resté longtemps avec elle et puis il est descendu dans le salon. Mon père m'a ordonné de monter dans ma chambre avec Anna. Qu'est-ce que c'est énervant ! Moi aussi, je veux savoir ce qu'elle a.

Quand j'entends le docteur partir, je dévale les escaliers et je demande des nouvelles. Mes parents ont un visage triste. Mon père me dit que tout va bien. Odette a seulement besoin de se reposer car elle est très fatiguée. Comme d'habitude, il ne me raconte pas toute la vérité car je suis trop petit pour comprendre.

J'ai peur. Je sens que c'est grave. Très grave même. J'ai interdiction formelle d'aller la voir. Ma grande sœur Jacqueline a téléphoné et a annoncé qu'elle venait dès demain. Si c'était un simple rhume, elle ne ferait pas tout ce chemin depuis Casablanca. J'ai espéré que je n'irais pas à l'école, mais c'est tout le contraire. Comme ma mère essaie de me cacher ce qui se passe, elle préfère que je ne sois pas à la maison.

En une journée, la nouvelle de la maladie de ma sœur s'est propagée dans Safi. Des tantes, des cousines, des amies se relaient pour soutenir ma mère. Elles nous apportent toutes sortes de gâteaux ou de plats à manger pour nous donner des forces. Myriam la voisine aussi, une Marocaine qui est très proche de ma mère, passe tous les jours avec un plat et vient discuter avec elle.

Tout le monde est triste à la maison. Ma mère a les yeux gonflés. Même si elle fait semblant devant moi, je sais qu'elle n'arrête pas de pleurer. Elle a le nez rouge à force de se moucher. Mon père a son visage fermé et dur et il ne fait pas de blagues. Il ne m'interroge même pas sur les capitales. Et moi j'ai une boule dans le ventre. Je ne sais pas quoi faire. J'ai demandé des informations à Aïcha, qui a le droit d'aller dans la chambre d'Odette. Elle m'a répondu en arabe :

— Allah est grand. *Inch'Allah*, tout ira bien.

Elle est très inquiète aussi.

Brahim me rejoint en bas de la côte de la Biada. Il essaie de me changer les idées en me proposant toutes sortes de jeux, mais vraiment, là, je n'ai pas le cœur à jouer. Il m'interroge :

— Elle va mourir ?

Je m'énerve instantanément.

— Bien sûr que non ! Elle a juste besoin de retrouver des forces.

— Elle va guérir vite alors.

Mais il n'est pas médecin, il ne peut pas savoir.

6

Je déteste l'école. Je ne comprends même pas pourquoi ça existe. Chaque matin, ma mère nous dépose en voiture devant le grand bâtiment blanc. Ah, j'ai oublié de mentionner un élément important. Certaines familles ont des problèmes de santé, des problèmes d'argent, des problèmes de dispute entre des frères. Nous, on a des problèmes de retard. Nous ne sommes jamais à l'heure. Comme si toutes les horloges et les montres du Maroc étaient en colère contre nous. Et c'est un gros problème, pour mes sœurs et moi. Messodi et Odette partent à l'internat à Marrakech en car. Quand mon père les accompagne à la station le lundi matin, il est obligé de faire presque un quart du chemin en voiture pour le rattraper. Quant à Anna et moi, ma mère nous accompagne en chemise de nuit presque tous les matins. On est devenus champions d'excuses. Monsieur Tobelem, le maître, ne nous croit jamais quand on lui explique que ce n'est pas de notre faute. Et on se fait punir. Soit on part trop tard, soit la voiture ne démarre pas, soit ma mère ne trouve pas les clés, soit elle rencontre une amie sur le chemin... Encore pire quand c'est mon père qui nous accompagne. Il n'y a pas un jour où nous sommes à l'heure.

Même si Anna est plus grande que moi, on est dans la même classe. C'est une rapporteuse. Elle raconte tout à ma mère : qui a été interrogé, qui a su répondre, qui n'a pas su... et ensuite, ma mère le répète à ses amies ou à mes tantes quand elles viennent prendre le thé à la maison. Le problème, c'est qu'Anna rapporte aussi tout ce qui se passe pour moi et je me fais souvent punir à cause d'elle. Je la déteste ! L'année prochaine, elle sera à l'internat à Marrakech pour la sixième. Bon débarras !

Monsieur Tobelem est juif, mais il se prend pour le roi Hassan II dans sa classe. Chaque matin, il attend qu'on s'installe à nos places et il entre après tout le monde. Il s'assoit royalement. Il enlève ses chaussures et il fume. Par temps chaud, ceux qui sont au premier rang peuvent sentir l'odeur de ses pieds mêlée à celle de sa cigarette. Il adore interroger les élèves qui ne savent pas. Celui qui n'a pas la réponse à l'une de ses questions, il le tape avec sa règle, soit sur le dos ou à l'intérieur de la main, soit sur le bout des doigts et même parfois sur la pointe des pieds. La dernière fois, Sami, mon meilleur copain à l'école, avait oublié de faire ses exercices de mathématiques et il s'est pris cinq coups sur le bout des doigts et cinq coups sur la paume des mains. Il a pleuré et les grands se sont moqués de lui à la récréation. Il se prend souvent des punitions car il ne connaît pas les bonnes réponses. Mais à la récréation, il n'a peur de rien. Il court presque aussi vite qu'une voiture et il arrive à sauter du grand muret sans se blesser.

Quand on joue au lancer de cailloux, il gagne à tous les coups. On se voit de temps en temps en dehors de l'école quand nos mères sont d'accord. Mais on habite à l'opposé tous les deux, alors on ne rentre jamais ensemble de l'école. Et c'est pour ça qu'il n'a jamais vu Brahim.

Il n'y a rien à faire, l'école, c'est obligatoire. C'est comme ça. « Fais et tu comprendras », nous dit souvent le rabbin Moshé au Talmud Torah. Je me demande à quel moment je comprendrai. Ma mère répète que l'école me servira beaucoup quand je serai grand. Mais bon, quand je lui demande des exemples, elle me dit d'arrêter de poser des questions. Heureusement qu'il y a la récréation. J'ai plein de copains. Je suis même le chef d'une bande. Sans me vanter, je suis très fort aux billes moi aussi et quand c'est la saison, je suis aussi très fort au jeu des noyaux d'abricot. Le but, c'est d'en avoir le plus possible. Chacun dispose contre un mur un petit tas de trois ou quatre noyaux. Celui qui gagne, c'est celui qui réussit à casser le petit tas avec un autre noyau. Tout le monde veut m'affronter. Je bats même les plus grands. S'il n'y avait pas les professeurs, les leçons de maths, de lecture, de conjugaison et les dictées, et si ce n'était pas tous les jours de la semaine, l'école, ce serait génial.

Brahim, lui, a trop de chance car il ne va pas à l'école. Dans tous les cas, il n'aurait pas pu être dans la même école que moi car je suis à l'Alliance et c'est une école juive. Il y avait trop d'élèves à l'école du Plateau, alors les juifs ont ouvert une autre école juste pour les juifs.

Aujourd'hui, plus que les autres jours, je n'écoute rien. Je pense à Odette, seule dans sa chambre avec tous ses microbes qui la retiennent prisonnière. Heureusement, monsieur Tobelem ne s'en aperçoit pas. Il est de mauvaise humeur à cause de son journal. Il a toujours *La Vigie* ou *Le Petit Marocain* avec lui. Après nous avoir fait une leçon interminable sur les multiplications, il nous a donné des exercices pour pouvoir lire tranquillement les actualités. Il ne peut pas s'empêcher de faire des commentaires à voix haute.

— C'est pas bon la Syrie… C'est pas bon du tout.

Ou encore :

— « Pas de paix au Moyen-Orient tant qu'Israël continuera d'exister. » Nasser ! Jusqu'à quand tu vas nous emmerder ?

Il dit souvent des gros mots quand il lit les journaux. Lui, il a le droit. Nous, s'il entend un gros mot à la récréation, nos parents sont convoqués et on a une énorme punition.

— « Nous devons combattre le sionisme. » Mais qu'est-ce qu'on fout dans ce pays ! Comment peuvent-ils écrire des choses pareilles ? Il faut qu'on quitte le Maroc !

Je ne peux pas m'empêcher de sourire. Ce serait extraordinaire que monsieur Tobelem quitte le Maroc.

Mon père aussi lit beaucoup les journaux. Et il écoute aussi les informations à la radio. Mais la dernière fois que je lui ai demandé de m'expliquer ce qui se passait avec la Syrie, l'Égypte et Israël, il m'a demandé si je connaissais la capitale de ces trois pays.

— Vite ! a-t-il insisté, comme si j'allais perdre le jeu d'une seconde à l'autre.

J'ai répondu Jérusalem, Le Caire et je me suis trompé sur la Syrie. J'ai confondu avec le Chili et j'ai répondu « Santiago ».

— Damas ! C'est Damas, la capitale de la Syrie, enfin, Jacob !

J'ai insisté pour qu'il m'explique.

— Papa, c'est quoi le sionisme exactement ?

Mon père fait un effort pour que ce soit simple.

— C'est le mouvement de retour des juifs en Israël.

— Mais pourquoi il faut se battre contre le sionisme ?

— *Pour* le sionisme ! Pas *contre* ! C'est important que les juifs aient un pays à eux, pour qu'ils puissent s'y réfugier si on les attaque, pour qu'ils se sentent en sécurité.

— Mais qui voudrait attaquer les juifs ? Et c'est qui, ce Nasser ? Et pourquoi tout le monde parle de lui en ce moment ?

Mon père s'agace.

— C'est le président d'Égypte, et... il ne vaut vraiment pas la peine qu'on s'intéresse à lui. Il ne fait que créer des problèmes.

— Mais qu'est-ce qu'il a fait ?

— Jacob, tu es trop petit pour comprendre les actualités. Quand tu seras plus grand, je t'expliquerai. Va jouer !

Qu'est-ce qu'il m'énerve ! Ça me donne encore plus envie de savoir. En plus, mon père répète souvent à ma mère que les journaux mentent.

Après l'école, je passe à la maison avec Brahim pour voir si Odette est sortie de sa chambre. Mais la porte est toujours fermée et personne ne me dit rien. C'est mauvais signe.

Brahim est aussi triste que moi. Quand le muezzin crie en fin d'après-midi, il s'agenouille et récite des prières en arabe. C'est spécialement pour Odette qu'il fait ça. D'habitude, il fait seulement la prière du vendredi. Il essaie aussi de me remonter le moral en me laissant gagner aux osselets. Mais ça ne change rien. J'ai de plus en plus peur pour ma sœur.

7

C'est bientôt Pessah. Chaque année, ma mère engage une bonne supplémentaire et, à trois, elles nettoient la maison du sol au plafond. Les murs, les placards, les chambres, la cuisine, les tapis… Il faut supprimer le *hametz*[1] de toutes les pièces. Pour ma mère, c'est l'occasion de faire briller la maison comme si elle était neuve. Pas une seule miette, tache ou poussière ne survivra. Cette année, avec la maladie d'Odette, la guerre contre la saleté est encore plus terrible. Ma mère a besoin de s'occuper l'esprit, pense ma sœur Messodi. Elle se lève tôt et ne laisse son éponge que tard le soir. Moi aussi, j'ai du mal à penser à autre chose qu'à Odette, mais bon, ce n'est pas pour autant que je vais me mettre à ranger ma chambre.

Pessah n'est plus ma fête préférée. Avant, toutes mes sœurs venaient à la maison ainsi que mes cousins de Casa. Ma mère mettait toutes les rallonges à la grande table de la salle à manger et ajoutait

1. Produit composé d'une des cinq céréales suivantes : blé, orge, avoine, épeautre, seigle, qui vont subir le processus de fermentation.

même une autre table. Elle s'habillait avec son plus beau caftan, et elle était contente de recevoir du monde. Il y avait une de ces ambiances ! On passait le premier soir à la maison, et le deuxième soir, on allait chez l'une de mes tantes. À la maison, ma mère faisait dîner les enfants (mes cousins, Anna, et moi) avant le commencement de la *haggada* : la longue, très longue prière qui rappelle comment le Bon Dieu nous a fait sortir d'Égypte et de l'esclavage. Ma mère nous installait autour de la table basse pour écouter la prière. La coutume veut que nous buvions quatre verres de vin accoudés sur la table. C'est signe de délivrance car, à l'époque des pharaons, seuls les hommes libres pouvaient boire et manger allongés. Je le sais car c'est le seul soir où mon père aime bien donner des explications. L'année dernière, mon cousin Armand et moi, on a été un peu plus religieux que tout le monde. On s'est accoudés et on a bu une demi-bouteille de vin sucré à deux sans que les adultes s'en aperçoivent. Enfin, ils ont fini par se douter de quelque chose quand on est partis dans un fou rire tous les deux alors que la *haggada* n'était pas terminée. Ensuite on a vomi et on s'est fait punir.

Cette année, on passe les deux soirs à la maison pour ne pas laisser Odette seule, même si elle reste dans sa chambre. Il n'y a pas cette ambiance de fête. Tonton Henri et tata Rosette, la sœur de mon père, qui habitent Safi aussi, ne sont pas venus. Il y a seulement ma tante Rachel qui est là, avec son mari et ses deux enfants, car il y a des travaux chez elle. Mais ces cousins-là sont beaucoup plus grands que moi. Ils discutent avec mes grandes sœurs. Papi Prosper est présent aussi. Il lit l'hébreu très vite car il a faim et ça énerve mon père qui perd le fil de la lecture. Alors mon père chante plus fort pour couvrir la voix de mon grand-père. C'est comme s'ils faisaient une course de prières : celui qui lit le plus vite et le plus fort a gagné ! C'est le seul moment un peu drôle de la soirée. Parce qu'à part ça, je m'ennuie beaucoup. Mon père a décidé que je devais m'asseoir à côté de lui pendant la prière. Il m'a dit que j'étais assez grand pour suivre, maintenant. Je suis assez grand seulement quand ça l'arrange ! Mais toujours trop petit pour savoir comment va Odette. Je n'ai pas eu le droit de dîner avant, comme d'habitude. Ma mère a acheté des verres à vin minuscules pour les enfants, pour éviter une nouvelle cuite. Et c'est mon père qui me sert. Forcément, c'est moins marrant que l'année dernière avec Armand. Je meurs de faim. D'habitude, quand mon père lit les dix plaies d'Égypte, il adore donner des explications supplémentaires comme s'il avait bien connu cette époque. Mais cette année, il ne fait pas de blague. Et c'est vraiment très très long. Ma mère a pitié de moi. Elle se doute que j'ai faim et quand je me lève pour aller aux toilettes, elle m'attend à la sortie et me donne de la *matsah*[1] avec de la *chouchouka*[2].

Odette est dans sa chambre, seule. J'aimerais tellement être avec elle. Je ne sais pas encore lire l'hébreu, mais je regarde le livre de prières et je fais semblant pour que Dieu accepte de la guérir.

Le deuxième soir, c'est pire que le premier. Il y a eu une nouvelle aux actualités qui a fait peur à

---

1. Pain non levé, consommé pendant Pessah.
2. Salade cuite avec poivron, tomate, oignon, ail et huile.

tout le monde. Une bataille aérienne au-dessus du Golan, à la frontière entre Israël et la Syrie, a fait des morts. Les pays arabes appellent à s'unir contre Israël. Le visage de mon père est fermé, encore pire que si j'avais eu un mauvais bulletin à l'école.

J'ai l'impression qu'il y a cinquante plaies d'Égypte et non dix. Le temps d'esclavage est interminable ce soir.

Mes parents ont invité un cousin de ma mère, qui est rabbin, avec sa femme : Abraham et Liliane. C'est la première fois que je les vois. Comme il est rabbin, ils espèrent qu'il va prier pour la guérison de ma sœur. Ils habitent Mogador et sont de passage à Safi pour les fêtes. Papi Prosper m'a expliqué que les gens de Mogador mangent avant de venir chez les gens chez qui ils sont invités. Ils ne finissent jamais leurs assiettes pour ne pas qu'on pense qu'ils n'ont rien à manger chez eux. Je vais vérifier si c'est vrai ce soir.

Quand la *hagada* se termine enfin, j'ai le droit de m'asseoir à côté de mes sœurs, du côté des enfants. Toutes les discussions des adultes tournent autour de l'actualité.

— Israël a détruit des armes syriennes et a envoyé ses avions au-dessus de Damas, commence mon père. Si ça s'embrase, c'est mauvais pour nous. Tu as vu comme la presse s'attaque sans retenue à Israël ?

— Mohamed V nous a toujours protégés. Mon père m'a raconté que, pendant la guerre, il a refusé que les juifs portent l'étoile jaune. Aucun juif n'a été déporté ni tué dans le Royaume. Il a toujours veillé à ce qu'on ne touche pas à nos droits. Hassan II a promis à son père sur son lit de mort de faire la même chose. Et il est conscient de tout ce que les juifs apportent au Maroc. Avec l'aide de Dieu, il ne fera rien contre nous.

Mon père a des doutes.

— Depuis que le Maroc fait partie de la Ligue arabe, ce n'est plus la même chose. Le gouvernement interdit toutes relations postales et téléphoniques avec Israël ! Si on prononce « Israël » un peu trop fort, on peut être accusé de sionisme et finir en prison. Si les autres pays arabes demandent au Maroc de s'unir contre Israël, le roi pourrait céder à la pression. Et tous les juifs du Maroc devront en subir les conséquences.

Ma mère interrompt :

— Mangez le poisson et les pois chiches pendant que c'est chaud !

Mon père continue :

— Pour le parti de l'Istiqlal, tous ceux qui ne suivent pas l'islam sont des étrangers ! Tu as entendu parler du boycott quand même ?

— Tu ne devrais pas lire ces torchons ! Qu'est-ce qu'ils racontent comme bêtises ! Mais tant qu'il n'y a pas de lois, nous ne devrions pas nous inquiéter. Le roi ne soutiendra jamais aucun boycott. Et *Hakadoch barouch hou*[1] nous protège.

Je ne connais pas le mot « boycott ». Mais il ressemble au mot « cow-boy », comme dans les westerns. Des cow-boys au Maroc ! Ce serait génial !

C'est alors que ma sœur Simone s'énerve et coupe la discussion :

— Mais vous ne pensez vraiment qu'à vous ! Vous avez pensé aux juifs d'Israël ? Ces familles

1. Nom de Dieu en hébreu.

et ces enfants qui vivent dans la peur de se faire attaquer par les pays autour ! Ici, au moins, nous vivons en paix ! Il n'y a pas de guerre !

— Simone ! fait ma mère. Nous ne t'avons pas demandé ton avis !

— Ben, justement, je ne vais pas attendre que vous me le demandiez !

— *El lsan ma fih a'dam ou li touah ma inedem*[1] *!* dit ma mère en lui lançant un regard noir.

Elle n'est pas fan de ce qu'elle appelle « les spectacles de ma sœur pour se rendre intéressante », surtout devant des invités. Le rabbin intervient pour apaiser la discussion :

— S'il y avait plus de juifs qui priaient et qui honoraient le shabbat, il y aurait beaucoup moins de malheurs sur cette terre.

Ma sœur Simone lève les yeux au ciel, mais heureusement ni mes parents ni le rabbin ne s'en aperçoivent.

Ma mère demande à Simone de venir l'aider à la cuisine. Ma sœur la suit en soupirant. Elles reviennent quelques minutes plus tard avec l'agneau et sa sauce. Elle l'a calmée. Simone n'ouvre pas la bouche jusqu'à la fin du repas. Ma mère réussit à rediriger la discussion sur le nombre d'heures que cet agneau a cuit.

En partant, le cousin rabbin remercie mes parents pour ce bon repas. Pour qu'Odette aille mieux, il recommande à mon père de prier tous les jours, de respecter le shabbat et de faire attention au mauvais œil. Il promet à mon père qu'il dira des bénédictions pour qu'elle se rétablisse vite.

---

1. La langue n'a pas d'os et qui la plie ne le regrette pas !

Le soir, quand je suis dans mon lit, je me mets sous la couverture, je serre mes deux mains de toutes mes forces et je fais une prière à Dieu. Je récite une longue liste de tout ce que je vais faire et de tout ce que je ne vais plus faire si ma sœur Odette guérit. C'est la première fois que je lui parle en direct, en français. D'habitude, je récite des prières en hébreu que j'ai apprises au Talmud Torah avec le rabbin Moshé. J'y vais trois fois par semaine après l'école avec mon copain Sami pour apprendre l'histoire du peuple juif et les prières. C'est obligatoire pour les garçons : quand j'aurai treize ans, je devrais faire ma bar-mitsvah. Je me demande s'il faut que je le vouvoie ou si je peux le tutoyer. Ma mère me répète souvent que c'est une marque de respect de dire vous aux personnes plus âgées. Comme il est sur Terre depuis le début, j'ai donc choisi de lui dire « vous ». Et quand je termine de lui parler, je me mets à pleurer. Je ne me suis pas retenu. Je voulais qu'il voie à quel point j'aime ma sœur.

8

À Safi, on a les meilleures sardines du Maroc, et du monde même. C'est papi Prosper qui l'affirme. Au port, il y a plein de bateaux de pêche qui vont et qui viennent. Quand on va à la plage du club nautique, on voit souvent des grands camions remplis de milliers de sardines. Qu'est-ce que ça pue ! Il m'a expliqué que toutes ces sardines sont envoyées un peu partout dans le Maroc pour ceux qui aiment ça. Nous, on n'en mange pas souvent. Heureusement, parce qu'il y a beaucoup d'arêtes et je déteste faire le tri dans mon assiette.

Aujourd'hui, il fait très chaud et ça pue dans toute la ville. Ça sent le poisson pourri et le guano : la farine de sardines qu'on utilise pour nourrir les animaux. Il y a une usine qui en fabrique à la sortie de la ville et, avec la chaleur, ça fait des odeurs horribles qui se sentent à des kilomètres.

« C'est une infection ! » comme dirait ma mère. Pour une fois, j'aurais aimé avoir un rhume pour avoir le nez bouché. Je vais à la cuisine et je mets ma tête dans les bocaux d'épices. L'odeur de la cannelle et du cumin couvre un peu celle du guano, mais ça pue encore. On sonne à la porte. Ça doit être Brahim. Comme ce sont les vacances scolaires de Pâques, on se voit dès qu'il a fini les livraisons de poterie pour son père.

Je ne sais pas pourquoi, mais je suis énervé contre lui. Mon père est souvent en colère contre les musulmans en ce moment à cause de l'actualité et je me demande si ce n'est pas à cause d'eux que ma sœur est tombée malade. Je ne sais pas comment exactement, mais je commence à avoir des doutes.

— Tu viens jouer dehors ?

— Non, ça pue trop.

— Bon alors dedans ?

— Non, il fait trop chaud.

— Mais alors où ? Viens dehors, on s'habitue.

J'accepte finalement de sortir. Il insiste pour faire une partie d'osselets. Mais ça ne me dit rien.

— Rien qu'une partie !

Je regarde l'œil de Brahim et je me demande à quoi on reconnaît un mauvais œil.

— Je n'ai pas envie.

— Juste une !

— Ma sœur est malade et toi tu ne penses qu'à jouer !

Je m'énerve, mais Brahim ne fait pas attention à ma mauvaise humeur.

— Alors, on va dans le champ derrière ta maison ?

Je finis par accepter.

— Ta sœur est sortie de sa chambre ?

— Non.

Je l'observe du coin de l'œil pendant qu'on marche. J'en suis sûr maintenant, il y est pour quelque chose dans la maladie d'Odette.

— *Inch'Allah*, elle va aller mieux ! me rassure-t-il.

Je me tourne vers lui, avec un air méchant et menaçant :

— Y a intérêt qu'elle aille mieux ! Bon, je rentre.

Brahim ne me retient pas. Il doit avoir quelque chose à se reprocher. Je me tourne vers lui pour observer ses mauvais yeux. Avec ses longs cils, je ne vois pas bien. On arrive devant chez moi. Brahim me dit :

— On joue ensemble demain ?

J'ouvre la porte de la maison, sans lui répondre.

Ma mère est à la cuisine avec Aïcha et Jacqueline qui est venue de Casablanca pour aider ma mère. Aïcha fait griller des aubergines. Ma mère et ma sœur épluchent des légumes. Elles ont une tête qui fait peur.

Jacqueline va rester jusqu'à la *mimouna*[1]. Son mari est reparti à Casa après les deux soirs de *seder*[2] car il avait du travail. Elles sont très complices toutes les deux. Ma mère lui confie beaucoup de choses. Je demande si le docteur Benmimouni est passé et ce qu'il a dit. Ma mère ne trouve pas le courage de me répondre et c'est ma sœur qui s'y colle. Elle me parle comme s'il me manquait la moitié du cerveau. Elle oublie que, le 26 janvier prochain, j'aurai neuf ans.

— Le docteur a dit que les méchants microbes d'Odette sont encore là, mais ils vont bientôt partir.

Ma mère et elle s'échangent un regard. Ça m'agace. Je pars dans ma chambre. C'est tellement

1. Fête de la fin de Pessah.
2. Rituel hautement symbolique propre à la fête de Pessah visant à commémorer la libération du peuple juif après des années d'esclavage.

injuste qu'Odette soit malade. Je reste un bon moment allongé sur mon lit. Malgré mon statut de roi de la famille, ça fait plus de quinze jours que je n'ai pas le droit de m'approcher d'elle. Elle est contagieuse, et seuls le médecin, mes parents et Aïcha ont le droit d'entrer dans sa chambre. Mes grandes sœurs peuvent avoir des informations, mais moi, je suis trop petit pour tout. Personne ne répond vraiment à mes questions pour ne pas m'inquiéter. Le médecin ressort à chaque fois de sa chambre avec la même tête triste. Je décide d'aller devant sa porte sur la pointe des pieds. Je sais que je n'ai pas le droit de rentrer.

Je tape doucement et je l'appelle :

— Odette ! Odette ! Tu dors ?

Elle ne me répond pas. Je tape un peu plus fort à la porte et j'augmente le son de ma voix.

— Odette ! Odette !

J'ai fait trop de bruit. Anna m'a entendu et elle est allée le rapporter à ma mère.

— Tu laisses ta sœur tranquille, Jacob ! crie-t-elle depuis le bas des escaliers. Elle a besoin de se reposer ! Que je ne te voie pas t'approcher d'elle !

J'attends un bruit depuis la chambre d'Odette, mais il ne se passe rien. Elle doit dormir. Je retourne sur mon lit.

Quelques minutes plus tard, Jacqueline entre dans ma chambre.

— Tu veux qu'on aille à la plage ?

Je sais que c'est ma mère qui l'envoie.

— Non, je n'ai pas envie.

— Il fait tellement chaud aujourd'hui. Ça pourrait être amusant !

— Je dois faire mes devoirs.

Ce sont les vacances, mais c'est la seule excuse qui me vient à l'esprit et je la regrette immédiatement. Jacqueline rêve de devenir institutrice. Elle fait des remplacements à Casa et espère avoir un poste de titulaire à la rentrée.

— Je vais t'aider alors ! Montre-moi ton cahier ! Ça va être drôle, moi je suis la maîtresse et toi tu es l'élève.

C'est un cauchemar. Je réfléchis à toutes les excuses que j'aurais pu lui donner à la place de celle-ci : j'ai mal à la tête, j'ai envie de vomir, ça me gratte partout...

Elle attrape mon cartable et l'ouvre :

— Ne t'inquiète pas, mon Jacob. Odette est une fée et il ne peut rien arriver aux fées.

Mais elle me prend vraiment pour un débile !

— J'ai envie d'aller aux toilettes !

Je fuis loin d'elle sans me retourner. Je m'enferme. J'y resterai jusqu'au dîner s'il le faut. Depuis les cabinets, je me fais une promesse. Si plus tard j'ai des enfants, je leur expliquerai tout, tout le temps, même si c'est très grave, même s'ils ne sont encore que des bébés.

9

Odette passe ses journées à dormir. Elle ne mange presque rien du plateau que lui apporte Aïcha. Elle est très faible. J'ai encore essayé de lui parler à travers la porte. Je sais qu'elle m'entend bien, mais, moi, je l'entends à peine. Je ne comprends pas ce qu'elle dit. Je lui raconte mes journées pour lui faire passer le temps. Je lui décris comment étaient coiffées les personnes que j'ai croisées. Parfois, j'invente parce que je ne regarde pas toujours les cheveux des gens. Mais bon, ça me fait des choses à lui dire.

C'est la première fois que je m'ennuie autant pendant les vacances. Ma mère n'a pas envie d'aller à la plage. Mon père n'a pas la tête à nous emmener voir un film au Roxy. J'aurais bien aimé voir Sami, mon copain de classe, mais il est puni car il a eu de très mauvaises notes. Et mon copain David est parti quelques jours chez sa famille à Meknès.

Je n'ai pas envie de voir Brahim car il m'énerve de plus en plus depuis que j'ai entendu mon père discuter avec un ami devant la librairie. Son ami lui disait :

— Tu sais, il n'y a pas que les journaux qui pensent du mal des juifs. Les gens autour de nous ne le montrent pas, mais ils pensent la même chose.

J'ai pensé à Brahim. Si ça se trouve, lui aussi, il fait semblant d'être copain avec moi, alors qu'il me critique, derrière mon dos.

C'est la *mimouna*. D'habitude, mes sœurs et moi, on est contents que Pessah soit fini. On peut enfin manger ce qu'on n'a pas pu manger pendant une semaine : du bon pain, des beignets et surtout des *mofletas*[1] ! La tradition veut que nous passions la soirée à aller de maison en maison goûter une sucrerie et dire *talbah*[2] pour que tout le monde soit heureux et en bonne santé. Tous les ans, on essaie de battre nos records. L'année dernière, on avait visité sept maisons. Sami, mon copain et sa famille, huit ! Armand, mon cousin, neuf ! Ma mère avait invité Myriam la voisine et son mari à passer chez nous, même s'ils ne sont pas juifs. Elle dit souvent que toutes les raisons sont bonnes pour se réunir dans la joie. Pas cette année. Je ne vais pas battre mon record de maisons visitées. Ma mère a dit à mon père qu'elle n'avait pas le courage de recevoir ni d'aller de maison en maison. Elle a fait prévenir les voisins de ne pas passer chez nous. Myriam est quand même venue avec un plateau rempli de gâteaux pour que ça porte bonheur. Mon père, mes sœurs et moi, on n'a visité qu'une seule maison, celle de ma tante, et on est rentrés. J'ai rapporté une *mofleta* à ma mère et je lui ai dit « *Talbah*, maman ». Elle m'a

1. Crêpe juive sépharade.
2. Que tu réussisses !

embrassé et m'a serré fort dans ses bras. Cette *mimouna* est vraiment triste.

***

On a repris l'école. Monsieur Tobelem avait deux journaux à lire, donc il nous a donné un contrôle surprise de conjugaison. Et comme d'habitude, c'est très difficile de se concentrer pour avoir une bonne note car il commente ce qu'il lit à voix haute. Il n'est pas marié et il doit être habitué à se parler à lui-même.

— « Des milices sionistes infiltrant la bande de Gaza ont été mises en échec par les forces arabes. » Mais c'est faux ! C'est évident que c'est faux ! s'exclame-t-il. « Interdiction pour Israël d'emprunter le détroit de Tiran. » Quand vont-ils s'arrêter ?

Il plie brusquement son journal *La Vigie* et annonce qu'il ramasse les copies. Il est en colère. Il envoie ma sœur Anna au tableau. Elle qui sait toujours tout ne se souvient plus de sa table de neuf. Il s'empresse de mettre un mot dans son cahier. Pour « madame parfaite » qui n'a que des bonnes notes, c'est une catastrophe. Pour une fois que c'est elle et pas moi ! Un peu pour l'aider, mais surtout pour profiter de la situation, je lui propose d'imiter la signature des parents. En échange, elle devra me rendre quelques petits services quand je le déciderai. Elle hésite.

— Avec Odette qui est malade, les parents n'ont pas besoin de se rajouter des soucis avec ta punition. Fais-moi confiance, ils ne le sauront jamais !

Elle accepte. Je ne sais pas encore ce que je vais lui demander, mais je vais vite trouver quelque chose.

Brahim m'attend devant ma maison. Ça fait une semaine qu'on n'a pas joué ensemble. Il est passé plusieurs fois me voir après ses livraisons, et à chaque fois, je lui disais que j'étais occupé. J'ai préféré m'ennuyer dans ma chambre. Aujourd'hui, je n'ai toujours pas envie de le voir. Mais il m'annonce qu'il a quelque chose d'important à me dire. On s'installe sur les marches devant chez moi. Aïcha a dit à sa cousine qui est une très bonne amie de sa mère qu'Odette avait la roberculose.

— C'est quoi la roberculose ? j'ai demandé.

Mais Brahim n'en sait pas plus que moi. Alors j'imagine :

— Ça doit être une maladie qui a dû être découverte par un Robert. Il lui a donné son nom.

— Donner son nom à une maladie ? Crrrrh !

— Je ne sais pas, moi, ce Robert a peut-être aussi donné son nom au médicament qui guérit la maladie.

— Moi aussi, si je découvre un truc un jour, je lui donnerai mon nom.

Brahim voit bien que je ne suis pas normal avec lui. Il pense que c'est seulement à cause des angoisses pour Odette.

— Je vais encore demander à Allah de guérir Odette. Je n'ai pas fait de grosses bêtises cette semaine. Il devrait m'écouter.

— Surtout, ne demande rien à Allah ! C'est peut-être lui qui a rendu ma sœur malade, parce que les Arabes n'aiment pas les juifs !

— Tu ne parles pas d'Allah comme ça ! Allah, il aime tout le monde !

— Je parle d'Allah comme je veux !

— Vous, les juifs, vous volez l'argent des Marocains pour l'envoyer en Israël !

— Répète ce que tu as dit ! On est des voleurs, nous ?

Je le pousse. Il me pousse. Ma mère arrive juste à ce moment.

— Jacob ! Rentre tout de suite à la maison !

Dès qu'elle referme la porte de la maison, je reçois une claque.

— Tu n'as pas honte d'insulter Allah ? C'est comme ça qu'on t'a éduqué ?

— Mais, maman, c'est peut-être à cause de lui qu'Odette est malade !

Elle se retient de m'en donner une autre.

— Allah n'a rien à voir là-dedans ! C'est très grave d'accuser sans preuve ! Tu aimerais qu'on dise la même chose sur les juifs ? Tu devrais avoir honte !

— Mais les musulmans…

— Nous vivons en paix avec les musulmans depuis plus d'un siècle car nous nous respectons les uns les autres. Nous avons notre Dieu, ils ont le leur. Je ne tolérerai jamais ce genre de remarque sous mon toit ! C'est clair ?

J'ai envie de lui préciser qu'on était dehors quand j'ai dit ça, mais je préfère me taire.

Le lendemain, je vais avec Messodi chez l'épicier car ma mère a besoin de fleur d'oranger. J'aperçois Brahim au loin avec une poterie en main. Il tourne la tête vers moi, mais il ne s'arrête pas. Il est fâché.

10

Je ne supporte plus cette situation. J'en ai marre. Ils n'ont pas le droit de m'interdire de voir Odette. C'est ma sœur ! Mais comme d'habitude, c'est eux qui décident de tout.

C'est dimanche. Mes parents doivent aller présenter des condoléances aux Beloubian et leur apporter à manger pour la semaine de deuil. Ma mère a préparé un grand plat de *pastella* et des boulettes au cumin. Pendant une semaine, les Beloubian restent entre frères et sœurs sans rien faire, à part prier, manger et penser à leur père qui est mort. Il était très vieux, bien plus vieux que papi Prosper. Il s'est endormi un soir et il ne s'est pas réveillé. La fin de sa journée, c'était aussi la fin de sa vie. Juste avant que mes parents partent, je pose des questions à mon père :

— Mais quand il s'est couché, il savait qu'il allait dormir pour toujours ?

— Non, on ne peut jamais savoir.

— Mais il avait mal quelque part ?

— Non, il était juste très vieux. Au bout d'un moment, le corps, c'est comme une voiture. Quand elle est trop usée, elle ne marche plus.

— Mais toi, quand elle était trop usée ta voiture, tu l'as vendue à un monsieur avec une moustache. Et tu en as racheté une neuve.

— Oublie les voitures ! C'est normal de mourir quand on est vieux. Et les morts, on les enterre au cimetière juif. Comme ça, on peut continuer à aller les voir, même s'ils ne sont plus là. On prie pour leur âme.

J'ai pensé à papi Prosper. Je n'ai pas envie qu'il meure. Et même s'il est vieux et usé, et qu'il ne marche pas vite, je n'ai pas envie qu'on le mette au cimetière juif. Je demande :

— Comment on fait pour ne pas devenir vieux alors ?

Mon père sourit.

— Demande à ta mère ! Regarde comme elle est encore jeune et belle !

Ma mère se remet du rouge à lèvres devant le miroir de l'entrée.

— Mange des légumes et du poisson sans faire d'histoire et tout ira bien, Jacob ! On revient dans une heure. Tu ne fais pas de bêtises et tu écoutes tes sœurs.

J'aurais pu deviner la réponse de ma mère. Tout est lié à ce qu'on mange ! Ça me rassure pour papi. Il finit toujours son assiette, et parfois même, il se ressert.

— Et le mauvais œil, est-ce que ça peut rendre les gens malades ?

— *Hamsa*[1] *! Hamsa !* s'amuse mon père en chassant l'air avec les cinq doigts de sa main. C'est pour contrer le mauvais œil !

---

1. Cinq !

— Tsss ! Nous, on ne croit pas à ces bêtises ! ajoute ma mère.

— Tes tantes y croient pourtant, remarque mon père. Elles sont persuadées que c'est à cause du mauvais œil que Jeannette a divorcé.

— Nous, on est assez intelligents pour savoir que c'est faux. C'est de la superstition !

— Est-ce que les musulmans peuvent avoir un mauvais œil ? je demande.

— Personne ne peut donner le mauvais œil : ni les musulmans ni les juifs ! Ça n'existe pas ! C'est de la faute de personne si Odette est tombée malade.

Mes parents m'embrassent et sortent. Anna dessine dans sa chambre. Messodi lit un livre dans la sienne. Simone est sortie. Aïcha lave les fenêtres dehors. C'est le moment où jamais ! Je me glisse dans la chambre d'Odette sur la pointe des pieds. Elle dort profondément. Elle est très mal coiffée et elle a vraiment une sale tête. Aussi blanche qu'un poulet cru. Ça fait un mois que je ne l'ai pas vue. Je n'ose pas la toucher. Elle me manque. Je ne veux pas la réveiller. Je lui prends tout doucement la main et je lui chuchote avec des larmes dans les yeux qui ne sont pas loin de sortir :

— Je ne veux pas que tu meures, Odette, je ne veux pas que tu meures !

Je reste un long moment à la regarder dormir. Puis je sors sans un bruit, avant que quelqu'un me voie.

Le lendemain, après l'école, Brahim n'est pas en bas de la Biada. Je suis déçu. Je n'ai plus du tout envie de me disputer avec lui. Même s'il a traité les juifs de voleurs, je ne lui en veux plus. J'ai envie qu'on rejoue comme avant. Et surtout, je veux lui annoncer la bonne nouvelle. J'espère que maman acceptera que je passe chez lui après mes devoirs.

Je n'ai pas à convaincre ma mère car Brahim m'attend devant chez moi. Je suis heureux de le voir. Je m'assois sur les marches à côté de lui.

— J'ai donné deux pièces pour la *zakat*[1], pour qu'Allah, il soigne ta sœur.

— *Choukran !* Mais c'est plus la peine de déranger Allah ! Elle va guérir ! Hier, je suis allé dans sa chambre, j'ai serré sa main et je lui ai répété : « Odette, je ne veux pas que tu meures, je ne veux pas que tu meures ! » Et quelques heures après, elle s'est levée ! Elle n'avait plus de fièvre et elle se sentait mieux ! Je crois que c'est grâce à moi.

— Ben non ! Tu l'as réveillée en parlant fort.

— Pas du tout ! Elle s'est levée plus tard dans la soirée ! Ma mère nous a annoncé qu'elle avait retrouvé de la force.

— Je suis content pour sa santé.

— J'ai répété « Je ne veux pas que tu meures ! » et ça a marché ! Elle ne va pas mourir !

— On joue ? me demande-t-il, en me montrant ses osselets.

Il n'a pas l'air de me croire. Je n'ai pas envie de me disputer une nouvelle fois, mais je suis persuadé que je suis pour quelque chose dans la guérison de ma sœur.

— Juste une partie car je dois faire mes devoirs.

Je passe voir Odette dans sa chambre. Je n'ai pas le droit de l'embrasser, mais j'ai enfin le droit de lui parler. Elle est dans son lit et elle lit un magazine.

1. L'aumône.

— Mon Jacob ! Qu'est-ce que tu m'as manqué !

— Toi aussi, tu m'as manqué. J'ai essayé de te parler à travers la porte.

— Tu aurais dû m'écrire des cartes postales ! Comme les gens qui partent en vacances !

— C'était quoi ta maladie ? Ils ne m'ont rien dit, comme d'habitude.

— La tuberculose. C'est une maladie des poumons qui fait beaucoup tousser.

— La tuberculose ? Je croyais que c'était la roberculose.

— La roberculose ?

Elle sourit et sa figure s'illumine comme un soleil.

— Ils ne voulaient pas que je rentre dans ta chambre.

— C'est normal. C'est contagieux. Surtout pour les enfants.

— Ça veut dire quoi ?

— Ça veut dire que tu pouvais tomber malade, toi aussi. Tu imagines l'état des parents avec deux enfants au lit ?

— Tu vas manger avec nous pour shabbat ? Tu pourras t'asseoir à côté de moi ?

— Oui, mon Jacob.

— Au fait, il faut que je t'avoue quelque chose. Quand tu étais malade, tu étais super mal coiffée !

Elle sourit de nouveau. Et moi aussi.

À la maison, il y a une ambiance de fête après la visite du docteur Benmimouni. Ma sœur va mieux. Elle tousse beaucoup moins qu'au début. Elle a eu de la chance car certains malades peuvent rester au lit pendant un an ! Elle va devoir se reposer encore un peu. Elle ne retournera pas à l'internat cette année. Comme c'est une bonne élève, ma mère va négocier avec le collège pour qu'elle ne redouble pas.

Myriam la voisine est passée à la maison et, quand elle a su qu'Odette était en train de guérir, elle s'est mise à pleurer de joie et elle a fait des youyous. Elle est allée chercher un plat de *fazuelos*[1] qu'elle venait de frire.

— Que votre vie à tous soit douce comme le miel !

Ça fait du bien de voir mes parents de nouveau joyeux.

***

Avec Brahim, on a repris nos habitudes. On s'est retrouvés après l'école. Après avoir joué aux osselets, on s'amuse à lancer des petits cailloux à travers la grille de l'entrée et on discute.

— Qu'est-ce que tu veux devenir quand tu seras plus grand ? je lui demande.

— Quel niveau de grand ? Ma mère dit que je grandis tous les jours.

— Grand, comme un adulte, dans très longtemps !

Brahim réfléchit. Il ne veut pas me répondre n'importe quoi. Il jette un caillou, puis un deuxième. Je m'impatiente.

— Alors ? Tu veux faire quoi ?

— T'as qu'à le dire en premier, toi !

— Je voudrais être le Messie !

J'ai bien compris qu'un juif ne pouvait pas devenir musulman, alors j'ai choisi de devenir un super-juif.

1. Gâteau feuilleté très fin au miel.

— C'est quoi exactement un messie ?

— C'est une sorte de Jésus, mais pour les juifs.

— Mais Jésus, il a des pouvoirs magiques, non ?

— J'en sais rien, je ne suis jamais allé à l'église. Mais le Messie dont je te parle, il n'en a pas. C'est un homme qui va permettre de faire que les gens fâchés ne soient plus fâchés, de faire la paix dans le monde et de sauver Israël.

— C'est un peu comme Mahomet, mais en juif ? Dieu, il t'envoie des messages et toi tu racontes tout aux gens et tu fais le travail qu'il te demande ! Mais comment tu vas faire pour devenir le Messie ?

— Ben, je ne sais pas, je ne suis pas encore grand.

— Et tu pourras guérir les gens malades et arrêter toutes les disputes ?

— Oui, car je serai en liaison directe avec Dieu. On fera tout ensemble. Si Israël ou le Maroc se dispute avec d'autres pays, j'interviens, et je réconcilie tout le monde.

L'idée a germé dans ma tête après un cours de Talmud Torah. Mon père était en retard pour venir me chercher et j'en ai profité pour discuter avec le rabbin Moshé après la classe.

Le rabbin Moshé est plus vieux que mes parents, mais moins que papi Prosper. Il a des petites lunettes, des grands yeux et une longue barbe et des papillotes. Il est très intelligent. Il sait vraiment beaucoup de choses. Je ne comprends pas tout ce qu'il raconte car il place des passages de la Torah en hébreu au milieu d'une phrase et je ne parle pas hébreu.

Je lui pose des questions et il adore ça. Il dit qu'un juif qui pose des questions est un bon juif. Alors je ne me prive pas. Lui, au moins, il répond, contrairement à ma famille qui dit toujours que je suis trop petit pour comprendre. Rabbin Moshé répète souvent que Dieu est tout-puissant.

— Vraiment, c'est le plus puissant du monde ?

— De l'univers même, assure-t-il en souriant.

— S'il veut faire apparaître des milliers de bonbons, il peut ?

— Eh ! eh ! eh ! dit-il, toujours dans un sourire. C'est à lui de voir !

— Mais s'il sait tout faire, il peut parler toutes les langues : l'arabe, le français, et l'hébreu ?

— Oui ! À la tour de Babel, l'Éternel a séparé les peuples des nations en rendant à chacun leur langue incompréhensible de leur voisin.

— Alors pourquoi on prie en hébreu ? S'il est tout-puissant, il comprend toutes les langues !

— Parce que c'est la langue originelle dans laquelle les textes ont été écrits. Jacob, tu es très intelligent. Je suis certain que tu feras de grandes choses quand tu seras grand.

— Est-ce que je pourrai être le Messie ?

Il s'est mis à rire.

— On ne m'a jamais posé cette question !

— Vous avez dit que le premier Messie, c'était David, et qu'on attendait le deuxième. Vous avez aussi dit que ce ne sera pas un magicien. Et on ne saura pas tout de suite que c'est le Messie.

— C'est bien, je suis content de constater que tu écoutes ce que je raconte ! Le *Machia'h*[1] viendra bientôt instaurer la paix dans le monde.

— Oui, j'ai bien envie de faire la paix dans le monde.

---

1. Le Messie.

— Mais ce n'est pas si facile, mon petit Jacob. Le Messie sera quelqu'un de très spécial. Un grand sage ! Il protégera Israël qui en a bien besoin en ce moment avec la Ligue arabe. Il fera en sorte qu'il n'y ait plus de morts inutiles dans les combats et que tous les peuples s'entendent et s'unissent.

— Oui, je supprimerai toutes les guerres et je protégerai le Maroc.

— Amen !

Le rabbin Moshé ne m'a pas dit que c'était impossible de devenir le Messie. Je garde cette idée dans un coin de ma tête.

Brahim lance un nouveau caillou.

— Moi, j'aimerais être un réparateur. Le plus grand réparateur de Safi !

— Réparateur de quoi ? De poterie ? Ton père les fabrique, ton frère les transporte, et toi, tu les répares si elles se cassent ? Pas mal, ton idée !

— Pas seulement ! Je veux être un très grand réparateur de toutes les choses cassées ! Tout !

Je regarde sa chaussure droite. La semelle est un peu décollée.

— Même des chaussures ?

Brahim a les yeux qui brillent derrière ses grands cils. Si je suis le Messie, j'aurai certainement besoin d'un réparateur à mes côtés. Il m'explique :

— Tu viendras chez moi, avec un osselet cassé par exemple et je te dirai : « Bonjour, monsieur le client, oui, pas de problème, je peux te réparer ton osselet ! » Et *rac* ! Je te donne ton osselet réparé et, comme tu es mon copain, je ne te demande rien ! Pas un dirham. Mon père, il dit toujours : « Pas de ça avec les amis ! »

— Brahim, tu es trop sympa !

— Et on pourra même me demander de réparer des maisons !

À ce moment-là, il jette un caillou un peu trop fort. La petite pierre passe la grille et atterrit bruyamment sur une voiture garée dans la rue. Heureusement, ce n'est pas celle de mon père. On s'approche et on aperçoit une trace sur la carrosserie noire. On court chez moi au cas où quelqu'un nous aurait vus.

Une fois qu'on est à l'abri dans ma chambre, on reprend notre souffle et on éclate de rire. Brahim et moi, on n'est plus du tout fâchés.

11

Mai 1967

Monsieur Tobelem s'est montré doux comme un *macroud*[1] quand il a croisé mes parents à la synagogue pour Chavouot[2]. Il a demandé des nouvelles d'Odette. Il leur a aussi annoncé que, Anna et moi, nous étions très intelligents. Ma mère est tombée dans le panneau. Elle nous a dit qu'on avait de la chance d'avoir un professeur si attentionné. Anna et moi, on s'est regardés et on a levé les yeux au ciel.

Je ne sais pas si c'est pour faire plaisir à ma mère, mais je fais partie des élèves à qui il a décidé de remplir la tête de force s'il le faut. Il déteste les élèves qui n'écoutent pas. Aujourd'hui, il a jeté sa craie dans ma direction. Elle a atterri sur mon front et j'ai eu super mal.

— En espérant que ce soit enfin la bosse des maths ! a-t-il lancé, fier de son tir. Venez donc au tableau avec votre livre de lecture.

1. Gâteau fourré à la pâte de datte et trempé dans le miel.
2. Fête qui célèbre le début de la saison de la moisson du blé et le don de la Torah sur le mont Sinaï.

Sauf qu'aujourd'hui j'ai oublié mon livre de lecture. Et, à ce moment-là, mon futur m'apparaît clairement devant les yeux : je vais d'abord recevoir une punition de monsieur Tobelem. Ça va faire mal ! Puis ma mère va le savoir parce qu'il va me donner un mot à faire signer, elle va en parler à mon père et je vais avoir droit à une autre punition. En fonction de l'humeur de mon père, ce sera soit un long discours, soit une claque, soit un coup de ceinture. Et c'est aussi à ce moment précis que je souhaite très fort, en regardant monsieur Tobelem dans les yeux, qu'il tombe gravement malade.

Vous aurez du mal à le croire, mais la première partie s'est déroulée exactement comme ça. Monsieur Tobelem m'a pris par l'oreille en me traitant de chameau. Puis il a sorti sa règle et m'a ordonné de présenter mes mains. Il m'a donné cinq coups. Je me suis forcé pour ne pas pleurer. Il m'a ensuite obligé à écrire trente fois « Je ne dois pas oublier mon livre de lecture » pour le lendemain, avec un mot à faire signer par mes parents. Sur le chemin du retour, j'ai demandé à ma sœur Anna de ne pas en parler aux parents.

— Et pourquoi je ferais ça ?

— J'ai imité la signature des parents pour toi la dernière fois, et grâce à moi, tu ne t'es pas fait punir. Si tu caftes, je dirai que tu m'as demandé d'imiter la signature des parents.

— Et tu te feras punir aussi ! Car c'est toi qui as imité la signature des parents sur mon cahier.

Elle n'a pas tort. Je risque de prendre même plus.

— Je t'ai évité une punition ! Tu pourrais être un peu sympa avec moi.

Elle met un temps, mais elle finit par me donner son prix.

— D'accord, mais alors tu seras mon serviteur pendant une semaine, et tu me donneras tes bonbons.

Je me suis fait avoir encore une fois. Quand je pense que je ne lui ai rien demandé, moi ! Je suis obligé d'accepter. Je porte son cartable jusqu'à la maison, et puis je sors mon paquet de bonbons de ma réserve secrète – sous mon matelas –, et je lui donne ses préférés : les nounours de toutes les couleurs. Je suis déjà très énervé. Mais ce n'est pas fini ! Je dois aller lui chercher de l'eau à la cuisine et prendre un petit pain chaud juste avant le repas, sans que ma mère et Aïcha s'en aperçoivent. Elle me demande ensuite de l'aérer avec un éventail car elle a chaud. Odette nous surprend alors que j'agite l'éventail.

— Ça sent le chantage à plein nez ! Qu'est-ce que tu as fait, Jacob ?

Je ne réponds pas. Mais je lui jette un regard de petit chat tout mignon pour qu'elle ait pitié.

— Je crois que tu peux le laisser tranquille, Anna.

— Non, j'ai encore chaud.

— Si ! insiste Odette. Je crois que tu peux le laisser tranquille !

Elles s'échangent un regard. Et je comprends qu'Odette fait aussi du chantage à Anna. Dans la famille, c'est une habitude.

— Bon, très bien. Je n'ai plus chaud de toutes les manières.

Je remercie Odette. Elle m'a sauvé. Enfin, c'est ce que je crois. Mais, juste avant de passer à table, Anna rapporte à ma mère ce qui s'est passé à l'école. Ma mère hurle mon nom dans toute la maison. Je la dénonce à mon tour et j'espère qu'Odette va faire de même. Ma mère nous gronde tous les deux. Mais elle ne parle que de mon cas à mon père quand il rentre. Depuis janvier, c'est la huitième fois que j'ai une punition. Mon père a eu une dure journée. Il a l'air fatigué. Après le dîner, ça va être ma fête.

Je n'ai pas faim, mais, si je ne mange pas, ce sera pire. Alors, pour une fois, je me force. Je n'aime pas les choux. Je bloque ma respiration et j'avale comme je peux. Le repas se termine. Mes sœurs aident Aïcha à débarrasser et je me retrouve seul avec mon père.

J'ai droit à un sermon et à des menaces. J'aurais pu avoir un petit coup de ceinture si ma mère n'avait pas crié depuis la cuisine :

— Max ! Max ! Viens vite écouter la radio !

Ma mère monte le son. Ce sont les informations en français de la radio arabe. Une voix d'homme explique que l'Égypte s'est alliée avec la Jordanie.

— C'est une catastrophe ! s'inquiète mon père.

Le présentateur poursuit en expliquant que la Palestine sera bientôt libre et qu'ils pourront revenir sur leur territoire.

— Je vais chez papa, annonce mon père avec son visage angoissé.

L'oubli de mon livre de lecture ne semble plus du tout un problème. Je sais pourquoi mon père va chez papi Prosper. Il est presque vingt heures et c'est l'heure à laquelle ils écoutent la radio israélienne en français. Papi habite juste à côté, pourtant ma mère lui dit :

— Fais attention !

J'ai bien compris qu'on n'avait pas le droit d'écouter cette radio. J'ai demandé pourquoi à Odette. Elle m'a expliqué en chuchotant. En fait, cette station de radio est interdite au Maroc et si la police apprend qu'on l'écoute, ils peuvent nous mettre en prison.

Lorsque mon père revient un peu plus tard, je sors de mon lit et je me mets en haut des escaliers pour écouter.

— L'Égypte a bloqué l'accès au détroit de Tiran pour les navires israéliens. Mais Israël a besoin du port d'Eilat pour s'approvisionner en pétrole. Il va y avoir une riposte, c'est sûr.

— Et si la situation dégénère ? demande ma mère, inquiète.

— Je ne sais pas... Il y a de plus en plus de tensions là-bas. Il pourrait bien y avoir la guerre.

— Et si le Maroc s'en mêle ? Qu'est-ce qu'on va devenir ? Les musulmans ne feront pas de différence entre les juifs d'Israël et les juifs d'ici ! Et s'ils s'en prennent à nous ?

— J'espère qu'on n'en arrivera pas là et que le roi restera sur ses positions.

— Peut-être que les autres pays de la Ligue arabe ne lui laisseront pas le choix. Tu savais que les Cohen envisagent de quitter le Maroc ?

— Eux aussi ?

Mes parents s'arrêtent alors de parler. Je me demande pourquoi. Je ne vois pas leur visage, mais j'imagine leur air inquiet. Ils réfléchissent ? Que se passe-t-il à ce moment précis dans leur tête ? Je retiens ma respiration. Je sens que cela nous concerne, mais je n'arrive pas à faire le lien. Mon père finit par dire :

— Allons nous coucher.

Je repars dans ma chambre, seulement à moitié soulagé.

Le lendemain, j'ouvre les yeux et je panique. Avec tout ce qui s'est passé hier soir, j'ai complètement oublié la punition que m'a donnée monsieur Tobelem. Qu'est-ce que je vais prendre ! Mes mains ne se sont même pas remises des coups de la veille. Je vais voir ma mère et je lui fais croire que je ne me sens pas bien. Mais je n'avais pas envie d'aller au Talmud Torah la semaine dernière et j'ai déjà utilisé l'excuse du mal de ventre. Elle prend ma température. Je n'en ai pas. Mais, alors que j'ai réussi à semer le doute dans son esprit, ma sœur Anna intervient :

— Mais tu ne vois pas qu'il n'a rien, maman ! Il veut juste rater l'école après sa punition d'hier !

— Non, c'est pas vrai !

Qu'est-ce que j'aimerais vomir là tout de suite sur ses pieds pour lui montrer qu'elle a tort !

— Tu vas aller à l'école et si tu ne te sens pas bien, je viendrai te chercher.

— Mais, maman ! dis-je la voix tremblante.

Mon père qui prend son petit déjeuner répond avec autorité :

— Jacob, tu vas à l'école ; un point, c'est tout.

J'ai finalement réellement mal au ventre à l'idée d'avoir encore mal aux mains. Pour couronner le tout, nous arrivons plus en retard que d'habitude ce matin car la voiture ne démarre pas. Je vais la sentir passer.

Anna et moi, nous courons jusqu'à l'entrée et nous nous arrêtons net. Ma sœur lit ce qu'il y a écrit sur le tableau noir :

— « Monsieur Tobelem est absent. Pas de remplaçant. »

Je me sens heureux comme si c'était mon anniversaire. Puis, une fois l'effet de la surprise passé, je me souviens que j'ai souhaité hier, en regardant monsieur Tobelem dans les yeux, qu'il tombe malade. Est-ce à cause de moi qu'il est absent ? Je demande à la surveillante ce qu'il a. Elle me confirme qu'il est très souffrant et qu'il est absent pour une durée indéterminée.

Je n'en reviens pas. D'abord ma sœur qui guérit, ensuite mon professeur qui tombe malade. Suis-je en train de devenir le Messie ou alors ai-je simplement une sorte de super-pouvoir ?

Brahim ne me croyait pas capable d'avoir sauvé ma sœur. Mais quand je vais lui raconter ce qui s'est passé avec monsieur Tobelem, il va changer d'avis, c'est sûr.

— Il était en très bonne santé, et puis j'ai pensé très fort que je voulais qu'il soit gravement malade et, le lendemain, paf !, il est malade !

Brahim écarquille les yeux. Il semble effrayé.

— Mon frère m'a dit que vous, les juifs, vous vous transformez en cadavres la nuit.

— Mais si on est mort la nuit, on ne peut pas se réveiller le matin.

— Ben si, justement ! Vous, les juifs, vous pouvez le faire.

— Et pas vous ?

— Non. Mais ça montre bien que vous avez des pouvoirs.

— Tu as peur ? je lui demande.

— De toi ? Tssss… Le jour où tu me battras aux osselets, peut-être que j'y croirai à ton histoire de pouvoir. Mon frère, il raconte beaucoup de bêtises !

On se met alors à jouer. Je pense très fort que je vais gagner, mais Brahim remporte toutes les parties. Mon pouvoir, si j'en ai un, ne marche pas pour les osselets.

12

Brahim et moi, nous avons beaucoup de points en commun. La dernière fois, on a passé en revue tout ce qui était pareil chez lui et chez moi. Lui aussi a une très grande famille avec beaucoup d'oncles et tantes. C'est le plus jeune de ses frères. Lui aussi a un frère, Icham, qui rapporte toutes les bêtises qu'il fait, surtout les choses qu'il casse. Et j'ai bien vu quand je suis allé chez lui que sa mère ne peut pas s'empêcher de l'embrasser. Comme la mienne. Parfois, ma mère, j'ai l'impression qu'elle pourrait me manger. Lui, c'est pareil. Sa mère s'appelle Zora et elle est vraiment gentille. Elle cuisine aussi très bien et, dès qu'elle me voit, elle veut me faire manger. Mais je refuse poliment. Brahim me raconte que lui aussi est obligé de terminer son assiette jusqu'à la dernière miette, même si ce n'est pas un plat qu'il aime. Lui et moi, on n'a pas le droit de manger du cochon, à cause de notre religion. Nos Dieux aiment beaucoup les étoiles, sauf que les juifs la dessinent avec six branches, alors que les musulmans ne lui mettent que cinq branches. Mais de loin, on dirait la même. On adore tous les deux jouer aux osselets.

J'ai d'autres amis à l'école, David, Roger et Sami. Brahim est bien meilleur qu'eux aux osselets. Ça les énerve quand je leur dis mais c'est la vérité. Ils ne me croient pas car ils ne connaissent pas Brahim. Des fois, ils disent même que je l'ai inventé.

Ils viennent parfois à la maison, et je vais parfois chez eux car nos parents se connaissent bien. Mais Brahim, c'est différent. Mes parents n'ont pas rencontré ses parents, pourtant il est presque tous les jours chez moi. C'est un peu comme quelqu'un de ma famille, même s'il n'est pas juif.

L'année dernière, en septembre, mon père était très angoissé car l'été était vraiment chaud au Maroc. Il rentrait tard tous les soirs et il ne dormait pas. Odette m'avait expliqué que les récoltes avaient séché et il n'y avait pas assez de céréales à acheter et à vendre. On risquait de manquer d'argent. À chaque repas, je me demandais si ce n'était pas le dernier. Pour le jeûne de Kippour, j'ai déjà du mal à me retenir de manger dès que ça commence.

J'en ai parlé à Brahim. Sa famille n'est pas riche. Leur maison est plus petite que la nôtre et ils n'ont pas de bonne. C'est leur mère qui fait tout.

— Je croyais que les juifs avaient beaucoup d'argent, m'a répondu Brahim, étonné.

— Qui t'a raconté ça ?

— Je me rappelle plus.

— Ben, ça doit être d'autres juifs. Mon père a recommandé à ma mère de ne pas trop dépenser d'argent. En allumant les bougies de shabbat, elle a prié le Bon Dieu de faire tomber la pluie.

— Je vais demander à mon cousin Ahmed de t'apprendre à pêcher des sardines ! m'a-t-il proposé.

— Ouah ! Tu as un cousin qui sait pêcher ?

— Oui, il sent mauvais, mais il est très fort en pêche. Et si tu as besoin, ta famille et toi, vous pourrez dormir dans la chambre des invités.

Chez Brahim, il y a le salon, la chambre de ses parents, la chambre où il dort avec ses frères, et il y a une pièce vide avec un salon arabe.

— C'est la chambre « au cas où », m'a-t-il expliqué. Au cas où il y a de la famille qui vient à Safi, au cas où il y a des amis qui passent, au cas où il y a quelqu'un qui en a besoin.

— Mais vous devez être serrés à quatre dans une chambre !

— Non, ça va. Ali, il sent fort des pieds, mais on s'habitue. Bon, au cas où, ta famille est la bienvenue. Je vais prévenir mon père.

— Merci, Brahim. Mais on va rester chez nous, même si on n'a pas d'argent.

Le soleil continue à brûler les champs de céréales. Et Brahim est aussi inquiet que moi. Il me rapporte des oranges car son voisin a un oranger. Puis des gâteaux à la pâte d'amande.

— Ma mère en fait toujours trop.

— Merci, Brahim. Pour le moment, on a encore à manger.

Et un jour, alors que le soleil n'en finit plus de taper sur les gens et les champs, il arrive après l'école avec un sac en papier à la main.

— C'est quoi ?

— C'est pour toi et ta famille.

Je regarde à l'intérieur et je trouve plein de pièces. C'est de la petite monnaie. Quand il livre les poteries de son père, il récupère quelques dirhams en pourboire. Son père le laisse garder des pièces. C'est tout ce qu'il possède et il est prêt à me le donner pour aider ma famille. Je ne sais pas quoi dire. Ma mère me répète toujours qu'il ne faut pas accepter un cadeau du premier coup. Il faut toujours dire : « Il ne fallait pas ! C'est trop de dérangement ! »

Je n'arrive même pas à prononcer un mot. Brahim m'observe avec ses longs cils.

— Je n'en ai pas besoin, insiste-t-il.

Mais ma famille si. Je dois l'accepter, pour eux. Je prends le sac :

— Je te promets de tout te rembourser. Merci.

Brahim sourit. Ça lui fait plaisir. C'est vraiment mon meilleur ami.

À la maison, le soir, je bouge comme une puce en attendant mon père. Dès qu'il ouvre la porte, je me précipite vers lui.

— Assois-toi, papa ! J'ai la solution au beau temps qu'il fait ! Assois-toi !

Je ne tiens plus, tellement je suis excité. Mon père répète, amusé, ce que je viens de dire.

— Tu as la solution au beau temps qu'il fait ?

Il s'installe sur sa chaise. Je lui remets le sac de Brahim.

— C'est de l'argent pour notre famille… Pour qu'on continue à s'acheter à manger.

Mon père observe le sac et jette un œil à ce qu'il contient. Puis il me fixe. Il se retient, mais je sens qu'il a envie de rire.

— Qui t'a dit qu'on allait manquer d'argent pour manger ?

Il n'attend même pas ma réponse et explose de rire. Comme toujours quand il rit, je me mets à rire, même si je ne sais pas vraiment pourquoi.

— C'est très gentil à toi de vouloir nous aider ! Et d'ailleurs, d'où sors-tu ces dirhams ? Tu es plutôt du genre à t'acheter des bonbons ou des glaces dès que tu as un sou.

— C'est à mon copain Brahim. Mais je vais le rembourser avec l'argent de mon anniversaire et de la *crada*[1] que je vais recevoir à Pourim.

— Il t'a donné toutes ses économies ?

— Oui, pour qu'on puisse manger.

— Ton ami a bon cœur. Tu l'as bien choisi ! Mais tu peux lui rendre ses pièces. Cette année est dure, mais nous avons encore assez d'argent pour vivre correctement. Et avec ces dirhams, on ne pourra même pas s'acheter de quoi préparer une salade d'aubergines !

Et il repart dans son fou rire. Je n'ai pas sauvé la famille, mais j'ai au moins réussi à lui redonner le sourire.

Le lendemain, je rassure Brahim et je lui rends son sac. Ce que Brahim était prêt à faire pour ma famille, je ne suis pas près de l'oublier.

Aujourd'hui, il fait une chaleur insupportable aussi bien dedans que dehors. Madame Bensoussan est passée prendre le thé avec ma mère. On dirait qu'elle est enceinte, sauf qu'elle ne l'est pas. Elle est seulement grosse. Elle a tellement chaud qu'elle

1. Argent donné aux enfants à Pourim, une fête juive qui commémore la délivrance miraculeuse du peuple juif d'un massacre planifié par Haman.

est obligée de s'aérer les cuisses en se faisant de l'air avec sa jupe. Brahim est venu à la maison. On transpire tellement qu'on n'a pas le courage de jouer aux billes ou aux osselets. Je lui propose d'aller dans le jardin de mon grand-père.

— Tu vois ces arbres ? Ce sont des pêchers. Ça te dit une pêche bien juteuse ?

— Tu es sûr qu'elles sont mûres ?

— Avec ce soleil, en cinq minutes, elles sont mûres.

Normalement, je n'ai pas le droit de cueillir les fruits tout seul et sans autorisation en plus. Mais papi fait des réussites dans son salon avec la radio allumée. Il ne se rendra pas compte s'il lui manque quelques pêches.

Les pêches les plus mûres se trouvent tout en haut de l'arbre. Je fais la courte échelle à Brahim. Il s'accroche à une branche et réussit à monter. Il tend la main.

— Fais attention quand même !

Il étire encore un peu sa main et réussit à en attraper une. Du haut de l'arbre, il fait un mouvement de danse avec ses épaules :

— C'est qui le plus fort ? *Aiwa ! Aiwa !*

Il croque dans la pêche à pleines dents. Sauf que la pêche est très acide et, en voulant recracher le morceau, il perd l'équilibre. Brahim tombe sous mes yeux.

Je crie, mais cela ne l'empêche pas de chuter. Il est étalé sur le sol. Il ne bouge pas, à l'inverse de moi qui deviens fou. Je me jette sur lui.

— À l'aide ! Au secours !

Je lui appuie sur le ventre. La dernière fois qu'un sauveteur a sauvé quelqu'un de la noyade à la plage, c'est ce qu'il a fait. Ça ne marche pas.

— Brahim, je ne veux pas que tu meures ! Je ne veux pas que tu meures ! Au secours !

Je cours chercher ma mère.

— C'est Brahim ! Il est tombé de l'arbre ! Il ne bouge plus !

Ma mère réagit immédiatement. Madame Bensoussan nous suit, mais elle a du mal à courir.

— Je t'ai déjà dit cent fois que...

— Je sais, maman ! Vite ! Vite !

— Prenez de l'eau ! lance madame Bensoussan.

Je remplis une bouteille et nous traversons la rue jusqu'au jardin de papi à toute vitesse.

Brahim est toujours étendu sur le sol. Ma mère lui verse un peu d'eau sur le visage et lui donne des petites tapes sur la joue. Je retiens ma respiration.

Il bouge. Il finit par reprendre connaissance.

Madame Bensoussan regarde sa tête. Il a une énorme bosse. Il est encore un peu sonné.

Ma mère est aussi soulagée que moi. Mais elle est en colère.

— Jacob, qu'est-ce qui t'a pris ? Tu es fou ou quoi ? Ça aurait pu être très grave. Tu imagines : un Arabe mort dans le jardin de papi ? Tu veux qu'on aille en prison ?

Je ne réponds rien. Imaginer Brahim mort est impossible.

— En plus, elles ne sont pas encore mûres les pêches !

Elle se calme et interroge Brahim :

— Tu peux marcher ? Viens te reposer un peu et je te déposerai chez toi en voiture.

À la maison, ma mère lui met de la crème sur sa bosse. Elle n'arrête pas de lui demander s'il se sent bien. Puis elle raccompagne madame Bensoussan jusqu'à la porte, en s'excusant pour cet incident. Brahim et moi, on se retrouve tous les deux seuls sur le canapé.

— Qu'est-ce qui s'est passé ? questionne Brahim.

— Tu as croqué dans la pêche, tu as fait *aiwa aiwa* et tu es tombé de l'arbre. J'ai appelé au secours ! Et j'ai souhaité très fort que tu ne meures pas. Et tu n'es pas mort ! Tu as seulement une grosse bosse.

Il ne dit rien. Je le vois dans ses yeux, il ne me croit toujours pas. Je ne veux pas me disputer, mais pour moi, c'est sûr. J'ai un pouvoir.

Une fois que Brahim se sent mieux, ma mère le ramène chez lui en voiture. La mère de Brahim nous ouvre la porte et, quand elle voit la bosse sur le front de son fils, elle s'affole. Mais ma mère la rassure.

— Il a fait une mauvaise chute, mais il y a eu plus de peur que de mal. Je préfère vous prévenir pour que vous puissiez le surveiller et l'emmener voir un médecin s'il se sent mal dans la soirée.

La mère de Brahim parle tendrement en arabe à son fils. Puis elle nous invite à rentrer pour boire le thé. Ma mère refuse, mais, comme elle insiste beaucoup, elle finit par accepter.

— Ne vous dérangez pas, surtout !

— *La la la*[1] *!* Ma maison, c'est ta maison ! répond Zora.

Elle installe ma mère dans la pièce du salon arabe, à côté de la cuisine. En quelques minutes, la table basse en cuivre se remplit de gâteaux. Elle a aussi prévu du Judor pour Brahim et moi.

---

1. Non non non.

Ma mère s'extasie devant les pâtisseries et très vite, elles se mettent à parler cuisine. La mienne sort un petit carnet de son sac et note une recette.

Brahim et moi, on est trop contents qu'elles deviennent copines.

Leur maison est bien rangée. Le sol est recouvert de tapis, presque les mêmes que chez nous. Il y a des poteries dans toutes les pièces, sur les étagères de la cuisine, et aussi en décoration.

— Votre mari est très doué. C'est un artiste !

— *Choukran !* Je lui dirai.

C'est la première fois que je viens chez Brahim, car ma mère refuse que j'aille chez des gens qu'elle ne connaît pas. Mais sa mère à lui veut bien qu'il vienne chez nous. Il m'emmène dans sa chambre qui est aussi celle de ses frères. Ils ne sont pas encore rentrés du travail. Il en profite pour me montrer toutes ses cachettes : celle où il range ses osselets et ses billes, celle où il met ses bonbons quand il en a, celle où il met les pièces que les gens lui offrent quand il fait des livraisons de poterie. Un jour, son frère Assaf a trouvé sa cachette et il s'est servi comme si c'était à lui et il a refusé de le rembourser. Brahim se serait bien battu, mais son frère a quatorze ans et est deux fois plus grand que lui. Pour se venger, il a mélangé de la poudre de henné rouge avec de l'eau et a recouvert son visage pendant qu'il dormait. Assaf s'est réveillé avec des grosses marques orange sur le nez, les joues, le cou et le front qui ont mis plus de quinze jours à disparaître. Brahim a reçu une *treha*[1] de la part de son père et de son

1. Raclée.

frère, mais ça valait le coup, car Assaf n'a plus recommencé.

Ensuite, Brahim m'emmène sur le toit de sa maison. Il m'explique que lorsqu'il fait très chaud, ils montent les matelas et ils dorment ici sur la terrasse. Il peut voir toutes les étoiles qu'Allah a mises dans le ciel et c'est magnifique. Son père lui a expliqué qu'Allah les a créées pour trois raisons : pour embellir la nuit, lapider les démons, et pour guider les hommes.

— T'as déjà vu un démon, toi ? je lui demande.

— Non, il paraît qu'ils sont invisibles.

— Ça veut dire quoi « lapider un démon » ?

— Les étoiles, c'est comme des cailloux qui sont jetés sur les démons pour les tuer.

— Heureusement qu'Allah a créé les étoiles pour nous protéger, dis-je, en vérifiant autour de moi si je vois quelque chose d'anormal.

Ma mère crie mon nom car c'est l'heure de rentrer. Elles se promettent de se revoir, ce qui nous rend, Brahim et moi, fous de joie.

13

C'était la grande fête de Brahim avant-hier. Il m'avait invité, mais c'était chez sa tante à Essaouira, à plus d'une heure de voiture de Safi. Mes parents ne pouvaient pas m'accompagner et ils ont refusé que je rate l'école. J'ai hâte qu'il me raconte. Et surtout qu'il me montre ses cadeaux.

Je l'attends en bas de la Biada après l'école. Ma sœur râle car elle est obligée de rester avec moi. Si elle rentre seule, ma mère va la gronder. Hier, j'ai traîné le plus longtemps possible. Mais il n'est pas venu. J'espère qu'il ne va pas tarder. Je l'aperçois au loin. Je cours vers lui.

— Ça va ? je lui demande.

— Oui, oui, me répond-il.

On se met à avancer vers chez moi, mais je remarque qu'il marche bizarrement.

— Je ne peux pas aller vite. Je suis un peu fatigué. On a beaucoup fait la fête.

Je préviens ma sœur qu'elle avance toute seule et qu'elle avertisse ma mère que j'arrive avec Brahim. Ça ne lui plaît pas, mais elle en a marre d'attendre.

— Alors, tu me racontes ? je lui demande. Comment c'était ?

— On a mangé plein de gâteaux. Tous mes oncles et tantes étaient là. Mes cousins aussi. J'ai eu un super vélo et on m'a coupé le zizi pour que je me transforme en homme. Et après, ils ont fait des youyous et ils ont mis de la musique.

— On t'a coupé le zizi ? Comme une *brit mila*[1] ?

— C'est quoi ça ?

— C'est la circoncision qu'on fait aux bébés.

— C'est ça, sauf que chez nous, ça s'appelle *khitan*.

— T'as pleuré ?

— Presque pas ! Allez, tu fais une partie d'osselets avec un vrai musulman ?

On s'installe sur les marches devant chez moi. Il s'assoit difficilement et on joue.

— Et il est où ton vélo ?

— Chez moi ! J'ai essayé de monter dessus, mais ça fait trop mal ! Mon frère va m'apprendre quand ça ira mieux.

— Waouh ! Un vélo ! T'as trop de la chance.

Le soir à table, je demande à mon père :

— J'ai bien eu ma circoncision quand j'étais petit ?

Ma mère apporte les salades à table et me répond :

— *Cumpara alikoum*[2] *!* Huit jours après ta naissance ! Qu'est-ce que j'ai pleuré ! C'était une fête magnifique !

— J'ai eu beaucoup de cadeaux ?

— Plein ! On ne savait plus où les mettre.

— Ils sont où mes cadeaux ?

Anna se moque de moi.

---

1. Circoncision.
2. Que je prenne ton mal !

— Tu veux jouer à la poupée avec tes habits de bébé ?

Je me tourne vers ma mère :

— Je n'ai eu que des habits ? Pas de vélo ?

— Non, tu étais trop petit pour un vélo ! Tu as aussi eu des peluches. J'aurais bien aimé que tu en choisisses une comme doudou.

Elle se met à rire. Je sais pourquoi. Jusqu'à l'année dernière, je m'endormais avec un gant de cuisine, ceux qu'on utilise pour faire le ménage. Ma mère en avait ras le bol que je traîne ce vieux morceau de caoutchouc. Elle disait que j'étais trop grand. J'ai pleuré, je l'ai suppliée. Mais elle l'a quand même jeté à la poubelle. Impossible de m'endormir pendant les deux jours qui ont suivi. Je suis allé en piquer un autre à la cuisine sans que personne me voie, mais il n'avait pas la même odeur. J'ai fini par m'y habituer. Pour ne pas que ma mère le trouve, je le mettais sous mon matelas. Un soir, j'ai sorti le gant de sa cachette. Je ne me suis pas rendu compte tout de suite. Je l'ai mis près de mon visage et, au bout de quelques minutes, ma peau a commencé à me piquer très fort. Je me suis mis à pleurer. Odette, Anna et Messodi sont venues voir ce qui se passait et Anna a appelé mes parents.

— Ça me pique ! Ça me pique ! je criais.

Ma mère est arrivée dans ma chambre avec des serviettes d'eau glacée et de l'huile d'olive.

— Ça va aller, mon chéri. Tout va bien ! Tout va bien ! Ça va passer.

Puis elle a vu le gant, à côté de moi.

— Tu as encore pris un gant ! On avait dit que c'était fini ! C'est dégoûtant en plus ! Il y a plein de cochonneries dessus ! Il devait y avoir des produits nettoyants dessus, c'est sûrement ce qui t'a brûlé. Promets-moi que tu ne recommenceras plus !

J'ai promis. Je n'ai plus jamais repris de gant.

Quelque temps plus tard, ma mère recevait ses copines pour le thé. Elle adore leur parler de moi. Je descendais les escaliers et je l'ai entendue :

— Jacob ne pouvait pas se passer d'un affreux gant en caoutchouc pour dormir. Il n'y avait rien à faire. On a beau leur expliquer à ces gosses, ils ne veulent rien entendre. Alors, Micheline, à la boulangerie de la place du marché, m'a conseillé de frotter du piment dessus. Ça a fonctionné ! Il n'y a plus jamais touché ! Tu devrais essayer !

Ses copines se sont mises à rire.

— *Msquin*[1] *!*

J'étais très en colère. Ça n'allait pas se passer comme ça ! J'ai couru dans la chambre d'Odette.

— Tu savais pour mon gant ?

— De quoi tu parles ?

— Maman a frotté du piment dessus !

— Non, je ne savais pas. Mais tu peux lui dire merci. Ça a marché !

— J'ai eu super mal ! J'aurais pu mourir !

— Ne dis pas de bêtise ! Tu n'allais pas continuer à avoir un doudou et à sucer ton pouce jusqu'à tes quarante ans ! Tu vois les dents de Bouchaib, le marchand de beignets ? Celui qui a comme un museau de cheval ? Il paraît qu'il suce encore son pouce. Crois-moi, elle t'a rendu service.

Je suis resté en colère contre ma mère toute la soirée. Je pensais même faire une bêtise exprès. Et puis le lendemain, c'est passé.

1. Le pauvre.

Odette va de mieux en mieux. Elle est encore trop maigre pour ma mère, et elle se fatigue vite. Je vais la voir dans sa chambre tous les matins avant de partir et quand je rentre de l'école. Je lui ai proposé de me coiffer, mais elle n'a pas encore assez d'énergie. Alors on discute.

— Quand j'irai à Paris, tu viendras me voir ? me demande-t-elle.

Ses yeux bleus pétillent.

— Oui, bien sûr.

— Paris est une ville magnifique ! On ira voir la tour Eiffel, les Champs-Élysées, Montmartre ! Et les Français sont tellement beaux ! C'est là-bas que je me marierai.

D'un coup, je réalise que je ne vais plus la voir et cela me rend triste. Elle le remarque.

— Mais qu'est-ce que tu as ?

— Paris, ce n'est pas Marrakech ! Si tu te maries en France avec un Français, je ne te verrai plus les week-ends.

— Oh, mais toi aussi, tu finiras par venir habiter en France ! Papa et maman n'arrêtent pas de parler de quitter le Maroc si la situation se dégrade encore. Ils ne veulent même plus réparer la porte de la salle de bains en disant que c'est de l'argent gâché ! On n'ira pas en Israël, car c'est trop dangereux et on ne parle pas hébreu de toute façon. Et puis maman dit que la France est le plus beau pays du monde.

J'ai l'impression d'avoir croqué dans une figue de barbarie pas épluchée. J'explose !

— Quitter Safi ? Mais non ! C'est impossible ! Je ne veux pas partir !

— Les parents y pensent pourtant depuis longtemps !

Je suis affolé.

— Depuis quand ? Et pourquoi ils ne m'ont rien dit ?

— Ils se posent la question depuis l'indépendance du Maroc, bien avant ta naissance ! Le Maroc est un pays musulman et nous, les juifs, nous ne sommes pas nombreux ici. Peut-être qu'un jour les musulmans ne voudront plus de nous.

— Qu'est-ce que tu en sais ? Tu te trompes ! C'est notre pays à nous aussi !

— Calme-toi, Jacob ! On ne va pas partir ce soir !

Je me lève et je lui crie dessus.

— On ne va pas partir, ni ce soir ni jamais ! C'est ici chez nous ! On est marocains !

— Pourquoi tu hurles comme ça ? Allez, viens te rasseoir. Raconte-moi plutôt qui a été puni aujourd'hui à l'école.

J'ai du mal à continuer cette discussion. Je ne veux pas quitter le Maroc. Je ne veux pas aller en France ni nulle part. Je veux rester à Safi, avec mes copains, avec Brahim, mes cousins et toute ma famille. Je ne veux rien changer.

On passe à table. Je ne peux rien avaler. Mais pour ma mère, il n'existe aucune raison au monde pour ne pas manger. J'étale dans mon assiette, je réussis à mettre un morceau dans l'assiette d'Anna sans qu'elle s'en aperçoive. Et j'attends que ma mère me regarde pour finir les quelques bouchées qu'il me reste. Si je dois en laisser un peu, la négociation sera peut-être plus facile.

Simone est assise à côté de moi. Ça fait longtemps qu'elle ne s'est pas disputée avec mes parents. Ce soir, elle a une annonce à faire.

— Tu as enfin trouvé un petit copain ? la taquine Odette.

Papi Prosper rit et il dit en arabe :

— *Tah el kesskass ou ta hala rtah*[1] ?

— Qu'est-ce qui se passe ? s'inquiète ma mère.

Apparemment, personne ne semble être au courant.

— J'ai décidé de quitter le Maroc.

— *Wouliwouli !* s'exclame ma mère d'une voix très aiguë.

Simone est très sérieuse.

— Je vais partir en Israël. Ils ont besoin de nous là-bas, explique-t-elle. Et je peux être utile.

— Parle moins fort quand tu parles d'Israël, chuchote ma mère.

Il fait chaud, mais elle va fermer les fenêtres.

— Mais tu es maboule, ma parole ! dit-elle, affolée. C'est dangereux ! Avec les pays arabes autour, il peut y avoir la guerre à tout moment.

— Justement, je veux les aider à se défendre.

— Tu sais quand même que c'est interdit d'aller en Israël depuis le Maroc !

— Et tu trouves ça normal que les juifs n'aient pas le droit d'aller là où ils ont envie d'aller ?

— Ce n'est pas le sujet ! Il est hors de question que tu partes en Israël ! Tu te rappelles le naufrage du bateau Pisces ? Quarante et un juifs morts ! Tu m'entends ? Quarante et un morts noyés alors qu'ils partaient clandestinement en Israël ! C'est ce que tu veux ? C'est ce que tu veux ?

1. Le couscoussier est tombé sur son couvercle ?

Ma mère commence à s'exciter toute seule et à répéter tout deux fois. Mon père est aussi inquiet, mais plus calme :

— Simone, tu ne peux pas être une jeune fille comme tout le monde ? Les femmes se marient, elles font des enfants, mais elles ne font pas la guerre !

— Papa, c'est ta génération ça ! Moi, je ne veux pas rester à la maison à attendre mon mari et préparer à manger toute la journée. J'y ai longuement réfléchi. C'est en Israël que je veux faire ma vie.

— Mais qui t'a mis cette idée dans la tête ? hurle ma mère. Non, c'est impossible ! Nous ne te laisserons jamais partir !

Ma mère ne se sent pas bien. Quand Rebecca est partie pour ses études de pharmacie à Montpellier, ça ne lui a pas fait le même effet. Simone a toujours un avis différent de celui de mes parents et elle réussit à les mettre sens dessus dessous.

Comme s'il réalisait d'un seul coup la signification de ce que vient de dire ma sœur, mon père explose :

— Tu n'iras nulle part, Simone ! Tu ne sortiras pas du Maroc ! Tu m'entends ?

— Mais papa, je...

— J'ai dit non !

Sa dernière phrase est un cri. Puis c'est le silence. Ma sœur quitte la table en pleurant et va dans sa chambre.

— Qui lui a mis une idée pareille dans la tête ? répète ma mère.

Mon père allume une cigarette. Nous reprenons le repas, mais je vois bien que mes parents sont secoués.

Simone n'est pas comme mes autres sœurs. Tout ce qu'il ne faut pas faire, elle le fait. À elle seule, elle a réalisé plus de bêtises que toutes mes sœurs réunies. À l'école, elle collectionnait les punitions car elle répondait aux professeurs. Odette m'a raconté qu'à quatorze ans elle a pris les clés de la Traction et elle a essayé de conduire alors qu'elle n'avait jamais appris et que c'est interdit par la police. L'année dernière, je l'ai surprise en train de fumer une cigarette. Si mes parents l'apprennent, elle va passer un sale quart d'heure. Ce n'est pas moi qui vais la dénoncer. D'abord, parce que je ne suis pas un rapporteur. Et puis aussi parce qu'elle me ferait avaler un pot de sauce piquante par le nez. Quand j'étais petit et qu'elle me gardait, elle me racontait des histoires de monstres, de sorcières et de fantômes. J'adorais ça, mais après, je n'arrivais plus à fermer l'œil. Elle s'assoyait à côté de mon lit et elle me disait :

— Chut ! Écoute ! Je crois qu'il y a une sorcière dans la maison !

Je faisais attention à chaque bruit avec le cœur au bord de l'explosion.

— Tu l'entends ?

— Oui, je répondais, mort de peur.

Elle sortait alors un petit flacon. Je ne savais pas lire à cette époque.

— Regarde cette bouteille. Sur l'étiquette, il y a marqué que c'est un produit anti-sorcière. Tu en mets un peu partout autour de toi et tu vas voir, c'est très efficace. Ça marche aussi sur les monstres et les fantômes. On essaie ?

On mettait un peu de liquide aux quatre coins de ma chambre et sous mon oreiller.

— Écoute ! On n'entend plus rien ! Ça a marché !

— Oui, c'est vrai ! je lui répondais, rassuré.

Elle laissait le flacon à côté de mon lit et je m'endormais tranquillement. Pour moi, Simone, elle n'a peur de rien ni de personne. C'est la plus courageuse de la famille.

Lorsque je monte me brosser les dents un peu plus tard, Simone est en train de chuchoter avec Odette. Je me poste devant leur porte et j'écoute.

— Je vais partir avec ou sans l'accord de papa et maman.

— Mais tu ne peux pas faire ça, Simone ! Ils ne vont jamais s'en remettre. Laisse-leur encore du temps pour se faire à l'idée. Avec toutes les saletés qu'ils écrivent dans les journaux sur les sionistes, les gens ont de plus en plus peur. Il va y avoir des départs en Israël, c'est sûr. S'ils savent que tu pars avec des gens qu'ils connaissent, ils seront plus rassurés.

— C'est maintenant qu'Israël a besoin de moi. Les jeunes sont nécessaires à la construction du pays.

— Mais tu ne peux pas les aider d'ici plutôt ?

— Comment ? Tu veux que je leur envoie des cartes postales ? Je te rappelle que le courrier et les appels téléphoniques vers Israël sont interdits !

Quelqu'un monte les escaliers. Elles s'arrêtent net de parler. Je file dans ma chambre. Je me mets sous les draps. Je sens que c'est le bon moment pour utiliser mon pouvoir.

— Je ne veux pas que Simone parte en Israël. Je ne veux pas que Simone parte en Israël. Je ne veux pas que Simone parte en Israël.

Je repense à ce que je viens d'entendre. Je sais qu'elle est têtue et j'ajoute avec le plus de force possible :

— Si elle part quand même, je veux qu'elle soit protégée de tout, qu'elle ne se noie pas et qu'il ne lui arrive rien.

14

J'ai beaucoup d'oncles et tantes. Mais vraiment beaucoup. Mon père a cinq frères et sœurs. Ma mère en a huit en tout ! Certains sont à Safi, d'autres à Casa, à Fès et à Meknès. J'en ai aussi à Mogador. Mais comme il y a eu des histoires de famille, on ne les voit pas tous. Et en plus des frères et sœurs de mes parents, il y a aussi leurs oncles et tantes. Comme dit mon père : « *Tbarquela*, on a une grande famille. » Raquel est la tante de mon père, la sœur de papi Prosper. Elle habite Safi, pas très loin de la place du marché. Elle a perdu son mari il y a très longtemps d'une crise cardiaque et ses enfants sont grands. Elle est vieille, mais ce qui marche encore très bien, c'est sa langue. Elle est partout sauf dans sa poche. Avec mes sœurs, on l'aime beaucoup car, contrairement à la plupart des gens de la famille, elle dit ce qu'elle pense exactement quand elle le pense. Moitié blague, moitié vérité. Elle nous fait rire. Elle vient souvent déjeuner le samedi midi à la maison car, pour elle, la *dafina* de ma mère est la meilleure de Safi.

La dernière fois, chacun a eu droit à son commentaire.

— Tu as encore perdu tes cheveux, Max ! On dirait un oignon épluché !

— Ruby, j'espère que tu n'as pas mis trop d'huile dans ta *dafina*. J'ai mis une semaine à digérer celle de samedi dernier !

Ou encore :

— Qu'est-ce que tu étais belle au mariage de la fille Corcos ! Je ne t'ai même pas reconnue.

Quant à papi Prosper, son frère aîné, c'est sans doute celui qui prend le plus.

— Jusqu'à quand tu vas vieillir ? Je pensais que tu étais arrivé au maximum !

Tout le monde rit de bon cœur. Messodi a un roman de Stendhal entre les mains.

— *Chkoun*[1] ? Stendhal ?

— C'est le meilleur ! Je te le prête si tu veux, je l'ai déjà lu.

— Si ce n'est pas un livre de cuisine, tu peux le garder pour toi.

Tata Raquel est très coquette. Elle est toujours bien habillée et maquillée avec du rouge à lèvres. Elle me laisse des traces sur la joue quand elle m'embrasse. Elle est très ridée. C'est comme si elle était restée trop longtemps dans un bain chaud et que sa peau s'était froissée pour toute la vie. Un jour, je regardais toutes ses rayures sur son visage. Elle l'a remarqué et elle m'a dit :

— Tu sais combien j'en ai de rides ?

J'ai essayé de compter vite pour lui donner une réponse.

---

1. C'est qui ?

— *Tehkt aala zman ouzman houa di thak aalia*[1] ! Moi non plus, je ne sais pas ! Mais ce que je peux te dire, c'est que chacune d'entre elles correspond à un moment de joie. Comme tu peux le voir, je me suis bien amusée.

Elle a souri et des nouvelles rides sont apparues.

Pour Raquel, on est des trésors. Moi autant que mes sœurs. Ça m'énerve un peu d'ailleurs parce que j'aime bien être le plus mignon. Elle dit toujours à ma mère :

— Ce n'est pas Max et toi que je viens voir, c'est tes gosses et ta *dafina* !

Ses deux garçons sont en France. Ils vivent à Strasbourg. Le premier est marié et a déjà deux enfants. Le deuxième a fini ses études de médecine et enchaîne avec des études de droit. Elle se plaint qu'il préfère étudier que fonder une famille. Ils lui manquent beaucoup et elle en parle souvent.

Simone discute avec elle. Elles ont toujours été proches toutes les deux. Elles chuchotent ou elles vont dans un coin pour ne pas qu'on les entende. Au début, je pensais que Simone lui parlait de ses amoureux secrets et lui demandait des conseils, mais, maintenant, je sais que ce n'est pas ça. Quand ma mère a annoncé qu'elle venait manger la *dafina* avec nous samedi midi, j'ai décidé de les espionner. Juste après le repas, au moment où mon père fume sa cigarette, je me suis caché sous la table de la salle à manger jusqu'à ce qu'on m'oublie. Et ça a marché. Ma tante et ma sœur se sont crues seules et ont commencé à parler.

---

1. Je me suis moquée du temps et le temps s'est moqué de moi.

— Tu peux encore changer d'avis, a dit ma tante.

— Tu plaisantes ? Il n'y a rien de plus important pour moi aujourd'hui.

— L'organisation s'occupe de tout. Ils vont bientôt te contacter.

— Je suis prête. Mais… Mes parents ne vont pas comprendre.

— Si tout se passe bien, ils ne sauront rien. Tu es très courageuse ma chérie. *Nabibesk ana*[1], je suis tellement vieille, sinon je serais venue avec toi. Mais, bon, les vieilles, elles ne savent faire que des gâteaux qui font grossir.

— Non, tata, tu as déjà fait tellement de choses pour tous ces gens.

— Ne dis pas de bêtises.

À ce moment-là, ma mère a rappelé tout le monde à table pour la pastèque et le café.

J'ai attendu que tout le monde s'installe et j'ai repris discrètement ma place. Personne n'a prêté attention à moi.

Ma sœur va partir sans l'autorisation de mes parents. Je connais ma mère. Elle va devenir folle. Odette se remet à peine de sa maladie et maintenant c'est Simone qui lui cause du souci. Qu'est-ce que je dois faire ? Prévenir mes parents ? Ne pas les prévenir ?

— Une petite partie de cartes ? propose Raquel. Prosper ? Tu ne vas pas tricher cette fois-ci ?

— C'est toi qui triches !

Tout le monde se met à rire. Ma mère apporte une boîte de marrons glacés qu'elle a achetée à la boulangerie Mahé place du marché.

---

1. Que je souffre à ta place !

— Après la *dafina*, des marrons glacés ! lance Raquel. Bon, allez, tant pis si je grossis encore, je n'avais pas prévu de draguer les prochains jours.

— Tu n'es pas obligée d'en prendre ! s'amuse mon père.

— Toi non plus, d'ailleurs ! Tu ne vas plus pouvoir passer par la porte bientôt ! Bon, allez, joue, au lieu de parler de mes kilos.

Je les regarde jouer au rami et j'essaie de comprendre ce jeu. Je me mets avec papi Prosper. Il pense que je suis son porte-bonheur.

Au bout d'un moment, j'en ai marre. Papi Prosper ne veut pas que je sorte.

— Jacob, j'ai encore besoin de toi !

— Achète-toi une patte de poulet et laisse ce gosse tranquille ! lance Raquel.

Simone a rendez-vous avec des amis dans le centre. J'en profite pour lui demander de m'accompagner chez Brahim. Ma mère accepte si elle ne me ramène pas trop tard.

Brahim est content de me voir. On joue devant chez lui et je lui raconte que ma sœur veut partir du Maroc sans l'autorisation de mes parents.

— Ma tante Raquel est au courant. Elle a parlé d'une organisation qui s'occupe de tout. Je ne sais pas trop ce que ça veut dire. Tu ferais quoi à ma place ?

— Rien.

— Rien ?

— Oui, comme si j'avais rien entendu. En arabe, on dit *Mektoub*[1] ! Ce qui doit arriver arrivera ! Elle

1. C'est écrit.

va peut-être retrouver un amoureux pour lui faire les bisous sur la bouche ?

— C'est pas le genre de ma sœur. Je crois qu'elle veut aller en Israël.

— En Israël ?

Comme un réflexe, Brahim se met à cracher.

— Pourquoi tu craches ?

Il a l'air de regretter.

— Je ne sais pas trop, mais quand mon père entend parler d'Israël, il crache.

Qu'est-ce que c'est que cette histoire ? Je me prendrais une grosse raclée si je crachais. Le père de Brahim a quelque chose contre Israël. Pourtant, je suis certain qu'il n'y est jamais allé.

— Pourquoi ton père n'aime pas Israël ?

Brahim ne répond pas. Il change de sujet.

— Ça te dirait d'aller à la plage ? Mon frère peut nous y emmener. Il fait super chaud aujourd'hui.

— Pourquoi tes parents n'aiment pas Israël ?

J'insiste. Brahim est mal à l'aise.

— Je ne sais pas, moi ! s'énerve-t-il. Est-ce que tu sais pourquoi tu n'aimes pas les tripes à la sauce tomate, toi ?

Il a raison. Je n'en sais rien. C'est comme ça.

— C'est à cause des juifs ?

— Ben non ! Ses poteries, il les vend aussi à des juifs ! Il n'aime pas Israël, c'est tout. On n'est pas obligés d'aimer tout le monde. Bon, on va à la plage ?

Ça m'embête. Est-ce qu'il est possible d'aimer les juifs du Maroc et de ne pas aimer les juifs d'Israël ?

— Non, je préfère qu'on reste ici. Ma sœur ne va pas tarder à venir me chercher.

15

Monsieur Tobelem est souffrant. Il ne fera plus cours jusqu'à la fin de l'année. J'y suis peut-être allé un peu fort. Je me sens coupable, mais, quand même, il l'a bien mérité. Il est remplacé par madame Sebag. Ma mère est contente car elle connaît très bien sa sœur et elle espère que cela nous aidera à avoir des bonnes notes, Anna et moi. Madame Sebag est une grand-mère et ses petits-enfants sont dans notre classe. La semaine dernière, elle nous a demandé d'apporter une pomme car ça faisait partie de la leçon sur le champ lexical. Elle a récupéré toutes les pommes au début du cours qu'elle a posées sur son bureau. J'ai eu une mauvaise note car la grammaire, l'orthographe et moi, on ne s'entend pas bien. C'est encore pire avec la conjugaison. Comme mes parents devaient venir nous chercher pour nous emmener chez tata Rosette et tonton Henri et qu'ils étaient en retard, nous les avons attendus devant l'école. Madame Sebag a donné une pomme à chacun de ses petits-enfants pour leur goûter. Elle a rangé les autres dans son sac.

— Je parie qu'elle va faire une confiture ou un gâteau avec toutes ces pommes ! je lance à Anna.

— Tu ne l'aimes pas, parce que tu as dû rater le contrôle d'orthographe de cet après-midi, me répond ma sœur.

— N'importe quoi !

— On verra ta note !

Anna est une vraie peste. Mais je me garde bien de lui souhaiter de tomber malade. C'est ma sœur.

Nous arrivons chez Rosette et Henri. Tonton Henri est le tailleur de Safi. Il est connu jusqu'à Casa. Il prend des mesures avec son mètre, il va dans son atelier et il en ressort avec des robes, des pantalons et des vestes. Il a toujours son mètre avec lui, même quand il ne travaille pas. Dans les discussions, si des personnes commencent à parler de fête, de bar-mitsvah, de naissance ou de mariage, il sort son mètre et prend les commandes. Quand il salue des gens, il ne peut pas s'empêcher de toucher les tissus de leurs habits, comme ça au passage. Odette dit qu'il est passionné, comme elle avec la coiffure. Elle l'admire beaucoup. Il est toujours très bien habillé avec un costume, même quand il fait très chaud. Il répète souvent les mêmes blagues quand il me voit.

— Monsieur Jacob Benshimon ! Que vous êtes élégant ce soir ! Tu veux que je te fasse un costume de grand ?

— Non, merci, tonton.

— Tu sais, avec un beau costume, tu auras plus de force, de meilleures notes à l'école et les filles seront folles de toi.

Je ne me vois pas aller à l'école avec un costume. Déjà que les bermudas que ma mère m'oblige à porter me tiennent chaud.

Je ne veux pas le vexer, alors je lui demande :

— Tu pourras me faire un costume de Zorro avec une cape noire et un masque ?

— C'est comme si c'était fait, monsieur Don Diego de la Vega !

Je suis content de voir mon cousin Armand. Il a deux ans de plus que moi et il connaît tout sur tout. Il est déjà allé en France.

— Comment c'est la France ?

— Ben, il pleut tout le temps. Les gens ne sont pas super sympas. Ils ne sourient presque pas.

— Qu'est-ce que tu as fait là-bas ?

— On a visité des rues. La rue Montmartre, la rue des Champs-Élysées, la rue des Galeries Lafayette. Mes parents ont des amis français. On est allés dîner chez eux, il n'y avait presque rien à manger. Ma mère m'a empêché de me resservir car elle a dit que ça ne se faisait pas. Et ils ne m'ont pas proposé. J'ai eu faim toute la soirée.

— Tu n'as pas aimé alors ?

— Ah, pas vraiment. On dormait dans un quartier à côté de Bastille. Je n'avais même pas le droit de sortir tout seul sans mes parents ! Ma mère m'a dit que Paris, ce n'est pas Safi. C'est beaucoup plus dangereux.

Si c'est dangereux, mes parents n'iront jamais. Ils ont horreur du danger.

— Tes parents parlent de partir du Maroc aussi ? je lui demande.

— Je ne crois pas. Mon père habille tout Safi. Ceux qui partent, c'est ceux qui ont des problèmes. Mes parents, ils n'ont pas de problème.

— Quels problèmes ?

— Ben, je ne sais pas moi… des disputes de famille, des problèmes de travail, des soucis d'argent.

Dans cette liste, il n'y a rien qui correspond à mon père et ma mère. Cette année, comme il a plu, le travail de mon père rapporte ce qu'il faut. Et mes parents s'entendent avec tout le monde.

— Viens avec moi ! me dit mon cousin.

On va dans la salle de bains.

— Regarde ce qu'il y a dans la baignoire !

La baignoire est remplie de boissons avec des pains de glace pour qu'elles restent fraîches. Ma mère ne veut pas que je prenne une boisson sucrée avant le repas. Mais elle n'en saura rien. Je prends une bouteille de Judor, mon cousin une limonade blanche et on va dans le jardin pour les boire en cachette.

— On trinque ? me demande Armand.

— Oui, bonne idée. Que nos parents n'aient jamais de problèmes ! *Lehaim !*

— À table ! crie ma tante.

On sursaute. On se dépêche de finir notre bouteille et on revient au salon comme si de rien n'était.

Je suis rassuré. Si toute la famille reste, mes parents voudront rester aussi.

On s'installe à table. Je suis certain que mon cousin Armand est amoureux de ma sœur Odette. Je vois bien qu'il la regarde avec des yeux bizarres. Il est plus petit qu'elle en taille et en âge, et Odette rêve de se marier avec un Français de France, donc il n'a aucune chance. Il me chuchote à l'oreille, tout en la dévorant du regard :

— Ta sœur va mieux ?

— Ben, tu le vois bien ! Sinon elle ne serait pas venue.

— Je demandais comme ça. Quand est-ce qu'elle va retourner à Marrakech ?

— Normalement, à la rentrée. Elle doit encore se reposer.

Il bave devant elle. Berk ! Je lui précise :

— Tu sais qu'on n'a pas le droit de se marier entre cousins ?

Il devient tout rouge. Et il se justifie :

— Pourquoi tu dis ça ? Je ne t'ai jamais parlé de mariage ! Je prenais juste des nouvelles de ma cousine.

— Tu sais, Odette veut devenir coiffeuse, et elle recherche des modèles pour s'entraîner. Tu pourrais lui demander de te coiffer ?

Mon cousin hoche la tête. Je vois bien qu'il aime l'idée.

— Odette !

Je dois crier car ma sœur est à l'autre bout de la table.

— Armand te prête sa tête pour que tu lui fasses une coiffure !

Ma tante Rosette a entendu.

— *La la la !* Personne ne touche les cheveux de mon fils ! *Lamardiali*[1] *!* Tu es très beau comme ça !

Odette sourit. C'est vrai qu'elle est belle ma sœur.

— Arrête, maman ! fait mon cousin en repoussant l'étreinte de sa mère qui veut absolument l'embrasser.

— *Mat'harf, behek omek tad'hel mrat bouk*[2] *!*

Tout le monde rit.

---

1. Ma vie.
2. Tu connaîtras la valeur de ta mère quand arrivera ta belle-mère !

— Odette est très douée ! ajoute mon père.

— Tu n'as presque plus de cheveux, Max ! s'amuse Rosette.

Mon père a le crâne bien dégarni. Mais c'est ma sœur qui lui égalise les côtés quand les cheveux qui restent poussent n'importe comment.

— Il est déjà très beau, mon père. Il n'a presque pas besoin de mes services.

— D'ailleurs, vous savez que le coiffeur Levy va partir ? s'exclame ma mère. C'est madame Abitbol qui me l'a dit.

Je m'empresse d'ajouter :

— Odette, tu n'auras plus de concurrence ! Tu pourras avoir le plus grand salon de coiffure française de Safi !

— Ce n'est pas le moment de monter des nouvelles affaires à Safi, commente tata Rosette en débarrassant les assiettes.

— Ce qui est certain, c'est que vous aurez tous droit à une coiffure gratuite quand j'aurai mon salon ! annonce fièrement Odette.

— J'espère bien ! dit ma tante. Il ne manquerait plus que tu fasses payer la famille !

Tout le monde rit.

Simone est restée très calme ce soir. C'est louche. Il y a plusieurs raisons possibles. Choix un : elle s'est expliquée avec les parents et ils l'ont convaincue de rester ici. Choix deux : elle a décidé de partir, et elle se fait oublier jusqu'au départ.

Je sens que c'est le choix deux. Une petite enquête est nécessaire. Mais avant ça, il faut que je parle avec mon oncle Henri. Je dois m'assurer qu'ils n'ont pas le projet de quitter le Maroc.

Alors que ma tante sert le thé à la menthe, mon père fume sa cigarette. Je m'assois à côté de lui.

— Dis, tonton, tu penses quoi de la France, toi ?

— Ah, la France... Gabrielle Chanel, Christian Dior... C'est le pays de l'élégance ! C'est un paradis pour les tailleurs !

Je panique.

— Mais tu dis toujours que c'est au Maroc que tu trouves les plus beaux tissus.

— Oui, mais, en France, ils savent broder, ils savent jouer avec les matières et les couleurs. Ils savent...

Je le coupe :

— Ils ne savent rien du tout ! Tonton, tu ne peux pas quitter Safi ! Les gens ont besoin d'un tailleur, ils ont besoin de costumes et de robes pour être beaux. Ne partez pas !

Je le supplie. Il me regarde, amusé.

— Mais qui t'a dit que nous allions partir ? La France, c'est l'inspiration, pas la destination !

Je souris. J'ai envie de lui sauter au cou et de l'embrasser. S'ils restent, il y a de grandes chances que mes parents ne déménagent pas non plus. Ma mère et Rosette sont inséparables.

16

À Safi, près de la mer, pas loin du grand port où il y a les grands bateaux de pêche de sardines, il y a une vieille forteresse carrée qu'on appelle le Château de la mer. Papi Prosper m'a expliqué qu'elle a été construite par les Portugais pour défendre la ville au XVIe siècle contre les attaques. Mon grand-père n'était pas encore né, mais il connaît toute l'histoire.

Avec Brahim, on adore inventer des histoires sur ce château. Nous sommes deux amis chevaliers. Le roi Hassan II nous a demandé, rien qu'à nous, de protéger le royaume de Safi et d'y faire régner la paix. On a trouvé deux bâtons, et on fait comme si c'étaient des épées.

— On n'a qu'à dire que des Américains veulent nous attaquer ?

— Pourquoi des Américains ? je demande.

— Bon, alors qui ? Il faut bien qu'on ait des ennemis, sinon l'histoire, elle est nulle.

— On n'a qu'à dire que le royaume se fait attaquer par des sardines géantes ! Ou mieux des cafards géants !

— Ça existe même pas !

— Des sardines géantes non, mais les cafards, si ! J'en ai déjà vu, rue du Rbat ! Ou alors des mouches, comme sur la viande chez le boucher. On n'a qu'à dire qu'il y a des millions de mouches qui attaquent Safi.

— On ne peut pas tuer des mouches avec nos épées. Et pourquoi pas les Portugais qui veulent reprendre leur château ?

— Bof.

On cherche des idées d'ennemis, mais il n'y a rien à faire. On ne tombe pas d'accord.

— Bon, je n'ai pas envie de jouer aux chevaliers finalement, je finis par dire.

— *Waha*[1] !

— Odette m'a dit que mes parents voulaient partir du Maroc.

— Pour les vacances ?

— Non, pour habiter.

— Vous partez de Safi ?

— C'est pas sûr encore.

Brahim a l'air triste.

— Et toi, tu veux partir ?

— Ben non !

— Dis-leur qu'ils doivent rester alors !

— C'est pas si facile ! Je suis un enfant, je te rappelle. Ils m'écoutent seulement quand j'ai une mauvaise note ou que j'ai fait une bêtise.

— Tu n'as qu'à te cacher dans un endroit secret. Ils ne partiront pas sans toi.

Je ne dis rien. C'est pas vraiment une bonne idée.

Les informations sont de plus en plus mauvaises. C'est ce que mon père a dit à ma mère en rentrant

1. D'accord.

ce soir. Je déteste les informations. Je pense que c'est à cause d'elles que mes parents veulent quitter le Maroc. J'espionne toutes leurs discussions au cas où ils parleraient d'un départ. Mais, pour le moment, rien à signaler. Ma mère attend des nouvelles de Rebecca qui passe ses examens de pharmacie et c'est ce dont elle parle avec tout le monde.

Je n'arrête pas de repenser à la discussion que j'ai entendue entre Simone et tata Raquel il y a deux jours. J'hésite à en parler à Odette. Mais avec ses soucis de santé, je ne veux pas l'inquiéter. Quant à mes autres sœurs, elles iraient cafter, c'est sûr et ça ferait un gros scandale dans la famille. Juste avant de me coucher, je me décide à en parler directement à Simone. Je frappe à la porte de sa chambre. Elle écoute une chanson de Johnny Hallyday, *Noir, c'est noir*, et elle chante. Elle connaît les paroles par cœur :

— *Noir, c'est noir ! Il n'y a plus d'espoir.*

— Simone, pourquoi tu veux partir faire la guerre en Israël ?

Elle baisse la musique.

— Je n'ai jamais dit que j'allais faire la guerre ! D'abord, il n'y a pas de guerre pour le moment. Israël est un pays qui a été créé pour nous les juifs, pour qu'on puisse vivre en sécurité. On finira tous par y aller !

— Mais si la guerre éclate, tu ne seras pas en sécurité là-bas !

Simone n'a jamais eu de patience. Et là, je l'agace.

— Jacob, tu comprendras quand tu seras plus grand. Je n'ai pas le temps de te faire un cours d'histoire.

— Tu... Tu ne vas pas y aller quand même en Israël ?

— Laisse-moi tranquille ! Va te coucher maintenant.

Comme je ne bouge pas, elle me raccompagne en dehors de la chambre, ferme sa porte et se remet à chanter.

Je m'allonge sur mon lit. Elle ne peut pas faire ça à mes parents, même s'ils se disputent souvent. Ça va les rendre fous d'inquiétude.

***

Le lendemain après l'école, Brahim est en bas de la Biada. Il m'attend avec impatience.

— Jacob ! C'est bon, ta famille, elle ne part pas du Maroc ! J'ai parlé à mon frère Mohamed, qui travaille dans la police. Il m'a dit : tu n'as pas le droit de quitter le pays, comme ça, sans la permission du roi. Et le roi, il n'est pas d'accord en général ! Il ne te donne pas le passeport. C'est pas une bonne nouvelle ça ?

On se met à sautiller de joie tous les deux. Mes parents suivent toujours les lois. Ils ne tuent pas, ils ne volent pas, ils ne mentent pas, et ils ne quitteront pas le Maroc si le roi ne veut pas. Je suis soulagé.

Quand je rentre à la maison, je cours voir Odette dans sa chambre pour lui rapporter la nouvelle. On pourrait croire qu'elle est encore faible à cause de la maladie qu'elle a eue, mais elle me hurle dessus.

— Mais, enfin, Jacob, tu es fou d'aller raconter à un Marocain qu'on veut quitter le pays ! Papa et maman peuvent avoir de gros problèmes à cause de toi. Ils peuvent aller en prison ! La police pourrait croire qu'on va en Israël !

Je la regarde les yeux écarquillés. Je suis terrifié. Je ne veux pas qu'il arrive quelque chose à mes parents. Odette reprend :

— Le Maroc ne peut pas laisser les juifs partir en Israël. Papa m'a expliqué que les autres pays arabes mettent la pression au roi. Ils ont peur que les juifs marocains renforcent l'armée israélienne.

— Mais tu m'as dit que papa et maman voulaient partir en France ! On n'a pas le droit d'y aller si on n'a pas d'autorisation du roi ! C'est Mohamed qui l'a dit !

— Il suffit d'en demander une !

— Je ne veux pas qu'on parte !

Elle retrouve une voix calme.

— Mais, Jacob, si le roi ne protège plus les juifs, ça peut devenir dangereux pour nous. Je t'ai déjà expliqué, le Maroc est un pays musulman. Les juifs et les catholiques sont en minorité ici. Et la France est un pays incroyable ! Raffiné, chic, moderne ! Je suis sûre que tu vas adorer !

— J'en n'ai rien à faire de la France !

— Et le camembert alors ?

Ma mère nous emmène souvent acheter un camembert français place du Marché. Elle a raison, j'adore ça. Mais ce n'est pas le camembert qui me fera quitter Safi. Devant mon visage triste, elle se rapproche de moi et me prend dans ses bras.

— Excuse-moi, mon Jacob adoré. Je n'aurais pas dû te crier dessus. Tu ne pouvais pas savoir. Mais ne raconte plus jamais ce genre de chose à personne. Promis ?

— Promis.

Elle sort ses brosses de son tiroir.

— Ça fait longtemps ! Ça te dit ?

J'accepte, même si je n'ai pas la tête à me faire coiffer.

17

Ma mère est sortie faire des courses avec Odette. Anna est chez une amie. Je suis seul avec Aïcha qui retire le reste de plumes sur les poulets. Elle a mis des aubergines à griller sur le *canoun*[1]. Ça sent bon. Je suis à la cuisine avec elle. Je regarde l'intérieur du poulet qu'elle vient de nettoyer. Je fais comme si c'était une trompette. Ça la fait rire.

On sonne à la porte. Comme elle a les mains sales, c'est moi qui vais ouvrir. Je demande :

— Qui c'est ?

— C'est la police ! Va chercher tes parents !

J'ai tellement peur que je ne bouge pas, je ne parle pas, je ne respire pas. Il répète en arabe et ça me fait réagir.

— Ils ne sont pas là !

Il parle en arabe à son collègue et annonce :

— Nous repasserons demain matin.

Ils sont venus pour mes parents ! Ils vont aller en prison à cause de moi ! Je cours dans ma chambre, je ferme la porte, je m'assois sur mon

1. Récipient en terre cuite destiné à la cuisson des aliments.

lit, je joins mes mains de toutes mes forces et je répète des dizaines de fois : « Je ne veux pas que mes parents aillent en prison, je ne veux pas que mes parents aillent en prison. » Quand je m'arrête je suis vidé.

Ma mère rentre à ce moment-là. Je ne trouve pas le courage de lui parler des policiers. Je la supplie de me déposer chez Brahim, juste pour une heure. Elle commence par refuser, mais j'insiste en lui faisant un énorme bisou et en lui disant que c'est la meilleure mère du monde. Elle accepte. Je tape à sa porte. Sa mère m'ouvre et m'embrasse.

Brahim est surpris de me voir. Dès qu'on est seuls, je lui dis encore affolé :

— Tu dois dire à ton frère que la police ne mette pas mes parents en prison.

— Quoi ?

— La police est venue chez moi. Ils reviennent demain ! Mes parents n'ont rien fait de mal !

— Pourquoi la police va les arrêter alors ?

— Ton frère leur a dit qu'ils voulaient partir du Maroc et c'est interdit !

Brahim réfléchit quelques secondes.

— Mais non ! Mohamed n'a rien dit ou alors il n'a pas fait exprès.

Je sais que Brahim voit son frère comme un héros.

— Exprès ou pas, ils vont aller en prison !

— *La !* Je vais lui dire que tes parents, ils ne veulent plus partir. C'était juste une idée comme ça qui est passée dans leur tête. Et maintenant, elle est ressortie de leur tête. Voilà ! Il n'y a plus de problème.

— Merci, Brahim.

Le soir dans mon lit, je rajoute une centaine de « Je ne veux pas que mes parents aillent en prison ». Vaut mieux trop que pas assez, comme dit ma mère quand elle cuisine ou quand elle m'embrasse.

Le lendemain, c'est vendredi. Ma mère se lève toujours plus tôt car elle a mille choses à faire pour la préparation du repas de shabbat. J'arrive dans la cuisine pour prendre mon petit déjeuner. On sonne à la porte. Je me crispe. Ma mère va ouvrir. C'est eux : les deux policiers d'hier.

— Bonjour, madame. Tu nous laisses entrer ?

— Max ! crie ma mère. Max !

En pleurs, je cours dans la chambre d'Odette qui dort encore. Je la réveille.

— Odette, je ne veux pas que papa et maman aillent en prison. Fais quelque chose !

— Mais de quoi tu parles, Jacob ? fait-elle, encore à moitié endormie.

— Ils sont là ! Les policiers ! Ils vont les emmener en prison à cause de moi.

— Calme-toi ! Calme-toi ! Viens avec moi.

Elle enfile sa robe de chambre et nous allons tous les deux en haut des escaliers pour écouter ce qui se passe en bas.

Ma mère installe les policiers. Mon père les salue. Il essaie de se montrer chaleureux, mais je vois qu'il n'est pas naturel. Ma mère propose du café, du thé et des gâteaux.

— Juste un café. *Barakala ofik*[1] !

Mais elle apporte quand même quatre sortes de gâteaux. Elle a toujours une réserve.

---

1. Merci.

— Alors, monsieur, tu es heureux au Maroc ? demande le policier.

Mon père devient nerveux. Et moi, je sanglote. Ma sœur me tient la main très fort.

— Bien sûr... C'est notre pays. Nous avons grandi ici.

— Comme dit notre roi, les juifs, ils sont des Marocains comme les autres !

— Et on l'aime beaucoup, le roi.

— Monsieur, je vais être franc avec toi. Beaucoup de juifs, ils partent du Maroc en ce moment. Ils vont en Palestine. Et quelqu'un nous a dit que, toi aussi, tu veux quitter Safi avec ta famille. Mais où tu veux aller exactement ?

J'ai du mal à respirer. Odette aussi a l'air paniqué.

— Mais c'est faux ! Qui vous a dit une chose pareille ? J'ai mon commerce de céréales ici ! Mes enfants sont à l'école. Ma fille est mariée à Casablanca. Pourquoi je partirais ?

Le policier ne répond pas. Il boit son café et il attend. Mon père se lève et va chercher sa veste dans l'entrée et revient. Il sort des billets de son portefeuille et les tend au policier qui les prend, les compte et les met dans sa poche.

— Ah mais c'est sûr que c'était un malentendu. Madame, je te remercie pour le café ! dit-il en se levant. Tu sais très bien le faire. On a beaucoup de travaux aujourd'hui avec Assaf.

Mon père raccompagne les deux hommes et referme la porte. Ma sœur me serre de toutes ses forces dans ses bras. J'explose en sanglots.

— Voilà, c'est fini ! Tout va bien, Jacob, me rassure-t-elle, en me caressant les cheveux pour que je me calme.

Mon père et ma mère sont dans le salon. Ils chuchotent.

— Quelqu'un a dû nous entendre. Tu crois que c'est Aïcha ?

— Ils n'ont peut-être rien entendu et sont juste venus chercher la pièce ! C'est plus possible cette corruption ! Au rond-point, ils ont mis un policier qui a des problèmes de vue quand on ne lui donne pas des dirhams car il ne me voit jamais mettre mon clignotant !

Je reste dans les bras d'Odette un bon moment, en reniflant. Puis ça finit par aller mieux. Mon pouvoir a finalement marché : j'ai évité la prison à mes parents.

***

— C'est à cause de ton frère si la police est venue chez nous ! Ton frère est un traître !

J'ai la rage.

— Non, mon frère est un protecteur ! crie Brahim.

— Comment ils auraient pu savoir, autrement ? C'est de ta faute et de celle de ton frère !

— Tu dis n'importe quoi !

— Ton frère a tout raconté à son chef et mes parents ont failli aller en prison !

Brahim est super énervé et moi aussi. Je ne sais plus comment ça a commencé. On s'est d'abord hurlé dessus puis on s'est battus. C'est la première fois. La première fois que je me bats avec lui, et même que je me bats tout court pour de vrai. Des gens dans la rue nous ont séparés. J'étais plein de poussière et j'avais des griffures sur le bras.

Brahim et moi, c'est fini. On n'est plus copains ! Je ne veux rien avoir à faire avec les traîtres.

Le lendemain, il ne m'attend pas après l'école comme presque tous les jours. Tant mieux. J'aurais même pris un autre chemin pour être certain de ne pas le croiser, mais Anna n'était pas d'accord. Elle me demande :

— Où il est ton copain musulman ?

— Qu'est-ce que ça peut te faire ?

— Tu t'es fâché avec lui ? Qu'est-ce qu'il t'a fait ?

Ma sœur peut toujours attendre pour que je lui raconte. Elle insiste :

— Tu sais, les juifs et les musulmans, ça ne s'entend pas toujours très bien. Regarde Israël et l'Égypte !

— C'est surtout avec toi que je ne m'entends pas ! Laisse-moi tranquille et occupe-toi de tes affaires !

18

Quand les beaux jours arrivent, le samedi, c'est mon jour préféré. D'abord, parce qu'il n'y a pas école. Mais aussi parce que le samedi matin, pendant que certaines familles vont à la synagogue pour prier, nous, on va à la plage du club nautique. On part tôt. Enfin, on dit qu'on part tôt, mais même le samedi on est en retard. On rejoint mes oncles et tantes et des amis de mes parents. Les adultes aussi bien que les enfants, on passe toujours des super-moments. Je ne sais pas comment ils font ceux qui vivent à Marrakech. Ils n'ont pas la mer. Qu'est-ce qu'ils doivent s'ennuyer ! Et puis ils doivent crever de chaud.

Avec Armand, mon cousin, on n'est pas encore assez grands pour sauter de la corniche. Ma mère m'a menacé en pointant son doigt sur moi. Si elle me voit m'approcher de la jetée, je serai puni jusqu'à la fin de ma vie. Je n'ai même pas essayé de négocier. Pourtant, quand j'admire mes cousins plus âgés faire le saut de l'ange, je n'ai qu'une seule envie : grandir très vite. Sauf que mon anniversaire, c'est qu'une fois par an. Armand a le même traitement que moi, même s'il est un peu plus âgé. Alors on regarde les plongeurs tous les deux et on critique tout ce qu'on peut critiquer. La position de départ, la coupe de cheveux, le maillot, le saut, l'atterrissage dans l'eau, la quantité de poils...

On n'est pas les seuls. Messodi et ses copines sont assises de l'autre côté et regardent les plongeurs en rigolant comme des poules.

Quand on en a marre, on retourne se baigner en bas sur la plage. L'eau est glacée, mais on s'amuse comme des fous avec les vagues. Pendant ce temps, les adultes sont assis sur les serviettes et ils discutent. Les femmes s'échangent les derniers potins de Safi et les hommes parlent encore et toujours de ce qu'ils ont lu dans les journaux ou écouté à la radio. Et ils se posent des questions. Est-ce que le roi va continuer à protéger les juifs ?

Et si l'Égypte ou les autres pays de la Ligue arabe l'obligent à mal nous traiter ? Et s'il fait voter des lois contre les juifs ? Ils se disputent, mais personne ne peut leur dire s'ils ont raison ou tort.

Il est quatorze heures. Je commence à avoir faim. Mon père a du mal à s'arrêter de parler avec mes oncles. Avec ma mère, c'est plus facile. Elle ne supporte pas qu'un de ses enfants ait faim, surtout moi. On part de la plage et on s'arrête au four public pour récupérer la *dafina*. C'est ma mère qui s'en charge personnellement pour s'assurer qu'Ahmed le gardien n'a pas donné sa place dans le four à quelqu'un d'autre. Sa *dafina*, c'est sa fierté. Elle commence à la préparer le jeudi en faisant tremper les pois chiches. Puis le vendredi, elle remplit sa grande marmite de pommes de terre, de viandes, de pois chiches, de pied de bœuf, de riz, de blé, d'un gâteau à la viande et aux amandes et elle y ajoute sa touche finale : quelques dattes bien sucrées. Tout ça va cuire pendant toute la nuit du vendredi, jusqu'au samedi midi. Elle négocie avec Ahmed pour avoir le meilleur endroit dans le grand four en pierre. Pas trop au fond, pas trop devant. Elle est généreuse avec lui car elle sait qu'il peut tout faire rater. D'autres femmes essaient toujours de positionner leur marmite pas loin de notre *dafina* car elle a la réputation d'avoir le meilleur goût.

Dès que la marmite entre dans la maison, c'est comme si on avait vaporisé un parfum dans toutes les pièces. Ça donne encore plus faim. Tata Raquel est venue déjeuner avec ma tante Rosette et son mari. C'est Rosette qui prend une remarque de ma tante aujourd'hui.

— Rosette, il paraît que tu as fêté tes quarante-neuf ans cette semaine ? Tu es sûre que tu n'as pas donné un bakchich à la mairie pour qu'ils te changent ta date de naissance ?

— Je dois prendre ça comme un compliment ?

— Tu le prends comme tu veux, ma chérie ! Mais je t'aurais donné au moins deux ou trois années de plus !

Heureusement, ma tante Rosette le prend à la rigolade.

— On l'a tous fait, ma chérie ! continue Raquel. Tu crois vraiment que j'ai soixante-huit ans ? Quelques dirhams au responsable des cartes d'identité valent mieux que tous les produits de beauté ! *Kbal*[1] 120 ans dans la joie, la santé, et le bonheur.

---

1. Jusqu'à 120 ans.

— Merci, tata !

On passe à table. Quand ma mère goûte la première pomme de terre, tout le monde attend son jugement. Si elles ne sont pas assez fondantes, ou trop sèches, on va l'entendre se plaindre toute la journée. Elle trouvera des excuses, du genre : c'est la faute d'Aïcha ou c'est la faute d'Ahmed. « Il a dû me mettre à une mauvaise place dans le four car quelqu'un lui a donné plus de dirhams. C'est la faute du marchand d'épices… » Ensuite, elle s'en voudra à elle-même. « Je n'aurais pas dû mettre les pois chiches à tremper si tôt. J'aurais dû vérifier s'il y avait assez d'eau. » Ce sera comme un disque rayé. Mon père, mes sœurs et moi, on aura beau la rassurer : une *dafina* ratée, c'est une *dafina* ratée.

Heureusement, cette semaine, c'est une grande réussite. Même Raquel n'a rien à redire. Elle a la couleur, l'odeur et le goût. La viande est tendre et les pommes de terre aussi bronzées que nous. Ma mère est fière d'elle. Ça la met de bonne humeur, jusqu'à ce que Simone fasse une annonce.

Elle part à côté de Tanger pour une semaine, peut-être même dix jours. L'association des Éclaireurs de Safi dont elle s'occupe organise un grand rassemblement de tous les chefs et cheftaines. Ils doivent préparer les camps de vacances de cet été.

— Pourquoi tu nous l'annonces maintenant, comme si tu allais te marier ? demande ma mère.

— Tu la laisses tranquille, ta fille ! intervient tata Raquel. Tu voulais qu'elle t'écrive une lettre ? *Bsala*[1] *!* Lâche-lui la jambe !

---

1. Que tu es lourde !

Ma mère fait claquer sa langue sur son palais et ne répond pas.

— Tu pars quand ? l'interroge mon père.

— Mercredi prochain.

— Déjà ? râle ma mère. Ils te préviennent à la dernière minute ?

— C'est bien que tu te dévoues à cette association, fait mon père. Qu'est-ce que j'ai aimé partir dans les camps de scouts quand j'étais jeune. Tu te souviens, Rosette ?

Mon père et ma tante se mettent à chanter :

— *Le feu brille et la forêt palpite... Notre chef est parmi nous. Il nous parle des temps héroïques...*

— Vous nous cassez la tête ! se plaint Raquel. On dirait des *gnaouas*[1] rouillés !

Après la *dafina*, mon père, mon oncle et papi Prosper s'installent dans le salon arabe et font la sieste. En quelques secondes, ils se mettent à ronfler.

Je regarde Simone. Elle boit son thé à la menthe comme si de rien n'était, mais je sais qu'elle nous cache quelque chose. Ça sent le mensonge jusqu'à Casablanca.

---

1. Descendants d'anciens esclaves issus d'Afrique noire.

19

J'ai invité Sami à la maison après la classe. Sa mère était d'accord. Ça fait longtemps qu'on ne s'est pas vus en dehors de l'école. Il m'a demandé où était Brahim. Je lui ai répondu que je n'en avais aucune idée. On ne peut pas savoir ce que fabriquent les gens quand ils ne sont pas là ! Il m'a trouvé bizarre de dire ça. Et puis, il m'a proposé de faire une course derrière la maison. Il a gagné. Ensuite, il a voulu qu'on s'amuse à embêter ma sœur Anna. Moi, ça ne me disait rien. Mais bon, j'ai quand même accepté. Anna est allée se plaindre à ma mère et maman m'a promis une punition si on recommençait. Et puis, on a joué aux osselets. J'ai gagné toutes nos parties. Il faut dire qu'il n'a jamais été très doué. D'habitude, à la récréation, on rigole bien ensemble. Mais aujourd'hui, je ne sais pas ce qui se passe, je ne m'amuse pas. Je n'arrête pas de comparer Sami et Brahim. Ce qui ne sert à rien, car Sami n'est pas un traître, lui.

J'ai aussi donné des réglisses à Anna pour qu'elle accepte de jouer avec moi aux billes, mais c'est vraiment parce que je m'ennuie. Je suis obligé de la laisser gagner en plus, sinon elle arrête de jouer.

Je ne peux pas pardonner à Brahim ce que lui et son frère ont fait. Ça, c'était le jour de notre dispute. Mais j'avoue que plus les jours passent, plus il me manque. Personne ne joue aux osselets comme lui. Je ne sais plus quoi faire après l'école. Sami habite à l'autre bout de Safi. Il faut que ma mère vienne me chercher ou le raccompagne chez lui car sa mère à lui ne conduit pas. Je dois supplier la mienne, c'est compliqué. Et puis je n'ai plus très envie de le voir après l'école.

En ce moment, c'est la saison des abricots. J'adore ce jeu. On fait des tas de quatre noyaux. Le but, c'est de casser le tas en lançant un noyau. L'année dernière, Brahim et moi, on s'était bien amusés. Chaque jour, je suis un peu moins en colère contre lui. En une semaine, je suis passé de : « Je ne lui pardonnerai jamais » à « Je lui pardonnerai à Kippour en septembre » à « Je lui pardonnerai peut-être la semaine prochaine ».

Avec la visite des policiers et la frayeur qu'ils ont eue, mes parents se sont peut-être sorti de la tête l'idée de partir du Maroc. Je ne les ai pas entendus en reparler. Si c'est le cas, c'est grâce à Brahim et à son frère finalement. J'ai plutôt envie de me réconcilier avec lui, maintenant. Mais bon, on s'est battus, j'ai dû lui faire mal et je lui ai balancé des méchancetés. Il est sûrement encore fâché. J'espère le rencontrer par hasard dans la rue. Même si je ne sais pas trop ce que je lui dirai.

Simone part demain pour son rassemblement des Éclaireurs. Je vais la voir dans sa chambre.

Elle prépare son sac à dos. J'observe les affaires qu'elle plie et j'espère trouver un indice pour savoir si elle ment. Mais je ne vois rien de louche.

— Tu vas revenir quand ? je lui demande.

— Dans un peu plus d'une semaine.

— Il y aura beaucoup de monde à ton rassemblement ?

— Oui, sûrement.

— Vous allez faire quoi exactement ?

— Dis donc, monsieur l'inspecteur ! Tu poses beaucoup de questions !

Je regarde fixement chaque partie de ma sœur comme si je voulais l'apprendre par cœur.

— Ce serait mieux si tu restais. On s'ennuie quand tu ne te disputes pas avec papa et maman.

Elle me pince la joue et elle l'embrasse avec les doigts. Puis elle se remet à plier ses affaires. Je reste avec elle sans rien dire un moment. Puis je vais embêter Odette qui essaie de se nouer une tresse dans sa chambre.

— Tu es triste que Simone parte ? je lui demande.

— Elle ne part qu'une semaine.

— Et si c'était plus ?

Ma sœur me regarde. Elle voit bien qu'il y a quelque chose qui cloche.

— Qu'est-ce qui se passe, Jacob ?

J'hésite. D'habitude, je peux faire confiance à Odette. Mais là, je ne sais pas si je dois lui dire ce que j'ai entendu.

— Non, rien. Elle va me manquer, c'est tout.

Simone part. Elle prévient mes parents qu'elle n'aura pas le temps de les appeler. Ils vont être occupés du matin au soir. Inutile qu'ils s'inquiètent. Ça ne plaît pas à ma mère.

— Tu peux quand même prendre cinq minutes pour nous appeler, même si tu es débordée.

— Laisse-la ! dit mon père. Tu nous appelles quand tu peux.

— Tu fais attention à toi, ajoute ma mère.

— Oui, maman.

Simone nous embrasse et se dépêche de partir. Ce qui me rassure, c'est qu'elle a l'air plutôt heureuse.

***

Messodi est un vrai mystère pour moi. Je ne comprends pas comment elle peut autant aimer lire. Pour elle, les livres, c'est comme des bonbons. Elle en finit un et elle en prend un autre. Tout le contraire de moi ! Je déteste ça quand j'ai des devoirs de lecture à l'école. Elle lit des livres sur tout. Ce qu'elle préfère, c'est les romans d'amour. Berk ! Mais elle lit aussi des livres d'histoire, des livres sur l'art et des livres de cuisine. Comme je m'ennuie, je vais la voir dans sa chambre. Elle a un stylo en main et elle souligne des phrases.

— Qu'est-ce que tu lis ? je lui demande.

— Un livre sur la chiromancie.

— C'est quoi ?

— Tu veux vraiment savoir ?

— Ben oui !

Elle adore dévoiler des grands secrets qui n'en sont pas vraiment. Mais bon, je n'ai rien d'autre à faire.

— C'est l'art de prédire l'avenir en lisant les lignes de la main.

Je la regarde pour m'assurer qu'elle ne se moque pas de moi. Elle me fait peut-être une blague, comme mon père.

— Ce livre est passionnant !

Non, elle est très sérieuse. Je m'installe sur son lit.

— Je vais te raconter quelque chose d'incroyable. J'étais rue du Rbat la semaine dernière, quand, soudain, une femme berbère assez âgée m'a arrêtée. Elle avait des tatouages sur le front et un foulard sur ses cheveux. Elle m'a dit en arabe :

— Toi !

Elle imite la voix de la femme et prend ma main en ouvrant grand ses yeux.

— Je me suis arrêtée. Et là…

— Et là quoi ?

— Tu veux vraiment savoir ?

Elle est énervante.

— Ben oui !

— Elle a pris ma main et, avec son doigt, elle a suivi les lignes. Et elle m'a dit que j'étais une bonne personne, et que j'allais bientôt rencontrer l'amour. Sur le moment, je ne l'ai pas crue. J'ai pensé que c'était une vieille folle. J'ai retiré ma main et je suis partie en courant. Mais le lendemain…

Elle se met à sourire.

— Je ne sais pas si je peux te raconter.

— Mais si, Messodi ! Dis-moi !

— Tu ne le dis à personne ! J'étais au club nautique et je l'ai vu…

— Qui tu as vu ?

— Un Français !

— Lequel ? Il y en a plein à Safi !

— Le plus beau Français que j'ai jamais vu de ma vie. Il était avec un ami, mais il n'arrêtait pas de me fixer. Tu te rends compte, elle a prédit mon avenir rien qu'en observant ma main ! J'ai rencontré l'amour !

— Mais, vous vous êtes fait un bisou ?

— Non ! Ça ne va pas la tête ! On s'est juste regardés. Mais quel regard ! Un regard profond, doux, tendre, intense, magnifique...

— C'est ça l'amour ?

— Tu ne peux pas comprendre, Jacob ! Dans ce livre, ils disent que la chiromancie existe depuis la nuit des temps ! Tout est écrit, là ! Dans nos mains ! C'est complètement dingue !

Parfois, je me demande si elle est normale.

— Tu veux qu'on essaie ? me propose-t-elle.

— Je m'en fiche de savoir quand je vais rencontrer l'amour.

— Donne-moi ta main !

Elle me la prend, plisse les yeux et l'observe.

— Tu vois cette ligne ?

— Oui.

— C'est la ligne de chance.

— Et alors ? J'ai de la chance ?

Elle prend son livre et essaie de trouver la page qui correspond à la ligne de chance. Elle lit :

— « Quand la ligne de chance est très marquée, cela signifie que vous êtes quelqu'un de très décidé dans vos choix de vie. »

— J'ai de la chance ou pas ?

— Ils ne disent pas.

— Pff... C'est nul ton truc !

— Tu n'y comprends rien.

— Est-ce que tu as lu les lignes de la main à Simone avant qu'elle parte ?

— Non. Tu es le premier à qui je parle de ce secret. D'ailleurs, je compte sur toi pour ne le répéter à personne !

Je me demande qui pourrait être intéressé par son histoire de lignes. Mais j'espère quand même que les lignes de Simone sont bien écrites.

20

Les vrais problèmes ont commencé avec la sonnerie de la porte d'entrée. Comme si les malheurs étaient bien élevés et annonçaient leur arrivée. Ma mère est en train de pétrir de la pâte à pain. Elle sort de sa cuisine pour ouvrir. C'est tata Raquel. Ma mère l'accueille chaleureusement, même si elle ne l'attend pas. Je viens la saluer. Ma tante ne lance pas de plaisanterie. Elle ne sourit pas et son visage a l'air inquiet. D'habitude, elle n'a aucun problème à parler de choses de grands devant les enfants. Mais cette fois-ci, elle me fait clairement comprendre que je suis en trop. Je fais semblant de monter dans ma chambre, mais je reste en haut des escaliers.

— C'est Simone ! dit ma tante avec une voix grave.

— Simone ? répète ma mère en tremblant. Quoi Simone ?

— Elle… Elle a disparu.

— Quoi ? Mais…

Ma tante accompagne ma mère pour qu'elle puisse s'asseoir sur le canapé. Elle demande à Aïcha en arabe d'apporter un verre d'eau.

— Qu'est-ce que tu racontes ? C'est une erreur ! Elle est partie au rassemblement des Éclaireurs pour préparer les vacances d'été. Elle rentre bientôt. Oh, mon Dieu… C'est un cauchemar !

— L'information vient d'un contact à Tanger. Elle a disparu avec l'une de ses amies.

— Mais, enfin, on ne disparaît pas comme ça ! Elles sont peut-être allées s'amuser dans une fête quelque part et elles vont revenir ? À cet âge-là, on fait n'importe quoi. Simone fait toujours n'importe quoi, d'ailleurs.

Ma mère tremble. Raquel la prend dans ses bras pour la calmer.

— Peut-être… On ne sait pas ma chérie. On espère que c'est ça. L'agence juive est prévenue, le consul de France aussi. On a contacté la police. On va la retrouver.

Ma mère se met à sangloter. Elle ne parvient même plus à parler. Raquel lui tend le verre d'eau fraîche. Quand elle reprend ses esprits, elle téléphone à mon père.

Papa arrive vingt minutes plus tard. Il sent la cigarette. Il a dû fumer pendant tout le trajet. Dès qu'il entre dans le salon, Raquel lui redit ce qu'elle a dit à ma mère. Il se met à faire des allers-retours entre le canapé et la fenêtre. Il lui demande :

— Et si elle était partie en Israël ? On lui avait dit non, mais comme elle n'en fait qu'à sa tête !

— Non, Max, je t'assure que je l'aurais su si elle avait passé la frontière.

— Alors quoi ? Elle s'est fait enlever ? Ils vont nous demander de l'argent ? Où est-elle ?

— On ne sait pas. Mais on va vite savoir, je te le promets.

— Où elle a disparu exactement ?

Tata Raquel ne répond rien. Elle ne sait pas.

Moi, pendant ce temps, j'ai plein d'images qui arrivent dans ma tête en même temps. La discussion que j'ai entendue quand j'étais sous la table, le visage de ma sœur qui faisait son sac à dos, et le frère de Brahim qui est dans la police. C'est alors que je réagis comme si j'avais reçu de l'eau glacée sur la figure. Je descends les escaliers à toute vitesse.

— Je vais voir Brahim !

Je n'ai même pas demandé l'autorisation. Ma mère n'aime pas que je sorte seul, mais elle est tellement bouleversée qu'elle ne réagit pas. Je descends la côte de la Biada en courant.

Même si on est fâchés avec Brahim, je sais que la famille, ça passe avant tout.

Sa mère m'ouvre la porte et m'embrasse.

— Est-ce que Brahim est là ?

— Brahim ! hurle-t-elle. Brahim !

Brahim répond quelque chose en arabe et il apparaît dans la cuisine. On sort tous les deux sans rien dire devant sa maison.

— Tu es venu insulter ma famille ? me dit-il.

Il est encore en colère.

— On se disputera un autre jour. Simone a disparu ! Elle est partie pour un rassemblement des Éclaireurs dans le Nord et on ne sait pas où elle est.

Ça y est, Brahim n'a plus son visage fâché. Il a maintenant une tête inquiète. Je continue :

— Ton frère policier, il faut qu'il nous aide à la retrouver. Quelqu'un l'a peut-être enlevée !

— Ah, maintenant tu as besoin de Mohamed, celui-là que tu as traité de traître !

Il ne peut pas me faire ça. C'est trop grave.

— On ne sait pas où est Simone... c'est ma sœur et...

On se fixe tous les deux. Je me suis trompé. Je le vois dans ses yeux froncés, Brahim ne m'aidera pas.

Je pars en courant sans terminer ma phrase. Je suis déçu. Cette fois-ci, je ne lui pardonnerai jamais, même pas à Kippour. C'est définitivement, complètement, absolument terminé entre lui et moi. Nous ne serons plus jamais copains.

Je rentre à la maison, triste et en colère. Je vais voir Odette dans sa chambre. Elle pleure. Elle sait pour Simone. C'est étonnant car elle fait aussi partie du clan « trop petit pour comprendre » pour mes parents. Moi aussi, j'ai envie de pleurer, mais j'essaie de me montrer fort pour elle. Je la prends dans mes bras et on ne se dit rien. Il n'y a rien à dire.

21

Simone s'est évaporée comme de l'eau quand il fait chaud. C'est l'angoisse maximum. Elle était au rassemblement des Éclaireurs, et un matin, elle et une autre jeune fille n'étaient plus dans leur chambre. Depuis deux jours, mes parents passent leur journée au téléphone à appeler de la famille et des amis à Tanger, à Rabat et à Casablanca, en espérant trouver la personne qui pourra nous aider à savoir où elle est.

J'essaie de faire marcher mon pouvoir tous les jours. Je répète des tonnes de fois : « Je veux que Simone revienne à la maison en bonne santé. » Mais pour le moment, ça ne fonctionne pas. J'ai essayé de le dire différemment avec des synonymes. « Je veux que Simone réhabite à Safi avec nous sans maladie. » Mais pas d'effet non plus pour l'instant.

Mes parents affichent une tête d'enterrement, mais, officiellement, tout va bien. Anna a demandé ce qui se passait quand nous étions à table, et mon père a répondu :

— Rien qui vous intéresse.

Même si Anna se prend pour une grande parce qu'elle a un an de plus que moi, elle n'a pas encore l'âge pour qu'on réponde à ses questions.

— C'est les céréales du travail de papa ? Il n'y a pas eu assez de pluie ? demande-t-elle.

— Non, tout va bien.

— C'est Odette alors ? insiste-t-elle.

— Non, moi, je vais bien ! rétorque ma sœur.

— Rien qui vous intéresse ! répète mon père agacé.

La disparition de ma sœur ! Rien qui nous intéresse ! Mes parents et leur secret pas vraiment secret puisque c'est marqué sur leur visage que quelque chose ne va pas. Odette m'a expliqué qu'ils faisaient ça pour nous protéger, pour ne pas qu'on soit tristes, mais leur méthode ne marche pas. Ni pour moi ni pour Anna qui n'est au courant de rien, mais qui a les larmes aux yeux.

Je repense à cette discussion que j'ai écoutée sous la table entre Simone et tata Raquel. Est-ce que ça aurait changé quelque chose si j'en avais parlé à mes parents ? Ils auraient peut-être enfermé Simone dans sa chambre et elle ne serait pas partie. La connaissant, elle serait passée par la fenêtre. Et puis, moi, je ne suis pas comme Anna, je ne suis pas un rapporteur.

Quand je rentre de l'école ce jour-là, tata Raquel est dans le salon avec mes parents. Ils discutent autour d'un thé à la menthe. Mon père n'est pas allé travailler. Je dis bonjour à tout le monde.

— Ma parole, il est de plus en plus beau, ce gosse ! s'écrie ma tante. Ces yeux malicieux, c'est le côté Benshimon, c'est certain.

Elle me voit presque tous les jours depuis que Simone a disparu, mais c'est maintenant qu'elle remarque que je suis beau. Je vois bien que c'est pour faire plaisir à mes parents qu'elle dit ça, comme si tout était normal.

— Quand je pense que celui-là, il criait plus fort que le muezzin quand il était petit !

Mes parents se forcent à sourire.

— Va faire tes devoirs dans ta chambre, me lance ma mère.

Mais comme d'habitude, je me poste juste en haut des escaliers pour écouter les dernières nouvelles sur Simone. Tata Raquel a un plan :

— Il faut alerter la presse, la radio et le plus de personnes possible. Quelqu'un doit bien savoir quelque chose sur cette disparition ! La police dit qu'elle ne sait rien et elle ne fait pas grand-chose pour nous aider. Si l'opinion s'en mêle, ça leur mettra la pression.

— Tu crois que c'est lié au fait qu'elle est juive ?

— Je ne crois rien !

— Les musulmans nous en veulent ! dit mon père. Ils confondent juifs et sionistes ! Elle a peut-être été tuée juste parce qu'ils pensaient qu'elle était sioniste !

— Ne dis pas de bêtises, Max ! répond ma tante en claquant sa langue sur son palais.

Ma mère a du mal à supporter cette discussion. Tata Raquel lui prend la main et lui explique :

— Ruby, tu vas te rendre à Casablanca. Nous avons un contact au journal *Le Monde*. Il est d'accord pour te recevoir. Tu dois le convaincre d'écrire un article sur la disparition de Simone. Aviva Abitbol viendra avec toi. Sa fille a aussi disparu. Vous irez seules, sans vos maris. Deux femmes qui recherchent leurs filles disparues, c'est déjà un titre d'article. Ça aura encore plus d'effet sur le journaliste.

— Je dois aller à Casa sans Max ?

— C'est préférable.

Ma mère se tord les mains dans tous les sens. Je ne vois pas son visage d'où je suis, mais je l'imagine. Ses yeux doivent être entièrement recouverts de peur. Pourtant, elle dit :

— Très bien. Je pars demain.

Mon père ne fait pas de commentaire. Tata Raquel a l'air de savoir ce qu'il faut faire.

Maintenant, j'en suis certain, Raquel est une espionne. Une espionne femme, super ridée, mais qui est peut-être capable de sauver ma sœur. Elle ment quand elle dit qu'elle passe ses journées à faire des gâteaux comme toutes les vieilles de son âge. Je serai peut-être espion comme elle quand je serai plus grand. Jacob, le plus grand espion du monde. Pas mal. C'est peut-être mieux que messie, finalement. Raquel pourra me donner des tuyaux puisqu'elle connaît le métier.

Tata part. Je retourne dans ma chambre. Je dois faire des exercices de mathématiques pour demain. On sonne à la porte. Ma mère crie mon nom. Je descends les escaliers. Je suis très surpris de le voir. C'est Brahim. Ma mère lui propose un verre de thé et des gâteaux qu'elle a sortis pour Raquel. Il refuse et on sort. On s'assoit sur les marches devant la maison. S'il est venu pour des excuses, je ne suis pas prêt à les accepter.

— J'ai parlé à Mohamed pour Simone.

D'un coup, je suis beaucoup moins fâché. Il continue :

— Il a fait une enquête. Elle n'est pas à Safi.

Ça, je le savais déjà.

— Mais il a un copain policier à Tanger et un autre à Casablanca. Il va les prévenir. Il connaît beaucoup de monde dans la police.

Je le remercie. Il y a un silence. Je n'ai plus envie qu'on se dispute. C'est moi qui parle en premier :

— Je voulais te dire... pour la dernière fois. Je... enfin, j'étais en colère et... Pardon. Je n'aurais pas dû dire que ton frère était un traître.

Brahim fait comme si de rien n'était. Il me dit rapidement :

— *Smehlya*. On fait une partie ?

J'en meurs d'envie. Et voilà ! Brahim et moi, c'est comme avant. Je préfère.

***

Le soir à table, Anna demande :

— Et Simone, quand est-ce qu'elle rentre à la maison ?

Mes parents se regardent. On se regarde avec Odette. Et c'est mon père qui prend la parole.

— Simone ne va pas rentrer tout de suite. Elle a encore du travail pour la préparation des camps d'été.

Jusqu'à quand vont-ils mentir ?

Pendant tout le repas, ma mère est nerveuse. Elle n'arrête pas de se lever pour aller chercher des choses à la cuisine. Elle ne fait presque pas attention à mon assiette pour une fois. Juste avant le dessert, elle finit par trouver le courage de nous annoncer cet énorme mensonge :

— Demain, je vais à Casablanca avec la voiture pour aider Jacqueline à décorer son salon. Je reviens dans deux jours. C'est Myriam qui vous emmènera à l'école.

Personne n'y croit, mais personne ne commente. Ça ne sert à rien non plus de poser des questions. On connaît déjà leur réponse. Nous sommes trop petits pour comprendre.

22

Mercredi après-midi. C'est très rare que ma mère voyage sans mon père. Elle est sur le point de partir à Casablanca avec madame Abitbol. Elles se connaissent un peu seulement car elles ont des relations en commun. L'une est aussi angoissée que l'autre. Le mari de madame Abitbol l'a déposée chez nous car c'est ma mère qui va conduire. Elles n'arrêtent pas de parler toutes les deux. Je suis bien content de ne pas être dans la voiture avec elles. Juste avant qu'elle s'installe dans la voiture, je serre ma mère très fort dans mes bras pour lui donner du courage. Elle y prend goût et ne veut plus me lâcher. Même si elle pense que je ne sais rien à propos de cette histoire ou du moins que je ne comprends rien, je lui chuchote :

— Ne t'inquiète pas, maman. Tout ira bien.

Elle me serre encore plus fort.

Mon père lui fait des recommandations pour la route et pour le chemin qu'elle doit prendre. On reste devant la grille de la maison jusqu'à ce que la voiture disparaisse. Ça me rend triste de la voir partir. Je vais dans la chambre d'Odette et je reste avec elle.

On sonne à la porte. Aïcha ouvre et crie mon nom. C'est Brahim. On s'assoit sur les marches devant chez moi.

— Mon frère n'a pas encore de nouvelles de ta sœur. Mais il a un copain qui a un copain qui travaille pour le roi. Il est gardien de la porte et il empêche les terroristes de rentrer dans le palais royal. Il connaît tout le monde là-bas. Mon frère dit qu'il peut nous aider.

— Tu remercieras ton frère.

— Mohamed est comme ça ! Il aide les gens !

— Ma mère est partie à Casablanca tout à l'heure. Elle doit parler aux journalistes pour qu'ils écrivent un article sur Simone.

— À quoi ça sert qu'on parle d'elle dans le journal ?

— Ben, tout le monde lit le journal. Ils vont mettre sa photo avec un texte et si des gens la reconnaissent dans la rue, ils iront voir la police.

— *Inch'Allah*, ça va marcher. On bouge ?

On va dans le champ derrière chez moi. On a chacun un bâton en main et on parle. Soudain, Brahim bute sur quelque chose et tombe par terre.

— Tu as mal ?

Je suis tellement habitué que je ne suis même plus étonné. Il s'est éraflé le genou, mais il se relève comme si de rien n'était.

— *Chouf !* Il y a un petit oiseau blessé. Je ne voulais pas l'écraser.

Je me penche.

— Le pauvre, dis-je. Tu crois qu'il a mal ?

— Il faut qu'on essaie de réparer son aile. Donnons-lui d'abord à manger.

— Viens, on va chercher du lait chez moi. Ma mère dit que c'est bon pour les os. Ça doit être bon pour les ailes aussi.

Avec Brahim, on ramasse des feuilles et des petits bouts de bois pour créer un nid à l'oiseau. Une fois qu'il est bien installé, on court dans la maison et on rapporte un grand verre de lait avec un morceau de biscotte. C'est facile de faire des miettes avec des biscottes. Mais quand on revient, le petit oiseau ne bouge plus et ne fait plus aucun bruit. On lui donne des petits coups tout doucement pour le réveiller, mais, en fait, il est totalement mort.

Je ne suis pas un pleurnicheur comme ces filles à l'école qui pleurent pour rien. Mais là, j'ai les larmes qui se mettent à couler toutes seules. Pour l'oiseau, pour ma sœur disparue, et pour ma mère qui vient de partir à Casa. Ça fait beaucoup de raisons. Brahim, en me voyant, a aussi envie de pleurer. Avec ses longs cils, ça se voit tout de suite quand ses yeux sont mouillés. Il dit :

— Tu vois, quand je serai grand, je serai réparateur de tout. Des voitures, des hommes, des poteries, des chaussures, et des oiseaux.

On attend en silence tous les deux devant l'oiseau en espérant qu'il se réveille d'un coup. Mais il est aussi immobile qu'une peluche.

— On l'enterre ? demande Brahim.

Je fais oui de la tête en reniflant.

On creuse un petit trou avec des bouts de bois. On fait glisser l'oiseau dedans et on le recouvre de cailloux. Puis on pose les deux bouts de bois en forme de croix de Jésus. On ne sait pas s'il est juif ou musulman, donc c'est plus facile de faire comme s'il était catholique.

Brahim et moi, on n'a jamais assisté à un vrai enterrement.

— On devrait lui chanter une chanson. Tu connais *Frère Jacques* ?

On se met à chanter tristement tous les deux. Puis on le laisse reposer en paix.

Quand je rentre chez moi, je n'ai plus une miette d'énergie. Je n'ai pas le temps de m'allonger cinq minutes sur mon lit que nous passons à table.

Bien entendu, ma mère a prévu tous les repas avec Aïcha pour les deux jours où elle est absente. Ce qui est bien avec mon père, c'est qu'il ne fait pas attention à mon assiette.

Après le repas, il fume cigarette sur cigarette en attendant l'appel de ma mère.

Le téléphone finit par sonner. Je reste dans les escaliers pour écouter.

— Oui, ils ont bien mangé… Oui, Jacob a fini son assiette. Non, je n'ai pas vérifié sous la table. Bon, Ruby, on ne va pas mourir de faim parce que tu n'es pas à la maison ! Donne-moi plutôt des nouvelles !

Mon père a monté un peu le ton, c'est le seul moyen de calmer ma mère, parfois.

— Ah, c'est bien. Mais vous avez rendez-vous avec le journaliste à quelle heure ? Mmh. Mmh. Il vaut mieux que tu ailles voir la police après… oui… non… Même si madame Abitbol n'est pas d'accord. Raquel a dit qu'il faut alerter le plus de monde possible… Calme-toi, Ruby ! Calme-toi !

Ma mère doit parler super vite à l'autre bout du fil car mon père a du mal à en placer une.

— Allez, ma chérie, essaie de dormir un peu et embrasse Jacqueline pour moi. J'attends ton appel demain.

Il raccroche et il pousse un grand soupir. Je descends le voir.

— Ça va, papa ?

— Ça va, mon fils. Ta mère est bien arrivée à Casa. Par miracle, elle ne s'est même pas perdue. Elle va bien. Elle t'embrasse et Jacqueline aussi. Ça avance bien leur projet de décoration, je crois.

— Et Simone ?

Bien que ce soit le sujet qui occupe toute sa tête, il ne s'attend pas à cette question. Il ne sait pas quoi me répondre, alors c'est moi qui parle.

— Je sais que Simone a disparu. Mon copain Brahim a demandé à son frère qui travaille dans la police de nous aider à la retrouver.

Mon père me regarde comme si son fils de huit ans et demi presque neuf, que lui et ma mère considèrent comme un enfant de quatre ans, s'était transformé en adulte de vingt ans. C'est trop d'années en plus d'un seul coup pour lui. Il a les yeux brillants. Dans un moment de faiblesse, il oublie qu'on ne raconte pas aux petits les problèmes des grands et il m'explique :

— Ta sœur a toujours voulu sauver le monde, mais elle a souvent fait n'importe quoi. Elle agit sans réfléchir aux conséquences ! On a sûrement été trop durs avec elle, ta mère et moi. Ou alors pas assez. Enfin, on n'a pas dû faire ce qu'il fallait. Quelle bêtise elle a bien pu faire ? Même si on doit ratisser le Maroc au peigne fin, on va la retrouver.

— Oui, on va la retrouver ! je lui confirme pour le rassurer.

— Tu diras encore une fois merci à Brahim. Je l'aime bien, ce garçon ! Tu devrais l'inviter à dîner avec ses parents quand toute cette histoire sera finie. Allez, va te brosser les dents. C'est bientôt l'heure d'aller au lit.

Il est tard. Je suis censé dormir depuis au moins une heure car j'ai école demain, mais j'ai entendu sonner à la porte. C'est tata Raquel, l'espionne. J'ai reconnu sa voix. Je me suis mis en haut de l'escalier. Si elle débarque chez nous à cette heure tardive, c'est qu'elle a une information importante à donner à mon père. Je l'observe. Avec son tailleur vert et ses cheveux bien coiffés, personne ne pourrait imaginer qu'elle n'a rien à voir avec les autres femmes de son âge. Elle cache bien son jeu.

— Aïcha est partie, mais je peux te faire un thé ou un café si tu veux.

— Tu sais faire ça, toi ? Ruby t'a appris ?

— Je suis autodidacte, ma chère !

Je ne connais pas ce mot. Mais ça les fait rire, donc ça doit être un mot drôle.

— Merci, je ne vais pas rester longtemps. Je suis venue prendre de tes nouvelles et te dire que j'ai réussi à avoir un rendez-vous avec une personne qui pourra certainement nous aider. Demain matin, tu appelles Ruby et tu lui dis d'aller voir monsieur Amrou à 12 h 30. Je t'ai marqué son adresse sur ce bout de papier. C'est un proche du roi. Si on a son soutien, on va vite savoir ce qui lui est arrivé.

Mon père range précieusement le bout de papier sous le téléphone.

— Bon. Je crois qu'il est temps que tu m'expliques certaines choses.

— Je n'ai rien à t'expliquer.

— Raquel, je ne suis plus un enfant.

Il insiste et elle finit par lui avouer qu'elle fait partie de la Misgeret.

— La quoi ? demande mon père.

— La Misgeret, c'est un réseau secret mis en place par le Mossad pour veiller à la sécurité des juifs et qui s'occupe aussi de l'émigration clandestine vers Israël.

— Comment se fait-il que je n'aie jamais entendu parler de cette organisation ?

— Parce que c'est une organisation ultra secrète ! Israël l'a créée quand le roi a annoncé qu'il ne reconnaîtrait pas l'existence d'Israël et qu'il s'opposerait au départ des juifs. Et puis rappelle-toi que le président d'Égypte a dit qu'il était en guerre avec l'ennemi juif. Il a beaucoup d'influence sur les pays arabes. On ne sait pas ce qui peut arriver.

Pourtant, il n'y a aucune guerre entre les juifs et les musulmans à Safi. Avec eux, comme avec les Français, on s'entend bien et on s'est toujours bien entendus. Papi Prosper m'a dit que ses grands-parents habitaient déjà Safi. On est là depuis des siècles !

Raquel raconte qu'il y a d'autres membres de la Misgeret à Safi, mais elle ne lâche aucun nom. Elle est en contact régulier avec Israël, même si c'est complètement interdit.

Mon père a dû promettre qu'il n'en parlerait à personne, pas même à ma mère. J'en étais sûr ! Je l'avais deviné depuis longtemps mais maintenant j'en ai la confirmation : Raquel est une espionne !

Papa lui pose beaucoup de questions. Parfois, Raquel lui dit qu'elle ne peut pas répondre.

Parfois, elle lui donne des réponses vagues. La Misgeret recherche activement Simone dans tout le pays. Personne ne se doute de l'existence de ce réseau au Maroc mais, apparemment, ma sœur le connaissait très bien. Même mieux, elle en faisait partie, elle aussi. Mon père est fou de rage :

— Pourquoi l'as-tu mêlée à cette organisation ? Comment as-tu pu laisser faire une chose pareille ?

— Tu crois vraiment que c'est moi qui ai embrigadé ta fille ! Elle s'y est mise toute seule comme une grande ! Au début, j'ai remué ciel et terre pour l'en dissuader. Mais ta fille est encore plus têtue que toi !

— Pourquoi tu ne nous as rien dit ? On aurait pu l'empêcher de se mettre en danger !

— Comment tu aurais fait ? Max, depuis que je sais qu'elle travaille pour la Misgeret, je suis au courant de ses moindres mouvements.

Et c'est là qu'arrive la meilleure question :

— Quel genre de mission faisait-elle pour la Misgeret ?

Raquel refuse de répondre une nouvelle fois.

— Max, l'organisation fera tout ce qu'il faut pour la retrouver et la protéger. L'essentiel est qu'on sache ce qui lui est arrivé.

Mon père s'énerve de nouveau.

— Réponds à ma question, Raquel ! Est-ce qu'elle faisait quelque chose d'illégal ? Tu penses qu'ils l'ont arrêtée ? Réponds-moi ! C'est ma fille !

Raquel reste silencieuse un moment qui semble interminable. Elle hésite. Elle soupire. Et elle confirme :

— Oui, c'est possible qu'elle soit en prison quelque part.

Je sursaute. Odette vient de me chuchoter à l'oreille :

— Tu es encore en train d'écouter les conversations des adultes ! chuchote-t-elle. Qu'est-ce que tu as appris de beau ?

— Chut ! Je te dirai après. Écoute !

Mon père réagit mal :

— Mais comment tu as pu laisser faire une chose pareille ! Ma fille ! Tu aurais dû refuser, Raquel ! Tu n'avais pas le droit !

— Max, ta fille a vingt ans ! Elle savait exactement ce qu'elle faisait. Nous ne lui avons rien imposé, c'est elle qui a voulu participer. Fais-lui confiance ! Fais-nous confiance !

— En prison ! répète-t-il. Ma fille est en prison !

— Si c'est le cas, on va vite la retrouver. Mais encore une fois, on n'est sûrs de rien ! On a perdu sa trace. Personne n'a rien vu. Personne ne parle. La police ne se prononce pas. On n'arrive pas encore à comprendre ce qui s'est passé. Elle a disparu du jour au lendemain sans que personne s'aperçoive de rien. C'est un vrai mystère.

— Ma fille... Ma petite fille...

— Ta petite fille est une femme forte. Tu peux être très fier d'elle. Elle est courageuse et très débrouillarde. La Misgeret a toujours été très satisfaite de son travail.

Mon père se calme. Raquel annonce qu'elle rentre chez elle. Je dis à ma sœur :

— Viens, on va dans ta chambre. Je vais te raconter.

Je lui parle de la Misgeret. Je lui explique tout ce que j'ai compris. Je suis content car, pour une fois, c'est moi qui lui apprends quelque chose. Et puis, en voyant sa tête qui n'est pas surprise, je m'aperçois que je ne lui apprends rien du tout. Elle sait déjà tout.

— Tu étais au courant ?

Elle hausse les épaules.

— Tu savais qu'elle faisait partie de la Misgeret ?

— Oui.

Je n'en crois pas mes oreilles !

— Toi aussi, tu travailles pour eux ?

— Non, j'ai quatorze ans, je te rappelle !

— Mais pourquoi tu ne l'as pas dit aux parents que tu savais ?

— Qu'est-ce que ça aurait changé ? Raquel s'occupe de tout.

— Elle n'est pas partie avec les Éclaireurs pour préparer les vacances d'été ?

— Si, mais pas seulement. La préparation des vacances durait seulement deux jours.

— Comment ça « pas seulement » ? Qu'est-ce qu'elle a fait après ?

— Elle avait une autre chose à faire.

— Raquel a dit qu'elle pouvait être en prison. Mais qu'est-ce qu'elle a fait ?

— Je ne peux pas te le dire, Jacob. Simone n'était même pas censée me le dire.

— Odette, dis-le-moi ! Je t'en supplie. Je sais garder un secret. J'ai écouté une discussion entre Raquel et Simone avant qu'elle parte et je ne l'ai dit à personne ! Pas même à toi. Dis-le-moi !

Pendant un moment, je suis sûr qu'elle ne va rien me dire. J'ai décidé de ne pas la lâcher. Je lui poserai la question jusqu'à ce qu'elle me réponde. Et, finalement, elle se met à parler.

— Jacob, je te fais confiance. Si tu me trahis, je ne te raconterai plus jamais rien, et pire, je ne t'adresserai plus jamais la parole !

— Promis.

Elle met un temps et puis elle dit :

— Elle aidait les juifs du Maroc à partir en Israël.

23

Juin 1967

Quand mon père nous a accompagnés ce matin à l'école, nous étions déjà en retard, mais il a croisé son ami Albert et on a été encore plus en retard car ils ont commenté ce qu'ils avaient entendu à la radio et lu dans les journaux. Mon père est persuadé qu'il va y avoir la guerre entre Israël et l'Égypte. Et s'il y a la guerre, c'est mauvais pour tous les juifs du Maroc, même ceux de Safi. Il n'a pas parlé de Simone, car Anna et moi, on entendait tout. Albert lui a juste demandé en arabe s'il y avait du nouveau, sans donner plus de précision.

— *Walou*[1], a répondu mon père.

— Passe me voir après avoir accompagné les enfants. C'est moi qui te paierai le café !

— Si c'est toi qui paies, alors je viens !

À l'école, c'est encore plus difficile que d'habitude d'écouter la maîtresse, madame Sebag. Je regarde les traces de saleté sur le mur blanc de la

1. Rien.

classe et je pense à plein de choses, sauf à ce qu'elle raconte. Simone aidait les juifs à aller en Israël. Mais pourquoi elle a fait ça ? Odette m'a expliqué qu'il y a un parti politique qui s'appelle l'Istiqlal. Ils n'aiment pas Israël et ils aimeraient qu'il n'y ait que des musulmans au Maroc. Ils ont convaincu le roi d'interdire les coups de téléphone et les lettres envoyées là-bas. Les juifs marocains n'ont pas le droit d'aller là-bas, même pas pour les vacances. Simone a d'abord participé à la fabrication de faux papiers, car c'est très difficile d'avoir un passeport pour sortir du pays. Ça prend beaucoup de temps. Et, dernièrement, elle s'occupait d'organiser le long voyage du Maroc vers la France puis vers Israël. Ce qui est totalement interdit.

Mes copains de classe sont tous au courant. À la récréation, ils ne me parlent que de ça. Même les grands viennent me voir pour essayer d'obtenir des détails. Non seulement je n'en ai pas, mais en plus, je n'ai pas du tout envie d'en donner. Quand David me demande si elle a tué quelqu'un, j'explose. Le prochain qui me pose une question sur Simone se prendra une claque dans la figure.

Cette histoire m'embête pour plusieurs raisons. Raison numéro un : je pensais que ce serait moi le héros de la famille quand je deviendrai messie ou espion. Pas ma sœur. Ça ne m'intéresse pas du tout d'être le petit frère de la sœur qui sauve des gens. Raison numéro deux : je ne veux pas que les juifs partent du Maroc. S'ils partent tous en Israël et qu'il n'en reste plus, c'est sûr que mes parents voudront partir eux aussi. Raison numéro trois : il y a de grandes chances que Simone soit en prison. J'ai peur pour elle.

Madame Sebag n'est pas très grande et un peu voûtée. Elle a des lunettes avec des verres épais. Par chance, je ne suis pas assis au premier rang. Elle ne peut pas voir que je n'écoute rien de ce qu'elle raconte depuis ce matin. Monsieur Tobelem avait même des yeux derrière la tête quand il écrivait au tableau. Quand je pense à ce que je lui ai fait !

Pendant qu'elle explique le passé composé, j'imagine que je suis grand comme un adulte. Je vais à Casablanca avec une épée et je n'ai même pas besoin de m'en servir. Dès qu'ils me voient, les policiers me saluent comme si j'étais super connu. Je leur ordonne de libérer ma sœur immédiatement et ils obéissent. Et je ramène Simone à Safi. Tout le monde me remercie. Partout dans la rue, les gens parlent de moi et de mon courage. Le soir, on passe à table, mon père fait des blagues, ma mère surveille les assiettes et ressert tout le monde et on est tous heureux comme avant.

Après le passé composé, on passe à la géographie. Elle nous interroge sur les capitales. Normalement, je suis très bon grâce à mon père et à son petit jeu. Mais là, j'ai un gros trou de mémoire. Impossible de me souvenir de la capitale du Vietnam. Et j'ai confondu la capitale de l'Irlande et de l'Allemagne. Madame Sebag me demande de réviser car je serai interrogé demain aussi.

Sur le chemin du retour de l'école, Brahim m'a rejoint et je lui ai demandé :

— Tu as écouté les informations à la radio ?

— Oh non ! C'est trop ennuyeux !

— Mon père a dit qu'il allait bientôt y avoir une guerre entre l'Égypte et Israël.

— Ah bon ?

Brahim n'en a rien à faire.

— T'es pour qui, toi ?

— Ben, pour l'Égypte.

— Moi, je suis pour Israël. Le président de l'Égypte a dit que tous les juifs du monde étaient des ennemis. Ça veut dire que tu penses comme lui, si tu es pour l'Égypte.

— Ben non, puisque t'es mon copain. Bon, on joue ?

On commence une partie d'osselets. Puis il me questionne :

— Pourquoi tu n'utilises pas ton pouvoir pour la faire revenir ta sœur ?

— J'ai essayé. Ça met plus de temps cette fois.

— Tu n'as peut-être plus de pouvoir ?

Il m'énerve. Il se moque de moi.

— J'arrête de jouer ! Je rentre chez moi.

— Oh non ! On finit la partie au moins !

— Non, je rentre ! Mon père doit déjà être à la maison pour attendre le coup de téléphone de ma mère.

Il essaie de se rattraper.

— Tu as raison, ton pouvoir met un peu plus de temps à marcher, parce que c'est plus difficile.

— À demain.

Je ne sais pas ce qui m'ennuie le plus : que Brahim ait raison ou qu'il ne me croie pas.

Anna m'a rejoint en haut de l'escalier. On écoute tous les deux mon père qui est au téléphone avec ma mère. Elle a vu le journaliste du journal *Le Monde* aujourd'hui. Elle a aussi rencontré le consul français et elle a parlé au chef de la police de Casablanca. Elle est allée au rendez-vous que Raquel lui avait donné chez monsieur Amrou. Maintenant, il faut attendre.

Anna, avec qui je ne parle que pour me disputer d'habitude, me dit :

— J'espère que papa et maman auront assez d'argent pour payer la rançon.

— La rançon ?

— Oui, Simone a été enlevée. Ses kidnappeurs vont certainement demander de l'argent à papa et à maman.

— Mais c'est qui ces kidnappeurs ?

— Ben, si on le savait, la police irait la chercher et on les arrêterait.

— Qui t'a raconté ça ?

— Je le sais ! Je l'ai déduit par moi-même.

Bon, il lui manque l'épisode d'hier soir.

— Simone a sûrement été arrêtée par la police.

Anna préfère sans doute son histoire, mais elle n'a pas le choix. Elle est paniquée.

— Mais si c'est la police qui l'a arrêtée, qui va la sauver ?

Sa question a un effet immédiat. Je file dans ma chambre et j'utilise mon pouvoir de toutes mes forces. Encore plus fort qu'hier et avant-hier. Il faut que ça marche, pour Simone, pour mes parents et aussi pour montrer à Brahim.

24

Ma mère est enfin revenue de Casablanca. Le journaliste était très sympathique d'après elle. C'est un Français qui travaille à Casablanca. Très élégant. Très cultivé. Il a posé beaucoup de questions sur Simone. Connaissant ma mère, elle a dû lui dire que sa fille était extraordinaire. Elle a dû oublier de préciser que Simone était un peu plus casse-pieds que la moyenne et qu'elles deux passaient leur temps à se disputer. Il a promis d'écrire un article qui paraîtra dans *Le Monde* dès lundi prochain. Ça a redonné de l'espoir à tout le monde. Et il en fallait. Elle est également allée voir ce monsieur Amrou qui est un proche du roi. Il semblerait que Raquel et lui étaient amoureux quand ils étaient plus jeunes. Il l'a fait attendre une heure avant de la recevoir. Mais, finalement, il lui a promis qu'il ferait jouer ses relations pour nous aider. Ma mère s'est très bien entendue avec madame Abitbol. Elles ont prévu de se revoir quand toute cette histoire sera terminée. Elles se promettent de s'appeler si l'une d'elles apprend quelque chose.

Aujourd'hui, on est samedi. On ne va pas à la plage car mon père doit aller à la synagogue. Il veut absolument que je l'accompagne : moi et pas mes sœurs, parce que je suis un garçon. Je n'ai pas très envie, mais il ne me laisse pas le choix.

Toute la communauté sait que Simone a disparu. Mon père connaît presque tout le monde. Il salue le rabbin Moshé.

— Je suis content de te voir, Max. Et tu es venu avec le grand Jacob ! C'est très bien ça ! On va tous prier pour qu'elle s'en sorte.

Sami, mon copain de classe, est assis dans le fond à côté de son père. Ses parents sont pratiquants, donc il vient à la synagogue tous les samedis.

— Salut ! je lui dis.

— Salut !

— T'arrives à suivre ?

— Je fais semblant.

— C'est encore long ?

— Très long ! Tout le monde dit que ta sœur est très courageuse.

— Pourquoi ils disent ça ?

— Chut !

Le rabbin n'aime pas qu'on parle pendant la prière. On chuchote encore plus bas.

— Je ne sais pas trop. J'ai entendu mon père dire qu'elle avait aidé des familles à aller en Israël.

Je n'en reviens pas qu'il soit au courant.

— Pour une fille en plus, c'est fort ! ajoute-t-il.

Simone est donc déjà une célébrité à Safi ! Je ne peux pas m'empêcher d'être en colère contre elle. Elle ne sait faire que des bêtises pour embêter mes parents et leur causer du souci. Elle veut partir du Maroc alors que, moi, je veux rester à Safi. Pourtant, je regarde les gens prier autour de moi, et ça me fait du bien de savoir qu'ils prient pour elle.

L'odeur de la *dafina* que ma mère a préparée se sent jusque dans la rue. On est revenus à pied de la synagogue et je meurs de faim. Raquel déjeune avec nous. Les adultes prennent d'abord l'apéritif dans le salon arabe et en profitent pour discuter des sujets dont ils ne pourront pas parler à table quand il y aura les enfants. Ma tante est confiante :

— On attend avec impatience lundi pour voir cet article dans le journal ! Ça va faire réagir l'administration marocaine. Ils seront obligés de nous dire où est Simone s'ils le savent.

— Amen ! dit ma mère.

— Ne vous réjouissez pas trop vite, ajoute mon père. Tout le monde dit que les relations entre Israël et les pays arabes n'ont jamais été aussi tendues. Il va y avoir la guerre, il n'y a plus de doute.

— On n'a vraiment pas besoin d'une guerre en ce moment, répond ma mère, inquiète.

C'est bizarre de dire ça. Je me demande qui pourrait avoir besoin d'une guerre.

***

Lundi 5 juin. Je ne suis pas près d'oublier cette date. Je m'habille pour aller à l'école. J'entends du bruit en bas. Mon père est déjà levé alors que d'habitude il dort plus tard. Je me dis qu'il veut certainement aller acheter *Le Monde* à la première heure. Je me débarbouille le visage, et c'est alors qu'Odette vient me voir affolée.

— C'est la guerre en Israël, Jacob !

J'ai de l'eau plein la figure. Je la regarde. Mes parents ont raison. Je suis trop petit pour comprendre car cette information ne me fait rien du tout. Elle continue :

— Israël a attaqué l'Égypte. Tous les pays arabes sont en train de s'unir contre Israël.

Je ne réponds toujours rien. Je ne sais pas ce qu'on doit répondre quand on nous annonce que c'est la guerre. On ne m'a pas appris. Je descends prendre mon petit déjeuner. La radio est à fond dans la cuisine.

> « La grande bataille se déroule au sud et elle oppose les chars égyptiens aux chars israéliens. L'Égypte a tout de suite pris l'avantage sur l'ennemi. »

Mes parents font des bruits d'inquiétude. On n'a pas le droit de dire un mot car on pourrait louper une information importante. Mon père change de station de radio et réécoute la même chose sur une autre station. Il doit attendre ce soir pour écouter la radio Kol Israël, qu'on n'a pas le droit d'écouter normalement. Pendant ce temps, je mange mes tartines.

— Je vais acheter le journal, lance mon père.

Ma mère est sens dessus dessous. En plus de se faire du souci pour Simone, elle doit s'inquiéter pour les juifs en Israël.

— Allez, dépêchez-vous, on part pour l'école !

Mais elle ne trouve pas les clés de la voiture. Quand elle finit par mettre la main dessus, on a déjà quinze minutes de retard.

À l'école, les grands ne parlent que des combats. Madame Sebag les surprend en train de jouer à la guerre pendant la récréation. Elle les punit.

— La guerre, ce n'est pas un jeu !

Ils doivent faire cinquante lignes d'écriture. Elle est de très mauvaise humeur. Ça doit être à cause des informations.

Après l'école, je vois Brahim. Il est bizarre.

— Que se passe-t-il ?

— *Walou.*

On marche ensemble jusque chez moi.

— Pourquoi tu ne parles pas ? je demande.

— Ben, j'ai rien à dire. T'as qu'à parler, toi !

— C'est à cause de la guerre en Israël ?

Il hésite à répondre.

— Mon père, il a dit que les pays arabes allaient se débarrasser des juifs.

— Qu'est-ce qu'il en sait ton père ? je lui lance, méchamment.

— Il dit que vous, les juifs, vous avez volé un pays. Vous vous êtes installés et vous avez chassé les gens qui habitaient là-bas.

Je suis embêté. Comme personne ne m'explique jamais rien, je ne suis pas au courant de cette histoire, qui me paraît louche. Comment on peut voler un pays à quelqu'un ?

— Ben, en tout cas, les juifs du Maroc, ils n'ont rien volé à personne ! Et en plus, je ne les connais même pas les juifs d'Israël. Tu connais les musulmans d'Égypte, de Syrie et de Jordanie, toi ? Tu as de la famille là-bas ?

— Ben non.

— Toi et moi, on est marocains. On n'a rien à voir avec ces gens-là !

— Il a dit aussi que… il espère que le Maroc va faire la guerre. Ma mère lui a répondu qu'il était fou et qu'elle espérait qu'Allah nous protégerait tous. Ils se sont disputés.

Cette discussion m'énerve.

— Est-ce que ça veut dire que ton père, il n'aime pas les juifs ?

Brahim ne répond pas.

— Et toi, si ça se trouve, tu n'aimes pas les juifs et tu fais semblant avec moi !

— N'importe quoi ! Moi, je m'en fiche ! Si j'aimais pas les juifs, je ne jouerais pas avec eux aux osselets !

On se fixe. Je suis à deux doigts de me fâcher avec lui. En même temps, ça ne fait pas si longtemps qu'on s'est réconciliés.

— Bon, allez, viens, on fait une partie.

Quand je rentre chez moi, la radio est toujours allumée. Mon père est au travail, mais ma mère est à la cuisine avec Aïcha en train de boire le thé. Elle a le visage tout creusé. C'est comme si cette histoire l'avait rendue plus vieille. Je ne comprends pas tout car elles parlent arabe, Aïcha lui raconte qu'elle a trouvé la pastèque à un bon prix chez un marchand du souk.

Je regarde Aïcha. Je la connais depuis toujours. C'est elle qui s'occupait de moi quand j'étais bébé. Elle a vieilli, elle aussi. Elle a un visage tout rond. Elle a un tatouage sur le front et, dehors, elle porte un foulard sur la tête. Elle fait ses prières sur son petit tapis, chez nous. Presque tous les jours, quand ma mère n'a pas d'invités ou qu'elle ne sort pas, elles prennent le thé ensemble et elles discutent en arabe.

Je me demande si elle aussi espère que le Maroc entre en guerre contre Israël. Est-ce qu'elle aime tous les juifs ou seulement nous ? Et Myriam et son mari, les voisins que mes parents invitent souvent ? Est-ce qu'ils pourraient se mettre à détester les juifs du jour au lendemain ?

Je vais voir Odette dans sa chambre et je lui demande des nouvelles de Simone :

— Tu as entendu quelque chose aujourd'hui ?

— L'article dans *Le Monde* n'est pas encore paru. Les journaux ne parlent que de la guerre au Moyen-Orient.

— Elle tient le coup maman ?

— Bof.

— Pourquoi tout le monde parle de la guerre ? Israël, l'Égypte, et les autres pays arabes, c'est tellement loin de Safi.

— Mais, Jacob, Israël, c'est le pays des juifs. Quand il est attaqué, c'est comme si on nous attaquait. Et si Israël attaque les pays arabes, ça énerve les Marocains aussi.

— Est-ce que le Maroc va faire la guerre aussi ?

— Les autres pays arabes aimeraient bien, comme ça, ils seraient encore plus nombreux. Mais ce serait une catastrophe pour nous. Ça deviendrait très dangereux.

— Combien de temps ça dure une guerre ?

— Ça dépend. Ça peut être très long. La Deuxième Guerre mondiale a duré six ans. La Première Guerre mondiale, quatre ans.

— Mais c'est super long !

— Il n'y a pas de règle.

— Est-ce que tu penses que les musulmans ne nous aiment plus ?

— Je ne sais pas, mon Jacob.

Elle me fait peur. Si on n'est plus en sécurité, nous partirons du Maroc, c'est sûr.

Ce soir, à vingt heures, mon père a baissé les volets et mes parents ont écouté la radio israélienne. Ça les a rassurés. Israël a remporté une première victoire aussi bien dans les airs que sur terre.

Ma mère est allée se coucher, mais mon père n'a pas réussi à trouver le sommeil. Je l'entendais depuis ma chambre et je sentais la fumée de cigarette. Juste avant de m'endormir, j'ai utilisé une nouvelle fois mon pouvoir :

« Je veux que Simone revienne à la maison en bonne santé. Je veux que la guerre se finisse le plus vite possible et que le Maroc n'y participe jamais. »

25

Mercredi 7 juin. J'en ai ras le bol de cette radio allumée du soir au matin. J'en ai ras le bol de ces voix qui ne parlent que de la guerre.

> « Les pays arabes sont décidés à utiliser à fond l'arme du pétrole. La conférence des pays arabes qui réunissait onze pays producteurs de pétrole à Bagdad, avec notamment l'Arabie saoudite et le Koweït, ont décidé d'interdire l'envoi de pétrole à Israël et aux pays qui soutiendraient Israël. Un appel a été lancé à l'Iran pour qu'il s'aligne sur les positions des pays arabes. »

Je n'y comprends vraiment rien. Je pourrais demander des explications à Odette, mais toute cette histoire me casse la tête. Parler du même sujet trop longtemps, au bout d'un moment, on en a marre.

Depuis lundi, voilà comment ça se passe : la radio marocaine dit qu'Israël se fait battre par les forces arabes. Mais la radio israélienne assure le contraire. On ne sait plus ce qui est vrai ou ce qui est faux. Personne ne connaît la vérité puisque personne n'est sur place.

Les juifs de Safi sont chamboulés. Quand ils discutent entre eux, ils ne parlent que du conflit entre Israël et les pays arabes. Et c'est la même chose du côté des musulmans. Brahim m'a dit que son père aussi ne lâchait pas la radio. En revenant de l'école, Brahim n'était pas avec nous et des enfants nous ont lancé des cailloux. Anna était morte de peur. Si demain ils recommencent, je ne me laisserai pas embêter, et je les attaquerai aussi. Tant pis si je me fais punir.

Je suis allé faire des courses avec ma mère aujourd'hui. On aurait dit que tout le monde était fâché avec tout le monde. Ma mère a demandé au marchand de *nanah*[1] :

— Tu me donnes *nanah, louiza*[2], *chiba* et *kesbor*[3], s'il te plaît.

Mais le marchand ne l'a pas regardée et a servi une autre personne qui était arrivée après. Ma mère était très en colère contre lui car elle le connaît bien. Elle achète chez lui depuis des années, mais elle n'a rien dit. Elle a attendu.

Mes parents sont tous les jours un peu plus inquiets à propos de Simone. Si elle avait une chance de s'en sortir, avec cette guerre, elle n'a plus qu'une demi-chance. C'est ce que mon père a dit à son copain Albert.

L'article dans *Le Monde* n'est toujours pas paru. Ma mère a appelé le journaliste. Il lui a dit qu'il serait publié quand il y aura moins de choses à raconter sur la guerre. Ma mère a insisté gentiment.

---

1. Menthe.
2. Verveine.
3. Coriandre.

Il a dit qu'il ne pouvait rien faire. Elle a demandé à Jacqueline qui n'habite pas loin de son bureau de lui apporter des gâteaux. Ma mère pense qu'elle peut obtenir tout ce qu'elle veut avec de la bonne nourriture.

Jeudi 8 juin.

> « L'Union soviétique menace Israël de rompre les relations diplomatiques. Il n'y a pas de doute, Israël est l'agresseur et doit être condamné. Les Américains ont demandé un cessez-le-feu qui n'a pas été respecté par les pays arabes. Ils n'arrêteront jamais la bataille. Israël est en train de s'essouffler. »

Avec Brahim, on fait tout pour se montrer qu'on est des amis. On doit être les seuls à ne pas parler de la guerre et agir comme si de rien n'était.

— Mon frère demande à tous ses amis de se renseigner pour Simone. Elle doit bien être quelque part !

Je me demande si c'est vrai. Son père n'aime pas les juifs. Peut-être que son frère non plus. Pourquoi il aiderait une famille juive ? Je garde ce que j'ai dans la tête pour moi. Il pourrait se vexer.

— Merci, Brahim.

Vendredi 9 juin. Mon père ne dort plus. Il se couche tard. Il se lève tôt. Il fume beaucoup. Ce matin, il est allé de bonne heure acheter les journaux. Il revient en criant :

— Ça y est ! Ça y est !

— Qu'est-ce qui se passe ? dit ma mère affolée.

— L'article sur Simone est dans le journal !

Le journaliste a fait ce qu'il fallait. Il a écrit quinze lignes sur la disparition de Simone et de Sonia, la fille de madame Abitbol. Il a raconté qu'elles étaient parties préparer des camps de vacances à Tanger dans le Nord et qu'elles n'étaient jamais revenues. Leur disparition est un mystère. La police marocaine ne fait rien et ne sait rien. Il termine en écrivant que si les gens commencent à disparaître au Maroc, tout le monde doit s'inquiéter.

Même si Simone n'est pas encore avec nous, ça leur a donné de l'espoir.

Raquel vient dîner vendredi soir pour shabbat avec papi Prosper. Elle est optimiste. Avant de passer à table, elle dit à mes parents.

— La guerre ne nous aide pas à accélérer les choses. Mais l'article va avoir de l'effet. Le roi doit être informé de cette histoire maintenant. Et je suis certaine que ça va jouer en notre faveur.

Mon père fait le *kiddouch*[1] et le *motsé*[2] puis il coupe le pain tressé. On pense tous à Simone quand ma mère dit :

— *Blabess*[3] les absents.

Ma mère et mes sœurs apportent les salades.

— Ruby ! Qu'est-ce qu'elle est bonne, la *chouchouka* ! fait Raquel. À qui tu as volé cette recette ?

— Je ne vole rien à personne, moi, madame !

La table est remplie d'entrées que ma mère et Aïcha ont mis beaucoup de temps à préparer : des

1. Prière du vendredi soir.
2. Bénédiction sur le pain avant le repas.
3. Les absents (expression qui se traduit par : les absents nous manquent).

carottes au cumin, des poivrons grillés à l'ail, des blettes à la coriandre, des tomates à l'huile d'argan, des oranges au cumin et aux olives. Chacun se sert et comme toujours, tout le monde parle de l'actualité.

— Les pays arabes ont perdu la guerre, maintenant, c'est une certitude ! s'excite Raquel. Tu te rends compte ! En moins d'une semaine !

— Attends, ce n'est pas terminé, fait mon père. La radio et les journaux continuent à dire le contraire.

— Ils ne pourront pas raconter des mensonges encore longtemps. Personne ne va les croire.

— Si ! Les musulmans les croient ! ajoute ma mère. Si tu voyais comme ils nous évitent au souk.

— *Li ma britt itchouf oujhou f'zanca ta t'chouf tremto f'l'hammam*[1], s'amuse Raquel.

Tout le monde éclate de rire. Elle poursuit :

— Ils ne pourront pas nous éviter longtemps. On leur achète tout ce qu'ils vendent ! Ils ont besoin de nous et on a besoin d'eux ! C'est comme ça !

Après, ils ont parlé de la diplomatie. J'ai demandé à Odette :

— C'est quoi ?

— C'est le type de relation qu'il y a entre les pays : qui soutient les pays arabes et qui soutient Israël.

L'URSS, l'Angleterre, les États-Unis, la France, l'Iran, l'Arabie saoudite, l'Irak, le Liban, l'Algérie, l'Espagne... j'ai arrêté d'écouter parce que vraiment c'était très ennuyeux. Je n'ai retenu qu'une seule chose : la guerre est presque finie. Le conflit n'a même pas duré une semaine et le Maroc ne s'en

1. Celui dont tu ne veux pas voir le visage dans la rue, tu vois son derrière au hammam !

est pas mêlé, heureusement. Je suis fier. Je réalise ce que je suis capable de faire. Je n'en reviens pas. Mais je ne comprends pas pourquoi mon pouvoir a marché pour raccourcir la guerre, mais pas pour ramener Simone à la maison. Qu'est-ce qui bloque ? Pourquoi on n'a toujours pas de nouvelles ?

Je ne me décourage pas. Je finirai par la ramener à la maison.

26

Samedi 10 juin. Une fois de plus, nous ne sommes pas allés à la plage ce matin alors qu'il fait très chaud. Mon père est parti à la synagogue. Je suis resté à la maison.

Raquel est venue pour la *dafina* avec Rosette et Henri cette fois. Et les discussions sans fin sur l'actualité ont repris comme d'habitude. On reprend les mêmes et on recommence.

— Nasser va démissionner. Après sa défaite, c'est obligatoire !

— Tsss... il ne démissionnera jamais ! Son peuple le soutient. Et les autres pays arabes aussi.

— Le plus important, c'est qu'ils respectent le cessez-le-feu et qu'on en finisse avec cette guerre.

— Ils n'ont pas le choix ! Les chars de l'armée israélienne les ont battus sur tous les fronts !

— Les Arabes veulent continuer la guerre. Le colonel algérien, Boumédiène, a dit qu'il ne déposerait pas les armes avant d'avoir liquidé l'exploitation et l'injustice. Et à la frontière syrienne, ils continuent d'attaquer les *kiboutzims*[1] !

---

1. Type de village collectiviste créé au début du XXe siècle.

— C'est terrible !

Je mange mes patates, mon œuf, mon riz, ma viande et mes pois chiches. Est-ce qu'ils pensent vraiment que leur discussion change quelque chose à ce qui se passe là-bas ? Plutôt que d'écouter les adultes, je préfère embêter mon cousin Armand qui n'arrête pas de regarder Odette.

Ma mère apporte la pastèque. Puis les hommes font la sieste et les femmes prennent le thé. Messodi annonce qu'elle va rejoindre des amis au club nautique, à la plage. Elle va peut-être retrouver le Français qui la regardait. D'habitude, quand l'une de mes sœurs sort avec des amis, mes parents veulent que je sois là pour surveiller qu'elles ne fassent pas de bisous sur la bouche à des garçons. Ma mère me demande de tout lui raconter. Mais, moi, je ne suis pas un rapporteur. Armand et moi, on serait bien allés avec elle car il fait très chaud. Mais c'est Gaby, le frère d'Armand qui a vingt ans, qui l'accompagne. Il sait conduire. Ils n'ont pas envie qu'on vienne car ils ne veulent pas s'occuper de nous. On insiste, mais, finalement, on est obligés de rester. Ils promettent à ma mère de ne pas rentrer trop tard.

Avec Armand, on sort se promener derrière la maison. Il me raconte :

— Mes parents n'arrêtent pas de se disputer en ce moment.

— Pourquoi ?

— Ma mère veut partir vivre au Canada, et mon père veut rester ici au Maroc.

J'ai toujours adoré mon oncle Henri.

— Qui va gagner à ton avis ?

— Ben, je ne sais pas. J'espère que ce sera mon père.

— Moi aussi, j'espère que ce sera ton père. C'est beaucoup trop loin du Maroc le Canada. Et puis il paraît qu'il neige tout le temps !

— Et toi, tes parents, ils parlent de quitter le Maroc ?

— Pour le moment, ils n'ont que Simone dans la tête. Je ne les laisserai pas faire s'ils veulent partir.

— Tu ne pourras rien contre ça, mon pauvre.

— C'est ce qu'on verra.

Il ne sait rien à propos de mon pouvoir. Je ne lui en ai jamais parlé. Il ne comprendrait pas.

Il est dix-neuf heures. Rosette, Henri et Raquel sont rentrés chez eux depuis un bon bout de temps, maintenant, mais Messodi n'est toujours pas revenue. Mes parents sont en colère contre elle et contre Gaby. Comme d'habitude, ma mère s'inquiète. Mon père la rassure.

— Ils n'ont pas dû voir l'heure passer.

Mais vers vingt heures, ils font tous les deux les cent pas dans le salon. Quand Messodi va rentrer, elle va se prendre une raclée. Elle va être punie pendant un mois au moins. Ma mère n'arrête pas d'appeler Rosette. Gaby non plus n'est pas rentré.

— On n'aurait jamais dû les laisser sortir. Cette guerre a rendu les gens fous ! Ils se sont peut-être battus. Il leur est sûrement arrivé quelque chose.

Mon père cherche ses clés de voiture pour aller la chercher au club nautique. Le téléphone sonne. C'est lui qui décroche. Il devient blanc. C'est le père de Maggi et Dalia, des amies de ma sœur. Messodi et tous ses amis ont été arrêtés. Ils sont en prison.

Ma mère manque de s'évanouir. Odette, Anna et moi sommes dans le salon et, cette fois-ci, on ne peut rien nous cacher. Ça nous fait un coup.

Une sœur, c'était déjà trop. Deux sœurs et un cousin, ça devient complètement insupportable. Ma mère se met à sangloter. Je me mets à pleurer en la voyant. Et finalement Odette et Anna n'arrivent plus à se retenir. Il n'y en a pas un pour consoler l'autre. Mon père appelle Henri et Rosette qui sont aussi effondrés. Ils se donnent rendez-vous au commissariat pour essayer de comprendre ce qui s'est passé.

Ma mère me demande d'aller me coucher, mais il n'est pas question que je dorme.

Je vais dans ma chambre et je répète cette phrase que j'ai répétée tant de fois pour Simone, mais je change le prénom et je mets Messodi.

« Je veux que Messodi revienne à la maison, je veux que Messodi revienne à la maison. »

Messodi qui est si discrète, probablement celle qui râle le moins dans la famille et dans Safi même... Messodi qui passe son temps à lire des livres ! Est-ce qu'elle avait lu dans les lignes de sa main qu'elle allait être arrêtée ? Qu'est-ce qu'elle a bien pu faire pour aller en prison ?

Je vais dans la chambre d'Odette. Je me mets à côté d'elle sur son lit. Je lutte contre le sommeil. Je veux être là au retour de mes parents pour savoir ce qui s'est passé. Mais je finis par m'endormir. Quand je me réveille, c'est déjà le jour et je suis dans mon lit. Je file dans la chambre de Messodi. Elle n'y est pas. Je descends les escaliers. Mes parents sont au téléphone. Ma mère est pâle. C'est beaucoup trop pour elle d'avoir deux filles en prison. Elle ne va pas tenir. Quand ils raccrochent, je demande :

— Alors, pourquoi elle est en prison Messodi ?

Mes parents hésitent à me répondre. Alors je pique une grosse colère.

— J'en ai marre ! C'est ma sœur ! C'est pas juste ! J'ai le droit de savoir moi aussi ! Et si vous ne me le dites pas, j'irai à la police pour leur demander pourquoi ils l'ont mise en prison ! Pour Simone, vous ne me racontez rien, mais je sais tout ! Moi, quand j'aurai des enfants, jamais je ne les traiterai comme ça, vous m'entendez ! Jamais !

C'est le matin, mais j'ai crié. En temps normal, ils auraient crié eux aussi et je me serais fait punir pour mon insolence. Après la nuit qu'ils ont passée, mes parents n'ont pas la force de négocier. Mon père m'explique :

— Le nouveau patron du club nautique est un musulman. Il a appelé la police pour leur dire qu'un groupe de juifs chantait la victoire d'Israël avec des soldats américains. Ils ont débarqué et ils ont arrêté tous les juifs. Même Dalia, la copine de Messodi qui est muette !

— Pourquoi on n'a pas le droit de chanter ? C'est une erreur ! Ils se sont trompés ! Vous leur avez dit que c'était une erreur ?

— Jacob, les musulmans sont en colère contre les juifs car Israël a gagné la guerre. Ils nous le font payer.

— Mais on n'y est pour rien ! On est des Marocains !

Mon père s'habille et retourne au commissariat pour essayer de faire libérer ma sœur. À la demande de ma mère, il prend une boîte avec les restes de la *dafina* d'hier.

Il revient deux heures plus tard avec la même tête triste et la boîte pleine. Il n'a pas été autorisé à la voir ni à lui remettre la boîte.

— Alors ? l'interroge ma mère.

— Il va nous falloir un avocat. Elle est accusée de sionisme.

— Mais on est dans un pays de fous !

Ma mère se met à hurler. Elle craque.

— Calme-toi, Ruby ! Elle va bien. Elle n'est pas seule. Il y a Maggi et Dalia. Il y a aussi Gaby, et Nissim, le fils de Georges.

— Tu me demandes de me calmer alors que deux de mes enfants sont en prison ! Et ce sera quoi après ? Ils vont t'arrêter toi parce que tu t'es rasé, donc tu t'es fait beau pour la victoire d'Israël ! Ou mieux encore, ils vont arrêter Jacob, tiens, parce qu'il a joué aux osselets avec un copain arabe et il a gagné ! Jusqu'à quand ça va durer ?

— Ruby, reprends-toi !

Mon père a levé le ton puis il s'adresse à Odette.

— Prépare une tisane à ta mère, s'il te plaît.

Il l'emmène s'allonger un peu.

Le téléphone n'arrête pas de sonner. C'est la famille qui s'inquiète. Tout le monde se plaint, et plaint mes parents, mais personne n'a de solution à nos problèmes.

27

Dans l'après-midi du dimanche, Odette accepte de m'accompagner chez Brahim. Je lui explique ce qui s'est passé au club nautique. Il est aussi en colère que moi.

— Ce n'est pas juste ! Viens, on va voir mon frère ! Il va arranger la situation.

C'est dimanche, pourtant, son frère travaille. Brahim m'a beaucoup parlé de lui, mais c'est la première fois que je vois Mohamed. Il est grand et très mince, il a la peau plus mate que Brahim. Il est en uniforme et il a une matraque. Il s'occupe de la circulation sur un rond-point.

— Alors c'est toi, le copain de Brahim ?

Au début, j'ai l'impression qu'il me regarde comme s'il allait m'arrêter.

Brahim lui raconte pour l'arrestation de Messodi.

— Mais, dis-moi, deux sœurs qui ont des problèmes, ça fait beaucoup, non ?

Il me fait peur. C'est à cause de lui que deux policiers ont débarqué chez moi en soupçonnant mes parents de vouloir quitter le Maroc. Je me demande si lui non plus n'a pas un problème avec les juifs.

— Qu'est-ce que tu veux ?

Brahim répond.

— Il faut que tu la libères ! Elle n'a rien fait. C'est la vérité ! Ils sont tous très gentils dans sa famille.

— Je vais prendre des informations. Je ne pourrai pas la libérer, mais je vais m'assurer qu'elle va bien.

Je m'en doutais. Ce n'est pas lui le chef. Je pense tout de suite à quelque chose qui ferait du bien à ma mère. Je lui demande :

— Tu accepterais de lui apporter des boîtes de nourriture ?

— *Waha*[1] *!* Ça, je peux le faire !

Je le remercie. Mohamed nous raccompagne chez moi. Brahim me dit :

— Alors, tu vois comme il est fort, mon frère ?

La vérité, c'est que je n'ai pas vu grand-chose. Il ne peut même pas la faire sortir de prison.

— Je te préviens, mes parents ne sont pas dans leur état normal avec ce qui se passe.

Au début, ma mère n'est pas très contente que je débarque avec lui, sans la prévenir en plus. Mais elle essaie de ne pas le montrer. Je raconte à mes parents que le frère de Brahim qui travaille dans la police est d'accord pour lui apporter à manger. Il attend devant la maison. Et, là, ma mère retrouve immédiatement de l'énergie. Elle embrasse Brahim de toutes ses forces et fonce à la cuisine. Mon père aussi remercie Brahim qui est vraiment content de pouvoir rendre service et sort remercier Mohamed, à qui il serre chaleureusement la main. Ils repartent de chez nous avec cinq grosses boîtes pleines.

---

1. D'accord.

On pensait avoir atteint le niveau d'inquiétude le plus haut jamais atteint pour une famille. Le téléphone sonne. Mon père décroche. Je regarde sa tête et je vois tout de suite que c'est grave. Il ne dit presque rien. Il raccroche. Pour la première fois de ma vie, je le vois pleurer. Sa lèvre tremble. C'est horrible de le voir dans cet état. Je panique. Je ne sais pas quoi faire. Lui demander ce qui se passe ? Le consoler ? Pour une fois, je me sens vraiment trop petit. Je cours dans la chambre d'Odette.

— Papa pleure !

— Qu'est-ce qui se passe ? me demande-t-elle, affolée.

— Je ne sais pas. Il a reçu un coup de téléphone. Il n'a pas dit un mot. Il a raccroché et il a pleuré.

Je tremble de partout.

— Où est maman ?

— À la cuisine.

On entend un hurlement. J'ai peur de descendre. Mon cœur bat trop fort. J'ai du mal à respirer.

— Reste là ! m'ordonne Odette. Tu ne bouges pas !

Odette descend. J'attends quelques minutes, mais je ne tiens plus. Je descends à mon tour. Quand j'arrive à la cuisine, tout le monde est en pleurs. Même Aïcha. La radio est allumée. Une voix d'homme explique que deux jeunes juifs d'une vingtaine d'années ont été retrouvés morts dans le nord du Maroc. Ils ne disent pas comment ils s'appellent ni si ce sont des filles ou des garçons ni pourquoi. La police va mener une enquête.

— C'est Simone ? je demande en tremblant.

Mon père se rapproche de moi et me dit avec la voix cassée :

— On ne sait pas, mon fils.

La radio continue de dire que la guerre avec Israël n'est pas terminée. Les forces arabes n'abandonneront jamais. Mon père éteint le poste. J'éclate en sanglots. Odette me prend dans ses bras.

Une heure passe, mais on aurait pu dire que c'était un siècle. Personne n'arrive à dire un mot. Je répète dans ma tête sans m'arrêter une demi-seconde : « Je veux que Simone revienne à la maison en bonne santé. Je veux que Messodi revienne à la maison en bonne santé. » Je ne respire presque pas.

Le téléphone sonne de nouveau. Nous sursautons. Mon père fixe le combiné. Il met un temps avant de décrocher. C'est Raquel. Nous sommes tous à côté de lui. On regarde sa tête. On n'entend pas ce qu'elle lui dit. Il ferme les yeux. Les larmes coulent sur ses joues. Il n'arrive pas à parler, mais il se force.

— Ce n'est pas Simone.

Je souffle fort pour relâcher tout l'air que je retenais bloqué. Ma mère a besoin de s'allonger de nouveau. Odette me lâche et va s'occuper d'elle. Aïcha se met à prier Allah.

Raquel a vérifié auprès de ses contacts. Il n'y a aucun doute : ce n'est pas Simone.

Le soir même, en haut des escaliers, j'entends mon père dire au téléphone :

— On a eu très peur. Tu te rends compte ! Ces deux jeunes juifs ont été assassinés de sang-froid en pleine ville nouvelle à Meknès ! On ne sait pas si c'est lié à la victoire d'Israël. Oui, tu as raison... Nous vivons un cauchemar.

***

Le lendemain matin très tôt, madame Bonjean passe à la maison. C'est la directrice de la clinique de Safi. Ma mère ne s'attendait pas à la voir, sinon elle aurait mis une autre robe et elle aurait arrangé ses cheveux. Elle lui propose un thé avec des sablés, mais elle a du mal à sourire. Madame Bonjean est une Française, plus âgée qu'elle et habillée avec de l'élégance. Odette la trouve très bien coiffée. Elle a utilisé de la laque pour ses cheveux et il n'y en a pas un qui bouge quand elle marche. Sa fille était aussi au club nautique quand c'est arrivé, mais elle n'a pas été arrêtée parce qu'elle n'est pas juive, elle est française et catholique. Elle connaît un peu ma mère et trouve la situation injuste, elle est venue la consoler et lui proposer son aide. Grâce à son métier, elle a le droit d'aller voir les prisonniers. Comme tout ce qui vient de France, ma mère admire beaucoup cette femme. Henri lui a fabriqué une robe sur mesure l'hiver dernier. Ma mère a demandé à mon oncle de lui faire la même, mais dans une autre couleur.

Madame Bonjean est une personne très respectée à Safi. Elle connaît le chef de la police et il l'écoute. Il pourrait avoir besoin de soins dans sa clinique pour lui ou pour quelqu'un de sa famille. Elle a réussi à le convaincre de libérer Dalia, l'amie muette de ma sœur. Il est évident qu'elle n'a pas pu chanter à la victoire d'Israël. Mais elle ne peut rien pour les autres, à part s'assurer qu'ils ne manquent de rien et qu'ils ne sont pas malades. Elle est passée à la prison hier. Les jeunes du club nautique sont tous dans une espèce de grande salle à côté du commissariat. Elle met mes parents en contact avec un avocat : maître Gallot. Lui aussi est français et, selon madame Bonjean, c'est le meilleur.

Mohamed a tenu parole. Tous les jours, mon père lui dépose des boîtes que ma mère a remplies de nourriture à ras bord et il les apporte à ma sœur et aux autres prisonniers. Ma mère en prépare une pour lui aussi. Elle a ajouté deux livres de Stendhal et de Victor Hugo pour que Messodi ne s'ennuie pas trop. Mohamed a hésité à les prendre car il peut avoir des ennuis avec son chef, et puis, finalement, il a dit qu'il trouverait un moyen de les remettre à Messodi sans se faire prendre. Mon père a voulu lui donner des dirhams pour le remercier, mais il n'a pas accepté. Quand mon père nous le raconte à ma mère et moi, j'ai envie de pleurer. Je ne sais pas pourquoi. J'ai complètement changé d'avis sur lui. Il a bon cœur comme Brahim.

Mais tous les autres musulmans nous en veulent. Bien que la guerre soit finie, la radio dit que ça peut repartir à tout moment. Et le problème, c'est qu'ici les musulmans n'attendent que ça.

Maître Gallot ainsi que deux autres avocats de familles juives travaillent dur pour faire sortir Messodi et ses amis de prison.

Tous les juifs de Safi sont traumatisés par l'arrestation du club nautique et par les deux jeunes juifs tués dans le Nord. Ils ont peur. On peut être accusé de sionisme n'importe quand, sans que ce soit vrai.

28

Après sept jours de longues négociations avec les autorités, maître Gallot réussit à faire sortir Messodi de prison. Mon père a dû payer une caution. Il va la chercher. Lorsqu'elle sort de la voiture, mes sœurs et moi, on lui saute dessus et on ne veut plus la lâcher. On est tellement soulagés. Elle a l'air d'avoir la santé, mais elle ne sent pas très bon. Ma mère est dans tous ses états. Elle n'arrête pas de demander à ma sœur si elle se sent bien. Elle a appelé le docteur Benmimouni pour qu'il passe à la maison. Elle veut être sûre qu'elle va vraiment bien.

À table, le soir même, on essaie d'être joyeux, mais c'est difficile. Messodi est revenue. Pas Simone.

— Tu as fait quoi en prison ? je demande.

Mauvaise question. Mes parents me tombent dessus.

— Laisse ta sœur tranquille ! s'énerve mon père.

— Pas à table ! ajoute ma mère. Tu es trop petit pour parler de ces choses-là. Tu vas faire des cauchemars !

Ça me donne encore plus envie de savoir.

J'attends le lendemain. Messodi est devant la maison sur les marches de l'escalier en train de lire un livre. Quand je m'assois à côté d'elle, elle me dit :

— Toi, tu as envie que je te raconte !

— Tu l'as lu dans les lignes de la main ?

Elle sourit.

— Tu sais que je n'ai rien raconté à personne, pas même à papa et maman ?

À ce moment-là, Odette et Anna nous rejoignent. Elles s'assoient à côté de Messodi.

— Tu lui parles de la prison ? demande Anna.

— Chut ! je lui dis. Moins fort ! Si maman nous entend, Messodi va se faire gronder.

— Venez, on va dans la chambre de Jacob, propose Odette.

Messodi ferme la porte. Elle prend son temps pour s'installer confortablement sur une chaise, alors que nous sommes tous les trois assis sur mon lit à attendre son histoire.

— C'est samedi. Nous sommes au club nautique. On discute et on rigole. Il y a des soldats américains qui parlent fort à côté de nous. Quand, soudain, une dizaine de policiers débarquent.

Silence. Je retiens ma respiration.

— On ne comprend pas ce qui se passe. On se demande ce qu'ils font là. Et puis ils nous crient dessus en arabe. Nous devons les suivre au commissariat. On s'affole. On leur répète qu'on n'a rien fait. Une fille se met à crier.

Le visage de ma sœur est aussi effrayé qu'effrayant.

— Tu avais peur ? demande Anna.

— Oui, très peur. Ils ne sont pas tendres avec nous. Ils nous bousculent et ils nous poussent. Un garçon a essayé de s'opposer, il s'est pris un coup.

Je fais une grimace. Et je me colle à Odette.

— On arrive au commissariat. Ils nous interrogent individuellement dans une petite pièce. Ils veulent nous faire avouer que nous avons chanté à la victoire d'Israël.

— Tu as chanté, en vrai ? je demande.

— Bien sûr que non ! On n'a pas parlé de la guerre une seule fois !

— C'est tellement injuste ! dit Odette.

— Le policier qui m'a posé des questions veut que je signe un papier. Mais je ne suis pas d'accord pour signer un mensonge.

La voix de Messodi devient plus grave, comme si elle allait pleurer.

— Alors le policier s'énerve et me frappe. Je reçois deux grosses baffes.

— Oh non ! lâchons-nous tous en chœur.

— Tu as eu mal ? demande Odette.

— Oui. Surtout très peur. Et j'ai signé. Je n'avais pas le choix.

Silence. Ma sœur se touche la joue. Puis elle voit nos têtes et elle cherche à nous rassurer.

— J'ai eu un peu mal à l'oreille et c'est passé. Après, ça allait. Ils nous ont mis dans une grande salle. On dormait sur le sol et on ne pouvait pas se laver, mais bon, je n'étais pas seule. Et Mohamed, le frère de ton ami, m'a apporté les boîtes de nourriture, donc je n'avais pas faim. Il est adorable ! Il me demandait de l'avertir si on me traitait mal. Ceux qui nous surveillaient n'étaient pas méchants. Ils étaient même plutôt sympas. Madame Bonjean, l'amie de maman, est passée tous les jours. Elle a regardé mon oreille pour s'assurer que ce n'était pas grave.

— Mais tu faisais quoi toute la journée ?

— J'ai lu les livres que maman m'a envoyés. On jouait aux cartes, on discutait avec les autres. Je leur ai lu les lignes de la main ! J'avais prédit qu'on sortirait tous, en bonne santé.

Elle se force à sourire. Nous, on n'arrive pas à bouger les lèvres.

— Tout va bien, maintenant. La prison, c'est fini.

Au moment où elle dit ça, son visage devient triste.

On sait tous pourquoi. La prison, c'est fini pour elle, mais pas pour Simone. Et si Simone a refusé de signer un papier ? Elle en est bien capable.

Il n'est plus question d'aller au club nautique. Quand on voudra aller à la plage, on ira à Souera Kdima, à trente kilomètres de Safi ou à Sidi Bouzid encore plus loin. Le patron du club nautique est un sale type, et il n'y a pas de doute : il n'aime pas les juifs.

Au marché, il y a encore eu une dispute entre un commerçant musulman et un juif. Ils se sont insultés et ils ont failli se battre. Ma mère a décidé qu'elle n'irait plus faire les courses. Elle enverra Aïcha.

Papi Prosper est passé à la maison avec le journal *Al Alam* en main. Il est très en colère et dit à mon père :

— Écoute ça !

Il lit des extraits :

> « Eh, vous, jeunes de cette génération, apprenez les industries qui jusqu'à récemment étaient l'apanage des sionistes, et ce pour libérer notre pays de la mainmise de la main-d'œuvre sioniste. »

> « Le peuple marocain est déterminé à boycotter les sionistes, n'hésite pas à prendre part au consensus national. »
>
> « Le samsar (intermédiaire) sioniste te prend une commission, Israël lui prend un pourcentage sur cette commission. Ainsi avec ton argent, on achète un canon destiné à détruire la mosquée Al-Aqsa. »

— Mais qu'est-ce qu'on va devenir ?

Papi ne répond pas.

Désormais, Anna et moi, on doit encore plus se dépêcher quand on revient de l'école.

— Mais moi, je veux jouer avec Brahim !

Mon père me lance un regard noir, qui me coupe l'envie de négocier. Ma mère ajoute :

— Il viendra à la maison jouer dans ta chambre, un point, c'est tout.

Ça fait plus d'une semaine que l'article a été publié dans le journal *Le Monde* et il n'y a toujours pas eu de réaction, ni du roi, ni de l'administration marocaine, ni de la police. On ne sait toujours pas où chercher. On ne sait toujours rien. Raquel est venue voir ma mère qui perd patience.

— Et si elle n'est pas en prison ? Et si elle est retenue quelque part par des fanatiques ?

— Non, Ruby. Je t'ai déjà dit qu'on est quasiment sûrs qu'elle est en prison.

— Mais pourquoi ils la cachent alors ? Pourquoi ils ne nous disent pas quelle prison ? Ça n'a pas de sens !

— Je sais, ma chérie.

— Et pourquoi ils l'ont arrêtée ? Qu'est-ce qu'elle a bien pu faire pour qu'on l'arrête ?

Depuis ma cachette, je me demande si Raquel lui avouera un jour ses secrets.

— Regarde ce qui est arrivé à Messodi ! A-t-on besoin d'une raison pour aller en prison ? Simone s'est trouvée au mauvais endroit, au mauvais moment.

— Et s'ils l'ont tuée ? dit ma mère la voix tremblante.

— Ne raconte pas de bêtises, Ruby ! Ils ne peuvent pas faire ça. Ils perdraient définitivement la confiance de tous les juifs du Maroc. Le roi a toujours été bon avec nous. Il ne laissera jamais faire.

— Et s'ils l'ont torturée à cause de la victoire d'Israël ?

— C'est toi qui te tortures avec des idées pareilles.

— Pourquoi ils ne nous disent pas où elle est ? Max et moi, on a passé des heures au téléphone à faire des salamalecs à des gens de l'administration, de la police, des amis du roi… et rien ! Ma fille n'est toujours pas à la maison.

— Je sais, Ruby, je sais… Mais on ne laissera jamais tomber. On va la retrouver.

***

Je ne sais pas très bien quand ça a commencé exactement, mais, maintenant, ça se voit : les juifs quittent Safi. Le coiffeur de la rue du Rbat a fermé. Ensuite, c'était le marchand de chaussures. Puis la boulangerie, puis le garagiste. Du jour au lendemain, des copains de classe ne viennent plus à l'école, sans raison, sans prévenir. David et sa famille sont partis au Canada, d'après ce que m'a raconté Sami. Je ne lui ai même pas dit au revoir. Ils n'attendent pas la fin de l'année scolaire, dans quinze jours. J'ai demandé à Sami si ses parents pensaient déménager, il m'a répondu qu'ils y réfléchissaient. Roger m'a répondu la même chose. Et j'ai de plus en plus peur que mes parents fassent pareil. Jusqu'à présent ils sont concentrés sur Simone, mais après ?

Il y a trois cinémas à Safi et mon père nous y emmène quand il y a un nouveau film. J'adore Joselito, mon père pas trop. Mais on aime tous les deux Fernandel. Ils jouent *Don Camillo* au Roxy et mon père m'a proposé qu'on y aille tous les deux pour se changer les idées. Je ne m'y attendais pas. Je suis super content. Une sortie entre hommes, sans aucune fille. Je me suis dit qu'il me considérait comme un grand maintenant, et sur le chemin du retour, j'ai sauté sur l'occasion pour lui poser toutes les questions que j'avais dans la tête.

— Papa, ça fait combien de temps que notre famille habite à Safi ?

— Très longtemps ! Tu sais que le grand-père de mon grand-père vivait déjà ici. Et avant Safi, il vivait à Essaouira.

— Et encore avant ?

— Ils vivaient en Espagne, mais il y avait une reine qui s'appelait Isabelle la Catholique qui voulait absolument que les juifs deviennent catholiques. Mais eux ne voulaient pas, alors ils ont déménagé et ils se sont installés au Maroc.

— Et aujourd'hui, pourquoi les gens partent de Safi ? Personne ne les force à devenir musulmans !

Mon père ne s'attendait pas à ma question.

— Parce qu'ils pensent qu'ils peuvent avoir une vie meilleure ailleurs.

— Et c'est où ailleurs ?

Il hésite à me répondre. Alors que nous marchons vers la voiture, il regarde à droite et à gauche si quelqu'un nous écoute.

— Dans d'autres pays, finit-il par avouer. Ils vont peut-être rejoindre de la famille.

À part ma sœur qui habite à Montpellier, toute ma famille est au Maroc. J'enchaîne sur la question qui me tracasse.

— Pourquoi on n'a aucune nouvelle de Simone ? Qui nous cache l'endroit où elle se trouve ?

Nous sommes maintenant dans la voiture. Personne ne peut nous entendre.

— J'aimerais pouvoir te répondre, mon fils. Mais on ne sait toujours rien pour le moment. Tout le monde la cherche.

On est bientôt arrivés à la maison. Je dois me dépêcher de poser ma dernière question.

— Est-ce que nous aussi on va quitter le Maroc ?

— Nous n'aurons bientôt plus le choix.

Je regrette d'avoir demandé. J'aurais préféré qu'il me dise que j'étais trop petit et qu'il ne me réponde pas.

— Non ! je m'énerve. Non, papa, je ne veux pas partir !

— Mais, Jacob, moi non plus je ne veux pas, j'aime le Maroc de tout mon cœur, mais nous ne pouvons pas faire autrement. Ça devient dangereux ici. Ta mère n'ose même plus faire les courses toute seule ! On ne peut pas continuer à vivre dans la peur, comme ça. Ça fait trop longtemps que ça dure. Et tu verras, la France est un pays formidable. Ta sœur se plaît beaucoup là-bas.

Il cherche des arguments pour me convaincre, mais il a du mal. La seule chose qu'il trouve, c'est :

— Et tu pourras manger du camembert tous les jours si tu veux.

Mais ils vont arrêter avec leur camembert qui pue ! Je suis en pleurs.

— Papa, je ne veux pas partir en France. Je t'en supplie, je veux rester au Maroc. Pour le moment, les musulmans et les juifs sont un peu fâchés, mais ils vont se réconcilier, tu vas voir. C'est toujours comme ça avec les gens qu'on aime bien. Je ne veux pas déménager !

— Ne te mets pas dans cet état, Jacob ! Ça ne sert à rien !

Il sort un mouchoir de la boîte à gants.

— Moi aussi, ça me fait de la peine, mais tu verras, mon fils, quel que soit l'endroit où on décidera de vivre, on sera heureux et en sécurité. Allez, sèche tes larmes. Si ta mère te voit dans cet état, elle va me tuer.

D'habitude, quand je vais au cinéma, je rejoue les scènes du film seul ou avec mes copains pendant toute la semaine. Mais là, j'ai déjà presque oublié les meilleurs moments.

Ces derniers temps, j'ai utilisé mon pouvoir pour faire revenir Simone, pour que la guerre se termine vite, pour libérer Messodi de prison. Je dois continuer pour Simone et, maintenant, je dois mettre le paquet pour qu'on ne déménage pas. Je commence donc par un « Je veux que Simone revienne à la maison en bonne santé » et j'enchaîne avec un « Je ne veux pas quitter Safi » plusieurs fois d'affilée.

J'ai cours de Talmud Torah. Ça tombe bien, j'ai besoin de discuter avec le rabbin Moshé.

— Je dois vous parler seul à seul, je lui dis à la fin du cours.

Il sourit et ses deux joues se transforment en petites pommes. Il m'emmène dans son bureau

— Je t'écoute, Jacob.

— Mes parents veulent partir vivre en France. Ils disent qu'on n'est plus en sécurité ici. Mais Dieu nous protège, non ?

— Oui. La situation est tendue pour les juifs depuis la fin de la guerre en Israël. C'est peut-être Dieu qui nous envoie un signe pour que nous partions en Terre promise ou ailleurs, dans un endroit où nous serons plus en sécurité. Mais tu sais, Jacob, on a tous la fâcheuse habitude de voir les moments difficiles de notre vie comme une fin alors que c'est souvent un commencement. La France est un beau pays. Tu vas rencontrer des nouveaux amis, découvrir des nouveaux endroits.

— Mais je ne veux rien de nouveau ! Que faut-il que je fasse pour rester ici ?

— Hélas, mon petit Jacob, j'ai bien peur que ce ne soit pas possible. Les juifs doivent partir.

— Mais s'il n'y a plus de juifs ici, vous allez faire quoi comme métier ?

Il chuchote.

— Moi aussi, je vais partir en Israël avec ma femme. Et les autres rabbins aussi. Et tu sais, sans rabbin, les juifs ne peuvent plus avoir de viande cachère. Et il n'y aura plus personne pour tenir la synagogue et organiser les offices pour shabbat et les fêtes.

— C'est à cause de vous alors que les gens déménagent !

À ce moment-là, mon père klaxonne.

— Ça fait toujours mal de partir, mais les juifs n'ont pas le choix, mon petit Jacob.

— Et le libre arbitre alors ? On a toujours le choix !

— Depuis toujours, les juifs sont habitués à l'exode... Ils sont partis d'Égypte au temps des pharaons, ils ont fui l'Espagne et le Portugal à l'époque d'Isabelle la Catholique...

— Mais nous ne sommes pas des esclaves au Maroc ! On ne nous force pas à construire des pyramides ou même à changer de religion ! On est heureux !

— Jacob ! Fais confiance à *Hakadoch barouch hou*.

Mon père klaxonne encore. Ça tombe bien car je ne vois pas à quoi ça sert de discuter avec le rabbin. Il n'a pas la solution à mon problème.

Je m'installe dans la voiture.

— Tu en fais une tête ! Tu as eu une punition ? me demande mon père.

— Non, ça va.

Je mens. Ça ne va pas du tout. Et je ne dis pas un mot jusqu'à la maison.

29

Quelqu'un sonne à la porte. C'est Brahim. Il est tout essoufflé car il a couru. Il n'était pas en bas de la Biada quand je suis sorti de l'école. J'ai pensé qu'il avait une livraison de poteries à effectuer pour son père.

— Mon frère sait où est Simone !

Dans l'empressement et l'excitation, il fait un mouvement avec son bras et renverse une théière et des verres à thé vides sur la table. Ma mère ne ramasse même pas, et lui demande de répéter ce qu'il vient de dire.

— Elle est enfermée à Nador.

— Comment tu l'as su ?

— C'est grâce à mon frère ! Son ami de Tanger lui a dit !

Ma mère reprend vie en entendant ces mots. Elle n'a aucun doute sur ce que Brahim vient d'annoncer.

— Tu es envoyé par le Bon Dieu ! Elle est en vie ! Elle est en vie !

Elle prend Brahim dans ses bras et le serre très fort. Puis elle se précipite vers le téléphone et appelle mon père, et ensuite Raquel.

Raquel arrive à la maison une heure plus tard. On ne sait pas comment, mais elle a vérifié ce que Brahim a dit et elle confirme que c'est vrai. Simone vient d'être transférée dans une prison à Nador, dans le nord du Maroc, pas loin d'Oujda. Ça ne va pas être facile de la libérer. Mais savoir où elle est, c'est une information qui fait du bien et ça permet de commencer les négociations avec les autorités.

Mes parents aimaient bien Brahim. Maintenant, ils l'adorent. Je le remercie et je lui dis pour lui faire plaisir :

— Brahim, tu as réparé le sourire de ma mère !

Il sourit.

— Tu remercieras ton frère pour nous. Mes parents aimeraient beaucoup l'inviter à dîner avec tes parents. Tu crois qu'ils seraient d'accord ?

— Chez vous ?

— Ben oui, chez nous !

— Mes parents ne sont jamais venus manger chez des juifs.

— Ils vont accepter ou pas ?

— Oui ! Pourquoi pas ?

Je sens bien que Brahim est gêné. Ses parents sont comme les autres Marocains. Ils en veulent aux juifs depuis la fin de la guerre. J'espère que Brahim saura les convaincre.

Simone est en bonne santé, d'après Raquel. Elle risque une lourde peine. La rumeur était vraie. Elle organisait le départ des familles juives pour Israël. Elle est accusée de sionisme. Elle et son amie ont été dénoncées. Ils sont venus les chercher au milieu de la nuit. Elles doivent être punies pour qu'elles ne recommencent jamais et aussi pour donner l'exemple.

Les autorités ont d'abord commencé par refuser un droit de visite à mes parents. Mais Raquel a fait jouer ses relations. Elle a secoué, remué, mélangé le ciel et la terre et ça a marché. Et ça y est ! Ils ont enfin le droit d'aller la voir à la prison de Nador. Le temps de s'organiser, ils décident de partir dès demain. Ils ne peuvent plus attendre pour la voir et s'assurer avec leurs propres yeux qu'elle va bien.

Je le vois bien, quand ils parlent de Simone, mes parents sont partagés entre la colère et la fierté. Alors que, moi, je suis en colère tout court contre elle. En colère qu'elle ait créé autant d'inquiétudes à toute la famille, juste après la maladie d'Odette, mais en colère aussi qu'elle ait essayé de faire sortir les juifs du Maroc. Ce soir-là, je prends la décision de faire exactement le contraire : de réfléchir aux meilleurs plans pour que les juifs restent au Maroc. C'est bientôt les grandes vacances, j'aurai tout le temps d'y penser.

Brahim est le seul à qui je peux parler de mon projet. Si j'en discute avec mes copains juifs de l'école, ils pourraient le dire à leurs parents et tout faire rater. Mes cousins, c'est pareil.

— J'ai besoin que tu m'aides : les juifs partent du Maroc. Il faut trouver un moyen de les en empêcher.

— Oulala ! C'est dur, ça. Ils sont beaucoup les juifs à Safi. Bon, il faut faire quoi ?

— Je ne sais pas encore. Il faut qu'on réfléchisse d'abord. On doit montrer aux gens que le Maroc, c'est vraiment super.

— Mais ils le savent déjà, puisqu'ils habitent ici.

— Oui, mais ils veulent tous partir ! S'ils partent, qui va acheter les poteries de ton père ? Et puis, moi et ma famille, on ne sera plus là.

— Je ne veux pas que tu partes !

— Alors tu vas m'aider ?

— Oui.

Le soir dans mon lit, je cherche et je cherche encore la bonne idée. Celle qui nous permettra de rester ici à Safi dans notre maison en haut de la Biada. Mais je m'endors avant de la trouver.

Le lendemain, mes parents nous accompagnent à l'école et prennent directement le chemin de Nador. Ma mère a préparé de la nourriture en très grosse quantité et a rempli le coffre de la voiture. Elle doit penser que Simone n'a pas mangé depuis qu'elle est partie. J'ai fait marcher mon pouvoir autant que possible ces derniers jours. J'espère qu'elle va revenir vite.

À l'école, madame Sebag me demande d'aller au tableau et de réciter la table des sept. Je ne fais aucune erreur. Et, pour une fois, je reçois des félicitations. Je n'en reviens pas moi-même. Ça ne m'arrive jamais. C'est grâce à mon père. Il a un jeu pour nous entraîner à la table des sept car c'est vraiment la plus difficile à retenir. Chacun à son tour, on dit un chiffre, et à chaque multiple de sept, on dit « hop ! ». Mon père a toujours été le plus rapide et le grand vainqueur inégalé de la famille. Il embête surtout mes sœurs avec ce jeu, mais, de temps en temps, il y joue aussi avec moi. Quand je vais lui dire que j'ai reçu les félicitations de la maîtresse, il sera fier. On ne peut pas dire que ça m'arrive souvent.

Aujourd'hui, c'est vraiment un bon jour. Ça n'a rien à voir avec la table des sept, mais j'ai enfin trouvé une idée tout à l'heure à la récréation. Il fait chaud, mais, quand je sors de l'école, je sors en courant pour rejoindre Brahim au plus vite. Anna a du mal à me suivre et elle râle.

— C'est le roi, la solution ! lui dis-je quand je le vois.

— Tu veux jouer aux cartes ?

— Mais non ! Le roi ! Notre roi ! Le roi du Maroc !

— Hassan II ?

Je lui explique ce que j'ai dans la tête. Brahim ne croit pas trop que mon idée va marcher, mais il est d'accord pour essayer.

***

Jacqueline est venue de Casablanca pour nous garder. Elle a été formée par ma mère. Elle ne regarde que mon assiette pendant tout le repas. Heureusement, il y a une *pastilla* au menu et j'adore ça. Je lui annonce fièrement que j'ai su réciter la table des sept sans erreurs. Elle me félicite, me pince la joue et embrasse ses doigts.

Ma mère a demandé à Rosette de passer à la maison s'assurer que tout allait bien. Même si j'ai déjà posé la question à Henri, je veux avoir sa version à elle :

— Tata, est-ce que vous pensez quitter le Maroc ?

Ma question la met mal à l'aise.

— Je ne sais pas. On verra.

— Et si vous partez, vous irez où ? En France ?

— Certainement au Canada.

— Au Canada ! s'exclame Odette. Mais il fait très froid là-bas ?

— J'ai une cousine qui vit à Montréal. Elle s'y plaît beaucoup. On est allés la voir il y a deux ans, et on a vraiment aimé.

— Mais c'est très loin ! Tu as pris l'avion ? demande Jacqueline.

— Oui, j'ai pris l'avion. Et j'ai eu une peur bleue ! C'est vrai aussi qu'il faisait très froid. Mais c'est un immense pays et c'est magnifique. Il y a déjà une bonne communauté là-bas.

Je panique. Armand m'a dit que ses parents se disputaient à ce sujet. Et si Rosette avait réussi à convaincre son mari ?

— Mais Henri, c'est le grand tailleur de Safi, du Maroc même. Il aime faire des costumes et des robes pour les gens qui vivent au soleil, pas des manteaux pour le froid glacial.

— Henri sait tout faire, mon chéri, tant qu'il a son mètre, du fil et une aiguille.

Je connais la capitale du Canada grâce à mon père, mais je suis incapable de dire où ça se trouve par rapport à Safi.

« Je ne veux pas quitter le Maroc. Je ne veux pas que Henri et Rosette partent au Canada. »

Mes parents nous ont téléphoné. Avec Anna, on s'est disputés pour répondre au téléphone. Et, finalement, c'est Jacqueline qui a pris le combiné. Ils ont pu voir Simone. Elle est un peu fatiguée, mais elle va bien. Elle nous embrasse tous. Elle a très envie de rentrer à la maison. Elle ne manque de rien car elle et ses amis ont reçu des colis entiers de nourriture de la part de la communauté juive. Mes parents ont essayé de donner des bakchichs à la prison pour la faire sortir, mais ça n'a pas marché. Ils vont devoir rester un peu plus longtemps à Nador.

Quand on raccroche, mes sœurs et moi, on fait la fête. Odette met de la musique dans le salon, et on se met à danser. On a mille raisons de chanter et d'être heureux. Pour Simone, pour Messodi, pour Odette qui est de plus en plus en forme. On s'amuse comme des fous. Au bout d'un moment, Jacqueline baisse la musique car elle a peur qu'on se fasse arrêter pour avoir fêté la victoire d'Israël.

30

Brahim ne sait pas écrire, donc c'est moi qui m'y colle. Je crois très fort à mon idée.

— On a un problème. Toi, tu ne sais pas écrire, mais, moi, je fais des fautes d'orthographe. Écrire une lettre au roi avec des fautes, c'est pas extra.

— Le roi, il a beaucoup de conseillers et de serviteurs. Quelqu'un doit être payé pour lui lire ses lettres. Donc, c'est pas grave si l'un de ses conseillers voit les fautes.

— Mais oui ! Tu as raison ! Je vais marquer un mot spécial pour le conseiller qui lira la lettre.

Petit mot pour le conseiller du roi qui lira la lettre : ne pas faire attention aux fautes d'orthographe et ne pas le dire au roi.

— On doit lui donner beaucoup de respect. C'est le roi quand même. Il paraît qu'il faut toujours baisser la tête quand on lui parle.

— Oui, mais là c'est une lettre. Donc il ne verra pas.

Cher roi Hassan II,

Nous sommes Brahim Al Drissi et Jacob Benshimon. J'espère que vous allez bien. D'abord, on voudrait vous dire qu'on a mis beaucoup de respect dans cette lettre.

— Qu'en penses-tu ?
— Oui, c'est bien.
Je continue.

On habite Safi. Vous connaissez ? Il y a la mer. Il y a de bonnes sardines.

— Dis-lui que mon père fait des poteries aussi !

Et le père de Brahim fait des très belles poteries. On vous écrit car on a besoin de votre aide.

— Ça se dit à un roi, ça ?
— On n'a pas le choix. On a besoin de lui ! Comment tu veux le dire autrement ?

Il y a des juifs ici qui pensent que les musulmans ne les aiment pas parce qu'ils sont juifs.

— On lui parle des disputes au marché ?
— Je ne sais pas. Quand je me dispute avec Anna, ma mère nous dit qu'on n'a qu'à se débrouiller tout seuls. Ça lui casse les pieds. Écoute, j'ai une idée.

Vous connaissez la chouchouka *? C'est une salade avec des poivrons verts, des poivrons rouges,* *des tomates et plein de bonnes choses. Eh ben, Safi, c'est un peu comme la* chouchouka. *C'est un mélange de plein de gens : des juifs, des musulmans, des catholiques. Quand on retire un ingrédient, ça enlève le goût. Le problème, c'est que les juifs partent car ils pensent que personne ne les aime ici.*

— C'est super ton histoire de *chouchouka* !
Brahim est enthousiaste.

Alors, si vous avez le temps, pouvez-vous venir à Safi et dire aux juifs que vous avez très envie qu'ils restent à Safi ? Vous n'êtes pas obligé de passer beaucoup de jours ici. Juste cinq minutes. Et puis vous repartez.

— Demande-lui s'il veut manger chez moi, ma mère peut lui faire un bon tajine.

— Tu invites le roi à manger ?

— C'est surtout pour être poli. Et, après tout ce chemin, il aura peut-être faim ou soif.

— Tu as raison. Il peut aussi venir chez moi. Ma mère peut lui faire un couscous, une *pastilla*, une *dafina*, un poulet aux olives...

— Bon, chez toi ou chez moi, c'est lui qui décidera.

Vous pouvez aussi venir manger chez l'une de nos mères si vous avez faim. Ce sera avec plaisir.

— Mais s'il vient avec tous ses conseillers chez ma mère, elle va paniquer !

— La mienne aussi ! Faut espérer qu'il refusera l'invitation. Bon, qu'est-ce qu'on met après ?
— Ben, au revoir.

Au revoir.
Signé Brahim et Jacob.

— Il faut que tu mettes ton adresse pour la réponse. Il vaut mieux qu'ils ne viennent pas avec improviste.
— C'est quoi « un proviste » ?
— C'est quelqu'un qui vient sans prévenir. Ma mère, ça la met toujours dans des états !

Jacob Benshimon
Villa B
En haut de la Biada
Safi

— Est-ce que tu as l'adresse du roi ?
— Tout le monde sait où il habite. Il n'y en a qu'un.
— Oui, mais il a plusieurs maisons. Tu n'as qu'à mettre celle de Rabat.

Roi Hassan II
À sa maison royale de Rabat
Maroc

— Rajoute que c'est personnel.

Personnel

Je plie la lettre et la glisse dans une enveloppe. Je la lèche comme le fait mon père. L'idéal serait que le roi vienne pendant les vacances scolaires d'été. Brahim connaît le facteur. Il s'appelle Icham. C'est un ami de son père. C'est lui qui va s'occuper de l'envoyer.

Nous n'avons plus qu'à attendre maintenant, en espérant qu'il réponde vite.

31

La libération de Simone prend du temps. Tout le monde s'en est mêlé. Le consulat de France, l'agence juive, l'ami du roi : monsieur Amrou. Mon père revient à Safi car il doit s'occuper de son travail et il ne peut pas s'absenter aussi longtemps. Ma mère reste à Nador pour être près de ma sœur.

Raquel est venue chez nous pour voir mon père, ce qui me permet d'avoir des informations fraîches :

— Alors, comment elle va ? demande ma tante.

— C'est difficile à dire. Elle a des bleus sur le visage et dans le cou, une blessure à la lèvre et à la main.

— *Hsismi*[1] ! Maintenant qu'elle est officiellement en prison, ils ne vont plus la toucher ! Toute cette histoire est bientôt finie. Elle a le moral ?

— Elle n'en peut plus d'être enfermée.

— Bon, moi, j'ai une bonne nouvelle. Le roi est d'accord pour intervenir en sa faveur. On a vraiment beaucoup de chance. Ça ne devrait plus être

1. La malheureuse !

très long maintenant. Et puis on est prêts à payer le prix qu'ils demandent.

Mon père qui était épuisé par le voyage retrouve de l'énergie.

— Merci, tata, pour tout ce que tu as fait.

— Tsss ! Arrête tes bêtises, voyons ! Ta fille, c'est comme ma fille. Attends qu'elle soit à la maison avant de parler.

Le jour qui suit, on apprend que Simone est enfin libérée ainsi que son amie, la fille de madame Abitbol. Ça fait plus d'un mois qu'on ne l'a pas vue, et elle sera enfin à la maison pour shabbat prochain. On a du mal à y croire. On veut la voir d'abord, pour ne pas se faire de fausse joie.

Le jour de son retour, avec mes sœurs, on ne tient plus en place. J'ai tenté ma chance ce matin auprès de Jacqueline pour ne pas aller à l'école.

— Je veux être là quand ils arrivent ! C'est la fin de l'année en plus. On ne travaille presque pas.

Mais Jacqueline n'était pas du tout ouverte à la négociation.

— Jacob, l'école, c'est obligatoire.

Cette journée passe à deux à l'heure. Je vais voir madame Sebag pour la prévenir que ma sœur rentre aujourd'hui.

— Je suis très contente pour vous ! s'exclame-t-elle. Tu souhaiteras une bonne santé à Simone. J'ai allumé des bougies pour elle, tu sais.

— Anna et moi, on voudrait partir plus tôt pour l'accueillir.

— Retourne à ta place, Jacob !

— C'est oui ou c'est non ? je demande.

— C'est non !

Je suis tellement énervé que j'hésite à lui donner le même traitement qu'à monsieur Tobelem. Mais j'ai pitié d'elle. Elle est vieille. Je ne peux pas la faire tomber malade.

Après l'école, Anna et moi, on rentre à toute vitesse. J'ai proposé à Brahim de venir accueillir Simone avec nous. Après tout, lui aussi a participé à sa libération.

On s'assoit sur les marches devant la villa avec du pain au maïs rempli de sucre.

— Ça y est, j'ai donné la lettre pour le roi à Icham, le facteur.

— Il a dit quelque chose ?

— Il a cru que c'était une blague. Il a rigolé et il a rangé la lettre dans sa sacoche.

Alors qu'on commence à peine une partie, j'aperçois la Traction noire.

— Elles arrivent ! je crie.

Mes sœurs, mon père, papi Prosper et Aïcha sortent devant la maison. Ma mère se gare. Simone sort de la voiture. Ça nous fait tout drôle. Jacqueline se met à pleurer. Elle a beaucoup maigri et elle a plutôt mauvaise mine. Elle a une petite croûte près de la lèvre. On la prend chacun dans nos bras.

Ma mère est tout excitée.

— Laissez-la se reposer un peu ! Va t'allonger dans ta chambre, *nabibesq ana*[1] ! Aïcha, je t'en prie, monte-lui un thé à la menthe avec des pignons comme elle aime, s'il te plaît.

Simone obéit sans commentaire.

Brahim reste un peu avec nous, puis il rentre chez lui. Il est aussi heureux que nous.

---

1. Que je souffre à ta place !

Moi, je ne peux pas m'empêcher d'être fier de moi. Mes parents ne le savent pas, mais c'est aussi grâce à moi que Simone est à la maison. Avec mon pouvoir, j'ai réussi à protéger ma sœur et à la faire revenir. Et c'était loin d'être facile. Je calcule le nombre de fois en tout où j'ai dit : « Je veux que Simone revienne à la maison en bonne santé. » Plus de cent mille fois au moins ! Ça a marché !

Tata Raquel est en pleine forme.

— Ruby, qu'est-ce que c'est que cette robe ! Tu veux te faire arrêter, toi aussi ?

Mon père rigole. Mais elle en a une pour lui aussi.

— Max, c'est quoi cette eau de Cologne ?

— Je l'ai achetée à Nador, j'avais oublié la mienne. Tu aimes ?

— Je n'ai pas trop le choix. On te sent jusqu'à Souera Kdima.

Vient le tour de mon grand-père :

— Prosper, tu as pris du poids. Il faut que tu arrêtes de manger la *chebakia*[1]. Je n'aimerais pas être tes babouches !

Elle nous embrasse et elle monte voir Simone dans sa chambre. Elles discutent un long moment avec la porte fermée. Impossible d'entendre ce qu'elles se racontent. Puis Raquel redescend. Elle a mal aux articulations, alors elle se plaint.

— On devrait abolir les escaliers dans les maisons. Ceux qui les construisent n'aiment pas les vieux. Mais ils verront quand ils auront mon âge !

Elle s'installe dans le salon avec mes parents. Et là, je peux tout écouter. Raquel pense que Simone

1. Pâtisserie frite au miel.

doit quitter le Maroc au plus vite. Elle n'est pas en sécurité. La police marocaine finira par trouver une autre raison pour l'arrêter. À leurs yeux, c'est une traîtresse. C'est une sioniste qui cherchait à aider Israël.

— Israël aimerait la récupérer, dit-elle à mes parents.

— Il n'en est pas question, tu m'entends ! C'est beaucoup trop dangereux, fait ma mère. Elle n'ira pas là-bas.

— Tu dramatises un peu, Ruby. Je te rappelle que la guerre est finie, dit Raquel.

— Oui, mais les pays arabes finiront par lancer une nouvelle attaque, ajoute mon père.

— Et alors ? C'est quoi, votre solution ?

Mes parents ne répondent pas.

— Envoyez-la faire des études en France, propose Raquel.

Quand Simone a eu son bac, elle s'était disputée avec mes parents car elle ne voulait pas faire d'études. Elle voulait travailler.

— Ce qui est sûr, c'est qu'elle ne peut plus rester au Maroc. Ils trouveront une raison de la remettre en prison.

Ça me fait un coup au cœur. Simone doit partir. Mais elle vient à peine de revenir ! Je suis triste. Impossible de comprendre les exercices de grammaire que madame Sebag nous a donnés pour demain avec cette nouvelle.

Je tape à la porte de la chambre de Simone.

— Tu es fatiguée ?

— Non, ça va.

Elle est allongée sur son lit avec un magazine. Son visage est différent. Il est plus blanc. Elle a des creux dans les joues et des cernes. Je m'assois à côté d'elle.

— Tu nous as fait très peur.

— ...

— Les parents ne nous disaient rien comme d'habitude. C'est Brahim qui a su dans quelle prison tu étais.

— Maman m'a dit.

— Comment c'était la prison ?

— Dur.

— Messodi nous a raconté que les policiers l'avaient tapée pour qu'elle avoue qu'elle avait chanté à la victoire d'Israël. Elle a été obligée de signer un papier avec des mensonges écrits dessus.

La colère se voit sur le visage de Simone. Mais elle ne dit rien.

— Dis-moi comment c'était !

J'insiste. Messodi avait fini par tout me raconter.

— Non !

— Allez ! S'il te plaît ! Je le répèterai à personne !

Simone explose et me crie dessus.

— Tu crois que j'étais en vacances et que je vais te parler de mon voyage ? Grandis un peu, Jacob ! J'étais enfermée, comme une criminelle, alors que j'essayais d'aider des gens à partir vivre en Israël ! Tu trouves que ça ressemble à un crime, ça ? Tu trouves ça normal, toi ? Oui, ils nous ont tabassés en nous traitant de chiens de sionistes !

Elle réalise qu'elle est allée trop loin. J'ai des larmes dans les yeux. Simone se calme et me prend dans ses bras.

— Qu'est-ce que tu m'as manqué, mon frère !

Elle me serre fort et moi aussi. Ça me fait du bien.

— Allez ! Ne reste pas trop près de moi. J'ai attrapé des poux là-bas. Maman va devenir folle, s'ils s'installent aussi sur ta tête.

On passe à table. Je regarde ma famille et je souris. Il manque Messodi qui est repartie à l'internat à Marrakech et Rebecca qui est encore à Montpellier. Mais on est tous réunis autour d'un bon repas que ma mère a préparé. On discute, on se taquine, on rit. C'est comme avant. Et je me promets de tout faire pour que ça reste comme ça pour toujours.

32

Le lendemain, quand j'aperçois Brahim, je vois tout de suite que quelque chose ne va pas.

— Icham a parlé de la lettre à mon père. Et mon père, il était très en colère. Je me suis pris une de ces *treha*[1].

— Mais pourquoi ?

— Parce que c'est interdit d'écrire au roi ! Il ne faut pas le déranger quand ce n'est pas important.

— Mais c'est très important ! Et la lettre ? Est-ce qu'il l'a quand même envoyée ?

— Je ne sais pas. Mon père était énervé. J'ai pas revu Icham. Je ne sais pas. Mais peut-être qu'il l'a jetée à la poubelle.

— C'est une catastrophe ! Il n'y a que le roi qui peut nous aider.

Ça m'a mis un premier coup au moral. Le deuxième, c'est quand je rentre chez moi. Simone est dans le salon avec une petite valise. Je comprends immédiatement. Ça y est, elle quitte le Maroc.

— Tu pars déjà ?

1. Raclée.

— Oui.

— Tu reviens quand ?

— Je ne vais pas revenir. Le Maroc, c'est fini pour moi.

— Tu es triste ?

Ses larmes montent toutes seules et elle me répond :

— Oui.

Elle essuie ses yeux et elle se force à sourire. On se fait un câlin.

— Tu m'écriras ? me demande-t-elle.

— Je préfère le téléphone ! Ça prend moins de temps !

— Depuis la France ? Tu es fou ! Moi, je t'écrirai.

— Bon, d'accord, moi aussi.

Mon père va l'accompagner en voiture jusqu'à la station de car de la CTM. C'est l'association de Raquel qui s'est occupée de son voyage. Ils ont réussi à lui obtenir un passeport. Officiellement, elle va faire ses études en France, comme Rebecca, mais, en vrai, elle ne reviendra pas. Elle prendra l'avion à Casa pour Paris.

C'est le moment de se dire au revoir. Sans surprise, ma mère a préparé un sac plein de nourriture. Il n'y a pas une personne qui ne pleure pas quand elle monte dans la voiture. Ce qui me fait pleurer davantage, c'est quand j'entends mes parents lui dire :

— Allez, ma fille. Si Dieu veut, on te rejoint bientôt.

J'en avais peur. C'est en train de devenir réel. Ils préparent notre départ.

Une fois que Simone est partie, je m'enferme dans les toilettes et je fais marcher mon pouvoir de toutes mes forces. C'est tout ce qui me reste maintenant avec la lettre au roi qui est sûrement dans une poubelle.

« Je ne veux pas quitter Safi. Je ne veux pas quitter Safi. »

Je l'ai beaucoup utilisé pour mes sœurs et pour réduire le temps de la guerre. J'espère qu'il ne va pas me lâcher maintenant.

***

La fin de l'année scolaire, c'est dans une semaine. Qui dit fin d'année dit bulletin de fin d'année. Au final, madame Sebag est beaucoup moins sévère que monsieur Tobelem. En plus, elle a su tout ce qui était arrivé à notre famille cette année. Donc j'espère que mon bulletin ne sera pas « une mauvaise surprise », comme dit ma mère. Anna n'a pas de soucis à se faire. Elle a toujours des bonnes notes et, en plus, madame Sebag l'aime bien. Elle est amie avec sa petite fille, donc ça aide. Ma mère est quand même passée la voir avant qu'elle remplisse les bulletins. Madame Sebag lui a dit que j'étais intelligent – ce qui a beaucoup plu à ma mère –, mais elle a écrit sur mon bulletin que je pouvais mieux faire et que j'avais un poil dans la main – ça, ça ne lui a pas du tout plu.

Je lui ai demandé ce que ça voulait dire. Elle m'a répondu que j'étais fainéant et que je devais faire plus d'efforts.

— L'essentiel, c'est que je ne redouble pas ! ai-je dit fièrement.

— *Wouliwouli !* Il n'y a pas de ça chez nous ! Tu devrais être premier de la classe !

— Ça sert à quoi d'être premier ?

Ma mère a mis quelques secondes à répondre.

— Si tu étais premier, tu le saurais !

Mes parents ne m'ont pas puni, mais ma mère me force à lire des livres cet été. Et mon père ne me lâche pas avec ses jeux sur les capitales et sur les tables de multiplication.

Madame Sebag nous annonce qu'elle ne sera plus là à la prochaine rentrée. Il y aura un nouveau professeur.

Sur le chemin de l'école, je demande à Anna :

— Elle t'a dit Annette pourquoi sa grand-mère ne sera plus notre maîtresse à la rentrée ?

— TA maîtresse ! précise-t-elle. Je te rappelle que je rentre au collège, moi !

— Oh, ça va ! Arrête de crâner !

— Les Sebag partent tous vivre en Israël.

— Eux aussi ?

— Mais, Jacob, tout le monde part !

— Tais-toi !

— Nous...

— Tais-toi, je te dis !

Si je lui tire les cheveux, elle va cafter et je vais me faire punir. Mais si elle prononce encore un mot, je ne pourrai pas me retenir.

Heureusement pour elle, je retrouve Brahim. On s'éloigne d'elle en marchant derrière.

— Tu as des nouvelles de la lettre ?

— Non.

— Il faut que tu demandes à Icham ce qu'il en a fait ! Simone est partie. Mes parents vont vouloir la rejoindre.

— Tu leur as dit que tu ne voulais pas quitter Safi ?

— Oui, plein de fois, mais ils s'en fichent. En plus, même mes sœurs ont l'air contentes d'aller en France.

Ni lui ni moi n'avons de solution. On joue, mais on a la tête ailleurs.

À la maison, je laisse traîner mes oreilles partout. Je surveille mes parents de très près. Je surprends une discussion entre ma mère et la voisine qui me rassure. Myriam, notre voisine musulmane, est venue demander une recette et, finalement, elle est restée prendre un thé à la menthe.

— J'ai encore entendu une dispute tout à l'heure dans la rue, raconte-t-elle. Ça n'arrête pas. Les gens sont devenus fous depuis la fin de la guerre.

— Je ne te le fais pas dire. J'ai failli me fâcher avec le poissonnier. Je voulais lui acheter du mérou pour shabbat, il a essayé de me vendre du poisson pas frais.

— Le coiffeur de la rue du Rbat a fermé. Dis-moi, Ruby, j'espère que Max et toi, vous n'envisagez pas de partir ?

— Absolument pas ! s'écrie ma mère. Les affaires de Max se portent à merveille. Et ce n'est pas une dispute avec le poissonnier qui va nous faire partir.

— Ah, je suis contente d'entendre ça. Bon, alors, cette recette de boulettes ?

Je n'arrive pas à savoir si ma mère ment. Elle n'arrête pas de me répéter qu'elle a horreur du mensonge. Mais comme Myriam est musulmane, elle ne veut peut-être pas lui dire. Ou alors ils ont changé d'avis car les actualités sont meilleures. On parle de moins en moins de la guerre. À la radio, ils disent même que la situation s'est calmée.

« Je ne veux pas quitter Safi. Je ne veux pas quitter Safi. »

33

C'est enfin les grandes vacances ! Ma cousine Phoebe et son frère Soly viennent de Casablanca passer le mois de juillet chez nous. Ses parents sont les enfants de Shirley, la sœur de ma mère. Ça fait longtemps qu'on ne les a pas vus. Phoebe a le même âge que moi. Son frère est plus petit de deux ans, mais ma mère nous oblige à jouer avec lui. De temps en temps, une de mes sœurs est d'accord pour s'en occuper et on peut sortir tous les deux et s'occuper à des jeux de grands.

Quand on joue avec Phoebe, on ne peut plus s'arrêter et on ne voit pas le temps passer. Elle invente des histoires trop géniales. Quand Brahim l'a vue pour la première fois l'été dernier, il était super timide. Il ne parlait plus. Il la regardait comme s'il n'avait jamais vu une fille d'aussi près. C'est peut-être à cause de ses taches de rousseur, ou alors il est amoureux.

Cette année, ça va mieux. Il est plus à l'aise. Phoebe a plein de choses à raconter. Même si elle est juive, ses parents l'ont inscrite dans une école catholique où il y a plein de bonnes sœurs. Quand elle les imite, on est morts de rire. Moi aussi, j'imite madame Sebag, mais le meilleur en imitation, c'est Brahim. Quand il imite le marchand de glaces qui n'a plus de dents ou ma mère quand elle essaie de m'embrasser, on est obligés de rire.

Alors qu'on mange des limons et des amandes vertes tous les trois sur les marches devant chez moi, je demande à Phoebe :

— Tes parents veulent quitter le Maroc ?

— Pendant la guerre avec Israël, ils n'arrêtaient pas de dire qu'ils allaient partir. Mais là, non. Mon père vient de racheter un magasin de tissus. Et puis, je le connais, il aime trop Casa. Et toi ?

— Je ne sais pas. Ils ont dit plusieurs fois qu'ils voulaient partir en France.

— Quand ?

— Je ne sais pas. Certainement, l'année prochaine. Pour le moment, depuis que Simone est sortie de prison, ils sont heureux comme avant. J'espère qu'ils ont changé d'avis.

— Oh, mon pauvre ! Tu n'auras qu'à revenir quand tu auras dix-huit ans ! Quand on est majeur, on fait ce qu'on veut !

— Dix-huit ans ? Mais c'est dans super longtemps ! Je ne vais pas rester dix ans en France !

— Ça va passer vite. Et puis papi Prosper ne partira pas. Il est trop vieux et il parle plus l'arabe que le français. Impossible qu'il habite en France. Il ne voudra jamais. Tu pourras revenir chez lui pendant les vacances.

Elle n'a pas tort pour papi. Ça m'étonnerait que mes parents le laissent tout seul ici.

— Je veux rester à Safi, dans ma maison, avec mes amis, mon école et la plage !

— Tu n'aurais pas une idée pour que ses parents restent ? demande Brahim.

— Ce n'est pas d'une idée, mais d'un miracle dont tu as besoin s'ils ont décidé de partir !

On lui raconte pour la lettre au roi.

— Et pourquoi vous n'en refaites pas une ?

— Mais comment on fait pour l'envoyer ? On aura toujours le même problème.

— Vous vous noyez dans un verre d'eau, ma parole ! Écrivez-la, je m'en occuperai.

Les grandes vacances, c'est le vrai bonheur. C'est encore meilleur cette année après tous ces moments qu'on a passés à s'inquiéter. Mes parents ont retrouvé le sourire. Tout est rentré dans l'ordre. On va à la plage presque tous les jours. J'y rejoins mes cousins et quelques copains de classe. Ma mère nous prépare des sandwichs de thon à la catalane. Aujourd'hui, il y avait de grosses vagues, avec Armand et Phoebe, on a beaucoup ri quand Armand s'est retrouvé les fesses à l'air, sans maillot de bain.

C'est le week-end. On est assis sur des serviettes à la plage de Souera Kdima. Mon père recommence à faire des blagues à ma mère. Avec Henri, ils lui font croire que Johnny Hallyday fait une tournée et qu'il va venir à Safi. Il a commandé un costume de scène à Henri. Ma mère est folle de joie ! On dirait une enfant.

— Allez, dis-lui, Henri ! fait mon père.

— Maintenant ? demande mon oncle.

— Oui, sinon je lui dis.

— Me dire quoi ? s'impatiente ma mère.

— Johnny Hallyday va venir dîner à la maison ! annonce mon père.

Ma mère est bloquée. Il se passe trop de choses à l'intérieur de sa tête. Entre la joie et la panique, elle finit par réagir. Elle est dans un état d'excitation maximum. Ce qui est sûr, c'est qu'elle croit sur parole ce qu'elle vient d'entendre. Je la connais, elle est déjà en train de composer le menu et de prévoir un nettoyage complet de la maison.

Phoebe, Armand et moi, on a envie de rire, mais on se retient. Henri et mon père pourraient faire durer la plaisanterie encore longtemps. Mais Rosette a pitié de ma mère.

— Ruby ! Ma chérie ! Ça doit être l'amour, tu crois tout ce que te raconte ton mari, ma parole !

— Quoi, il ne vient pas ?

— Qu'est-ce qu'il viendrait faire à Safi ?

— Peut-être qu'il aime les sardines ! s'amuse ma mère.

— Et tu crois vraiment qu'Henri ferait des costumes pour Johnny Hallyday ?

— Il en a déjà fait pour Mohamed V il y a quelques années, dit ma mère, alors pourquoi pas !

Tout le monde rigole. Ma mère est un peu déçue, mais elle rit aussi.

C'est alors que Phoebe me fait un mouvement de tête. On va au bord de l'eau.

— Tu as entendu ?

— Quoi ?

— Henri a fait un costume pour Mohamed V !

— Et alors ?

— Alors, ça veut dire qu'il connaît la maison du roi. C'est par lui qu'il faut passer pour envoyer ta lettre !

— Mais oui ! Bien sûr !

Je suis excité. Dès qu'on rentre à la maison, je file dans ma chambre et j'écris la même lettre. Je la fais lire à Phoebe.

— Elle est super.

Je me sens fier. Ça va marcher, c'est sûr. Je la mets dans une enveloppe. Il faut maintenant que je réussisse à voir Henri seul.

Brahim travaille aussi pendant les vacances pour son père. Mais on réussit à se voir presque tous les jours. Mes parents ont accepté que j'aille visiter le quartier des potiers pour voir comment on fabrique les poteries.

L'atelier n'est pas très grand. Le père de Brahim est tout sale : ses pieds et ses mains sont recouverts d'argile marron. Il est content qu'on vienne le voir, il n'arrête pas de sourire. Il nous explique comment on prépare l'argile en marchant dessus pieds nus. Ensuite, on la fait tourner sur une machine pour lui donner une forme. Il nous laisse essayer. J'adore ça. Et je me débrouille tellement bien que je me demande si je n'ai pas envie de devenir potier quand je serai plus grand. Ma mère serait contente que je décore la maison. L'arrière-grand-père de Brahim était potier à Fès, mais il est venu à Safi car il paraît qu'ici l'argile est la meilleure du monde. Avant de partir, il me laisse choisir deux poteries pour mes parents : je prends un cendrier pour mon père et un sucrier pour ma mère. Je le remercie et il me répond :

— Que ça leur apporte la santé !

Il n'a pas l'air d'en vouloir aux juifs.

Pour remercier son frère de son aide pour Messodi d'abord et pour Simone, ma mère a invité toute la famille de Brahim. Ils ont accepté de venir chez nous. Brahim avait commencé par me dire que son père avait beaucoup de travail et qu'il ne pourrait pas se libérer facilement.

— Il travaille le soir, ton père ?

— Oui, quand il a beaucoup de commandes.

Je sentais que c'était une excuse. J'ai quand même insisté.

— Ce serait super que nos parents deviennent des amis. Ça donnerait une raison de plus pour qu'ils restent.

— Oui.

Il a finalement réussi à les convaincre. On ne s'en est pas parlé, mais on craint tous les deux que nos pères se disputent pendant le repas. Pendant la guerre, le père de Brahim était pour les pays arabes et je suis sûr qu'il disait du mal des juifs. Puis il a puni Brahim à cause de la lettre qu'on a écrite. Mon père aussi était en colère contre les musulmans. J'ai utilisé mon pouvoir pour que le dîner se passe bien.

Au final, c'était une super-soirée. Ils sont venus avec un magnifique plat en poterie. Comme d'habitude, ma mère a dit : « Mais il ne fallait pas vous déranger ! » J'ai vu dans ses yeux que ça lui plaisait vraiment. Elle a demandé à Aïcha de l'utiliser pour servir le mouton. Ma mère et la mère de Brahim ont commencé à parler ensemble comme si c'étaient des amies de toujours alors qu'elles ne se sont vues qu'une fois. Quant à mon père, ça l'intéressait beaucoup de savoir comment on fabrique les poteries. Il a posé des questions et le père de Brahim l'a même invité à venir dans son atelier. Mohamed est venu avec sa fiancée, Fatima. Elle ne parle pas beaucoup. Elle a un joli sourire, même si elle a un grain de beauté au-dessus de la bouche. On a l'impression qu'elle a une moitié de moustache. Il nous a raconté de nouveau comment il a réussi à savoir où était Simone. Il a des amis un peu partout au Maroc car il a beaucoup voyagé quand il était plus jeune. Il y a trois ans, il travaillait comme jardinier pour un chef de commissariat, Salim, à Al Hoceïma. Il habitait dans sa maison avec sa femme et ses enfants. Et Salim le considérait comme quelqu'un de sa famille. C'est lui qui lui a donné envie de faire le métier de policier. Il lui a même écrit une lettre de recommandation pour le chef de la police de Safi. Quand Mohamed l'a appelé pour lui demander son aide, Salim en a parlé à ses contacts et il a su où Simone était retenue.

Tout le monde a discuté avec tout le monde. La famille de Brahim parle mieux arabe que français et ils font beaucoup de fautes, mais ma mère ne les a pas corrigés. Si ça se trouve, quand elle parle arabe, elle fait aussi des fautes. Personne n'a parlé d'Israël ou de la guerre. C'est mieux comme ça.

Brahim était aussi content que moi. Nos parents se sont même promis de se revoir, chez eux la prochaine fois. Ce ne sont pas les premiers musulmans qui viennent dîner à la maison. Plus les Arabes et les juifs dîneront ensemble, moins les juifs auront envie de partir.

***

J'attends avec impatience le moment où je pourrai donner la lettre pour le roi à Henri. Un jour, on se retrouve à la plage de Sidi Bouzid. Quand mon père part se baigner, j'en profite pour m'asseoir sur la serviette de mon oncle et je lui chuchote à l'oreille que j'ai besoin de lui parler seul. On va au bord de l'eau.

— Henri, est-ce que tu sais garder un secret ?

— Je suis tailleur et gardien de secrets ! Tu crois que je dis à tout le monde les tours de fesses que je mesure avec mon mètre ? Les femmes de Safi me tueraient !

— Armand m'a dit que tata Rosette veut partir vivre au Canada, mais, toi, tu ne veux pas. C'est vrai ?

— Oui, c'est vrai.

— Moi non plus, je ne veux pas quitter Safi. Alors, avec mon copain Brahim, on a écrit une lettre au roi.

— Une lettre au roi ?

Il est surpris.

— Oui, on l'a invité à venir faire un discours à Safi pour demander aux juifs de rester. Si c'est le roi qui leur demande, ils ne pourront pas dire non.

— C'est juste.

— J'ai besoin de toi. On ne sait pas comment faire pour envoyer la lettre. Comme tu as déjà fait un costume pour son père, Mohamed V, tu dois connaître l'adresse de Hassan II ? Tu pourrais l'envoyer pour nous ?

Mon oncle réfléchit. Il hésite.

— On ne peut pas rester sans rien faire ! Tous les juifs s'en vont, tonton ! Le roi réussira à les faire changer d'avis ! Même Rosette ! S'il te plaît ! Aide-nous !

Il hésite encore. Puis il accepte.

— Je peux faire ça pour toi.

— Tu n'en parles pas à mes parents ?

— Je n'en parlerai à personne. Tu peux compter sur moi.

— Tu vas voir, je grandirai ici. Et toi, tu vieilliras ici.

Ma remarque le fait rire.

— Tu n'as vraiment pas envie de partir, toi ?

— Non, pour rien au monde. J'aime le Maroc.

— Moi aussi, j'aime le Maroc. Et je ne veux pas partir non plus.

34

Hier, c'était la fête du Trône. On s'est tous retrouvés place du Rbat. Il y avait un monde fou pour le défilé : des juifs, des musulmans, des catholiques partout dans les rues. Ma mère et mes sœurs étaient en caftan. C'était super. J'étais très fatigué quand on est rentrés. Je n'ai pas eu le courage de faire marcher mon pouvoir comme chaque soir, pour ne pas qu'on déménage. Jusqu'à présent, voici la phrase que je répète tous les soirs depuis un mois. « Je veux que ma famille, mon grand-père et tous mes oncles et tantes restent à Safi pour toute la vie. » Ça a bien marché. Aucun oncle et tante n'a annoncé son départ. Et je n'ai plus entendu personne parler de partir en France. Mes parents sont comme avant la guerre. J'ai sûrement réussi à les faire changer d'avis.

Henri m'a assuré qu'il avait bien fait partir la lettre pour le roi. Ça fait presque quinze jours maintenant. Mais à shabbat dernier, on est allés chez lui. On s'est parlé seul à seul.

— Je n'ai pas encore eu de réponse, lui ai-je dit. Ça met longtemps une lettre à arriver depuis Rabat ?

— Jacob, je ne sais pas si le roi va te répondre. Il a des quantités de choses à gérer. Gouverner un pays, ça demande beaucoup de travail.

— Oui, mais les juifs font partie de son pays et bientôt, ils n'en feront plus partie ! C'est son travail, non ?

Rosette nous a interrompus à ce moment-là.

— Qu'est-ce que vous fabriquez tous les deux ? On passe à table.

Tous les jours, je me réveille et je pense au roi. À sa réaction quand son conseiller lui lira la lettre.

Le lendemain de la fête du Trône, on sonne à la porte. C'est Henri. Ma mère lui a commandé une nouvelle robe et comme il a un rendez-vous à côté pour prendre une commande, il est venu en personne la lui déposer.

Je viens lui dire bonjour. Pendant que ma mère fait son essayage, il me chuchote à l'oreille :

— C'est pour toi que je suis venu en fait !

— Ah bon ?

— Tu as entendu le discours du roi hier pour la fête du Trône ? C'est sûr, il a lu ta lettre !

Je souris jusqu'aux oreilles.

— Ah bon ? Mais qu'est-ce qu'il a dit exactement ?

— Il a dit qu'il fallait que tout le monde soit uni et soudé. Il a dit qu'il voulait que la paix règne dans son pays. Il a dit qu'il protégerait tous les Marocains sans exception. Il n'y a pas de doute, c'est ta lettre !

— Il n'a pas parlé de Safi ?

— Non. Mais il a bien parlé de tous les Marocains du Maroc, aussi bien les juifs, les catholiques que les musulmans.

— Tu crois que les juifs ont bien entendu le discours ?

— C'était à la radio hier ! Rosette et moi, on a pris la décision de rester au Maroc. C'est grâce à toi !

Je suis fier comme je ne l'ai jamais été. Je remercie Henri pour cette super bonne nouvelle. J'ai toujours su que mon idée de lettre au roi marcherait. Je dois absolument aller voir Brahim. Odette m'accompagne et en profite pour rendre visite à l'une de ses amies. La mère de Brahim me dit qu'il livre une poterie pas loin de chez moi. Comme il fait très chaud, je préfère l'attendre. Elle me demande comment vont mes parents et en profite pour me donner une boîte de cornes de gazelle pour ma mère.

Brahim arrive. Il est content de me voir. Il l'est encore plus quand je lui dis :

— Tu as écouté le discours du roi hier ?

— Non.

— Il a lu notre lettre ! Et il en a parlé dans son discours ! C'est Henri qui l'a entendu. Et du coup, mon oncle et ma tante restent au Maroc ! Ça a marché !

Brahim n'en revient pas !

— Le roi nous a écoutés !

— Tu te rends compte ! C'est comme si on était devenus les conseillers du roi tous les deux !

— Et tes parents ont décidé de rester eux aussi ?

— Je pense que oui. Ils n'en parlent plus du tout. Ils ont l'air heureux, comme avant. Mon père adore le roi. C'est sûr que son discours a dû le rassurer. Même quand j'ai posé la question à Odette la semaine dernière, elle m'a dit de ne pas m'inquiéter et qu'il fallait profiter de l'été ! On a réussi, Brahim !

Brahim et moi, on forme une belle équipe.

35

Nous sommes le 8 août. Mon père nous a annoncé à table, comme si c'était la plus grande et la meilleure nouvelle de l'année, que nous allions en France fin août pour voir Simone et Rebecca et fêter l'anniversaire de ma mère à Paris devant la tour Eiffel. Odette est folle de joie. Anna aussi. Moi, pas vraiment. Même si ça pue le guano quand il fait chaud, même si parfois on transpire tellement qu'on n'a pas d'énergie, je préfère rester à Safi pour les vacances. Et s'ils aiment la France et qu'ils veulent y rester ?

Depuis qu'elle sait qu'on va en France, Odette est excitée comme une mouche.

— Tu te rends compte, Jacob ! On va à Paris ! La ville de l'amour ! La capitale de la mode !

Elle prend un stylo qu'elle met dans sa bouche comme si c'était une cigarette et elle se met à marcher comme sur des talons. Puis, la minute d'après, elle chante Adamo et m'entraîne avec elle :

« *Vous permettez, monsieur,*
Que j'emprunte votre fille ?

Et bien qu'il me sourie,
Je sens bien qu'il se méfie. »

On danse la valse tous les deux.

— Ça va être extraordinaire, tu vas voir !

Elle n'arrête pas de faire et de refaire sa valise. Elle veut emporter le plus de choses possible.

Ma mère, elle, ne sait plus où donner de la tête. Allez savoir pourquoi, il faut que la maison soit impeccable avant notre départ. Elle remplit les valises avec tellement d'habits qu'on va pouvoir se changer deux fois par jour ! Au cas où il fasse froid, au cas où il fasse chaud.

Mon père doit aller à la banque, il me dépose chez Brahim.

— Combien de temps tu vas rester en France ?

— Quinze jours.

— C'est long. Je ne suis jamais allé en France.

— Moi non plus, je te raconterai. Tu veux que je te rapporte un camembert ?

— Berk ! Ça pue ! Non, plutôt des chewing-gums.

— J'ai décidé d'être insupportable pendant ce voyage. D'abord, j'ai prévu de tomber malade. Ensuite, je vais faire exprès de me perdre pour leur faire peur. Comme ça, ça leur laissera un mauvais souvenir et ils n'auront plus jamais envie d'y retourner.

— Ne te perds pas pour de vrai !

On passe l'après-midi ensemble à explorer le champ derrière la maison, en imaginant qu'on est poursuivis par des millions de fourmis.

La veille du départ arrive. Je demande à ma mère de m'accompagner chez Brahim pour lui dire au revoir. Mais elle refuse car elle dit qu'on a trop de choses à finir. On va partir avant le lever du soleil demain matin. Je dois me coucher tôt. Elle s'est occupée de mes habits, mais elle m'a demandé de préparer un sac avec des jouets pour le voyage. J'ai mis quelques noyaux d'abricots et des osselets. Elle m'a forcé à prendre deux livres pour m'entraîner à la lecture.

On a chargé les deux voitures au maximum : la Traction et la 404. Ma mère a recouvert tous les meubles avec des draps et elle a fermé la maison. On a embrassé Aïcha. Et on est tous partis.

Odette et Messodi se sont mises à pleurer dans la voiture. Je me suis dit que les filles pleuraient vraiment pour n'importe quoi.

Mes parents ont attendu qu'on soit sur le bateau pour Marseille pour me l'annoncer. C'est mon père qui s'en est chargé, des larmes plein les yeux :

— Jacob, tu sais, la France est un très beau pays. Tes deux sœurs, Simone et Rebecca, y sont très heureuses.

Il a avalé sa salive.

— On a décidé avec ta mère de commencer une nouvelle vie.

Mon cœur bat très fort. Il est sur le point d'exploser. Mon père ajoute avec la voix qui tremble :

— Nous ne reviendrons pas au Maroc. Nous allons vivre en France, à Paris.

Je ne respire plus. Je pousse un cri. Mon père essaie de continuer le discours qu'il a préparé, mais je ne l'écoute pas. Ma mère essaie de me prendre dans ses bras. Je me débats et je me mets à courir. Mes parents essaient de me rattraper. Ils crient mon nom, mais je cours vite. On est sur un bateau. Donc je ne peux pas aller loin. Ils ont tout prévu. Ils ne m'ont rien dit avant car ils savaient. Je trouve une cachette à l'arrière du navire. Le Maroc est de plus en plus loin. Je regarde la mer. Je pense même à sauter et à nager jusqu'au rivage. Mais le bateau va trop vite. Je me mets à pleurer et j'ai l'impression que je ne vais jamais pouvoir m'arrêter. Mon pays, mon beau pays, est en train de disparaître au loin.

Odette réussit à me retrouver et essaie de me consoler. Mais elle n'y arrive pas. Elle a les yeux rouges. Elle m'explique, mais je me fiche totalement de ce qu'elle me raconte.

— Simone nous a trouvé un très bel appartement à Paris, tu vas te faire plein de nouveaux copains. On est tous tristes pour le moment, même papa n'arrête pas de pleurer. Tu verras, mon Jacob, ça va être dur au début, mais on sera tous heureux. Paris est une ville magique !

— Laisse-moi !

— Mon Jacob, je n'aime pas te voir dans cet état.

— Pars !

J'ai du mal à parler. Mes larmes coulent encore. Mon pouvoir m'a lâché. Je l'ai trop utilisé pour ramener mes sœurs à la maison. Ou peut-être que Brahim avait raison depuis le début, je n'en ai jamais eu.

Brahim. Je n'ai même pas pu lui dire au revoir. Il va se demander pourquoi je ne reviens pas. Il va croire que je l'ai abandonné. Son visage apparaît devant moi. Ses yeux pleins de cils, tout fier quand il gagne, son rire quand on fait des bêtises ensemble. C'est fini. Je ne peux pas croire que je ne vais plus le revoir.

Je regarde encore la mer et les vagues. On ne voit presque plus rien. Je ne peux rien faire, à part pleurer, et crier. C'est un cauchemar.

J'ai l'impression que ce que j'ai mangé depuis une semaine est resté bloqué dans ma gorge. Je n'ai jamais été aussi triste de ma vie. Je crie de toutes mes forces « Je ne veux pas partir ! ».

Le Maroc s'éloigne encore. Je ne pensais pas que j'avais autant de larmes dans mes yeux. Le vent se lève et me pique le visage. J'ai froid. Mais je ne bougerai pas. J'ai l'impression que c'est la fin de tout. Je suis comme une poterie cassée en mille morceaux.

Partie 2

Paris

1

22 août 1967, Paris

Je me réveille et, pendant quelques secondes, je suis à Safi. Je suis en retard pour l'école ; la maîtresse ne gobera pas mon excuse et me donnera une punition. Ensuite, je regarderai les murs sales en attendant qu'elle termine sa leçon sur les prépositions. Après la classe, je me dépêcherai de retrouver Brahim et on jouera aux osselets.

Mais non. Tout ça, c'est loin. Très très loin car le voyage était interminable. La voiture, le bateau et encore la voiture. Beaucoup de voiture. Je suis à Paris, dans ce nouvel appartement presque vide. Je suis plein à ras bord de larmes dans les yeux, de tortillons dans le ventre et de colère dans la tête.

J'ai pris une grande décision : je ne sortirai plus jamais de ce lit.

Ma mère entre dans ma chambre et ouvre les volets.

— Regarde comme il fait beau, Jacob ! Lève-toi, mon trésor, et viens prendre ton petit déjeuner !

Je ne bouge pas un cheveu. Je ne dis pas un mot. Elle s'assoit sur mon lit et me caresse le front.

— Tu es encore fatigué à cause du voyage ?

Je me mets sous les draps. Du coup, elle se trouve une réponse toute seule.

— C'est bien de se reposer. Comme ça, tu prends des forces !

Elle a très bien compris que j'étais fâché, mais elle fait comme si tout était normal. Mes propres parents ont effacé la vie que j'adorais et l'ont remplacée par une vie que je déteste.

Quelques minutes plus tard, c'est au tour de mon père.

— Jacob, lève-toi ! C'est dur pour tout le monde. Mais tu es l'autre homme de la famille. Tu dois te montrer fort, quel que soit le pays où nous vivons ! Viens prendre ton petit déjeuner !

Je ne réponds pas.

— Allez, Jacob ! Debout !

Je me remets sous les draps.

— Quelle est la capitale du Pérou ?

— …

— La capitale de l'Islande ?

Je connais les réponses, mais il n'est pas question que je joue à son jeu. Il perd patience.

— Jacob ! Dépêche-toi ! On a plein de choses à faire aujourd'hui !

Il soulève le drap.

— Je ne quitterai plus jamais ce lit !

Anna crie depuis le couloir :

— Ah bon ? Et comment tu vas faire pipi ?

J'ai envie de lui lancer la table de nuit à la figure.

— Allez, mon fils, sois raisonnable ! Tu ne peux pas rester toute la journée dans ta chambre. Ta mère a préparé les crêpes aux mille trous que tu adores, rien que pour toi ! Avec le bon miel qu'on a rapporté de Safi, tu vas te régaler !

— Je n'ai pas faim.

Mon père insiste encore. Il me regarde avec tristesse. Puis il soupire et il sort.

Les larmes sont remontées dans mes yeux. Depuis qu'ils m'ont annoncé qu'on allait vivre à Paris sur le bateau qui nous emmenait de Casablanca à Marseille, je suis un robinet qui fuit.

Une heure plus tard, c'est Odette qui tente sa chance. Elle toque doucement.

— Jacob, c'est normal d'être triste. Moi aussi, j'ai de la peine d'avoir laissé mes amis, notre maison et les Marocains. Mais tu...

— Tu savais et tu ne m'as rien dit avant ! Sors de ma chambre ! Tu fais partie des traîtres !

— Mais, Jacob, je...

— Je ne veux plus te voir ! Je ne veux plus voir personne !

Cette fois-ci, j'éclate en sanglots. Odette n'est plus ma sœur préférée. C'est fini !

Ma mère arrive et demande ce qui se passe.

— Laisse-le, maman ! Il va se calmer tout seul.

Elle referme la porte. Je pleure fort pour qu'ils entendent à quel point je suis malheureux.

Plus personne n'essaie de m'approcher jusqu'à l'heure du déjeuner.

— Jacob ! Ça suffit maintenant ! Viens déjeuner ! s'agace ma mère.

— Non ! Je ne sortirai jamais de ce lit, je ne mangerai plus rien !

— Arrête tes sottises ! Il n'est pas question que tu sautes deux repas : le petit déjeuner et le déjeuner ! Tu viens immédiatement !

Elle essaie d'être autoritaire. Elle ne me fait pas peur.

— Non !

— *Borras*[1] ! Tu vas venir à la cuisine et tu vas te dépêcher maintenant !

Ma mère s'énerve et fait ses yeux menaçants, mais je m'en fiche.

Mon père intervient :

— Calme-toi, Ruby !

— Un gosse de huit ans qui ne se nourrit pas et tu me demandes de me calmer ? répond ma mère.

Je suis content de leur causer des inquiétudes. Et encore, ce n'est que le début. Le Jacob de Paris n'a plus rien à voir avec le Jacob de Safi !

Je reste dans ma chambre toute la journée. Je regarde par la fenêtre. Il fait beau, pourtant tout semble gris dans cette ville. Le trottoir, les immeubles, les gens qui passent dans la rue. Plus que les choux farcis, plus que les devoirs, plus que les piqûres d'ortie, plus que tout, je hais Paris !

Dans cette nouvelle chambre, il n'y a qu'un lit, une table de nuit et une armoire. On est arrivés hier et les valises ne sont pas encore défaites. Aïcha n'est plus là pour aider ma mère. Ma petite Aïcha. Est-ce qu'elle savait qu'on ne reviendrait pas ? Elle va s'occuper de quelle maison maintenant ? Elle travaillait chez nous bien avant ma naissance. Je ne lui ai pas dit au revoir. Je n'ai dit au revoir à personne. Pas même à Brahim. Il doit se demander où je suis. Pendant les grandes vacances, on se voyait presque tous les jours après ses livraisons de poterie.

Il est dix-huit heures. C'était long, mais j'ai tenu bon. Je suis fier de moi. Je n'ai pas mis un orteil

1. Tête de mule !

dehors, à part pour aller aux toilettes. Mon estomac gargouille. J'ai mangé les deux réglisses que j'avais dans la poche de mon pantalon, mais ça n'a pas calmé ma faim. D'ailleurs, c'est bientôt l'heure du dîner et ma mère va revenir ou envoyer quelqu'un.

C'est Messodi qui tape à ma porte cette fois-ci.

— Jusqu'à quand tu vas faire la tête ?

— Toute la vie !

— Ce n'est pas ce qui est marqué sur les lignes de ta main. La dernière fois que j'ai regardé, j'ai vu...

Elle s'arrête net.

— Je te le dirai seulement si tu viens à table.

— Je m'en fiche de tes lignes de la main. J'y crois pas !

— Pourtant, j'aurais pu prédire notre départ. J'aurais pu prédire qu'on allait tous avoir mal au cœur au début. On a été heureux au Maroc. Et changer de pays, c'est douloureux car on est perdus au début.

On dirait qu'elle me lit un de ses livres. Qu'est-ce que c'est énervant !

— Pourquoi tu ne me l'as pas dit alors ? Vous saviez tous !

— Qu'est-ce que ça aurait changé, Jacob ? On est là maintenant. On a tellement de choses à explorer, d'aventures à vivre ! On est en France ! Le plus beau pays du monde ! Allez, viens manger !

— Jamais !

— Bon, on a parié cinquante centimes avec Anna et Odette que je réussirai à te faire sortir. On partage si tu veux ! Tu pourras t'acheter beaucoup de bonbons !

— Je ne bougerai pas. J'en veux pas de tes bonbons !

— Comme tu veux ! Papa et maman ont eu beaucoup de patience, mais ils vont te punir au bout d'un moment.

— Ils n'ont qu'à me punir ! Comment ça peut être pire ?

Ma sœur repart. Je les entends passer à table depuis ma chambre. Je sens aussi les bonnes odeurs qui viennent de la cuisine. Ma mère a fait des soles. J'adore ça. Mais je ne bougerai pas d'ici.

Je regarde de nouveau par la fenêtre pour passer le temps. J'observe les voitures dans la rue. Elles sont toutes en bon état et il n'y a pas de carriole tirée par des ânes.

Après le repas, j'entends mes parents se disputer.

— Ruby, arrête de t'inquiéter ! Il fait un gros caprice, mais ça va lui passer.

— C'est ce que tu me répètes depuis ce matin ! Il n'a rien dans l'estomac !

— Demain, il sera à table. Sinon il va avoir affaire à moi.

— Et s'il ne mange toujours pas ? Il va tomber malade, c'est sûr !

— Rappelle-toi qu'à Kippour, il n'arrive même pas à jeûner une heure !

— Ben, justement ! Ce n'est pas normal qu'il ne mange pas.

Quelques minutes plus tard, elle tape à ma porte. Elle a un plateau dans les mains.

— Je sais que tu adores les soles ! Il y a un poissonnier juste à côté de la maison !

— Je n'en veux pas !

— Jacob, ça suffit ta petite crise ! On a compris que tu ne voulais pas partir. Mais, maintenant, il faut te nourrir !

— Je ne mangerai pas ! Je veux retourner à Safi !

Elle prend une voix plus douce :

— Je comprends que tu sois triste. On a quitté des gens qu'on aimait...

Ses yeux se mouillent.

— Mais c'est impossible de retourner à Safi, mon chéri ! La situation est trop compliquée là-bas pour les juifs. On habite en France maintenant.

Ça y est, c'est reparti. Je pleure de nouveau. Ma mère est contaminée par mes larmes et pleure aussi. Elle veut me prendre dans ses bras pour que je la console, mais je me cache sous les draps. C'est de sa faute, ce déménagement !

— Bon, je te laisse le plateau à côté. Il faut que tu manges, mon chéri.

Elle sort. Les larmes m'ont un peu coupé l'appétit. L'assiette sent bon. J'ai très faim. Mais je ne peux pas abandonner maintenant. Je me sens fatigué. Je m'endors sans m'en rendre compte.

Je me réveille le lendemain. Le plateau n'est plus là. Il y a un peu de purée sur la couverture. Et j'ai la bouche sale. D'un coup, je me souviens. Ma mère m'a assis contre elle et m'a donné à manger alors que j'étais à moitié endormi. Je suis en colère. Je sors de ma chambre et je vais la voir dans la cuisine.

— Tu m'as mis du poisson dans la bouche pendant que je dormais ?

— Oui, monsieur ! avoue-t-elle en essuyant le plat qu'elle vient de laver. Et je recommencerai tous les soirs. Comme les bébés ! Donc, il est temps d'arrêter ta grève de la faim ! Ça ne sert à rien !

J'ai envie de hurler. C'est toujours les adultes qui gagnent !

Anna arrive à la cuisine.

— Tiens, ma chérie ! J'ai acheté des croissants à la boulangerie. Tu vas voir, ils sont délicieux. Encore meilleurs que ceux de la boulangerie Mahé !

Ma sœur s'installe, sort un croissant du sachet et croque dedans en me regardant. Il a l'air croustillant, exactement comme je les aime. Et qu'est-ce que ça sent bon !

— Mmmh ! Tu as raison, maman ! Ils sont vraiment excellents, les croissants ici !

— Il y en a un pour toi, Jacob, annonce ma mère. Il est encore tiède.

Je sais très bien ce qu'elle essaie de faire. Il a l'air tellement parfait, ce croissant. Mais si je le prends, ils vont croire que je leur ai pardonné.

— Maman, fait Anna, comme Jacob ne mange plus, est-ce que je peux prendre son croissant ?

C'est plus fort que moi, je crie :

— Non !

Ma mère sourit. Elle prend le sachet de la boulangerie et me tend mon croissant.

— Installe-toi, mon chéri, je vais te donner ton verre de lait.

J'ai perdu à cause d'un croissant.

Quand Anna sort de la cuisine, ma mère me chuchote :

— Tu peux même en prendre un deuxième si tu veux.

Perdu pour perdu, j'attrape le deuxième et je le mange aussi vite que le premier.

Mon père arrive en gandoura, comme à Safi. Il est content de me voir.

— Ah, Jacob ! C'est bien, mon fils ! Qu'est-ce que je t'avais dit, Ruby ? Quelle est la capitale de la Belgique ?

Je ne réponds pas.

— Vite, la capitale de la Belgique !

Je mange en silence.

— Mince, ton fils a laissé son cerveau au Maroc ! plaisante mon père.

— *Rssel foumek*[1] avant de parler de mon fils. Mon fils, c'est le plus intelligent !

— Il n'empêche que, depuis qu'on est en France, il n'a pas trouvé une seule capitale !

Qu'est-ce qu'ils m'énervent tous les deux ! Je me lève pour aller dans ma chambre et ne plus les voir ! Mais en partant, je lui lance quand même.

— Bruxelles !

Je suis fâché, mais je ne suis pas devenu bête.

Je ne pourrai jamais vivre en France. Je vais trouver un moyen de retourner à Safi, avec ou sans eux. Pourquoi mon pouvoir a-t-il arrêté de fonctionner du jour au lendemain ? Je l'ai peut-être trop utilisé. La maladie d'Odette, la libération de Messodi puis de Simone. Puis le fait que le Maroc ne participe pas à la guerre contre Israël en juin dernier avec les autres pays arabes.

Et si je n'avais jamais eu de pouvoir ? Pourtant, grâce à moi, la guerre n'a duré que six jours ! Mon père dit que c'est la guerre la plus courte du siècle. Le seul moyen de vérifier si j'ai encore un pouvoir, c'est de l'utiliser et d'observer ce qui se passe. Je m'allonge sur mon lit. Je fixe le plafond et je dis avec le plus de force possible : « Je ne veux pas rester en France. Je veux retourner à Safi. »

---

1. Rince ta bouche.

2

On habite rue de Charonne, dans un appartement au troisième étage beaucoup moins grand que notre maison de Safi, en haut de la Biada. Il n'y a pas de jardin, pas de terrasse et les voisins font du bruit. Surtout dans la salle de bains. Le voisin adore chanter Elvis Presley quand il se lave. La mer est très loin de chez nous, mais la Seine se trouve à côté. Aucune utilité d'avoir un fleuve près de chez soi. Il n'y a pas de sable, et même en été, c'est interdit de se baigner.

Ma nouvelle chambre se situe au fond d'un grand couloir. Elle est moins grande que celle que partagent Anna et Odette, et encore moins grande que celle des parents au début du couloir. Messodi dort seule pour le moment, mais Rebecca vivra avec elle quand elle reviendra de Montpellier. Simone habite la Cité universitaire.

J'avais prévu de ne plus jamais sortir de ma chambre, mais je m'ennuie à mourir. Déjà, hier, j'ai cru que la journée avait duré une année ! J'ai regardé les voitures dans la rue, puis j'ai compté les fleurs du papier peint au mur, le nombre de planches de l'armoire en bois et le nombre de pas d'un bout à l'autre de la pièce. Mais là, je ne sais plus quoi faire.

Messodi vient me voir.

— Tu t'ennuies ? Tu veux que je te prête un livre pour passer le temps ?

Je déteste lire ! Ça me rappelle l'école. Je ne lui réponds même pas.

— Quand est-ce que tu vas arrêter de bouder ?

— Quand on rentrera à Safi !

— On ne rentrera pas. Papa et maman nous ont inscrits à l'école, au collège et au lycée, et Simone commence les cours à l'université ! Jacob, on doit tous faire des efforts. Le Maroc, c'est le passé.

— La France, ce ne sera jamais le futur, tu m'entends ! Jamais !

— Oh, ça va ! Pas la peine d'aboyer !

Elle sort.

Je déteste toutes mes sœurs sans exception. Je déteste mes parents. Je déteste toute ma famille !

Ma mère envoie Odette ranger mes affaires dans l'armoire dans laquelle il y a neuf planches en bois et trois tiroirs. J'ai eu le temps de compter depuis hier. Elle entre dans ma chambre sans m'adresser un mot. Ses yeux sont rouges et gonflés. Ce n'est quand même pas à cause de ce que je lui ai balancé à la figure hier ? Elle ouvre les valises, plie mes habits puis les met dans l'armoire. Même si je lui en veux de ne rien m'avoir dit sur notre déménagement, je n'aime pas la voir malheureuse comme ça.

— Qu'est-ce qu'il y a ?

D'un coup, une cascade de larmes coule sur ses joues. Elle pleure trop, elle n'arrive pas à parler, elle tousse fort.

— Ta maladie est revenue ? je demande, paniqué.

Elle fait non de la tête.

— Arrête de pleurer, Odette ! Je ne voulais pas te faire de la peine hier quand je t'ai dit que tu n'étais plus ma sœur. D'accord, je vais sortir de ma chambre ! Mais arrête de pleurer !

Elle me regarde sans comprendre, en essuyant ses yeux avec ses doigts. Puis elle sourit.

On finit de ranger mes affaires ensemble, sans échanger un mot. Ses yeux sont encore tristes. Après un long silence, je lui demande :

— Pourquoi tu m'as caché qu'on partait ?

— À chaque fois qu'on en discutait ensemble, tu t'énervais. Ça ne t'aurait servi à rien de savoir. Ça t'aurait juste empêché de profiter de tes derniers jours à Safi cet été !

— Je n'ai rien vu, rien entendu.

— C'est normal. Personne ne devait savoir qu'on déménageait car sinon on aurait eu des problèmes avec la police. Pendant tout le mois de juillet et la moitié du mois d'août, maman a rempli des cartons qu'elle a mis au garage. Papa a vendu son affaire à un céréalier musulman avec qui il travaillait. Tu étais avec Brahim la plupart du temps.

— Mais comment ont-ils fait pour trouver cet appartement à Paris depuis le Maroc ?

— C'est Simone qui s'est occupée de tout.

— Et papa, il va faire quoi comme métier ici ?

— Il a racheté un magasin de vaisselle à un monsieur qui prend sa retraite.

Ils ont pensé à tout. J'ai encore du mal à y croire.

— Quand est-ce qu'ils ont décidé de partir pour de bon ? je lui demande.

— Ça fait longtemps, Jacob, très longtemps. Tu te souviens que papa et maman ne faisaient plus rien réparer à la maison. Ça ne t'a jamais étonné ?

— Ben non ! Tout marchait très bien !

— Tu as déjà oublié qu'on était obligés de taper sur le poste radio du salon pour qu'il fonctionne ? Et la marche des escaliers sur laquelle il ne fallait pas poser les pieds pour éviter de tomber dans le trou ? Et le papier peint qui se décollait ?

Je me suis toujours dit que ce trou dans les escaliers était fait exprès.

— La guerre des Six-Jours et tout ce qui est arrivé à Simone et à Messodi a accéléré les choses. Papa et maman avaient de plus en plus peur à Safi.

— Peur de quoi ?

— Peur qu'il y ait une autre guerre contre Israël et qu'on s'en prenne à nous parce qu'on est juifs.

— S'il n'y a plus de guerre et si on n'est pas heureux ici, tu crois qu'ils accepteront qu'on retourne à Safi ?

Elle me regarde avec tendresse.

— On sera heureux ici, tu vas voir. Tout est possible en France ! C'est le pays de la liberté !

Je n'y crois pas une seconde. Elle ajoute :

— Et si je transformais cette mauvaise tête de cochon en tête d'ange avec une coiffure à la mode à Paris ?

J'accepte, même si je m'en fiche complètement de la mode.

Impossible de rester fâché avec Odette. C'est comme si elle utilisait un pouvoir magique sur moi.

— Bien joué, les larmes pour se réconcilier ! Tu as gagné les cinquante centimes ?

Elle hésite puis elle m'avoue avec la voix qui tremble :

— Je ne pleurais pas à cause de toi, Jacob. D'abord, moi aussi je suis triste d'être partie de chez nous et je suis déçue car j'ai appris que j'étais trop jeune pour l'école de coiffure. Je dois encore attendre un an avant de pouvoir m'inscrire. Un an ! C'est tellement long ! Et il y a un concours d'entrée : seuls les plus doués sont sélectionnés.

— Oui, mais toi, tu es la meilleure coiffeuse de Safi ! Je peux leur dire, si tu veux.

Elle se force à sourire.

— Et puis tu vas continuer à t'entraîner sur mes cheveux, et sur toutes les têtes de la famille, et ils te supplieront de venir dans leur école.

Elle sourit pour de bon.

Odette me raconte que la majorité de la famille a quitté Safi ou va le faire très prochainement. Ma sœur Jacqueline déménage à Bordeaux car son mari a trouvé un travail dans la compagnie des bateaux de croisière pour laquelle il travaillait à Casa. Certains partent vivre en Israël, d'autres au Canada et d'autres en France, comme nous, car c'est plus facile. On connaît les Français, car il y en avait plein au Maroc, on parle français, et, ici, ils accueillent les Marocains sans problème.

— Et tata Raquel ?

— Elle ne sait pas encore.

— Et papi Prosper ?

— Il reste à Safi tant que Henri et Rosette y sont encore.

— Henri et Rosette veulent partir aussi ?

— Je ne sais pas. … ernières nouvelles, Henri ne veut pas quitter Sa… use de son atelier. Mais si tout le monde part, … ura pas le choix.

Pauvre Henri… Il va êt… ussi malheureux que moi.

Pendant notre première se… ne en France, ma mère et mes sœurs ne s'arrêtent … de nettoyer et de ranger les affaires. Mon père a pay… n Marocain qui avait une camionnette pour qu'il rap… rte le reste des cartons avec les objets de décoration, … s théières, les tapis et la table basse en cuivre. Mes parents font le tour des magasins de meubles et achètent une grande table pour la salle à manger, moins longue que celle de Safi, mais grande quand même.

Après avoir mis l'appartement en ordre, ma mère s'est mis en tête de marcher dans toutes les rues de Paris. Hier, j'ai dû faire un million de pas en une journée ! On a visité Leur-Dame, une cathédrale qui appartient à des catholiques, et aujourd'hui, on reste des heures debout au musée du Louvre. Ma mère et Messodi s'émerveillent devant des tableaux qui ont été peints il y a des siècles. Qu'est-ce que c'est ennuyeux ! Les peintres sont tous morts en plus. Tout à l'heure, on s'est retrouvés devant des peintures de femmes toutes nues, mais alors complètement nues. Je me suis caché les yeux car je n'avais pas envie de me prendre une claque. La dernière fois qu'on était au kiosque en bas de la maison pour acheter le journal, je fixais un magazine avec une photo de femme en culotte sur la couverture. Ma mère m'a giflé devant tout le monde ! « Que je ne t'y reprenne plus ! », m'a-t-elle dit. Mais là, elle m'a grondé parce que je me cachais les yeux ! « Eugène Delacroix est un génie ! Observe ! Admire ! C'est magnifique ! » Je n'y c ends rien ! Au Maroc, il n'y avait pas de femn le ni dans les magazines ni sur les tableaux, it plus simple.

Ma mère a peur prendre le métro. Pourtant, moi, j'ai très envi essayer. Simone m'a expliqué qu'on entre dan n souterrain pour prendre un train qui nous mène là où on veut. Il va plus vite que les voitur et les bus ! Elle m'a promis qu'elle m'emmèner un jour, sans le dire à maman.

La France c'est le pays de la liberté. Tu parles ! À Safi, j'avais le droit de sortir tout seul, pas trop loin de la maison. Ici, c'est complètement impossible. Paris est une grande ville, je pourrais me perdre. Et à entendre mes parents, il y a des voyous partout. Et dire qu'on est partis parce qu'ils pensaient que le Maroc était dangereux !

Le premier shabbat que nous passons à Paris est une mauvaise imitation d'un shabbat à Safi. C'est la même prière, les mêmes plats, ma mère et mes sœurs ont mis leur beau caftan, et pourtant, rien n'a le même goût : les légumes, les discussions, et même les blagues de mon père.

— J'ai une bonne nouvelle à vous annoncer ! dit-il quand ma mère apporte le couscous.

Mon cœur se remplit d'espoir. Toutes les têtes se tournent vers lui.

— Il paraît que je ressemble de plus en plus à Alain Delon !

Mes sœurs se mettent à rire.

— Un cousin très éloigné par alliance alors ! répond ma mère.

Moi, je n'arrive même pas à sourire.

— J'ai une autre grande nouvelle, poursuit-il.

Tout le monde attend. Il fait exprès de prendre son temps.

— La première *chouchouka* cuisinée en France par votre mère est réussie !

— Ça suffit avec tes blagues ! Dis-nous !

Mon cœur bat vite. Mes yeux sont grands ouverts alors qu'il faut juste écouter.

— Henri, Rosette et papi Prosper viennent passer les fêtes de Roch Hachana avec nous !

— Ils viennent à Paris ? Chez nous ? demande Anna.

— Oui ! Ils resteront un peu plus d'une semaine et repartiront après Kippour !

Les bonnes nouvelles existent encore ! Je suis fou de joie. Ils vont pouvoir leur dire que les disputes entre les juifs et les musulmans sont terminées. Mes parents n'auront plus de raison de s'inquiéter. On pourra revenir et reprendre notre vie exactement là où on l'a laissée.

3

15 septembre 1967

C'est le jour de la rentrée. Anna fait sa crâneuse car elle va au collège. Moi, je rentre en CM1. Mais ce qu'il y a de bien, c'est qu'elle ne caftera plus aux parents quand j'ai des punitions ou des mauvaises notes. Ce matin, j'ai cru qu'elle n'allait jamais sortir de la salle de bains. Quand elle a enfin ouvert la porte, elle sentait le parfum de maman. Elle avait la peau toute brillante et ses cheveux étaient complètement raides, attachés en demi-queue. Elle essaie de se transformer en Française, mais elle reste toujours aussi moche !

Mon maître s'appelle monsieur Jardin. Quand ma mère me l'a annoncé, après sa rencontre avec le proviseur, j'ai cru que c'était un surnom qu'on lui avait donné car il avait une tête de plante, ou une coupe de cheveux en forme de gazon.

— C'est poétique comme nom de famille, tu ne trouves pas ? m'a-t-elle dit.

Depuis qu'on est arrivés à Paris, tout est « ique » pour ma mère : poétique, chic, fantastique, magique…

— Il va t'apprendre l'histoire de France, les auteurs français, les poésies ! Quelle chance tu as, mon chéri !

Tu parles ! Si la France, c'est le pays de la liberté, normalement je devrais avoir moins de devoirs.

Je suis dans une école où il n'y a que des garçons. Ça ne me gêne pas, parce que je n'aime pas trop m'amuser avec les filles, à part ma cousine Phoebe. Elles savent seulement jouer à la marelle et pleurnicher.

Dès la première seconde où je vois monsieur Jardin dans la cour de récréation, je comprends que ma vie va être un enfer avec lui. C'est peut-être à cause de ses yeux de poisson. Monsieur Tobelem, mon professeur à Safi, avait presque les mêmes. Il est mince, et il n'a pas beaucoup de cheveux. Il postillonne quand il parle et il n'arrête pas de dire que le plus important pour lui, c'est la discipline. Dès le premier jour, ça se passe mal.

— Vous, le nouveau ! Venez au tableau et écrivez le mot « discipline ».

Je l'écris avec deux S. Je le vois dans son regard. Il a l'air content que je me sois trompé.

— On ne vous a pas appris le français dans votre pays ? Vous me recopierez cinquante fois le mot « discipline » sur une feuille blanche sans ligne pour demain matin.

Voilà ! Je le déteste.

À la récréation, j'essaie de me faire des amis. J'ai apporté mes osselets qui venaient de l'agneau qu'on a mangé à shabbat.

— Ça te dit de jouer ? je demande à un garçon qui s'appelle Christian.

Il regarde mes osselets, fait une grimace et me répond :

— Ah, mais c'est dégoûtant ! C'est des vrais os ! Ta famille est cannibale ?

Jamais entendu ce mot.

— Non, ma famille est marocaine. Tu veux jouer, oui ou non ?

Il ne me répond même pas et court vers un autre garçon. Je reste seul. Tout le monde a l'air de se connaître de l'année dernière.

Quand on retourne en classe, monsieur Jardin punit un élève car il bavarde et l'envoie au fond. Il se retrouve juste derrière moi. Il me demande une gomme. Je lui en prête une. Il s'appelle Claude. Il a des yeux bleus et la peau très blanche avec des taches de rousseur. Quand la cloche sonne, je me retourne et je lui demande :

— Tu habites où ?

— Qu'est-ce que ça peut te faire ?

— Je voulais savoir si on allait prendre le même chemin pour rentrer.

— Est-ce que tu es antisémite ?

Encore un mot que je n'ai jamais entendu de ma vie. Je ne peux pas avouer que je ne sais pas ce que ça veut dire. Il va croire que je ne parle pas le français. J'ai le choix entre oui et non. Je choisis :

— Oui. Et toi ?

Il me répond méchamment.

— Mes grands-parents sont morts à cause d'antisémites comme toi ! Dégage !

Il ramasse son cartable et je l'entends dire à un autre garçon :

— C'est un sale nazi, le nouveau.

Nazi ? Et encore un mot inconnu ! Je parie que c'est une insulte.

Ma mère vient me chercher à la sortie de l'école avec un goûter.

— Alors ? Comment c'était ce premier jour ?

Je ne dis pas un mot.

— Jacob, je parle français ou quoi ? Tu pourrais me répondre !

Justement, je me demande si on parle le français d'ici !

— Je déteste l'école !

— Tout va bien alors ! Rien n'a changé depuis Safi !

— Non, je déteste tout le monde ici ! Pas seulement le maître. Même les garçons de ma classe !

— C'est le premier jour. C'est normal, mon chéri ! Tu sais ce que j'ai acheté au marché ? Un bon camembert !

Ma mère pense que tous les problèmes se règlent avec la nourriture. Mais il faudra bien plus qu'un camembert pour me faire aimer ce pays.

4

La France a changé beaucoup de choses, mais elle n'a pas mis mes parents à l'heure. C'est mon deuxième jour de classe. L'école se trouve à quinze minutes à pied ; pourtant ma mère a voulu m'accompagner en voiture. Seulement, voilà, elle s'est trompée de rue. On a tourné dans le quartier pendant vingt bonnes minutes et, finalement, elle a retrouvé la rue de Charonne, on s'est garés devant la maison et on est allés à pied à l'école. Lorsque j'arrive devant la grille fermée, je sens que cette journée sera encore plus ratée que celle d'hier.

Tous les élèves sont déjà assis quand j'entre dans la classe.

— Vous vous croyez où, Jacob Benshimon ? me lance monsieur Jardin avec ses yeux de poisson. Dans une épicerie ? Ce n'est pas comme ça que ça marche en France. Vous n'avez qu'à retourner dans votre pays si les règles ne vous conviennent pas. Vous avez de la chance que le directeur soit en réunion, sinon vous seriez allé lui rendre visite. Vous vous mettrez seul dans le fond, et vous conjuguerez à tous les temps : « Je ne prends pas l'école pour une épicerie. » Prendre est un verbe du… ?

— Troisième groupe ! répond un garçon du premier rang.

Claude n'arrête pas de se retourner et de me regarder avec un air mauvais. Je l'ai entendu dire à ses copains :

— C'est lui, l'antisémite.

Je ne sais toujours pas ce que ça veut dire. J'aurais dû demander à l'une de mes sœurs hier soir.

La cloche qui annonce la récréation sonne, mais je n'ai pas fini ma punition. Monsieur Jardin m'oblige à terminer. C'est bien la première fois que je suis content de rester en classe.

— Je prenus ! Tu prenus ! Eh bien, monsieur Benshimon, c'est un magnifique passé simple !

Le maître est fier de faire rire la classe.

— Vous prennerez ! Votre français est déplorable. Encore un cas désespéré ! Ce n'est pas d'une leçon que vous avez besoin, mais d'un miracle !

Les élèves rient de plus belle. Il est content de lui.

— Silence ! Vous referez votre punition pour demain et vos parents la signeront. Ils savent bien écrire ?

Ce n'est pas un professeur, c'est un serpent.

À la récréation de l'après-midi, je suis encore seul. Je vais aux toilettes. Claude et son copain me suivent.

— Alors, l'antisémite, on a besoin de faire son pipi ?

L'autre garçon rigole.

Claude me pousse vers le lavabo et me jette de l'eau au niveau de l'entrejambe, comme si j'avais fait pipi sur moi. Je suis trempé.

— Nous, on déteste les antisémites !

Lorsque je retourne en classe, le maître voit mon pantalon, entend les autres élèves se moquer, mais n'intervient pas. Je rejoins ma place, fou de rage. Je regarde le professeur, puis Claude, puis le professeur et je pense très fort : « Je veux que monsieur Jardin et Claude tombent gravement malades. » J'y mets autant de volonté qu'avec monsieur Tobelem. Tant pis pour eux. Ils me cherchent ? Ils me trouvent !

Lorsque ma mère voit mon pantalon encore mouillé à la sortie de l'école, elle s'énerve.

— Mais enfin, Jacob ! Comment as-tu fait pour te mouiller comme ça ? Tu vas attraper froid. Combien de fois dois-je te répéter de ne pas jouer avec l'eau !

Je la laisse me gronder sans rien dire. Si je lui raconte, elle va vouloir intervenir, et là, c'est la honte assurée.

Une fois à la maison, je m'étale sur mon lit. J'ai envie de pleurer tellement je suis en colère. Je ne peux pas rester dans ce pays. Je ne pourrai jamais être heureux ici.

— Jacob ! Fais tes devoirs ! me crie ma mère depuis la cuisine.

Je sors ma punition. Je ne sais plus comment on conjugue le verbe « prendre ». Je vais voir Odette qui vient de rentrer du collège.

— Tu peux m'aider pour ma conjugaison ?

— Oui, bien sûr.

Elle me suit dans ma chambre. Elle observe mon visage pendant que je lui tends mon cahier.

— Ça n'a pas l'air d'aller.

Je ne dis rien. Je baisse la tête.

— C'est l'école ?

Je hausse les épaules.

— Tu n'arrives pas à te faire des amis, toi, le garçon le plus mignon de Paris ?

Elle me pince la joue et l'embrasse.

— Allez, raconte-moi !

— Un garçon n'arrête pas de me traiter d'antisémite et il se moque de moi.

Ma sœur retient un rire.

— Je ne sais même pas ce que ça veut dire !

Puis elle rit vraiment.

— Je ne vois pas ce qu'il y a de drôle.

— Un antisémite, c'est quelqu'un qui déteste les juifs. Donc, te traiter d'anti-juif, toi !

Je souris. Ce Claude ne sait pas que je suis juif ! Quand il va savoir demain, cet imbécile !

— Merci !

— On s'y met à ta conjugaison ?

— Et toi ? Tu t'es fait des copines ?

— J'ai discuté avec une fille sympa qui s'appelle Yollande.

Anna claque la porte de sa chambre et crie :

— Je déteste le collège !

Odette et moi, nous sursautons.

— Il y en a une autre qui a passé une mauvaise journée ! remarque Odette.

Le soir à table, Anna ne touche pas à son assiette. Ma mère se fâche.

— Tu as intérêt à terminer ton assiette ! Comment veux-tu retenir tes leçons si tu ne manges pas de poisson ?

— Je n'ai pas faim !

— Ce n'est pas une raison pour ne pas manger.

J'ai envie d'en savoir plus, mais bon, Anna et moi, on n'est pas les meilleurs amis du monde. Je lance un regard interrogateur à Odette pour savoir si elle en sait plus. Elle me chuchote en sortant de table :

— Elle s'est assise sur un chewing-gum. Elle n'a pas réussi à le décoller et tout le monde s'est moqué d'elle. Des élèves ont transformé Anna Benshimon en Anna Benchewingum.

Le soir, je vais voir Anna dans la salle de bains.

— C'est juste le collège ou c'est la France, ton problème ?

Elle se brosse les dents et ne me répond pas. Je continue.

— Si on était encore au Maroc, tu serais à l'internat à Marrakech avec tes copines. Ce serait forcément mieux. Personne ne se moquerait de toi, car on serait chez nous, dans notre pays.

Elle se frotte les dents de plus en plus fort. Elle crache le dentifrice et elle se met à râler.

— Laisse-moi tranquille ! Je ne t'ai rien demandé !

— Très bien. Quand tu en auras vraiment marre de la France, passe me voir !

— Pour le moment, j'en ai juste marre de toi !

Elle s'essuie la bouche avec une serviette et part dans sa chambre. Une alliée dans la famille pourrait m'être utile pour convaincre mes parents de retourner à Safi.

Le lendemain, lorsqu'arrive l'heure de la récréation, je m'approche de Claude. Hier soir, dans ma chambre, je me suis entraîné.

— Tu veux quoi, l'antisémite ? se moque-t-il.

— Tu connais des juifs antisémites ? Je suis juif et j'aime tous les juifs, à part les juifs débiles comme toi !

— Tu ne me parles pas comme ça !

— Je te parle comme je veux ! Et la prochaine fois que tu me tapes sur les nerfs, je te donne un coup de poing à la marocaine !

Je serre mon poing devant lui.

Claude hésite. Mais il ne sait pas quoi me répondre. Il s'en va avec son copain. Je me sens fier. Il sait maintenant à qui il a affaire. Il n'empêche que je suis encore seul. Personne ne me propose de jouer. Et je n'ose plus aller voir personne.

Le soir, Anna a l'air encore plus désespérée qu'hier. Elle est trop fière pour me le dire, mais ça se passe mal au collège.

Je retourne lui parler, alors qu'elle est dans sa chambre en train de faire ses devoirs. Au début, elle ne lève même pas la tête et elle m'ordonne de sortir.

— On ne peut pas rester dans ce pays ! Ce n'est pas chez nous ici ! Les Français ne nous aiment pas et on ne les aime pas non plus. À nous deux, on peut convaincre les parents de retourner au Maroc. Si deux de leurs enfants souffrent, ça leur fera sûrement quelque chose.

— Tu rêves, mon pauvre ! Jamais ils ne repartiront !

— Tu te trompes ! J'ai entendu maman se plaindre du prix des légumes. Papa n'arrête pas de répéter que le travail ici est difficile.

— Ça ne veut rien dire !

— Continue à être malheureuse, alors, sans rien faire !

Elle pose son crayon et croise les bras.

— Bon, d'accord, qu'est-ce que tu proposes ?

Mince. Je n'ai pas encore pensé à un plan. Je me creuse le cerveau et, pour gagner du temps, je lui annonce :

— C'est un plan en plusieurs étapes. Je t'en dirai plus très bientôt.

Elle doit être mal pour accepter de s'allier avec moi.

5

La Simone française est différente de la Simone de Safi. Elle a complètement changé de style. Elle porte des pantalons larges vers les pieds avec des chemisiers de toutes les couleurs. Elle a une chaîne avec un gros pendentif rond autour du cou. Elle ne s'attache plus les cheveux et, maintenant, elle a une frange. Elle se met aussi un peu de maquillage parfois sur les yeux. Elle dort à la Cité universitaire et elle vient dîner les vendredis soir à la maison. Parfois, elle passe dans la semaine pour laver son linge.

Elle n'a jamais voulu reparler de son arrestation et de son séjour en prison lorsqu'elle aidait les juifs du Maroc à partir en Israël. J'ai beaucoup insisté pour qu'elle me raconte.

— Qu'est-ce qui peut m'arriver ? lui ai-je demandé. Ça fait peur ? Il y a du sang ? Je vais faire un cauchemar ?

— Non. Laisse-moi tranquille !

— Allez ! S'il te plaît !

— Non !

— Bon, alors, on va jouer au jeu du vrai-faux. J'essaie de deviner ce qui s'est passé, et tu me dis si c'est vrai ou faux.

— Jacob ! Je te répète que je n'ai pas envie d'en parler ! Je veux juste oublier cette histoire ! Ça ne sert à rien d'insister !

— Jamais, jamais ?

Elle m'a envoyé un coussin à la figure pour me faire taire. J'ai demandé à Odette et elle non plus n'a pas réussi à obtenir plus de détails. C'est sûrement parce qu'elle était agent secret. Elle doit garder le silence, même sous la torture.

La grande nouveauté, c'est que Simone ne s'énerve plus avec mes parents. Maintenant, elle se dispute avec le gouvernement français. Elle fait partie d'une association communiste. Les communistes sont des gens qui se battent contre les inégalités et l'injustice. Ils en ont marre que les riches soient riches et que les pauvres soient toujours aussi pauvres. Elle se bat pour la liberté ! Elle dit que le communisme, c'est l'avenir de la France.

Elle n'a pas tardé à se faire des amis quand elle est arrivée en juin dernier. Le jour où elle a déposé son dossier d'inscription à la faculté de Nanterre, elle a rencontré Geoffroy de Drussac. Il l'a prévenue qu'elle risquait de ne pas avoir de place en droit car il y a trop d'étudiants et pas assez de locaux et de professeurs. Ensuite, il lui a présenté tout un groupe d'étudiants qui veulent faire la révolution pour que tout le monde puisse étudier à l'université sans problème. Elle n'arrête pas de parler d'eux : Nicole, Christine, Gaétan, Clément. On ne l'a jamais vu, ce Geoffroy, mais j'ai entendu Messodi et Odette en discuter. Elles se demandaient si Simone était amoureuse de lui. Comme dans son nom de famille, il y a un « de », ça veut dire qu'il est de la famille royale. Elles étaient tout excitées parce que si Simone se marie avec lui, ses enfants seront de la même famille que le dernier roi de France.

Moi aussi, j'aimerais bien rencontrer ce Geoffroy. Je me demande s'il a une épée chez lui et si sa mère porte des robes du Moyen Âge le week-end. Ma mère et mes sœurs portent bien un caftan à shabbat.

Comme mes parents ont acheté une nouvelle bibliothèque pour le couloir, Simone a demandé à Geoffroy et Gaétan d'aider mon père à l'installer.

Quand ils sonnent à la porte, je me précipite pour leur ouvrir. Il n'y a qu'un garçon avec Simone.

— Geoffroy, je te présente mon frère Jacob.

Je le fixe. Il n'est pas allé chez le coiffeur depuis longtemps car ses cheveux bruns sont longs et pas très bien coiffés, mais il a une tête normale. Lui aussi porte un pantalon large en bas, comme Simone, et il a une chemise verte ouverte sur ses poils de torse. D'un coup, je me souviens qu'au Maroc Brahim m'avait dit qu'il fallait baisser la tête devant le roi et lui embrasser la main. C'est pour le respect.

— Enchanté, Jacob !

— Bonjour, Votre Altesse, je réponds en lui prenant la main pour l'embrasser.

Ma sœur explose de rire. Son ami aussi.

— Excuse mon frère, il a hérité de l'humour de mon père, le pauvre !

— Ça ne me dérange pas qu'il m'appelle Votre Altesse ! s'amuse Geoffroy.

— Pour un communiste, ça fait bizarre quand même ! Et fais attention, parce que le dernier roi, on lui a coupé la tête !

J'écarquille les yeux. C'est horrible ce qui est arrivé à sa famille.

— Ne fais pas cette tête, Jacob ! La Révolution française, c'était en 1789 !

— Mon père est duc et il est bien vivant, explique Geoffroy. Tu sais comment je l'appelle ?

Je fais non de la tête.

— Papa !

Simone rit de nouveau.

— En vrai, je ne l'appelle pas beaucoup car lui et moi, on est fâchés. On ne partage pas vraiment les mêmes idées politiques.

Ma mère sort de sa cuisine et l'accueille comme une personnalité importante. Il faut dire qu'il est notre premier invité. À Safi, elle recevait au moins trois fois par semaine, cuisinait à peu près cinq sortes de gâteaux, ce qui lui rapportait minimum vingt compliments.

— Gaétan a dû aller chez sa sœur qui est malade, mais Geoffroy s'y connaît en montage de meubles !

Il a l'air sympa, ce Geoffroy.

Après qu'il a aidé mon père, ma mère l'oblige à rester prendre le thé et lui sort ses cinq sortes de gâteaux. Heureusement pour lui, il a été bien élevé par ses parents, et dès la première bouchée, il complimente ma mère :

— C'est savoureux ! Comment préparez-vous ces merveilles ?

— Ce n'est pas grand-chose. Goûtez donc ces *massapans* !

— Absolument délicieux !

Ma mère n'en a jamais assez. On dirait qu'elle collectionne les compliments.

Messodi arrive au salon et vient se présenter. Geoffroy se lève et manque de renverser son verre. Il faut dire que Messodi s'est faite belle aujourd'hui. Elle a mis un bandeau dans ses cheveux, un peu de maquillage sur ses paupières et sur ses joues et elle sent le parfum. Elle s'assoit sur le canapé et se sert un verre de menthe. Il n'arrête pas de la regarder, pendant que Simone parle avec mon père.

— La France est en train de détruire la jeunesse ! Le budget de l'éducation est ridicule par rapport au nombre d'étudiants. C'est un miracle que je sois inscrite cette année !

— Oui, c'est un miracle, plaisante mon père.

— C'est sérieux, papa ! Est-ce que tu sais que la plupart des redoublants de première année n'ont pas accès aux TP ? Tu trouves ça normal ? Si tu n'es pas boursier, tu n'as pas le droit de manger au Crous.

— Geoffroy, vous reprendrez bien un peu de thé et une boule au miel ?

— Non, merci, madame Benshimon, c'était exquis, vraiment, mais je...

— Voilà, votre verre et votre assiette !

Pour ma mère, tous les refus de manger sont des mauvaises réponses. Un non-merci pour elle, c'est un oui qui a mis un chapeau pour pas qu'on le reconnaisse. J'espère qu'il ne va pas vomir.

— Il est tard ! conclut Simone en regardant sa montre. Désolée, maman, on doit y aller ! On a une assemblée. Allez, viens, Ton Altesse ! Ta Deux-Chevaux nous attend à l'écurie !

Simone glousse de sa blague.

Geoffroy s'approche de Messodi pour lui faire la bise. Elle remet une mèche de cheveux derrière ses oreilles et sourit. Il est encore plus gêné que tout à l'heure.

Il salue mes parents et les remercie. Ma mère leur tend un sac plastique à chacun.

— Je vous ai mis quelques gâteaux.

— Madame Benshimon, il ne fallait pas ! C'était un réel plaisir de vous rencontrer !

— Revenez quand vous voulez !

Quand la porte se referme, ma mère s'exclame :

— Qu'est-ce qu'il est bien élevé, ce garçon ! On voit bien que c'est un Français.

— Ils sont juste amis avec Simone, n'est-ce pas ? demande mon père.

— Mais oui !

Ils débarrassent et rapportent les gâteaux à la cuisine. J'interroge Odette :

— Pourquoi il pose cette question, papa ?

— Il se demande si Simone a trouvé son prince charmant.

— Mais non, il n'est pas prince ! Son père est duc !

Odette sourit.

— C'est une expression pour dire qu'elle a trouvé un amoureux.

— C'est l'amoureux de Simone ? je demande.

— De quoi je me mêle, petit curieux ?

— J'ai le droit de savoir quand même ! C'est ma sœur.

— Tu n'as qu'à lui demander !

— Elle ne me le dira pas.

La vérité, c'est que ça ne m'intéresse pas plus que ça.

6

C'est une question de temps maintenant. Nous allons retourner vivre au Maroc. Tous les soirs, je répète que je veux retourner à Safi. Mon pouvoir se remet en marche doucement. Je le sens. Ma famille commence enfin à comprendre que la France, ce n'est pas le paradis.

Pour Anna, ça se passe toujours aussi mal au collège. Ses premières notes sont moyennes alors qu'au Maroc c'était une très bonne élève. Et puis, elle n'a pas trouvé d'amie.

Odette ne s'en remet pas de ne pas intégrer l'école de coiffure cette année. Le concours d'entrée est très difficile, ils n'en sélectionnent que quatre-vingts et elle a peur de ne pas être prise. Pour couronner le tout, mon père lui a interdit d'utiliser de la laque à la maison, car ça fait tousser tout le monde. Elle ne peut même pas s'entraîner.

Ma mère adore la France, mais, depuis quelques jours, elle est très énervée. Dans moins d'une semaine, c'est Roch Hachana et il n'y a rien à faire, elle ne peut pas mettre tout le monde autour de la table de la salle à manger. La pièce est trop petite.

Quand papi, Rosette, Henri et leurs enfants seront là, elle sera obligée d'installer les enfants dans la cuisine. Ça la désespère. Elle n'arrête pas d'en parler. Je lui ai demandé :

— Tu préférais la grande table du Maroc ?

— Oh que oui !

Elle ne m'a pas dit « oui », elle m'a dit « oh que oui » !

Mais le meilleur du meilleur, la vraie raison qui va nous faire retourner au Maroc, c'est ce que mon père a raconté à ma mère. Il est tard et ils sont encore au salon. Je me suis levé pour aller aux toilettes et je les entends discuter. Mon père a racheté un magasin de vaisselle à un vieux qui s'appelle monsieur Bouchard, et qui prendra sa retraite en décembre. Il est obligé de travailler avec lui, mais il le déteste car il essaie de faire son chef et de tout commander.

— Ça ne fait même pas un mois que tu as ce magasin ! lui dit ma mère pour le calmer. Tu le laisses parler et tu n'auras pas de problème ! *El femm el merbot ma t dhel li debbana*[1].

— Impossible avec lui ! Tu sais ce qu'il m'a dit aujourd'hui ? Il n'arrêtait pas de m'expliquer ce que je devais faire. Je lui ai répondu gentiment que je tenais un commerce à Safi et que je m'y connaissais en comptabilité. Il m'a répondu : « C'est vrai que vous, les juifs, vous savez y faire avec l'argent ! » Je lui ai lancé méchamment : « Vous avez un problème avec les juifs, monsieur Bouchard ? » Tu sais ce qu'il m'a répondu : « Vous, les juifs, vous voyez le mal partout ! »

— Il est vieux ! Ne fais pas attention !

1. Une bouche fermée, la mouche n'y rentre pas.

— C'était plus facile de travailler avec les musulmans, crois-moi. Ils étaient droits, respectueux. Tu savais exactement à quoi t'en tenir. Ils n'avaient qu'une parole ! Je ne vais pas supporter ce vieux chameau encore deux mois !

— *Libra lahssal yessbar lekriss enhal*[1].

— Tu as prévu de me sortir tous les proverbes marocains que tu connais ? Tu vois que toi aussi, le Maroc te manque !

— Bien sûr que le Maroc me manque ! Tout était si simple là-bas. Mais on n'a pas le choix, on doit s'adapter.

Je me retiens de sauter de joie car ça ferait trop de bruit ! Je suis censé être au lit depuis longtemps.

Le lendemain matin, j'ai une nouvelle preuve. J'arrive à la cuisine pour prendre mon petit déjeuner avant d'aller à l'école. Mes parents, Odette et Anna, sont assis autour de la table. Personne ne parle. La radio est allumée. Juste après les informations, le présentateur annonce une chanson d'Enrico Macias. Au début, je ne fais pas attention. Et puis je vois la tête des mauvais jours de mon père qui boit son café. J'entends Odette renifler en même temps qu'elle beurre sa biscotte et je crois apercevoir des larmes prêtes à couler dans les yeux d'Anna. Ma mère monte le son de la radio, et d'un coup, je comprends. C'est la chanson d'Enrico Macias :

« *J'ai quitté mon pays*
J'ai quitté ma maison
Ma vie, ma triste vie
Se traîne sans raison

1. Qui veut du miel doit supporter les piqûres d'abeilles.

J'ai quitté mon soleil
J'ai quitté ma mer bleue
Leurs souvenirs se réveillent
Bien après mon adieu

Soleil, soleil de mon pays perdu
Des villes blanches que j'aimais
Des filles que j'ai jadis connues

J'ai quitté une amie
Je vois encore ses yeux
Ses yeux mouillés de pluie
De la pluie de l'adieu »

On dirait qu'Enrico vit la même chose que nous. Je regarde mon père. Ses yeux fixent le mur, mais j'ai l'impression qu'il voit son pays perdu lui aussi, et ça le rend malheureux. Il a l'air si triste que ça me donne envie de le consoler. Le Maroc leur manque autant qu'à moi. Je sens que la France, c'est bientôt fini. Brahim ! Prépare-toi ! Je serai bientôt de retour.

Le soir, après dîner, je décide d'agir. Je fais un signe de tête à Anna qui est dans mon camp maintenant. Mes parents sont assis dans le salon. Mon père parcourt son journal. Ma mère lit un livre.

— Papa, maman ! Anna et moi, on ne veut plus vivre ici.

— On déteste la France. Les Français nous détestent ! ajoute Anna.

Et, là, on se met à pleurer comme on n'a jamais pleuré. On sort toutes les larmes qu'on trouve dans notre corps. On doit leur montrer à quel point on est malheureux.

Mes parents ne s'y attendaient pas. Ils nous prennent dans leurs bras pour nous calmer. Ils ont l'air de comprendre et nous disent « mes trésors », « mes amours », « *lamardiali* », et nous embrassent pour nous consoler. Ma mère apporte des mouchoirs. Anna et moi, on se mouche. Alors je demande en continuant à pleurer :

— C'est bon, on va repartir au Maroc ?

Mon père me répond fermement :

— Non, on ne va nulle part ! Le changement, c'est toujours difficile au début. Mais on va tous faire des efforts.

— Vous n'avez pas le droit ! je crie.

— Jacob ! Tu ne vas pas recommencer ta crise ! Je vais me fâcher pour de bon !

— On est malheureux ici ! Tous ! Même vous, je l'ai bien vu, ce matin !

— Ça suffit ! hurle mon père. Allez vous coucher tous les deux ! Je ne veux plus entendre parler de retourner vivre à Safi !

Ni Anna ni moi, on ne s'attendait à cette réaction. Moi qui croyais qu'il avait été touché par la chanson d'Enrico, et qu'il serait dans notre camp, voilà qu'il nous gronde encore plus fort que d'habitude. On pleure un grand coup et on part en courant. On va dans ma chambre et on claque la porte pour leur montrer notre colère.

J'aurais dû demander à Odette de pleurer avec nous. Trois enfants qui supplient avec des larmes auraient peut-être été plus efficaces.

Anna est sens dessus dessous :

— Ils font tout pour qu'on oublie le Maroc !

— Moi, je n'oublierai jamais !

— Oublier, ça nous rendra peut-être moins malheureux. J'aimerais que le temps s'accélère pour ne plus garder aucun souvenir de là-bas.

— Qu'est-ce que tu racontes ?

— C'est le temps qui efface la mémoire ! Est-ce que tu es capable de réciter ta leçon d'histoire de l'année dernière ?

Je ne pense pas l'avoir apprise, donc impossible de savoir. Elle continue en essuyant ses yeux :

— Est-ce que tu te souviens de toi, bébé ? De la première fois où tu as marché ? De ta première boulette ? De ta première partie d'osselets ?

Aucun souvenir. Je panique. Je n'avais pas imaginé que Safi pourrait un jour disparaître de ma tête.

— Je ne veux pas oublier !

— Tu n'auras pas le choix ! Tu as d'autres idées pour les convaincre de repartir ? Parce que, moi, je ne suis pas près d'abandonner.

C'est bien la première fois que j'ai envie d'embrasser Anna.

— Moi non plus, je n'abandonnerai jamais.

— On n'a qu'à leur faire la tête jusqu'à ce qu'ils changent d'avis.

— J'ai déjà essayé. On va trouver quelque chose de mieux. Fais-moi confiance !

Le soir, dans mon lit, j'ai peur de fermer les yeux. Si je m'endors, c'est un nouveau jour qui passe et peut-être un souvenir qui disparaît. Je me concentre fort. J'essaie de revoir la tête de Brahim : quand il rit, quand il gagne aux osselets, quand il casse un verre, quand il mange une glace. Et puis, d'un coup, une boule se forme dans ma gorge. Je ne retrouve plus sa tête énervée. Je cherche, mais rien. Il est toujours en train de sourire. Le temps a déjà effacé une des têtes de Brahim !

7

L'école, c'est de pire en pire. Je n'ai toujours pas de copain, et monsieur Jardin est le plus mauvais Français de France. Il n'arrête pas de s'en prendre à moi, parce que je viens du Maroc.

« Vous auriez dû rester dans votre pays, si c'était pour écorcher la langue française comme ça », « Ici, en France, on parle correctement ! On dit oui, monsieur Jardin », « Quand on est en France, on parle français ! » ; « Avec moi, vous allez apprendre les règles de grammaire française ! », me dit-il en me tapant sur les doigts avec sa règle car je n'ai pas mis de x à caillou.

Je veux bien apprendre la grammaire, mais je n'ai aucune envie de devenir un vrai Français. Je suis marocain, moi.

La dernière fois, il a donné une leçon de géographie. Il a sorti une grande carte du monde du placard et il a annoncé qu'on allait apprendre les capitales. J'ai levé le doigt pour montrer que je savais, sauf qu'il n'avait pas encore posé de questions. Il m'a demandé de venir à côté de lui et de tenir la grande carte du monde pendant qu'il faisait son cours. Il m'a pris pour son serviteur ! J'avais super mal aux bras et je n'ai même pas pu lever le doigt pour lui montrer tout ce que je savais.

Aujourd'hui, il m'a privé de récréation, car je ne connaissais pas bien ma poésie. Je suis resté à ma place alors que les autres sont sortis jouer. Quand la classe a repris, il a grondé un autre élève car il n'avait pas sa règle pour souligner la date. L'autre garçon m'a accusé de la lui avoir volée pendant la récréation.

— Ce n'est pas moi ! me suis-je défendu. Je n'ai pas touché à ses affaires !

— Jacob Benshimon, en France, nous n'aimons pas les voleurs.

— Regardez dans ma trousse !

J'ai remercié ma mère d'avoir marqué mon nom et mon prénom sur toutes mes fournitures. Monsieur Jardin a vu que je n'avais pas sa règle et il m'a laissé tranquille. L'autre garçon s'est fait punir et il m'a regardé avec un air mauvais.

À la récréation, je me mets dans un coin de la cour, et je fais semblant d'être occupé pour ne pas montrer aux autres élèves que je m'ennuie. Claude ne m'agresse plus depuis que je lui ai dit que je n'étais pas un antisémite, mais moi je l'ignore. Parfois, je prends un caillou et j'essaie de lui donner une forme en le frottant contre le sol. Je sais bien qu'il me faudra bien plus qu'une récréation pour y arriver.

Quand ma mère vient me chercher à la sortie de l'école, je lui dis toujours que tout se passe bien car j'ai peur qu'elle aille voir monsieur Jardin. Il lui rapportera que je suis un mauvais élève et elle m'obligera à faire encore plus de devoirs.

Comme je suis affamé après la classe, elle m'emmène souvent à la boulangerie pour m'acheter un goûter. Quand on entre, ça sent tellement bon que, la dernière fois, j'ai fait un caprice pour qu'elle m'achète deux pains au chocolat. Elle a eu tellement honte devant la boulangère qu'elle m'a donné une claque quand on est sortis.

— Qu'est-ce que les gens vont penser de nous ? Ça ne se fait pas ici !

Raison de plus pour retourner au Maroc alors.

Après le goûter, on fait parfois quelques courses dans le quartier. À Safi, je l'accompagnais au port le matin acheter les poissons directement aux pêcheurs qui étaient sortis pendant la nuit. Ils étalaient les soles, les sardines, les merlans et tous les autres sur des espèces de tapis en plastique sur le sol. Et on choisissait ce qu'on voulait. Ici, à Paris, on va dans une poissonnerie. C'est comme une boulangerie, mais avec des poissons. Le poissonnier a un tablier et il est tout propre. Normal, ce n'est pas lui qui a pêché. Les poissons français sont traités comme des rois. Ils n'ont pas de mouche qui leur tourne autour, ils sont confortablement installés sur de la glace pour ne pas qu'ils prennent chaud. Mais du coup, ça coûte beaucoup plus cher, d'après ma mère. Pourtant, elle ne le montre pas au marchand. Elle fait sa Française. Elle dit des jolies phrases très polies, et elle ne négocie même pas le prix.

Ensuite, on va à la fromagerie sur le trottoir d'en face. Ça pue comme si toutes les chèvres de la ville s'étaient donné rendez-vous ici pour faire caca. Pourtant, c'est l'endroit que je préfère en France. Le fromager n'a pas son ventre dans son pantalon tellement il est gros. Il parle fort, avec un drôle d'accent. Il rajoute des « e » à chaque fin de mots. « Bonjour, jolie dame ! » Et il nous fait goûter tous ses fromages en nous racontant d'où ils viennent. Un petit morceau de briquette, un autre de chevrotin, de cantal, de reblochon, de pont-l'évêque, de tomme de Savoie… Je les aime tous, sauf le roquefort, qui sent vraiment trop mauvais.

Quand vient le week-end, on se promène dans Paris avec mon père et mes sœurs. Samedi dernier, on est allés manger une glace Berthillon. Il paraît qu'elles sont succulentes. Pour moi, les meilleures sont celles de Hmidou qui installait son chariot devant notre école à Safi avec sa grande bassine de crème glacée. Celles de Berthillon ne sont pas mal, mais on sent un peu trop le goût des fruits.

À part la nourriture, l'autre grand projet de ma mère, c'est la culture. Elle veut nous faire visiter toutes les églises de Paris alors qu'on n'est même pas catholiques. Elle dit que ce n'est pas pour Jésus, c'est pour l'architecture et l'histoire. Des cathédrales, des basiliques, des églises… Il y en a beaucoup. Elles sont énormes par rapport aux synagogues de Safi et elles ont des plafonds très hauts. Je me demande ce que les catholiques y font à l'intérieur. Les musulmans s'agenouillent sur des tapis dans les mosquées ; peut-être qu'eux, pour certaines prières, ils doivent lever les mains en l'air, et ils ont besoin de place.

Qu'est-ce qu'on s'ennuie en France !

8

Je n'ai jamais été aussi content que ce soit Roch Hachana. D'habitude, la nouvelle année juive, il n'y a pas de quoi en faire tout un plat. On invite la famille, on lit une prière et on passe encore plus de temps à table. Mais cette année, c'est différent. C'est la première fête que nous passons loin du Maroc. Je n'ai pas trop le moral mais je suis surexcité de revoir ma famille. J'y ai pensé tous les jours, toutes les minutes même, depuis que mon père nous a annoncé que papi Prosper, Henri, Rosette, Armand et les cousins venaient nous voir. Je ne tiens plus en place car ils ne devraient pas tarder. On ne peut pas tous les accueillir parce que l'appartement est trop petit. Henri, Rosette et papi dormiront à l'hôtel. Mes cousins resteront chez nous, sur des matelas.

Ma mère a mis son plus beau caftan, le rouge avec des motifs dorés, pour les recevoir et, depuis plusieurs jours, elle ne quitte pas la cuisine. Il n'y a pas une seule poussière qui traîne sur tous les objets en porcelaine du buffet et des étagères du salon.

Mon père est allé les chercher à l'aéroport. Je viens de demander à ma mère quand ils arrivent pour la cinquième fois depuis dix minutes quand on sonne enfin à la porte. Je bondis.

On reste presque un quart d'heure dans l'entrée à s'embrasser. Les adultes se mettent tous à parler arabe, comme si on était au Maroc.

— *Al slama*[1] !

Même mes sœurs parlent en arabe. Ça leur a manqué. Elles connaissent beaucoup plus de mots que moi car, à Safi, elles avaient besoin de se faire comprendre des bonnes si elles voulaient éviter le ménage.

— Heureusement qu'il y a Roch Hachana pour être invités ! s'amuse Rosette.

— Tu attends le carton d'invitation pour venir nous voir ?

— Ce serait normal, maintenant que vous êtes français ! ajoute papi.

— *Fchiouchette jiboum ala omok*[2] !

Comme je suis content que mon grand-père soit là, lui aussi ! Je le voyais presque tous les jours à Safi. Je lui chuchote fièrement à l'oreille :

— J'ai gardé six bouchons de vin, cinq tickets de métro, quatre timbres, un flacon de parfum et deux magazines français pour tes collections.

— C'est bien, mon fils ! *Skout*[3] ! Ne le dis pas à Henri, c'est lui qui porte la valise !

On s'enlace et on s'embrasse en faisant beaucoup de bruit.

---

1. Bienvenu !
2. Les manières, fais-les à ta mère !
3. Tais-toi !

— Bon, on a le droit de rentrer ou on passe Roch Hachana dans l'entrée ? se moque papi.

Les rires reprennent.

Armand, mon cousin, n'a pas changé depuis le mois d'août. Qu'est-ce qu'il m'a manqué, lui aussi ! Je vais enfin pouvoir jouer avec un vrai copain.

Henri me pince les joues et me dit :

— Ma parole, tu as grandi depuis que tu es en France ! Tu as besoin d'un nouveau costume pour draguer les jolies Françaises ?

— Non, ça va, tonton ! Je suis dans une école de garçons et on a des tabliers. En plus, je m'en fiche des filles !

— Tu dis ça pour le moment, mais tu verras dans quelques années ! Alors, comment c'est la vie à Paris ?

— Très moyen. Et toi ? Comment va Safi ?

Rien que de poser la question, j'ai comme une arête de poisson coincée dans la gorge.

— On va bientôt déménager.

Je ne respire plus. S'ils partent eux aussi, ça diminue encore nos chances de revenir. C'est une catastrophe !

— Mais tu m'avais dit que tu ne quitterais jamais le Maroc !

— On part vivre à Casablanca. J'ai trouvé des locaux magnifiques pour mon atelier.

Je suis un peu soulagé.

— Mais pourquoi tu quittes Safi ?

— Tu sais, Jacob, tous les juifs partent ou sont sur le départ. On ne peut pas rester tout seuls là-bas. Rosette veut se rapprocher de ses sœurs. Je continuerai à faire des allers-retours.

— Au moins, toi, tu restes au Maroc. Si seulement j'étais ton fils !

Mon oncle se met à rire.

— Tu viendras nous voir à Casa ?

Mon père a entendu notre conversation et intervient :

— Pas tout de suite ! On vient d'arriver ! On verra l'année prochaine.

— L'année prochaine ? Mais c'est dans beaucoup trop longtemps !

— Jacob, *baraka* !

Mon père me lance un regard noir qui me coupe l'envie d'ajouter un mot de plus.

Ma mère apporte l'apéritif.

— Tu essaies de nous bourrer avec des cochonneries parce qu'il n'y a pas assez à manger ? la taquine Rosette.

— Tu as tout compris ! réplique ma mère.

J'emmène mon cousin dans ma chambre pendant que les adultes trinquent à leurs retrouvailles.

Je lui demande de me parler de Safi. Je le bombarde de questions, je veux qu'il me raconte tous les détails, même l'odeur des sardines qui puent. Qu'est-ce que je donnerais pour la sentir de nouveau ! Je l'interroge sur ma maison : est-ce qu'il l'a revue ? Est-ce que des gens habitent dedans ? Il me promet de passer la voir dès qu'il rentrera de l'internat à Marrakech. Il se souvient de Brahim car il l'a vu quelquefois quand il venait chez moi. Il accepte de lui transmettre un message de ma part. Je n'ai pas son adresse mais je lui explique comment aller chez lui, en bas de la Biada. Il faut qu'il le prévienne que j'habite en France maintenant, qu'il lui explique que je ne savais pas que j'allais déménager, que je lui dis au revoir, que je donnerais cher pour retourner à Safi, que je passe le bonjour à ses parents et à Mohamed. Armand me coupe. C'est trop long, il ne va pas réussir à tout retenir. Il me conseille de demander à son père, car il connaît beaucoup de Marocains avec son atelier de couture. Après, on décide de jouer ensemble aux osselets.

Je les ai rangés dans une boîte en haut de l'armoire. Ça me fait tout drôle de les ressortir. On joue et je gagne. On est sur le point de faire une deuxième partie quand mon père nous appelle pour aller à la synagogue.

C'est la première fois que j'y vais depuis qu'on est arrivés. Papi, Henri et mon père sont un peu perdus car les airs de prière n'ont rien à voir avec ceux de la synagogue au Maroc. Ils chantent faux et ils n'arrêtent pas de perdre le fil. Tout le monde les regarde. Armand et moi, ça nous fait beaucoup rire.

Claude, celui qui m'a traité d'antisémite, et son père, sont deux rangs devant nous. Je n'ai pas encore oublié ce qu'il m'a fait et je fais semblant de ne pas le voir. Mais lui a l'air de regretter. Il se retourne plusieurs fois et il me sourit.

— Pourquoi ils parlent allemand dans cette synagogue ? demande Armand à son père.

— C'est du yiddish. C'est la langue des ashkénazes.

— Des quoi ?

— Des ashkénazes. C'est comme ça qu'on appelle les juifs d'Europe. Nous, on est des sépharades.

Quelle idée de donner des noms différents aux juifs qui ne viennent pas du même endroit ! À quoi ça peut bien servir, à part embrouiller les gens avec des mots inutiles ?

Après la prière, mon père se présente au rabbin Fridman. Il est grand. Il a des papillotes, un chapeau noir et une longue barbe moitié grise, moitié rousse. Il me fait un peu peur.

— J'espère que nous vous verrons souvent à la synagogue !

Ça ressemble à une menace. J'ai envie de lui demander : sinon quoi ? Mais je me tais car c'est malpoli.

— Bien sûr ! répond mon père.

— Il y a des cours de Talmud Torah tous les dimanches matin. Et puis, il y a la bar-mitsvah qui approche. Quel âge a ce petit ?

— Huit ans !

— Presque neuf, je précise. Mon anniversaire, c'est le 26 janvier.

— Il faut commencer tôt ! Et je compte sur votre présence tous les shabbats !

— Oui, on essaiera ! assure mon père, un peu gêné.

Il s'empresse de lui dire au revoir. Nous n'avions pas l'habitude d'aller à la synagogue en dehors des fêtes à Safi.

Claude entraîne son père vers nous :

— *Chana tova*[1] *!* dit l'homme en serrant la main de mon père, de papi et d'Henri.

Claude ajoute un timide *chana tova* à celui de son père. Je ne dis rien.

— *Chana tova* à vous aussi, répond mon père. Que cette année soit douce comme le miel pour vous et vos proches.

1. « Bonne année » en hébreu.

— Merci, vous aussi. Il paraît que vous venez du Maroc ?

— Oui, c'est exact, de Safi. Et vous, vous venez d'où ?

— Moi, de Lituanie et ma femme est russe. Claude et Jacob sont dans la même classe à l'école. Il faudrait que Jacob vienne à la maison un après-midi.

— Avec plaisir ! réplique mon père sans me demander mon avis.

Je n'ai pas du tout envie d'aller chez lui après ce qu'il m'a fait.

— Formidable ! Ma femme prendra contact avec la vôtre. Nous organisons des parties de cartes le mardi soir, si ça vous dit, après les fêtes. Rami et belote !

— Je suis votre homme !

Il ne manquait plus que ça ! Mon père devient le copain du père de mon pire ennemi !

9

Roch Hachana, c'est la nouvelle année juive. La prière du repas est plus courte que celle de Pessah heureusement. Avant de commencer le repas, on mange de la pomme et du miel pour que l'année soit douce, de la grenade pour qu'elle soit remplie de bonnes actions, des légumes sucrés et des dattes pour ne plus avoir d'ennemis, du sésame mélangé au sucre pour avoir beaucoup de succès et d'argent et un morceau de tête de poisson pour être toujours en tête des nations au niveau moral.

Vu comme ça se passe à l'école avec monsieur Jardin, j'ai prévu de tripler les doses de tout.

— Jacob, un petit peu, on t'a dit ! s'énerve ma mère. Tu ne vas rien manger après !

La prière se termine. Avant d'aller chercher les entrées, ma mère profite que tout le monde soit réuni autour de la table pour nous annoncer :

— J'ai une grande nouvelle ! On a un nouveau membre de la famille qui arrive en février si Dieu veut !

— Un bébé ! s'exclame Rosette.

— *Mazal tov !*

— Ça fait trois mois pile aujourd'hui ! continue ma mère. On ne pouvait pas l'annoncer avant.

J'écarquille les yeux. Ma salive ne circule plus dans ma gorge. Tout le monde est heureux et félicite mes parents.

— *Mazel tov !*

Pour moi, c'est une catastrophe. Je regarde le ventre de ma mère. Mes sœurs ont l'air d'être au courant. D'abord, ils me cachent le déménagement et maintenant ça ! Mes parents ont refait un bébé ! J'étais pourtant sûr que je serais le dernier, la merveille des merveilles, leur garçon ! Pourquoi ils ont fait ça ? Pourquoi ils m'ont remplacé par un autre dernier ? Sans me prévenir, en plus ! Est-ce que c'est parce que j'ai trop critiqué Paris ?

— Il va naître en France ! On va avoir un vrai petit Français dans la famille ! ajoute mon père, tout fier.

La voilà l'explication ! Ça ne leur suffisait pas d'avoir un appartement en France, des meubles de France et de la décoration de France. Il leur fallait aussi un bébé français ! Et on va le mettre où ? À tous les coups, il va atterrir dans ma chambre. La France, c'est mon pire cauchemar !

— C'est quoi cette tête ? me demande Odette. Tu n'es pas content ?

Je hausse les épaules.

— Qu'est-ce que tu as ?

— On va le mettre où ce bébé ? Déjà que l'appartement est minuscule ! En plus, papa et maman sont trop vieux !

Ma sœur éclate de rire.

— Tu n'en rates pas une, toi ! C'est Jacqueline et Bruno qui attendent un bébé ! Tu vas être tonton, Jacob !

Je soupire de soulagement.

— Ils quittent Casa et emménagent à Bordeaux le mois prochain, explique ma mère. C'est pour cela qu'elle n'a pas pu venir ce soir. Elle a tellement de choses à préparer avant le départ. Et moi qui ne suis même pas avec elle pour l'aider !

Je suis heureux pour Jacqueline. Elle adore les enfants. Elle s'est beaucoup occupée de moi avant son mariage. D'ailleurs, elle me prend toujours pour un bébé.

Je vais devenir tonton. J'ai l'impression que je suis plus vieux d'un coup. Mes oncles ont tous l'âge de mes parents. Ce bébé va m'adorer. Je vais lui apprendre à jouer aux osselets, aux billes, à courir vite, à explorer, à dire des insultes… Ce sera le seul Français que j'aimerai vraiment.

Après cette annonce, les enfants s'installent à la cuisine pour dîner car il n'y a pas assez de place à table. On fait des allers-retours au salon pour se servir. Il y a une de ces ambiances ! Sans regarder par la fenêtre, on pourrait croire qu'on est à Safi. On mange, on rit, on fait des blagues, et on mange encore. Ça sent le Maroc dans les plats et dans toutes les discussions ! Les salades sont assaisonnées avec l'huile d'argan que Rosette a rapportée. Elle nous a aussi fait la surprise d'apporter des *tarfes*[1] fraîches. Ma mère et elle ont passé des heures à les nettoyer et à les éplucher. Ça demande beaucoup de travail, et il n'y en a jamais assez. Avec mes sœurs et mes cousins, on s'amuse à se les piquer dans les assiettes. Armand et moi, nous sommes les plus grands voleurs de la famille.

1. Truffes marocaines.

Alors que je me sers de l'épaule d'agneau, je laisse traîner une oreille discrètement :

— Et Raquel, elle va quitter Safi ? demande ma mère.

— Elle a pensé partir en Israël, mais il paraît que les Marocains sont très mal accueillis là-bas. Tu te rappelles les Dray ?

— Oui, bien sûr. Ils sont partis de Safi il y a plus d'un an.

— Eh bien, imagine-toi qu'ils sont revenus au Maroc. Ils vivaient dans la misère totale là-bas. On leur a promis des aides pour s'installer, une maison, et la belle vie, mais on les a mis dans le désert, sous des tentes, avec trois fois rien. Ils ont fini par leur donner une maison sans porte ni fenêtre. Ils étaient très mal traités. En plus, ils ne parlent pas hébreu et personne ne parle le français ou l'arabe. Ils ont tenu un an et ils sont retournés au Maroc. Ils se sont installés à Casablanca. Il a retrouvé du travail en quelques jours.

Mon cœur se met à battre vite. Je suis debout avec mon assiette remplie de mouton et je reste bloqué.

— Et alors, ce n'est pas parce que ça n'a pas marché pour eux que ça ne va pas marcher pour les autres ! lance ma mère. En plus, elle connaît des gens importants en Israël.

— Raquel se trouve trop vieille pour changer de pays. En plus, elle a peur de l'avion.

— Elle devrait venir à Paris ! Elle a ses fils à Strasbourg en plus. On pourrait l'aider à trouver un appartement, pas loin de chez nous. Elle qui aime tellement ma *dafina*, elle viendrait la manger tous les samedis !

— Raquel, en France ? Tssss..., répond papi.

— Qu'est-ce que vous reprochez à la France, Prosper ? Attendez un peu de voir ces musées, cette architecture...

— Je préfère les voir en carte postale ! répond mon grand-père. Qu'est-ce que tu veux qu'on fasse ici ? Loin de la mer, loin du soleil, loin de tout ! Impossible !

— Raquel préfère que ses enfants viennent la voir au Maroc, ajoute Rosette.

D'un coup, ma mère s'aperçoit que je suis debout à côté d'elle en train d'écouter.

— Retourne à la cuisine et finis ton assiette ! Celui-là, il faut toujours qu'il écoute les conversations !

C'est toujours la même chose avec les adultes, dès que ça devient intéressant, on n'a plus le droit d'écouter. Ils n'arrêtent pas de dire que les juifs partent, mais papi, Raquel, Rosette et Henri, ça ne les empêche pas de rester eux. C'est tellement injuste !

Le soir, quand on est couchés, Armand et moi, on discute.

— Tes parents t'ont vraiment fait un sale coup en venant ici ! me dit-il.

— J'ai arrêté de manger et je suis resté dans ma chambre sans rien faire pendant toute une journée. Si j'avais pu, j'aurais changé de famille.

— Je te comprends. Te retrouver ici, sans amis, sans famille, sans jouet, sans la mer, dans un pays que tu ne connais pas, dur !

— Très dur ! Et toi, tu es content d'habiter à Casablanca ?

— Oui, plutôt. Mon père m'a promis que j'aurais un Solex !

— Oh la chance ! Tu es sûr qu'ils ne t'ont pas menti ? Tu pourrais atterrir en France, toi aussi. Ils t'annoncent des vacances et tu te retrouves en enfer !

— Non, je ne crois pas. Ils en ont beaucoup discuté. Mon père a déjà trouvé un local dans le centre de Casa pour son atelier de couture.

— Qu'est-ce que je t'envie de rester au Maroc ! Si Safi te manque trop, tu pourras prendre le bus de la CTM. Moi, d'ici, je ne peux rien faire. C'est beaucoup trop loin.

On reste silencieux quelques secondes. Ça m'a donné le cafard cette discussion.

— Il faut absolument que je vous rejoigne ! Tu n'as pas une idée ? Ce serait génial qu'on habite ensemble à Casa ! Vous partez dans moins de huit jours. Ça nous laisse peu de temps pour mettre un plan au point. Tu me suis ?

Armand ne répond pas. Il ronfle.

10

Après les deux soirs de Roch Hachana, c'est une grande et interminable visite de Paris qui recommence. Rosette est comme ma mère. Elle s'émerveille de la beauté des rues, des ponts, des magasins et des gens, même si elle est déjà venue à Paris il y a quelques années.

Aujourd'hui, ma mère a annoncé qu'on visiterait les plus beaux monuments de Paris. Je lui ai demandé à quoi servait un monument ? Elle m'a répondu qu'il était temps qu'on me sorte de Safi car je n'avais rien dans la tête. J'ai compris tout seul que les monuments, ça sert seulement à faire joli. Il n'y en avait pas à Safi, à part le château de la mer, car Safi n'en a pas besoin : c'est déjà une belle ville. On a commencé par l'Arc de triomphe, puis on a marché sur l'avenue des Champs-Élysées. Ils n'arrêtent pas avec leurs « magnifique » et leurs « grandiose ». C'est vrai qu'à Safi, la rue du Rbat n'est pas aussi grande que cette avenue, mais bon, pas la peine d'en rajouter non plus. Ensuite on a marché jusqu'à la tour Eiffel. Armand et moi, on a râlé car le chemin à pied était long et fatigant.

J'espérais qu'on allait prendre le métro mais ma mère et Rosette n'ont rien voulu entendre. Ça leur fait trop peur. Moi, je ne rêve que de ça ! Pourvu qu'une de mes sœurs accepte de m'y emmener un jour !

Quand on est arrivés devant la tour Eiffel, on a arrêté de se plaindre. Je n'imaginais pas qu'elle était aussi immense. De loin, on dirait un petit jouet. Mais de près, on dirait un monstre du futur ! On a pris l'ascenseur. Ma mère a commencé à avoir le vertige. Elle a préféré redescendre avec Rosette, dès le premier étage. Quand on montait, j'avais l'impression de m'envoler, comme un oiseau. Une fois en haut, on n'arrivait plus à parler à cause de la vue. On voyait tellement loin ! C'était impressionnant. J'ai demandé à mon père si on pouvait apercevoir Safi, il m'a répondu que c'était impossible. Un jour, je construirai une tour Eiffel à Safi et je l'appellerai la tour Eiffel Benshimon.

Sur le chemin du retour jusqu'à la voiture, je marche à côté d'Henri.

— Tonton, j'ai besoin de toi ! Est-ce que tu connais un potier à Safi qui s'appelle monsieur Al Drissi ? La famille habite en bas de la Biada.

— Al Drissi ? Non, ça ne me dit rien. C'est qui ?

— C'est le père d'un ami marocain à qui je n'ai même pas dit au revoir.

— Si tu me donnes son adresse, je vais le voir quand je rentre ! Pourquoi tu ne lui écris pas une lettre ?

— Il ne sait pas lire.

— Je la lui lirai !

— Tonton, tu es le meilleur ! Je ne connais pas l'adresse, mais je peux t'expliquer comment y aller.

Quand on rentre de notre journée de visite, mon père et Henri s'installent sur le canapé pour prendre un thé à la menthe et des gâteaux. Armand discute avec Odette, et moi, je me fais oublier.

— Et ton magasin ? Comment ça marche ? demande Henri.

— C'est le début et je dois m'habituer à la mentalité française. J'espérais qu'il y aurait plus de fréquentations. Certains jours, les clients sont rares.

— Quand est-ce que le propriétaire prend sa retraite ?

— En décembre ! J'attends son départ avec impatience ! Est-ce que la situation s'est un peu calmée à Safi avec les musulmans ?

Exactement la question que j'avais envie d'entendre. Je ne rate pas un mot de leur conversation.

— Il y a de moins en moins de juifs, donc il ne peut plus y avoir de problèmes ! Les Marocains ont eu ce qu'ils voulaient à force d'écrire ces saletés dans les journaux !

Tout ça, c'est la faute des journaux ! C'est à cause d'eux que les juifs pensent que les Marocains ne les aiment plus. Alors que c'est faux ! Tout le monde nous trouvait sympas à Safi.

— Mais est-ce qu'ils ont digéré la défaite de la guerre des Six-Jours ?

— Disons qu'il ne faut pas crier haut et fort qu'on est sioniste ou qu'on soutient Israël ! Tu sais, j'ai un client musulman qui s'est mis à pleurer devant moi. Il travaillait avec des juifs, il jouait aux cartes et rigolait avec eux. Et du jour au lendemain, il s'est retrouvé sans travail et sans ami.

On dirait moi.

— Et l'appel au boycott des commerces juifs a été suivi ?

— C'étaient des bêtises de journalistes ! À Safi, rien du tout. Moi, j'ai plus de clients musulmans que juifs maintenant. Et tout se passe à merveille !

Ben voilà ! C'est exactement ce que je dis ! On se dispute et puis on se réconcilie ! C'est comme ça que ça marche la vie ! Pourquoi mes parents n'arrivent pas à le comprendre ?

— Et à Casa ? demande mon père. Les juifs pensent partir ?

— C'est différent. C'est une grande ville, il y a plus de gens éduqués qui savent faire la part des choses. La peur n'a pas pris là-bas comme à Safi. Je ne pense pas qu'ils partiront.

— Pour le moment ! Il suffit qu'il y ait encore une guerre en Israël avec les pays arabes, et tout le monde va trembler !

— Il peut aussi y avoir une guerre entre la France et l'Allemagne ! Et le résultat pour les juifs est bien pire !

— Tu compares ce qui n'est pas comparable ! En mai dernier, avant la guerre des Six-Jours, les Français ont manifesté sur les Champs-Élysées pour soutenir Israël. Ça n'aurait jamais pu arriver au Maroc !

— On s'est toujours bien entendus avec les musulmans depuis des générations ! s'énerve Henri. On a grandi ensemble, on a la même langue, on aime les mêmes plats, on travaille avec eux ! On se ressemble même ! Rosette et moi, on n'imagine pas vivre ailleurs !

C'est vrai qu'une fois, avec Brahim, on a rencontré un Français en bas de la Biada qui cherchait une épicerie. On lui a montré le chemin. Il nous a remerciés et nous a demandé si on était cousins. On lui a répondu oui. Et il ne s'est même pas rendu compte qu'on mentait. On a tous les deux la peau bronzée, les cheveux noirs et on est fort aux osselets. Pourquoi c'est pas Henri mon père ? ! Je suis comme lui ! Pas comme mes parents !

— Je ne te comprends pas, Henri !

— Mohamed V a toujours considéré les juifs comme faisant partie de son peuple. Et son fils Hassan II fait exactement la même chose ! Le roi nous a toujours protégés et il n'y a aucune raison pour que ça change ! Il a même un conseiller juif !

— Il suffit que le roi tousse pour que tous les juifs se mettent à trembler. S'il meurt ou s'il y a un coup d'État, qui vous protégera ?

— Pas d'acompte sur les problèmes ! Le Maroc est le pays le plus moderne et le plus libéral du monde arabe. Les juifs font partie de ce pays, au même titre que les musulmans et les catholiques. Oui ! Le Maroc, c'est le meilleur pays de la planète même !

— Enfin, Henri ! Tu as déjà oublié que mes deux filles et ton fils se sont retrouvés en prison !

Mon père monte le son de sa voix. Et d'un coup, il s'aperçoit que j'écoute.

— Va jouer ailleurs !

— Mais, papa ! Je n'écoute pas ! je mens.

— On est heureux au Maroc, ajoute Henri. Nos grands-parents, nos parents, nous et nos enfants, on n'a jamais manqué de rien ! Est-ce qu'un seul juif d'Europe peut dire la même chose ? Je refuse de vivre dans la peur !

Mon père se lève et allume une cigarette. Je ne me suis toujours pas levé, en espérant que mon père allait une nouvelle fois oublier que j'étais là. Mais il me lance de nouveau un regard noir pour que je m'en aille.

Je file dans ma chambre. J'écris à Brahim.

Le 30 septembre 1967

Salam, Brahim !

C'est Jacob. Est-ce que tu as oublié ma tête ? J'espère que tu n'es pas fâché. Mes parents ne m'ont pas prévenu pour le déménagement. Ils me l'ont annoncé sur le bateau pour Marseille. Je ne savais pas, je te jure ! Je déteste la France. Ma sœur Anna aussi. Mon père a dit qu'il préférait travailler avec les musulmans qu'avec les Français. Mais pour le moment, on est encore à Paris. Safi me manque ! Même l'odeur des sardines ! Avec qui tu joues aux osselets maintenant ? Est-ce que tu as exploré un nouvel endroit ? Je t'ai mis des petits cadeaux de Paris en attendant. Est-ce que ta figure a changé ? Et toi, ça va ? Passe le bonjour à Mohamed et à tes parents.

Jacob

P.-S. : Est-ce que tu pourrais m'envoyer des insultes en arabe ? C'est pas pour moi, c'est pour quelqu'un de l'école.

Je prends une enveloppe dans laquelle je mets deux chewing-gums Veinards, un bonbon Mistral Gagnant, un autocollant de Tarzan et ma lettre. J'ai hâte qu'il me réponde.

Le lendemain, Armand va au marché Saint-Pierre voir les tissus avec son père. Moi, j'accompagne papi au marché d'Aligre. Il annonce qu'il va acheter des légumes et des fruits, mais je sais très bien ce qu'il a derrière la tête. Il veut compléter sa collection de collections. Je repense à la chambre qu'on avait explorée avec Brahim. Comme s'il avait lu dans mes pensées, il me demande :

— *Touhsi sahbek*[1] *?* Ton ami te manque ?

Mon grand-père met des mots arabes dans presque toutes ses phrases. Quand on l'écoute, il n'y a pas de doute, on a affaire à un Marocain.

— Brahim ? Oui. Je ne lui ai même pas dit au revoir.

Mon grand-père ne marche pas très vite. Je lui tiens le bras et je tire le caddie.

— *Msquin*, il est venu me voir quand il ne te trouvait pas.

— Quoi ?

Je m'arrête net.

— Et c'est maintenant que tu me le dis, papi ?

— Tu ne m'avais pas demandé !

— Qu'est-ce qu'il t'a dit ? Il t'a parlé de moi ? Comment il était ?

— *Hsismi !* Il te cherchait partout. Il croyait que tu étais mort pendant la nuit.

— Tu lui as dit quoi ?

— Que tu n'es pas mort ! *Man hdars !* Tu vis à Paris.

— Et il a dit quoi ?

— *Walou !* Il est parti.

— Ah, je fais, déçu.

1. Ton ami te manque ?

— Mais il est revenu le lendemain. Je lui ai dit : « *Chouf, chouf* les albums de pièces de monnaie. » Il est resté jusqu'au bout cette fois !

— Mais ça a dû prendre des heures !

— Jusqu'au soir !

Le pauvre ! Je l'imagine en train d'écouter poliment sans savoir comment s'échapper.

— Papi, tes collections, c'est intéressant, mais pas pendant trop longtemps. Au bout d'un moment, on en a marre.

— *La la la la !* Pas ton ami. Il est revenu deux jours plus tard pour voir les timbres.

Mais, enfin, il est devenu fou ! Qu'est-ce qui lui prend ?

— Il a cassé un verre à thé et un sucrier, mais c'est un *oueld mleh*, un bon garçon. Il est malheureux que tu sois parti.

— Moi aussi, je suis triste, papi. Il t'a parlé d'autre chose ? Raconte-moi tout !

— Son père est potier. J'ai voulu lui acheter un nouveau plat à tajine. Il a refusé que je le paie. Il m'a dit : « *La la la la !* Le grand-père de Jacob, c'est comme ma famille ! On ne fait pas payer la famille. »

Ce n'est plus une seule arête de poisson qui est coincée dans ma gorge, mais toute une colonne vertébrale. Brahim... mon meilleur copain !

— Papi ! Emmène-moi avec toi à Safi ! Je m'occuperai de tes collections ! Je récupérerai tous les bouchons, toutes les cartes postales, tous les flacons vides du Maroc pour toi ! Je dormirai dans la petite chambre à côté de la tienne. Je ferai zéro bêtise par jour. Je serai sage. Papi, je t'en supplie !

Je ne veux pas vivre ici. Pourquoi toi tu as le droit de vivre là-bas et pas moi ?

— Tu sais ce qu'on dit en arabe ? *Harf allah halesh deljann quelb rasso l'taht*[1]. Il y a toujours une bonne raison pour tout ce qui nous arrive dans la vie !

Je vois à sa tête qu'il a de la peine pour moi. J'en rajoute encore :

— Je suis malheureux ici, tout me manque ! Toi, les Marocains, les rues de Safi, la rue du Rbat, le Babshaba, la Biada, la place du marché, le port nautique ! Mes amis, ma maison…

Il réfléchit. Puis il me dit :

— Tu veux vraiment revenir à Safi ?

— Oui ! Plus que tout !

— Je te propose un marché.

On est arrêtés au milieu de la rue. J'ai les yeux grands ouverts.

— Si tu réussis à rassembler cent pièces françaises d'années différentes, je parle à tes parents et je m'arrange pour que tu passes toutes les vacances scolaires à Safi !

Je regarde bien ses yeux pour m'assurer qu'il ne plaisante pas.

— Et ce n'est pas *kif arda khaouia*[2], il ajoute.

Il est très sérieux. C'est une proposition en or ! Mon père sera obligé de faire ce que son père lui demande. C'est comme ça, on est obligé d'écouter ses parents, sinon ça veut dire qu'on est mal élevé. Une fois que je serai chez papi, ce sera facile d'y rester ! Brahim m'aidera !

---

1. Dieu sait pourquoi il a créé l'aubergine la tête en bas.
2. Comme une parole vide.

— Toutes les vacances scolaires ?

— Oui, l'été prochain.

— Non, toutes les vacances, tu as dit ! Noël, février, Pâques et cet été !

— Eh eh ! Tu sais négocier toi ! *Unta men bled*[1] !

— Cent pièces, c'est beaucoup ! Je suis trop petit pour travailler en plus !

— Alors, marché conclu ?

— Marché conclu !

— J'enverrai Hassan te chercher avec sa voiture le premier jour des vacances. Il sera content de voir un peu du pays !

Mon sourire s'étend jusqu'en haut des immeubles de la rue. La voilà, la solution pour retourner à Safi. Je fais un rapide calcul dans ma tête. Les vacances de Noël sont dans moins de cent jours ! J'espère que le temps n'aura pas effacé tous les souvenirs de ma mémoire d'ici là. Je suis excité, comme si c'était mon anniversaire.

Juste avant d'arriver au marché, papi repère un magasin. Il entre. Il s'arrête devant une table et commence à toucher différents modèles de nappes. Il demande :

— *Chhal ?*

— Pardon, monsieur ? demande le vendeur, un Français en costume cravate de l'âge de mon père.

— C'est combien ? je traduis.

— Dix-neuf francs. C'est marqué juste ici, monsieur, dit l'homme en montrant l'étiquette de prix.

Mon grand-père fait claquer sa langue dans son palais, ce qui signifie qu'il trouve ça beaucoup trop cher.

1. Tu es de chez nous !

— Neuf francs, *baraka* !

— Les prix sont fixes ici, monsieur.

— Bon, allez *waha*, dix francs.

— La maison ne négocie pas. Le prix est indiqué sur l'étiquette.

Le vendeur est très agacé. Il nous pousse vers la sortie. Mais papi insiste.

— Dis-moi ton dernier prix !

— Monsieur, je le répète une dernière fois. Il n'y a pas de négociation possible. Pour dix francs, vous pouvez envisager d'acheter trois serviettes de table.

— Qu'est-ce que je vais faire avec des serviettes sans la nappe ? Bon, d'accord, dix-sept francs, mais tu me mets la nappe et six serviettes de table. Allez, *waha* !

Le vendeur perd son calme. Moi, j'ai envie de rire !

Un autre monsieur plus âgé avec des lunettes intervient.

— Bonjour, je suis le directeur du magasin. Je vais vous demander de sortir.

— Je suis le client !

— Sortez immédiatement !

Papi est prêt à se disputer. Je le tire vers la sortie.

— Pour qui il se prend avec ses nappes de mauvaise qualité ? *Mkhar*[1] *!*

Mon grand-père ne pourra jamais habiter à Paris. Impossible qu'il se transforme un jour en Français.

On arrive enfin au marché d'Aligre. Tout est bien rangé, par rapport au souk de Safi. Ils ont installé le marché sur des trottoirs très bien nettoyés. Tout est tellement propre que ça ne sent presque

---

1. Voleur.

rien. Au Maroc, quand j'accompagnais Aïcha ou ma mère, il y avait l'odeur des épices, des énormes bottes de menthe, des olives. Dans certains endroits, ça puait, mais dans d'autres, ça sentait tellement bon que ça me donnait faim.

On passe devant un étalage de boucher, sans mouches autour de la viande. À côté, il y a un charcutier qui vend des grosses cuisses de jambon. Je n'en ai jamais vu car, au Maroc, ni les musulmans ni les juifs n'ont le droit de manger du porc. Ça sent fort et ça a l'air dégoûtant. On passe ensuite devant un fromager. Il y a des morceaux de fromage en dégustation. Papi n'aime pas ça, alors je prends sa part.

Mon grand-père touche les fruits, tâte les légumes. Ça ne plaît pas à tous les vendeurs. Et il finit par s'arrêter devant des étalages tenus par des musulmans. Je ne sais pas si ce sont des Marocains eux aussi, mais, en tout cas, ils se comprennent. Ils se mettent à discuter, comme s'ils se connaissaient. Mon grand-père les fait rire. Il négocie et, cette fois-ci, ça marche.

On revient avec un caddie plein à craquer. On a acheté bien plus que ce que ma mère nous avait demandé. D'après mon grand-père, on a fait des affaires. Et, au passage, on a ramassé deux magazines, on a trouvé quatre cartes postales et un flacon de parfum vide.

Rosette et maman préparent le repas dans la cuisine.

— Qu'est-ce que c'est que ces tomates, papa ? demande Rosette. Elles sont toutes molles, tu t'es assis dessus ou quoi ?

— On ne les a pas payées cher ! je réponds fièrement.

— Ah bon ? s'étonne ma mère. Tout est hors de prix ici.

— Pas avec papi ! C'est le plus fort du monde !

Mon grand-père m'attrape la joue et l'embrasse. Puis il me donne une pièce de cinquante centimes et deux pièces de cinq centimes. Je regarde les années : 1965, 1966 et 1967. Je file dans ma chambre et je les mets dans un petit sac en papier. J'ai déjà l'odeur des sardines dans les narines.

11

Avant Roch Hachana, ma mère a écrit un mot très poli à monsieur Jardin sur du joli papier à lettres, pour le prévenir que j'allais rater l'école « pour des raisons personnelles et familiales », mais elle promettait que je rattraperais mon retard. Après avoir lu, il m'a regardé avec un regard mauvais et il m'a dit :

— Il faudra expliquer à vos parents qu'en France, l'école est laïque et obligatoire tous les jours. Ça va pour cette fois.

Claude aussi s'est absenté pendant les fêtes ainsi qu'un autre garçon qui doit être juif lui aussi. Mais ça n'a pas empêché monsieur Jardin de mettre un contrôle de géométrie et un contrôle de grammaire.

— Vous aurez des notes en moins dans la moyenne, tant pis pour vous.

Moi ça ne m'embête pas plus que ça, mais je sais que ma mère ne sera pas contente quand elle verra mon bulletin. Je suis trop content de rater l'école et de passer du temps avec ma famille.

Comme le ciel est bleu aujourd'hui, ma mère propose qu'on aille tous se promener au jardin du Luxembourg. Avec Armand, on s'amuse à faire fuir les pigeons. Mais au bout d'un moment, on en a marre.

— Viens, on va espionner Odette et Messodi, je propose. Comme des agents secrets !

Tout le monde ne tenait pas sur un seul banc alors elles sont allées s'asseoir un peu plus loin. On se cache derrière un arbre. On les entend très bien sans qu'elles nous voient.

— Je l'ai revu hier !

Odette pousse un cri d'excitation de fille. Armand et moi, on met notre main sur la bouche pour se moquer en silence.

— Raconte !

— C'était dans le bus. Je ne m'attendais pas du tout à le rencontrer. Comme il avait plu, mes boucles ne ressemblaient à rien, on aurait dit une *chfafa*[1], c'était horrible ! On était debout car le bus était plein. Il m'a reconnue, il m'a fait un petit geste de la main en souriant. Il était avec des amis vers l'arrière. Et moi j'étais avec Manon, mon amie, pas loin de la sortie. Ses copains lui parlaient, mais il n'écoutait rien. Il me fixait. Il essayait de se rapprocher de moi, mais le bus était bondé.

Armand mime des bisous avec sa bouche. Je suis mort de rire.

— Et après ?

— C'était la station du lycée. Je suis descendue du bus avec Manon. On s'est regardés à travers la fenêtre quand le bus est parti. Oh, Odette, depuis notre première rencontre, je ne sais pas ce qui m'arrive ! Il ne quitte plus ma tête !

1. Une serpillière.

— Parles-en avec Simone ! Elle pourrait t'inviter à une de leurs fêtes ?

— Tu es folle ! Elle ne voudra jamais ! Et si je le revois, qu'est-ce que je lui dis ?

— Tu n'as qu'à lui poser des questions sur l'université ou lui dire qu'il te fait penser à quelqu'un que tu connais. Il n'ira pas vérifier.

— Mais non, c'est nul.

Je chuchote à Armand :

— Je crois qu'elle est amoureuse du copain de Simone qui s'appelle Geoffroy. Il est venu prendre le thé à la maison.

— Il est juif, son amoureux ?

— Je ne sais pas. Pourquoi ?

— Quand mon frère Gaby est sorti avec une catholique l'année dernière, mes parents lui ont fait la misère. Plus d'argent de poche, plus de voiture, plus de sortie. C'étaient des cris et des disputes tous les soirs. Ma mère n'arrêtait pas de pleurer. Il a fini par la quitter.

— Oui, mais là, c'est différent. C'est un Français. Mes parents, surtout ma mère, adorent les Français.

— Tu crois ?

— Et à Paris, il y a beaucoup moins de juifs qu'au Maroc !

— Qu'est-ce que tu racontes ? La synagogue à Roch Hachana était pleine à craquer ! Crois-moi, elle ferait mieux de se trouver un amoureux juif ta sœur, si elle ne veut pas avoir d'ennui avec la famille.

***

Le jour de la séparation est arrivé. C'est un peu comme si le Maroc s'était installé chez nous pendant une semaine et qu'il allait disparaître en quelques secondes. Même quand on tombe et qu'on saigne, ça ne fait pas aussi mal. Les au revoir durent très longtemps. On est tous devant la porte, mais on a encore plein de choses à se raconter. On n'est pas prêts à se quitter encore une fois.

— Vous auriez pu rester quelques jours de plus, insiste ma mère.

— Tu sais ce qu'on dit, plaisante Odette, *Daif l deuz tlata nhar rihto hya del heut ou sardina*[1] ! On vous a assez dérangés comme ça.

— Arrête de dire des bêtises ! De quel dérangement tu parles ?

Ma mère leur a préparé un sac plein de nourriture pour le voyage. Je veux faire le grand, mais il n'y a rien à faire, je pleure. Armand aussi. On s'est bien amusés ensemble.

Henri a pris la lettre pour Brahim et m'a promis de passer le voir dès qu'il rentre.

— J'aimerais tellement venir avec vous ! lui dis-je, les yeux dégoulinants de larmes.

Il ne sait pas quoi me répondre alors il me prend dans ses bras et me serre fort. On ne peut pas changer de famille comme ça. Et puis que deviendrait ma mère sans garçon ? Henri et Rosette n'ont que des fils.

La quantité d'eau qui sort de mes yeux et de mon nez augmente encore quand je me jette dans les bras de mon grand-père. Il est ému, lui aussi. Et moi qui pensais que les yeux des papis étaient trop usés pour pleurer !

1. Un invité, au bout de trois jours, il pue le poisson.

— Cent pièces d'années différentes *lamardiali*, et tu viens passer les vacances à Safi !

Je l'aime. Je le serre fort et c'est comme si je serrais Safi dans mes bras.

— *Yallah !* s'écrie Henri. On va rater l'avion !

Quand ils partent enfin, l'appartement n'a jamais été aussi vide. Nos cœurs sont si lourds à porter qu'on n'a plus d'énergie pour rien. Chacun va dans sa chambre.

Moi, j'ai déjà envie de préparer ma valise pour les vacances de Noël. Mais c'est dans si longtemps.

Je renverse le sac en papier où j'ai mis les pièces. J'en ai sept : trois données par mon grand-père et quatre pièces d'un franc que tonton Henri m'a glissées dans la main en partant. Je réussirai à réunir cent pièces d'années différentes, même si je dois voler une banque.

12

À l'école, Claude vient me parler à la récréation.

— Tu sais jouer au foot ?

— Ben oui !

— On fait une partie avec les autres. Tu viens ?

Je n'aime pas le foot, je n'apprécie pas trop Claude, mais j'en ai marre d'être seul à la récréation.

Dans l'équipe adverse, il y a des garçons plus âgés. Un des joueurs a la peau mate et les cheveux très noirs. Il ressemble un peu à Brahim. Ça me redonne le sourire.

— Tu laisses passer le ballon et tu es content en plus ! me crie un garçon de mon équipe. Quel nul !

— *Hmar*[1] *!* je lui lance.

Le garçon qui ressemble à Brahim sourit. Je suis sûr qu'il a compris. Mais la récréation se termine, et je n'ai pas le temps de parler avec lui.

Claude se range avec moi pour rentrer en classe.

— Le foot, c'est pas vraiment ton truc ! Vous aviez des ballons dans ton pays ?

— Et comment ! Des ballons de toutes les tailles ! Même des balles de tennis et des balles

1. Âne.

de ping-pong ! Je suis un grand champion de ping-pong, d'ailleurs. Le foot, je n'y ai pas joué depuis longtemps. Faut que je m'y remette !

— Regarde ! chuchote Claude. Monsieur Jardin a oublié de remonter sa braguette.

On se met à rire tous les deux.

— Ça te dit de venir à la maison jeudi après-midi ? Mes parents sont d'accord, me propose Claude.

Il aimerait qu'on devienne copains, lui maintenant. Je me demande combien de jouets il a, mais je n'ai pas oublié ce qu'il m'a fait.

— Je dois demander la permission à ma mère.

À la sortie de l'école, elle m'attend avec un goûter.

— Tu as passé une bonne journée ?

— Que je te dise oui ou non, ça ne change rien ! je lui reproche.

— Tout ce qui concerne mon fils m'intéresse ! Je vais prendre rendez-vous avec monsieur Jardin si tu ne me racontes rien.

— Pas la peine ! Ça va. Je n'ai pas eu de punition, aujourd'hui.

Je me dépêche de changer de sujet.

— Claude, un garçon de l'école, m'a invité à jouer chez lui jeudi après-midi.

Pour elle, c'est comme si je lui avais annoncé que j'étais le meilleur de la classe dans toutes les matières. Elle est toute joyeuse.

— Mais bien sûr que tu peux y aller ! C'est formidable ! Je t'avais bien dit que tu finirais par te faire des amis.

Moi, je suis content, sans plus. Il n'y a pas si longtemps, Claude était encore mon pire ennemi.

Jeudi arrive. Ma mère m'a obligé à me laver les cheveux et elle a insisté pour que je mette mon pantalon de shabbat. Elle m'a rappelé que je devais dire bonjour, au revoir, merci, de rien, s'il vous plaît, dès que la maman de Claude m'adresse la parole. Elle s'est faite belle, elle aussi. Elle a mis une des robes que tonton Henri lui a cousues, celle avec des carrés bleus. Je crois qu'elle veut plaire à la mère de Claude pour qu'elles deviennent copines. Elle n'a pas d'amie ici à Paris, surtout par rapport à Safi. Qui dit « pas de copine » dit « pas d'invitation à la maison ». Pas d'invitation, pas de compliments sur sa cuisine.

C'est une grande dame mince qui nous ouvre la porte.

— Bonjour, madame ! Enchantée, je suis Ruby Benshimon, la maman de Jacob. Dis bonjour, Jacob !

— Bonjour, madame !

— Bonjour ! Enchantée. Je suis ravie que Claude et Jacob soient amis !

La mère de Claude n'est pas très souriante. Nous sommes sur le pas de la porte. Elle m'invite à rentrer, mais laisse ma mère dehors.

— Vous pourrez venir chercher Jacob à 17 h 30 ?

— Oui, bien sûr !

— Très bien ! À tout à l'heure.

Ma mère m'embrasse sur la joue, puis efface la trace de rouge à lèvres avec son pouce. Je le vois sur son visage, elle est déçue de ne pas rester prendre le thé. Elle me chuchote à l'oreille une nouvelle fois d'être poli et sage, puis s'en va.

La mère de Claude n'est pas méchante, mais on ne peut pas dire qu'elle soit collante. Quand je repense à la mère de Brahim qui m'embrassait comme si j'étais quelqu'un de sa famille et qui voulait absolument me donner à manger…

Claude veut tout le temps être meilleur que moi et ça m'énerve. Il a plein de jouets que je n'ai pas. Il a des meilleures notes que moi. Il connaît des mots que je ne connais pas. Il m'a mis sur les nerfs quand il m'a dit :

— Moi, ma famille a eu plus de malheurs que la tienne.

— Ah ça, ça m'étonnerait ! ai-je répondu sûr de moi.

Avec tout ce qui s'est passé cette année : la tuberculose d'Odette, l'arrestation de Messodi, la disparition de Simone, et notre départ pour la France, on a eu une bonne dose de catastrophes.

— Moi, tous mes grands-parents, mes cinq oncles et tantes sont morts pendant la guerre à cause des antisémites. Et mes parents sont allés dans des camps où ils étaient obligés de travailler sans se laver, et avec presque rien pour manger. Mon père est tombé très malade et il a failli mourir. Après la guerre, il est resté longtemps à l'hôpital et c'est là qu'il a rencontré ma mère. Elle venait voir son frère qui avait passé trop de temps dans une forêt sans chaussures. Ils ont été obligés de lui couper un pied.

— Je crois bien que tu mens.

Il ne sait plus quoi inventer pour se vanter.

— Si, c'est vrai ! Ils sont tous morts !

— C'est tes parents qui t'ont raconté ça ?

— Non, c'est Jules, mon grand frère. Avant, tout le monde détestait les juifs.

Son grand frère a dû le faire marcher.

— Ce n'est pas parce qu'on déteste des gens qu'on les tue !

— Pendant la guerre, si !

— Tu n'étais même pas né !

— Je sais que c'est vrai !

— Alors, on va demander à ta mère et on va voir si c'est vrai !

— Non ! s'écrie Claude.

Je vois de la panique dans ses yeux.

— Ma mère pleure quand elle entend parler de la guerre. La nuit, parfois, elle crie parce qu'elle fait des cauchemars. Elle a peur de retourner dans les camps !

Comme par hasard, je ne peux pas vérifier auprès de sa mère ! Quel menteur ! Moi aussi, j'aimerais bien inventer des gens morts dans ma famille. Mais je ne peux pas lui dire que mes sœurs ont été tuées, il a dû les voir à la synagogue pendant les fêtes.

— Tu veux jouer aux Dinky Toys ?

Claude sort une grande boîte où il a rangé toutes ses voitures. Je n'en ai jamais vu d'aussi belles. On dirait des vraies ! On crée un parcours dans sa chambre et on s'amuse à inventer une histoire où des méchants nous poursuivent, mais nos voitures sont plus rapides qu'eux. Claude a des idées géniales pour que nos voitures aient des accidents mais qu'elles gagnent quand même. Finalement, je le trouve sympa, mais Brahim me manque. Les jeux qu'on inventait ensemble étaient les meilleurs du monde.

Ma mère sonne avec un bon quart d'heure d'avance. Une fois encore, elle s'attend à être invitée à entrer, mais la mère de Claude la laisse devant la porte pendant que je remets mes chaussures.

— J'espère que Jacob a été sage et qu'il ne vous a pas trop dérangée.

La mère de Sami, mon copain de classe à Safi, aurait répondu : « Absolument pas ! Jacob est adorable et qu'est-ce qu'il est bien élevé ! » Ma mère aurait fait sa tête de fière et aurait récupéré un compliment pour sa collection.

La mère de Claude, elle, ne répond rien à ma mère qui commence à s'agiter. Elle doit penser que je n'ai pas été poli.

— Claude pourra venir à la maison la prochaine fois ? Et si vous êtes disponible, nous pourrions prendre le thé ensemble ?

— Oui, pourquoi pas.

— Merci pour tout, chère madame. Encore désolée pour le dérangement.

— Au revoir.

Dès que nous nous retrouvons dans la rue, ma mère me harcèle de questions :

— Qu'est-ce qui s'est passé ? Tu n'as pas été sage, c'est ça ?

— Mais non, pas du tout !

— J'espère que tu as bien dit s'il vous plaît, merci et de rien.

— Oui, maman !

— Au fait, tu as reçu une lettre aujourd'hui.

— Une lettre ?

C'est Brahim ! Ma mère a du mal à courir avec ses talons sur les pavés, mais je l'oblige à marcher vite.

— C'est qui ? me demande-t-elle alors qu'elle a très bien vu le nom de l'expéditeur au dos de l'enveloppe.

— C'est personnel !

Le 13 octobre 1967

Mon cher Jacob,

J'ai finalement trouvé ton ami Brahim. Les explications que tu m'as données étaient très claires ! Je lui ai lu la lettre. Il ne t'a pas oublié. Il était très content. Il a beaucoup aimé les cadeaux ! Il voulait te mettre une poterie qu'il a faite lui-même, mais ça pesait trop lourd et ça n'allait pas arriver en un seul morceau jusqu'à Paris. Il m'a dit de te dire que Safi, c'est plus pareil depuis que tu es parti. Il remplit une boîte avec des dirhams pour venir te voir à Paris. Tu peux lui écrire une lettre à l'adresse ci-dessous. Son frère Mohamed sait lire. Et, maintenant, il apprend à lire et à écrire avec sa voisine, Fatima, qui est au lycée. Donc, bientôt, il pourra te répondre tout seul. Je lui ai donné ton adresse. Je crois que tu vas très vite recevoir de ses nouvelles !

J'en profite pour t'annoncer que nous déménageons à la fin du mois à Casablanca.

Avec Rosette et les enfants, on viendra passer les fêtes de Pessah avec vous. Vous nous manquez beaucoup. C'était bon d'être tous réunis à Roch Hachana.

Embrasse tes parents et tes sœurs. Portez-vous bien !

Tonton Henri

Je relis la lettre au moins trente fois. Au début parce que je n'arrive pas à déchiffrer l'écriture de mon oncle. Et puis après parce que ça me rend joyeux.

Le 20 octobre 1967

Salam, *Brahim,*

N'économise surtout pas pour venir à Paris. Ici, c'est nul. Il pleut souvent en plus. Je n'ai même pas le droit de sauter dans les flaques car si je me salis, je reçois une treha[1]. *Garde plutôt ton argent pour t'acheter une glace chez Hmidou. Il a toujours le nez sale ? Je te confie un secret : je reviens à Safi pour les vacances de Noël ! C'est grâce à papi ! Je suis trop pressé ! Prépare tes osselets ! Ici, ils ne savent pas bien y jouer. À mon avis, tu es le meilleur joueur de Safi et de la France ! Comment c'est à Safi ? Raconte-moi tout, tout, tout, vraiment tout.*

J'attends ta réponse sans aucune patience.

Jacob

Je reçois une lettre de lui, le lendemain.

Le 14 octobre 1967

Salam, *Jacob,*

C'est la voisine Fatima qui écrit avec le stylo.

Choukran *pour les cadeaux ! Je suis content que la bonne santé soit avec toi et avec ta famille. Comme je ne te voyais plus, je croyais que ta famille a fait un accident de transport ou de piéton. Après, j'ai pensé que c'était le pouvoir de messie. Tu as dit : « Je veux les vacances très longues. » Et tu as eu les vacances très très*

1. Raclée.

longues. J'ai demandé à tous les gens de Safi. Tu as vu la famille Benshimon ? Tu as vu la famille Benshimon ? Walou. *Aïcha,* msquina[1], *elle a pleuré. Alors, je suis parti voir ton grand-père. C'est mon copain maintenant. Il m'a dit soudainement tu habites la France. Je lui ai demandé :* alech[2] *? Il m'a dit, c'est comme ça. Il m'a montré les pièces, les timbres et demain,* inch'Allah, *il va me montrer encore les timbres et les cartes postales. Quand je finis la livraison des poteries, je prends le thé à la menthe chez lui.*

Et, au fait, pourquoi tu habites la France maintenant ?

Maintenant, je joue aux osselets avec Ralph ou avec Assaf, et aussi avec Richard.

Ça me fait très plaisir de te donner les insultes. (Fatima ne me laisse pas écrire des insultes qui sont trop interdites. Je me demande pourquoi on les a inventées si on n'a pas le droit de les dire.)

Would sok *(fils de nulle part),* behima *(imbécile),* hmarlahor *(espèce d'âne),* yahtik srana *(attrape la fièvre).*

Brahim

---

1. La pauvre.
2. Pourquoi ?

13

Finalement, je ne me suis pas allié avec Anna pour convaincre les parents de revenir à Safi. Quand papi m'a proposé de réunir les cent pièces, je ne lui en ai pas parlé. Si elle ne m'énerve pas, je lui demanderai de l'inclure dans notre marché à la dernière minute. Mais c'est mal parti ! Elle veut s'asseoir à ma place sur le canapé quand on écoute *Le Sac à malice* à la radio. Je ne me laisse pas faire. C'est marqué nulle part que c'est sa place même si c'est l'endroit où elle s'assoit d'habitude. Elle me pousse, je la pousse, on se dispute. Et on se balance des méchancetés à la figure :

— Tu sens mauvais de la bouche ! C'est pour ça que tu ne trouves pas de copain à l'école.

— Parce que toi tu en as trouvé, avec ta tête de moche ?

Elle me tape, je lui tire les cheveux et je lui sors une des insultes que Brahim m'a envoyée.

— *Yahtik srana*[1] !

1. Attrape la fièvre !

Ma mère arrive juste à ce moment-là :

— Qu'est-ce que j'entends ? Comment tu parles à ta sœur ?

— C'est elle qui a commencé !

— Je ne veux pas le savoir ! Des gros mots en arabe ! C'est tout ce qui nous manquait ! Tu vas voir ce que tu vas prendre quand je vais le dire à ton père !

— Non, maman, ne le dis pas à papa ! S'il te plaît ! Je ne recommencerai plus.

— J'en ai ras le bol de vos disputes ! Dans vos chambres tous les deux ! Vous serez privés de sucreries et d'argent de poche !

— Oh non, pas ça ! dis-je en panique.

Cette sœur est un champignon vénéneux. Comment ai-je pu penser que je pouvais m'allier avec elle ?

Je comptais sur mes cinquante centimes d'argent de poche pour la collection de papi. Je vais devoir trouver un autre moyen de gagner des sous.

Il n'y a rien à faire, ma mère refuse de me payer pour que je range ma chambre. Je n'ai pas pu revendre les roudoudous et les boules de coco que mon père m'a achetés chez l'épicier à mes sœurs car je les ai tous mangés avant d'arriver à la maison.

C'est Léonard de Vinci qui m'a donné une idée. Il paraît que *La Joconde* est le tableau le plus cher du monde. Comme ma mère s'est toujours émerveillée devant mes dessins, j'ai décidé de les exposer, comme Léonard. Je me suis mis au travail. J'ai dessiné tout ce qui me passait par la tête : des glaces, des sardines, des arcs-en-ciel, des fleurs, des pistaches, des moutons, des chameaux. Comme elle aime bien les couleurs, j'en ai mis partout. Ça m'a pris du temps ! Mais bon, quand on travaille dur, ça rapporte forcément. Pendant que ma mère est occupée à la cuisine, je colle mes œuvres sur tous les murs du salon pour que notre maison ressemble à un musée. J'hésite entre faire payer l'entrée de la salle à manger et vendre chaque dessin. Finalement, je choisis de faire les deux.

Le salon est splendide, comme dirait ma mère. Sauf que cette fois-ci, ce n'est pas du tout le mot qu'elle utilise. Quand elle ouvre la porte, c'est un mot arabe qui sort de sa bouche :

— *Fdeha*[1] *!* Jacob, qu'est-ce que tu as fait ? Mon papier peint !

— Le Louvre à la maison ! je lui réponds fièrement.

Elle essaie de retirer un dessin, mais j'ai mis beaucoup de colle. Et le papier peint fleuri se déchire d'un coup.

— Ce gosse va me rendre folle ! Je passe des heures à faire en sorte que cette maison ressemble à quelque chose et dès que j'ai le dos tourné, il abîme tout !

— Tu les trouves magnifiques mes dessins d'habitude ! je tente, avec une voix d'enfant sage.

— Va dans ta chambre ! Je ne veux plus te voir ! Tu es puni !

— Mais je voulais juste…

— Va dans ta chambre !

Qu'est-ce qu'ils ont de plus que moi les peintres des autres musées ? Si ma mère me demande de rembourser le papier peint, je suis fichu.

---

1. Catastrophe !

Quand j'entends la clé dans la porte d'entrée, je sais que dans moins de quinze secondes, mon père va crier mon nom.

— Jacob ! appelle-t-il alors que je ne suis qu'à neuf.

Ma mère a décroché tous mes dessins et il y a seulement quelques déchirures par-ci par-là sur le mur.

— Alors, comme ça, tu te prends pour Van Gogh ?

Il retient un rire et se fait reprendre par ma mère qui a les sourcils de la colère. Elle tient à ce qu'il me gronde.

— Jacob, c'est très mal ! C'est interdit de coller des dessins au mur !

— Vous dites toujours que mes dessins sont beaux ! Maman a même dit à madame Amzallag, quand on était à Safi, que pour mon âge, j'étais très doué. Personne ne réussit à faire les moutons et les chameaux comme moi !

— C'est vrai qu'ils sont jolis, mais...

— Ben alors ! Toute la famille doit les admirer ! Pourquoi les laisser dans le tiroir ?

— Non ! Tu dois nous demander l'autorisation avant ! Tu as abîmé le papier peint !

Dans ma tête, je me dis que ce n'est pas si grave, car on ne va pas rester longtemps dans cet appartement.

— Il avait prévu de nous les vendre en plus ! ajoute ma mère, car elle trouve que mon père n'est pas assez énervé à son goût.

Mon père avale un nouveau rire pour ne pas qu'il sorte de sa bouche.

— Des dessins de cette beauté, ça n'a pas de valeur !

Ma mère préfère me gronder elle-même car mon père a plus envie de rire que de crier.

— Pour ta punition, annonce-t-elle, c'est toi qui débarrasseras la table tous les soirs pendant un mois.

— Un mois ! Mais c'est pas juste ! Personne ne m'a prévenu que c'était interdit de décorer la maison !

— File dans ta chambre ! crie ma mère.

C'est tellement injuste ! Pourquoi c'est toujours les parents qui décident tout ? Et d'ailleurs, qui a décidé que c'étaient eux qui décidaient tout ? On est obligés de déménager, on ne peut pas décorer la maison, on n'a pas le droit de gagner de l'argent, et en plus, on est punis. Je suis écœuré !

Heureusement, je peux garder mes sous. Réunir cent pièces est plus difficile que ce que je pensais. J'en ai seize car j'ai échangé un franc contre des centimes.

Je réfléchis à un autre moyen de gagner de l'argent. Mes sœurs pourront peut-être m'aider. Messodi a eu un billet pour son anniversaire le mois dernier.

Alors que je m'apprête à lui proposer d'être son esclave pendant une semaine si elle accepte de me prêter des sous, je surprends une conversation.

Je ne sais pas comment elle a réussi son coup, mais elle a eu l'autorisation de sortir avec Simone samedi soir à l'anniversaire de Clément, l'un de ses amis de la fac. Elle raconte sa soirée à Odette. Apparemment, la situation est aussi tendue à l'université qu'ici à la maison. Elle raconte comment les étudiants sont serrés comme des sardines sur les bancs des amphithéâtres et qu'ils en ont marre que personne ne les écoute. C'est comme moi ! Alors ils ont décidé d'organiser une grève. Je n'ai pas trop bien compris en quoi ça consistait, mais ça ressemble un peu à la fois où j'ai occupé ma chambre et où j'ai arrêté de manger. Ce n'est pas pour autant que mes parents m'ont écouté et que nous sommes rentrés au Maroc. La grève, ça ne marche pas à tous les coups. Mais ça m'a fait du bien d'entendre que je ne suis pas le seul à souffrir en France, et qu'on est nombreux à vouloir changer les choses.

À un moment, elles ont changé de sujet et elles ont encore parlé de ce Geoffroy. Et là, ce n'était plus très intéressant :

— On n'arrêtait pas d'échanger des regards de loin, pendant que Simone et moi, on discutait avec deux amis de la fac. Il m'a souri, je lui ai souri et il s'est approché de moi. Et là, il s'est passé quelque chose d'extraordinaire. Tu vas avoir du mal à y croire.

— Quoi ?

— Il m'a demandé si j'aimais Stendhal ! Tu te rends compte ? Si, moi, j'aime Stendhal ? !

Je ne vois pas le rapport avec la grève. Odette n'a pas l'air de comprendre non plus en quoi c'est incroyable. Alors Messodi insiste :

— C'est la première question qu'il m'a posée !

— Et alors ?

— C'est MON auteur préféré, enfin ! *Le Rouge et le Noir, La Chartreuse de Parme, De l'amour* ! On a parlé littérature toute la soirée. Odette, on aime les mêmes écrivains !

Qu'est-ce que leur discussion devait être ennuyeuse ! Je préfère quand elle parle de grève, d'injustices, ça, c'est intéressant et ça me donne des idées pour faire moi aussi la révolution à la maison ! Mais à la place, elle lui raconte tous les détails du slow qu'ils ont dansé ensemble. Et il a mis sa main sur sa taille, et elle sentait ses cheveux, et il portait l'eau de Cologne qu'elle adore, et patati, et patata...

— Oh la la la ! s'excite Odette.

— Je crois que je l'aime.

— Il n'est pas juif ! Les parents vont te tuer !

Armand avait donc raison. Les juifs n'ont pas le droit de tomber amoureux des catholiques.

— Maman comprendra. Nous ne sommes pas les premiers amants qui viennent de deux mondes différents.

— Si tu penses à Roméo et Juliette, ils sont morts ! Sors de tes livres, Messodi ! Tu te souviens de ce qui est arrivé à Gaby ? Et à Marc Cabessa, le copain de Jacqueline ? Il est tombé amoureux d'une catholique de Casablanca. Tout le monde ne parlait que de ça à Safi. Ses parents l'ont renié et ils ne se sont jamais reparlé ! Il est parti vivre avec elle et il est toujours coupé de sa famille ! Tu es prête à vivre sans ta famille toi ?

Je n'ai pas envie que ma sœur ne fasse plus partie de la famille. Anna, je veux bien, mais pas Messodi !

— C'était à Safi, il y a presque cinq ans ! On est en France. C'est beaucoup plus moderne ici.

— Je ne crois pas que ce soit différent pour papa et maman.

— Je l'aime, Odette ! J'ai toujours su que je me marierais avec un Français.

— Tu parles déjà de mariage ! Tu n'es même pas majeure !

— Maman s'est mariée à dix-neuf ans, je te rappelle. Et elle a rencontré papa à dix-sept ans.

— Tu vas le revoir ?

À ce moment-là, Anna arrive dans le couloir. Elle parle fort pour que mes sœurs entendent :

— Jacob ! C'est pas bien d'espionner les conversations !

— N'importe quoi ! Je viens juste d'arriver !

Messodi se jette sur moi :

— Qu'est-ce que tu as entendu ?

— Rien ! Je te promets ! Anna a menti pour m'embêter.

Je fais semblant de poursuivre mon chemin vers ma chambre.

Le 30 octobre 1967

Salam, *Brahim !*

Je ne suis pas le seul à avoir des problèmes en France. Il y a de l'injustice partout ! Alors forcément, les gens sont en colère. Tu as déjà vu une grève ? Eh ben, ici, les étudiants prévoient d'en faire une grosse. Ça veut dire qu'ils vont arrêter d'écouter les professeurs et de faire leurs devoirs ! C'est le seul moyen pour que ça change ! Moi aussi, je vais la faire ! Je te raconterai.

Et c'est pas tout, tu sais que Safi, c'est la ville de la sardine ? Eh ben, imagine-toi que Paris, c'est la ville de l'amour. Il paraît que les amoureux, il y en a partout dans les rues. Du coup, Messodi en a trouvé un. Mais bon, c'est pas comme si tu trouvais un trésor de pirates. C'est un Français de la famille royale (ici le roi est mort depuis longtemps, on lui a coupé la tête, il paraît). Il s'appelle Geoffroy, c'est un copain de Simone. Elle n'a pas le droit normalement de sortir avec un garçon. À Safi, mes parents voulaient toujours que je surveille mes sœurs et que je leur répète si elles faisaient des bisous sur la bouche. Ils vont la gronder s'ils l'apprennent parce qu'en plus, il n'est pas juif. Moi, rassure-toi, je n'ai pas trouvé d'amoureuse. Je baisse les yeux quand je marche dans les rues pour ne pas en rencontrer.

Jacob

14

Je ne sais pas comment j'ai réussi, mais j'ai eu une bonne note en dictée.

— La langue française s'est-elle finalement trouvé une place dans votre petite cervelle, Jacob Benshimon ?

Les autres élèves rient, alors que ce n'est même pas drôle. Je m'en fiche, j'ai eu une bonne note. Ma mère en oubliera peut-être le papier peint déchiré du salon.

Quand je l'aperçois à la sortie de l'école, je cours vers elle pour lui annoncer la bonne nouvelle. Mais un autre garçon devant moi trébuche et tombe par terre. Ça me fait penser à Brahim. Je m'approche de lui, je l'aide à se relever et je lui demande si ça va. Il a sûrement mal car il a le genou qui saigne, pourtant il ne pleure pas.

— Ta mère vient te chercher ?

— Non, j'habite juste à côté, dans la même rue que l'école, je rentre tout seul.

— Tu veux que j'appelle le surveillant ? Sinon, on peut le montrer à ma mère, tu vas voir, elle va s'inquiéter pour toi.

On sort de l'école ensemble.

— Merci, Jacob.

— Tu te souviens de mon prénom ?

— Monsieur Jardin prononce toujours ton nom ! Moi, c'est Paul.

Je savais qu'il était dans ma classe, mais je ne lui avais jamais parlé avant aujourd'hui.

Quand ma mère m'aperçoit, accompagné d'un autre garçon, un sourire apparaît sur son visage. Je lui explique qu'il est tombé. Elle se penche pour regarder son genou de plus près, puis sort de son sac un mouchoir pour essuyer le sang qui a coulé et un pansement. Elle en a toujours sur elle, au cas où.

Paul est poli. Il nous remercie et rentre chez lui.

— C'est un nouveau copain ? demande ma mère, contente.

En vrai, je n'en sais rien. Mais je lui réponds oui pour lui faire plaisir et j'augmente encore la taille de son sourire quand je lui annonce ma bonne note en dictée. Elle m'embrasse en faisant du bruit. Elle est fière de moi.

Aujourd'hui, on se promène sur la place de la Bastille. D'un coup, j'ai très envie d'aller aux toilettes. Je ne peux pas me retenir jusqu'à la maison. Ma mère est agacée, mais on ne contrôle pas ces choses-là. On entre dans un café pour la première fois de ma vie.

Ma mère s'installe à une table et commande un thé pour elle et un verre d'eau pour moi. C'est sa première fois à elle aussi. Je vais aux toilettes, puis je m'installe sur la chaise d'en face. Je lui demande pourquoi on n'allait pas dans les cafés à Safi. Elle me répond qu'elle préférait aller prendre le thé chez des amis ou les inviter à la maison. Elle n'arrête pas de regarder les gens autour d'elle. Il y a des femmes, des hommes, des couples, des groupes d'étudiants qui discutent. À Safi, il n'y avait que des hommes sur les terrasses. Je l'observe qui boit son thé. Elle a vraiment l'air d'une Française avec ses cheveux coiffés comme ça, son manteau et son rouge à lèvres.

Le 23 octobre 1967

Salam, *Jacob !*

Plus personne n'embêtera jamais les juifs. Hier, à Jrifat, j'ai vu le fils de Moussa, le copain de mon père, il se bagarrait avec un autre petit avec des coups. Je suis plus grand, alors je crie : ça suffit ! Et là, le fils de Moussa, il me raconte : l'autre l'a traité de yéhoudi *! Alors, lui aussi, il l'a traité de* yéhoudi. *Je leur dis : mais ça va pas la tête ! C'est interdit de dire ça ! L'autre, il répond si on a le droit ! Ou alors ça veut dire que toi aussi t'es un* yéhoudi *! Je lui dis : si tu répètes encore ça, je te fais manger le sable. Il répète et il court. Tu sais ce que je fais ? Je cours avec toutes mes jambes, je l'attrape, je prends le sable par terre et je lui mets dans la bouche. Je lui dis : Attention !* Yéhoudi, *c'est pas une insulte ! C'est des personnes ! Tu recommences, mon frère Mohamed, il te met dans la prison avec toute ta famille. Ce* behima[1], *il a couru comme le poulet. Mohamed est d'accord avec moi-même. Personne ne dira le mal des juifs. Même pas le journaliste. Sinon, ils vont dans la*

1. Imbécile.

prison de Mohamed. Dis-le à tes parents, comme ça, tu reviens ici. Ton grand-père m'a parlé des cent pièces françaises pour venir à Safi. Dépêche-toi de trouver toutes les années !

Brahim

Je veux parler de cette lettre à mon père, mais il a sa tête des mauvais jours. Ce n'est pas le bon moment. Ça se passe mal avec monsieur Bouchard qui n'arrête pas de critiquer tout ce qu'il fait. Il fait son chef et mon père n'aime pas ça. Ils se disputent sur tout : les vitrines, les nouvelles assiettes, la place des couverts... Pire que Anna et moi ! Mais le vrai problème de mon père, c'est les clients. Certains jours, il n'y en a pas un seul. J'espère qu'il se rappelle bien qu'à Safi il n'en manquait pas pour ses céréales.

— J'ai peut-être fait une erreur en achetant ce magasin, se confie-t-il à ma mère, un soir. J'aurais dû prendre un restaurant.

— Ne dis pas de bêtises ! Tu te vois travailler tard le soir ? C'est hors de question !

— Entre le loyer, le coût de la vie, le déménagement et le magasin qui ne rapporte rien, je suis très inquiet pour nous.

— C'est si grave que ça ?

— C'est pire que ça, Ruby... C'est comme si plus un seul Parisien n'avait besoin d'assiettes, de couverts ou de verres ! Cette semaine, on a seulement vendu un set de six verres !

— Et la vente de la maison à Safi ?

— Pour le moment, on n'a pas d'acheteur. Et même si on en avait, comment sortir l'argent du

Maroc ? Si on a plus de cent francs en poche, ils nous arrêtent à la douane ! Heureusement qu'on a été prudents quand on a passé la frontière. Ruby, tu dois limiter les dépenses. J'espère que les Français vont penser à offrir de la vaisselle comme cadeau de Noël.

Mon père fume encore plus qu'à Safi. Il fait des allers et retours dans le salon avec une main dans sa poche qui fait du bruit avec des pièces, à chacun de ses pas. Parfois, il rentre tard. On ne l'attend pas pour dîner car ma mère veut qu'on se couche tôt quand il y a école.

Je le surprends au téléphone avec un ami marocain.

— Non... Non, je ne peux pas investir pour le moment. Je dois faire marcher ce magasin... Pour la maison, tu pourrais en parler autour de toi, voir si tu trouves des acheteurs ? Oui, je sais ce que je t'avais dit, je pensais la garder au cas où. Oui, je sais. Je peux compter sur toi ? Merci, Ismaïl, tu es un frère pour moi... Non, garde ton argent, merci. Ça va aller. Mais oui, je te préviendrai si ça ne s'arrange pas... Embrasse ta femme et tes enfants.

Je ne peux pas le laisser vendre notre maison. Je me précipite dans la chambre de Messodi. Odette, Messodi et Anna écoutent des chansons à la radio.

— Il faut que vous trouviez un métier pour gagner de l'argent ! Moi, je suis trop petit.

— Qu'est-ce que tu racontes encore ? demande Messodi.

— Papa n'a plus de sous !

Elles font à peine attention à ce que je dis.

— Maman ne pourra bientôt plus nous acheter à manger ! On va avoir faim et on va tomber malades ! Et on va vivre dans le noir car on n'aura plus d'électricité !

— Jacob, tu peux nous laisser tranquilles ?

Elles m'énervent.

— Vous êtes des sales égoïstes ! J'ai entendu papa qui parlait au téléphone avec Ismaïl, on n'a plus rien ! Ça va être Kippour tous les jours ! Et en plus, ils vont vendre la maison à Safi !

— Jacob, papa et maman sont assez grands pour gérer leur problème.

— Vous ne comprenez rien !

Je pars dans ma chambre.

Qu'est-ce qu'on va devenir si on n'a même plus assez de sous pour rentrer au Maroc ?

15

Novembre 1967

Le ciel ressemble à un plafond sale. C'est l'automne, il pleut souvent et il fait un froid de réfrigérateur, mais monsieur Jardin n'a même pas attrapé un rhume. Pourtant, je répète presque tous les jours que je veux qu'il vomisse, qu'il éternue, qu'il tousse, qu'il ait des boutons qui grattent et de la fièvre pour tout le reste de l'année scolaire. Mais ça ne marche pas comme avec monsieur Tobelem.

Paul est plutôt sympa. C'est un vrai Français, né à Paris. Il est un peu moins grand que moi en taille, mais il court très vite. Il connaît déjà Claude car ils étaient ensemble en classe l'année dernière. Parfois, on joue aux billes. Paul en a plein : je n'ai jamais vu quelqu'un qui en possédait autant. Il a des calots, des boulards, des billes de toutes les couleurs. Et il y joue très bien. Tout le monde veut se mesurer à lui. Quand il a vu que je me débrouillais bien moi aussi, il m'a proposé de jouer en équipe avec lui.

Claude rapporte parfois ses voitures Dinky Toys à la récréation. On s'amuse à faire des courses automobiles tous les trois. Claude gagne à tous les coups, mais il nous donne des astuces. Pour que les voitures aillent plus vite, il faut les alourdir. Alors, on cherche des cailloux et on essaie de les faire tenir sur le capot. Ça me fait deux copains maintenant en France, ça ne remplace pas Brahim, mais je me sens un peu moins seul dans la cour de récréation. Le temps passe plus vite.

Quand ma mère vient me chercher à la sortie de l'école, ce soir-là, c'est marqué sur son visage qu'il y a un problème. Je réfléchis à ce qui pourrait me tomber dessus, mais je n'ai pas caché de punition, Anna ne me fait pas de chantage en ce moment et je n'ai pas commis de grosse bêtise depuis les dessins accrochés au papier peint.

Ma mère ne me demande même pas comment s'est passée ma journée. Alors c'est moi qui lui pose la question.

— Quelque chose ne va pas, maman ?

— Non, tout va bien, mon chéri.

— On a encore des sous pour manger aujourd'hui ?

— Quelle question ! Bien sûr que oui ! J'ai préparé du poisson aux pois chiches pour ce soir.

Elle se force à sourire. J'aurais dû me douter qu'elle ne me dirait rien : l'éternel « trop petit pour comprendre » bien collé sur mon front.

— Tu sais, maman, je suis fort en problèmes, quand c'est pas des problèmes de grammaire. Tu peux me raconter.

Elle change de sujet.

— J'ai eu Jacqueline au téléphone ! Elle a senti le bébé bouger dans son ventre !

— Il bouge ?

J'ai du mal à imaginer un bébé sans cheveux, sans dents, qui remue dans un ventre.

— Au début, il n'est pas plus grand qu'un petit pois. Puis il grossit et, quand il lève une main ou un pied, ça fait comme des battements d'ailes de papillon qui s'envole. C'est extraordinaire ! Après, le petit pois devient un haricot, puis le haricot devient une pomme de terre, puis un petit melon et les petits battements d'ailes de papillon se transforment en petits coups. Je me souviens quand tu étais dans mon ventre, *cumpara alikoum* ! Qu'est-ce que tu bougeais !

Lorsqu'on arrive à la maison, je vais directement dans la chambre d'Odette. Mais elle n'est pas encore rentrée.

Anna vient me voir pendant que je prends mon goûter à la cuisine.

— Qu'est-ce qu'elle a, maman ?

— Même si je le savais, je ne te le dirais pas ! je lui réponds méchamment.

Quand Odette ouvre la porte, on se précipite tous les deux vers elle, mais elle non plus ne sait rien.

Le téléphone sonne. Ma mère se précipite sur le combiné. Mes sœurs et moi, on se met dans le couloir pour écouter.

— Non, je n'ai pas encore de nouvelles… On ne sait rien pour le moment. Ils vont m'appeler dès qu'ils savent. Je sais… Je sais… Max n'est pas encore rentré. Je ne lui ai pas encore dit… Non, je ne voulais pas le lui annoncer au téléphone. Il rentre dans une heure. Oui, d'accord. Je t'embrasse. Moi aussi… Moi aussi…

On se regarde avec mes sœurs. Personne ne comprend.

Lorsque mon père arrive, il s'enferme avec ma mère dans la cuisine pour ne pas qu'on entende. On se met tous les trois devant la porte.

Ma mère parle arabe. Je ne comprends pas tout. Mais Odette et Anna si. Elles ont des larmes dans les yeux.

— Que se passe-t-il ? je leur demande.

Odette hésite à me répondre.

— C'est papi.

— Quoi, papi ?

— Il a fait un malaise pendant qu'il jouait aux cartes. C'est son cœur qui va mal.

Je prends ma sœur dans mes bras et je la rassure.

— Moi aussi, parfois, j'ai mal au cœur quand on est en voiture. Je vomis, mais après je me sens beaucoup mieux. Ça va passer.

Elle me serre encore plus fort.

Le téléphone sonne. Mon père sort de la cuisine et nous voit dans le couloir. Il a envie de nous gronder, mais il ne trouve pas les mots. On le suit au salon. Il décroche :

— Qu'est-ce que disent les médecins ?... Oui... Oui... Et si sa tension redescend ? Je ne sais pas quoi faire... Mais bien sûr que je suis angoissé ! Mon père est à l'hôpital à 2 500 kilomètres de l'endroit où je me trouve ! Je vais prendre l'avion... Non... oui... D'accord. J'en discute avec Ruby d'abord. Surtout, tu me tiens au courant. Embrasse-le. Oui... Embrasse tout le monde.

Il raccroche et allume une cigarette.

Mes parents sont inquiets. En même temps, ils sont toujours angoissés pour tout.

Moi, je ne m'en fais pas trop pour papi. Quand j'irai passer les vacances de Noël dans sa maison, je m'occuperai bien de lui. J'ai déjà soixante-deux pièces. Et j'ai trouvé une autre idée géniale pour gagner de l'argent.

Le lendemain, au petit déjeuner, mon père annonce qu'il part au Maroc pour s'occuper de papi qui est un peu fatigué. Odette demande si ce n'est pas risqué d'aller au Maroc alors qu'on vient tout juste de déménager. Mon père nous rassure : avec un passeport marocain, il n'aura pas de problème à la douane. Il sera vite de retour. Dans ma tête, il y a comme un déclic. Je me jette sur lui.

— Papa, je t'en supplie, emmène-moi avec toi ! Je veux voir papi, moi aussi ! Il me manque trop ! Papa, s'il te plaît ! Je te promets, je serai sage comme je ne l'ai jamais été. Je ferai tout ce que tu me diras de faire. S'il te plaît, papa ! Je veux voir papi !

Mon père est ému aux larmes. Il se retenait et, là, il craque. Ça me fait un choc de le voir pleurer. Du coup, je m'y mets aussi. Et je continue :

— Je te promets d'avoir des bonnes notes à l'école, de ne plus jamais me disputer avec Anna, d'aider maman à ranger la maison, d'être le Jacob français dont vous rêvez depuis toujours ! S'il te plaît ! Emmène-moi avec toi ! S'il te plaît !

— C'est impossible, Jacob.

— Papa, tu ne peux pas voyager seul avec toute ta tristesse ! Laisse-moi venir avec toi !

— Ça suffit, Jacob ! Va t'habiller pour l'école ! m'ordonne ma mère.

— Mais pourquoi ? Pourquoi je ne peux pas venir avec toi ?

— Ce n'est pas un voyage pour les enfants. Et tu ne peux pas manquer l'école !

— Dépêche-toi de te préparer ! s'énerve ma mère. Tu vas encore être en retard !

Je cours dans ma chambre et je reviens avec un sac de pièces, les tickets de métro et les bouchons.

— Papi a besoin de moi ! Il m'a demandé de l'aider à compléter ses collections. Je dois lui remettre tout ça !

— Je lui donnerai de ta part.

— Non, c'est à moi de les lui apporter ! C'est à moi qu'il a confié ces missions.

— Il y a de grandes chances qu'il vienne se faire soigner en France ! Tu lui remettras à ce moment-là.

La déception me tombe sur la tête comme une grosse marmite de *dafina* pour quinze personnes. Ce n'est pas ce qui était prévu ! C'est moi qui dois retourner au Maroc ! Pas lui qui doit venir en France ! Je crie. Je sanglote. Je ne contrôle plus rien.

Ma mère m'ordonne de me calmer. Comme ça ne marche pas, elle remplit un verre d'eau froide et me le jette à la figure. Elle essuie mon visage plein d'eau et de larmes et elle me prend dans ses bras.

— Ne t'inquiète pas, mon chéri. On va tous prier pour ton grand-père et il se rétablira vite.

— Est-ce qu'il sera guéri pour les vacances de Noël ? je demande.

Ma mère regarde mon père, puis me répond :

— Oui, sûrement.

Pourquoi ? Pourquoi ? Je n'arrête pas de me répéter pourquoi il a mal au cœur maintenant. C'est tellement injuste. Et je finis par trouver l'explication : papi aime tellement de choses avec ses collections de collections. Les cœurs s'usent quand on aime trop.

16

Cela fait cinq jours que mon père est parti voir papi à l'hôpital de Safi, mais la vie continue en France comme si de rien n'était. La grève n'a même pas encore commencé. Je me demande bien ce que font les étudiants.

Heureusement, à l'école, je m'ennuie moins. Je m'entends de mieux en mieux avec Paul et Claude qui ont souvent de bonnes idées. Par exemple, Paul invente des mots qui ressemblent à des gros mots, mais qui ne sont pas des gros mots. Comme ça, il ne se fait pas gronder. « C'est dégueutant ! » ou « T'es chion ! » ou encore « Espèce de ronard ! ». Claude, lui, imagine les meilleures excuses quand il n'a pas fait ses devoirs, et souvent ça marche car monsieur Jardin ne le punit pas. « En relisant ma rédaction ce matin, j'ai eu honte de vous rendre un devoir pareil. J'y ai passé beaucoup de temps mais je préférais m'y remettre encore ce soir » ; « Ma mère a renversé son thé sur mes exercices de grammaire ce matin, juste avant de partir. Voici le mot qu'elle a écrit pour s'excuser ». C'est son grand frère qui rédige le mot.

À la récréation, je leur ai expliqué l'autre jour que je devais trouver cent pièces d'années différentes pour pouvoir retourner à Safi à Noël. Ils se sont tout de suite mis à réfléchir à des idées pour m'aider à gagner de l'argent. Je crois que ce sont de vrais amis.

Le lendemain, Claude a caché un magazine *Paris Hollywood* dans son cartable. Il l'a acheté avec ses sous au kiosque, en disant que c'était pour son père. On s'est cachés dans un coin de la cour et on a regardé les femmes nues. Certaines femmes ont des nénés énormes ! Ça nous a fait beaucoup rire.

Comme les autres garçons de la classe voulaient eux aussi jeter un œil, Paul a eu l'idée de les faire payer : un centime la page. Le lendemain, ils sont tous venus avec des pièces. Paul récupérait l'argent, moi, je faisais le guet, et Claude montrait le magazine, mais seulement le nombre de pages payées. Malheureusement, on a dû vite arrêter car monsieur Jardin suspectait un truc louche et n'arrêtait pas de nous surveiller. Mais j'ai pensé à un autre plan, plus discret, qu'ils ont trouvé super tous les deux et, grâce à mon idée, on a déjà récolté soixante-quinze centimes. Claude et Paul sont aussi généreux que Brahim : ils sont prêts à me donner toutes les pièces mais j'ai insisté pour qu'on divise en trois. Avec ma part, j'ai acheté un Carambar et une boule de coco et je garde le reste pour la collection de papi.

Tous les trois, on rigole bien. Ce n'est pas comme avec Brahim, bien sûr, mais tant que j'habite en France, ce sont mes amis. On a fait un pacte à la sauce tomate tous les trois. Paul a apporté une conserve de Tomata, on a plongé nos index dedans en même temps et on s'est engagés à s'aider jusqu'à la fin de notre vie. J'ai un peu hésité à tremper mon doigt au début parce que je me suis demandé si je pourrais faire quelque chose pour eux depuis le Maroc, et puis, je me suis dit que je trouverais bien une solution quand ils auront besoin de moi.

Aujourd'hui, à la sortie de l'école, je vois sur la figure de ma mère que les nouvelles sont bonnes. Papi va de mieux en mieux. Il doit limiter le sel et le sucre. Les médecins pensent que c'est une force de la nature et il va bientôt rentrer chez lui. On ne sait pas encore s'il devra venir en France pour se faire soigner. Papi ne sera jamais d'accord, j'en suis certain.

Alors qu'on s'apprête à quitter l'école, monsieur Jardin interpelle ma mère.

— Madame Benshimon, le proviseur aimerait vous dire un mot.

Mince… Ma mère me lance un regard noir.

Il nous accompagne jusque dans le bureau de monsieur Godot, un homme tellement vieux que je me demande de quand il date.

— Savez-vous ce que c'est ?

Il lui montre un chewing-gum mâché sur un mouchoir. Je sens que ça va être ma fête.

Le visage de ma mère se crispe.

— Jacob, tu sais bien que tu n'as pas le droit de mâcher du chewing-gum à l'école, c'est vulgaire et c'est…

— C'est pire que ça, madame Benshimon.

Ma mère se tait. Elle ressemble à une statue en colère de profil.

— Votre fils a été surpris par monsieur Jardin avec deux de ses amis alors qu'ils vendaient des chewing-gums déjà mâchés à leurs camarades pendant la récréation.

Toutes les veines de son cou sont gonflées, prêtes à exploser.

— Ils font croire aux autres élèves qu'un chewing-gum mâché par un dentiste permet de ne plus avoir de caries, un chewing-gum mâché par un professeur permet d'apprendre plus vite ses leçons, un chewing-gum mâché par un policier permet d'être plus fort que les autres…

Qui a bien pu nous dénoncer ?

— Vous comprendrez, madame, que ce comportement est totalement inacceptable dans notre établissement.

Ma mère baisse la tête. Elle a honte. Mon cœur est dans le même état que celui de papi.

— Bien entendu, votre fils ainsi que les deux autres vont devoir rembourser toutes les victimes de leur escroquerie. Ils ont frôlé l'exclusion définitive. Avec monsieur Jardin, nous avons finalement décidé de les exclure deux jours. Nous attendons de vous que Jacob reçoive à la maison la punition qu'il mérite.

— Comptez sur moi ! dit ma mère, avec la mâchoire serrée.

Elle se lève et nous partons. Je préférerais rester à l'école pour une fois.

Sur le chemin de la maison, elle ne prononce pas un mot. Elle marche vite et le bruit de ses talons résonne sur le trottoir. Qu'est-ce que je vais prendre ! Pourtant, notre entreprise de chewing-gums marchait tellement bien ! C'était mon idée. À cause de moi, Paul et Claude vont se faire punir.

Dès qu'on passe la porte d'entrée, ma joue reçoit la plus grosse claque de l'année de mes huit ans.

— Mon fils est un voleur ! Mon fils est un escroc !

Odette arrive à mon secours.

— Qu'est-ce qu'il se passe ?

— Ton frère vend des chewing-gums mâchés à ses camarades de classe ! Qu'est-ce que les gens vont penser de nous, Jacob ? Qu'est-ce que les gens vont penser de nous ? Tu as de la chance que ton père soit au Maroc !

Je me rapproche d'Odette pour qu'elle me protège. Mais ma mère est tellement énervée qu'elle n'ose pas dire un mot pour ma défense.

— Tu veux finir en prison, c'est ça ? C'est ça que tu veux ? Tu vas rendre jusqu'au dernier centime et tu vas présenter des excuses à tous les enfants que tu as volés. Et tu es puni !

— Mais je suis déjà puni !

— Ne joue pas à l'insolent avec moi, Jacob ! File dans ta chambre ! Je ne veux plus te voir !

Odette me suit.

— Ça va aller ?

— Oui, je réponds. Tu crois qu'ils vont me mettre en prison ?

— Mais non, on ne met pas les enfants en prison.

— Claude m'a dit que si. Le frère de sa mère avait cinq ans et ils l'ont arrêté. On ne l'a jamais revu.

— C'était la guerre. En France, on ne met pas les enfants en prison. Tu as gagné combien ?

— Un franc et cinq centimes !

— Un franc et cinq centimes avec des chewing-gums déjà mâchés ! Tu les as trouvés où ?

— Avec Claude et Paul, on les ramassait par terre, on les nettoyait avec de l'eau et on les vendait.

— Berk ! Mais où allez-vous trouver ces idées ?
— On avait besoin de pièces !
— Qu'est-ce que vous voulez faire avec cet argent ?
— J'en ai besoin, c'est tout.
— Tu as encore peur qu'on manque de sous ? Tu sais, papa et maman doivent avoir des économies.
— Non, c'est pas pour ça. Je ne peux pas te le dire.
— Même à moi ? Si tu me confies ton secret, je pourrais peut-être t'aider. Tu as devant toi la nouvelle shampooineuse du salon Jean Charles coiffure !
— Tu as trouvé du travail ? Tu vas me donner des sous ?
Je l'enlace de toutes mes forces.
— Prêter des sous ! Pas donner ! Et en échange, tu dois me dire ce que tu comptes faire avec !
— Papi m'a promis que je pourrai aller à Safi à Noël si je rassemble cent pièces d'années différentes pour sa collection.
— Il t'a promis ça ? Mais...
— Il sera complètement guéri à Noël, je la rassure. Maman a dit que c'était une force de la nature. Merci, Odette ! Tu es la meilleure des sœurs du monde entier !

Le 4 novembre 1967

Salam, *Jacob,*

Je suis parti chez ton grand-père pour lui apporter des bouchons. Mais Mina, elle a pleuré. Elle a dit, il est à l'hôpital. Alors, je cours dans l'hôpital. Ton grand-père, il a pas la bonne couleur sur son visage. Mais les docteurs, ils vont retrouver sa santé, tu vas voir. Tu sais combien il y avait de personnes dans le couloir pour le visiter ? Au moins 30 ! Ils voulaient tous lui souhaiter une bonne santé avec plein de plats à manger. Il y avait des gâteaux partout dans la chambre. Ma mère a préparé des makrouds et des chebakia. Ta famille, elle était contente de voir les Marocains qui aiment ton grand-père, pas seulement les juifs. Ton grand-père aussi, il avait le visage heureux. Je sais pas soigner les cœurs, mais je demande à Allah de s'en occuper. Pour tes pièces, j'ai demandé à ton grand-père si les dirhams d'années différentes, ça marche. Il m'a dit non car il a déjà toutes les années.

J'ai vu ta maison en haut de la Biada. Elle est toujours grande. Elle est bien fermée avec la clé. Je la regarde pour toi.

Brahim

17

Je suis privé de tout. Je n'ai pas le droit de coller des dessins sur le mur ou de vendre des chewing-gums à l'école, je n'ai pas le droit de voir Claude et Paul en dehors de l'école, je n'ai pas le droit d'avoir de l'argent de poche ce mois-ci. C'est injuste ! Je suis enfermé et puni. Où est la liberté dans ce pays ? Je suis obligé de rester à la maison et d'écouter les conversations ennuyeuses de mes sœurs. Ce soir, heureusement, Simone est passée et j'ai essayé de l'interroger sur la grève pour savoir si elle allait oui ou non enfin commencer. Elle m'a dit que oui et que d'ailleurs elle est venue chercher Messodi pour qu'elle l'accompagne à une assemblée communiste très importante ce soir.

— Est-ce que je peux venir ? Moi aussi, je suis communiste ! ai-je crié. Moi aussi, je veux me battre pour la liberté ! Moi aussi, je veux que l'État donne plus d'argent aux étudiants. On est les seuls à travailler sans être payés !

Ma sœur m'attrape la joue pour l'embrasser.

— Tu voudrais qu'on te paie pour faire tes devoirs ! Ça ne m'étonne pas de toi ! Ce n'est pas ça être communiste, Jacob. Être communiste, c'est vouloir une société sans riches et sans pauvres, où chacun a ce dont il a besoin pour vivre, une société où chaque personne est libre d'exprimer ses opinions. Tu comprends ?

— Oui. Je comprends très bien. Moi, je ne suis même pas libre de dire que je ne veux pas aller à l'école. Je ne peux jamais rien dire.

— C'est plus compliqué que ça, Jacob. Aujourd'hui, la France est de plus en plus riche, mais les gens n'en profitent pas. Et les politiques ne font rien pour que ça change ! Ils ne prennent pas les bonnes décisions. Nous, on se bat pour qu'ils entendent notre voix et que la société change.

— Je veux venir avec vous ! S'il te plaît ! Moi aussi, je veux que la société change, moi aussi, je suis pauvre ! Maman m'a interdit de gagner des sous à la récréation. Je veux faire la révolution avec vous.

Ma sœur sourit.

— L'assemblée a lieu le soir et tu as école demain. Mais, tu sais, c'est aussi pour ta génération que nous menons le combat, pour que tu puisses étudier dans de bonnes conditions quand tu seras à la faculté, et que tu trouves facilement du travail.

— Mais vous faites quoi exactement pendant votre assemblée ?

— On débat, on essaie de rallier un maximum de personnes à notre cause en distribuant des tracts. Car si on est nombreux, le gouvernement sera obligé d'intervenir. Tiens, regarde ça !

Elle sort de sa poche un morceau de papier sur lequel il est écrit :

« Étudiants et professeurs ! Unissons-nous contre l'injustice ! »

« Non à la sélection des étudiants ! Oui à l'ouverture de nouveaux locaux ! »

« Le monde est autant le nôtre que le vôtre, mais, au fond, c'est à vous qu'il appartient ! »

Mao Zedong

— Moi aussi, je veux m'unir contre l'injustice. Emmène-moi à l'assemblée ! S'il te plaît ! Je vous aiderai pour les tracts. Vous dites toujours que je sais très bien dessiner.

Simone est fière de moi, je le vois dans ses yeux.

— Je ne peux pas t'emmener, mon Jacob. Les parents ne seront jamais d'accord. Mais je dirai aux camarades que nous avons le soutien de mon frère de huit ans !

Je suis déçu. C'est toujours elle l'héroïne de la famille alors que moi, je n'ai même plus le droit de voir mes camarades de huit ans.

Le lendemain, j'étais curieux de savoir comment la soirée s'était passée alors j'ai prêté l'oreille quand Messodi a commencé à parler avec Odette. Elle ne sait pas retenir sa langue, celle-là. Je me suis rendu compte qu'en vérité elle ne s'intéresse pas du tout à la révolution, mais à Geoffroy. Ce n'est pas une vraie communiste, Messodi, contrairement à moi.

— J'étais assise entre Simone et lui. J'écoutais à peine le débat. D'abord, discrètement, son pied s'est rapproché du mien. Nos chaussures se touchaient. Puis, un peu plus tard, il m'a effleuré discrètement la main. Je ne bougeais pas. Pourtant, à l'intérieur de moi, c'était un feu d'artifice. Il m'a caressé la main avec son petit doigt.

— Simone n'a rien vu ?

— Tout le monde était concentré sur l'organisation d'une grève à la fac. Il y avait un de ces chahuts. Dès que quelqu'un parlait, les autres applaudissaient ou tapaient le sol avec leurs pieds. Et dès qu'ils prononçaient le nom de Pompidou ou de de Gaulle, ils sifflaient et huaient. Ils ont préparé des banderoles pour protester contre les nouvelles mesures absurdes de sélection des étudiants mises en place à la rentrée. Alors que tout le monde était déchaîné, nos doigts se sont effleurés discrètement. À un moment, Simone a tourné la tête vers nous, j'ai retiré ma main et je me suis levée pour aller aux toilettes. Quand je suis sortie, je l'ai vu dans le couloir. Il m'attendait. Il s'est approché de moi, sans un mot. Il m'a entraînée dans un coin pour que personne ne nous voie. Il a d'abord exploré mon visage, puis mes yeux. Personne ne m'avait jamais regardée comme ça. Ensuite, il m'a caressé la joue et puis il s'est penché doucement et m'a embrassée.

— Avec la langue ? a demandé Odette.

— Oui !

Elles ont poussé des petits cris de fille toutes les deux. Moi, j'ai fait une mine de dégoût.

— Ça t'a fait quoi ?

— Comme si des millions de papillons s'envolaient dans mon ventre !

Je mets ma main contre ma bouche pour garder ma surprise au fond de ma gorge.

Messodi attend un bébé ! Elle n'a pas la tête d'une mère. Je ne suis même pas sûr qu'elle sache faire la cuisine toute seule. Qu'est-ce qu'il va manger son bébé communiste ? Et puis on n'a même pas fait une fête pour son mariage ! C'était une bonne nouvelle pour Jacqueline, mais, pour Messodi, c'est moins sûr.

J'aimerais tellement raconter toute cette histoire à Paul, Claude ou Brahim. C'est dur de garder un secret, mais Brahim, j'en suis sûr, n'en parlerait à personne. J'essaie d'imaginer la tête qu'il ferait s'il était en face de moi et que je lui annonçais la nouvelle :

— Messodi a un bébé dans le ventre ! Il est encore petit comme un papillon, mais, bientôt, il va devenir gros comme un melon !

Je cherche dans mes souvenirs. Je panique ! Je ne trouve qu'une seule tête : Brahim qui sourit car il a gagné aux osselets. Où sont passées les têtes de Brahim surpris, Brahim en colère, Brahim qui éclate de rire, Brahim triste, Brahim qui ment ? Ma mémoire se vide plus vite que prévu.

18

À l'école, on s'évite un peu avec Paul et Claude depuis qu'on est tous les trois punis à cause de l'histoire des chewing-gums mâchés. Paul doit laver le sol de la cuisine tous les jours et il est privé de dessert. Claude est privé de magazines et de sortie. Moi, je ne peux plus voir mes copains et j'ai dû rembourser tout l'argent des chewing-gums.

Ce soir, quand ma mère vient me chercher, elle porte sa belle robe bleu foncé et du maquillage, comme si elle était invitée quelque part. Elle m'explique que mon père doit rester au Maroc car papi a encore des examens de santé à faire à l'hôpital, même s'il va mieux. Elle m'annonce qu'on va au magasin de mon père.

— Monsieur Bouchard ! fait-elle avec un grand sourire quand on arrive. Depuis le temps que je voulais vous rencontrer !

Cet homme a une petite tête avec un nez en forme de triangle isocèle et deux yeux tout ronds. Il ressemble plus à un dindon qu'à un marchand de vaisselle.

— Vous êtes ?

— Je suis madame Benshimon ! Je suis ravie de vous rencontrer !

— Je suis également honoré de faire votre connaissance, chère madame !

Ma mère lui sort le grand jeu.

— En quoi puis-je vous être utile ?

— Je voulais vous prévenir en personne que mon mari est retenu à l'étranger car son père a des soucis de santé.

— Rien de grave, j'espère ?

— Mon beau-père est cardiaque malheureusement. Mais il est bien soigné, rassurez-vous.

— Chère madame, vous pourrez lui transmettre mes meilleurs sentiments, et surtout, vous pouvez compter sur mon dévouement en son absence.

Monsieur Bouchard est sous le charme. Il regarde ma mère comme si c'était un tableau de musée.

— Pendant son absence, c'est moi qui vais le remplacer, mais je ne viendrai pas tous les jours.

Monsieur Bouchard s'apprête à l'interrompre. Mais ma mère ne lui en laisse pas le temps. Elle enchaîne :

— Je vais avoir besoin de votre expertise pour me former aux arts de la table. Mon mari n'arrête pas de me dire que vous êtes très doué dans les affaires et que vous avez beaucoup de goût. Il me répète qu'il a de la chance de vous avoir. Est-ce que je peux compter sur vous ?

Et dire que ma mère me répète toujours qu'elle a horreur du mensonge.

— Naturellement ! Mais vous n'avez pas besoin de...

— Très bien ! Pourrez-vous me préparer les livres de comptes ? Je passerai dès demain. Au revoir, monsieur Bouchard !

— Mais je peux très bien m'occuper de...

— Mon mari a raison de vous admirer autant ! Dis au revoir, Jacob ! m'ordonne ma mère.

— Madame, je vous prie de souhaiter un bon rétablissement à votre beau-père.

Il nous raccompagne à la porte. Je comprends pourquoi mon père ne l'aime pas. Il parle comme s'il avait avalé un livre du Moyen Âge et il sent mauvais de la bouche.

Sur le chemin du retour, j'ai des questions plein la tête. Pourquoi maman doit travailler ? Elle n'a jamais eu de métier, même si elle est très forte en devoir d'école. D'un coup, mon cœur se serre. Et si elle ne m'avait pas tout dit et qu'on était devenus tellement pauvres qu'on va devoir tous travailler ? À cette idée, mon cœur devient très communiste.

Dès qu'on rentre, je m'enferme dans la chambre. Je dois m'unir pour sauver ma famille de la pauvreté. Je sors des feuilles de papier et j'écris mon premier tract :

« Unissons-nous contre les pauvres ! »

Juste en dessous, je fais un dessin d'un bonhomme triste et pauvre qui a les poches vides. Puis je passe au second tract. Et j'en fais un troisième. Il faudrait que j'en fabrique plus, mais j'en ai marre. Et ma mère me crie de faire mes devoirs depuis la cuisine. Je continuerai demain.

19

Ma mère a trouvé une femme de ménage pour l'aider à la maison pendant qu'elle travaille au magasin de vaisselle. C'est la gardienne de l'immeuble qui lui a dit que sa belle-sœur cherchait des heures de ménage. Elle s'appelle Fernanda. Elle est espagnole. Contrairement à Aïcha, la bonne que nous avions à Safi, elle ne reste pas toute la journée, seulement deux heures par jour. Elle vient à 17 heures à la maison accompagnée de sa fille Christina, car il n'y a personne pour la garder.

— Vous devriez jouer ensemble, vous avez le même âge ! me propose ma mère.

Moi, je me demande comment on peut s'amuser avec une fille. Elles courent moins vite et elles sont moins fortes aux billes. Hors de question que je joue à la poupée ou à la marelle.

— Tu viens, on va dans ta chambre ? me propose-t-elle.

Elle n'attend même pas ma réponse. Elle y va.

Je ne sais pas trop quoi lui dire.

— Est-ce que tu sais faire ça ?

Elle prend ses paupières et elle les retourne. Berk ! C'est dégoûtant.

— Et ça ?

Elle fait le grand écart. Ça a l'air facile. J'essaie. Mais je n'arrive pas à descendre. Je cherche quelque chose que je pourrais faire pour l'impressionner. Mais je ne trouve pas.

— Est-ce que tu sais parler espagnol ?

— Non.

— Tu voudras que je t'apprenne ?

— Je sais parler l'arabe, moi.

— Ah bon ? Dis-moi des mots en arabe !

Je sors les insultes que Brahim m'a envoyées :

— *Would sok, behima, hmarlahor*[1].

Christina est impressionnée.

— Est-ce que tu veux jouer au docteur ? me propose-t-elle.

Je ne connais pas ce jeu. Elle m'explique. C'est très facile. Je suis le malade et elle s'occupe de moi. Elle me demande d'abord d'aller chercher du dentifrice dans la salle de bains.

— Je vais vous appliquer cette pommade, ça va piquer un peu mais après vous vous sentirez beaucoup mieux.

Elle soulève mon maillot de corps et me l'applique au niveau du cœur. C'est un dentifrice à la menthe alors ça picote mais je n'ai pas envie qu'elle arrête.

Ensuite, elle me fait des caresses sur le visage en me disant qu'elle n'a pas le choix, elle est obligée de me faire une piqûre.

— Pour de faux, la piqûre !

---

1. Fils de nulle part, imbécile, espèce d'âne.

— Laisse-toi faire ! C'est le seul moyen pour que tu guérisses.

Elle prend un crayon à papier bien taillé et me pique le bras. J'ai un peu mal, mais je garde ma douleur silencieuse. Comme j'ai été courageux, elle me fait un bisou sur le front. Ça me donne chaud partout.

— Je crois que j'ai une autre maladie, encore plus grave, là au niveau de l'épaule.

Finalement, j'adore ce jeu et j'ai envie qu'on continue. Mais sa mère a fini son travail et elle prévient Christina qu'elles rentrent chez elle.

— Tu voudras bien revenir jouer ? je lui demande.

— Peut-être. Salut !

Ce n'est pas si mal de passer du temps avec Christina finalement, même si c'est une fille, même si je ne gagne pas de pièces pour la collection de papi. En attendant de pouvoir rejouer avec Paul et Claude, c'est mieux que rien.

***

On est vendredi soir. Dès que Simone arrive, je lui saute dessus car je veux savoir quand elle va m'emmener à l'un de ses rassemblements.

Elle vérifie que maman n'entend pas depuis la cuisine et elle me dit :

— Bientôt ! Je te promets !

Je veux lui montrer mes tracts, mais le téléphone sonne. Ma mère accourt au salon.

C'est mon père. J'ai envie de lui parler, mais ça coûte trop cher. On lui manque beaucoup. Tout va bien pour lui au Maroc. Il est invité à dîner tous les soirs. Il est retourné voir son ancienne entreprise de céréales. Les gens avec qui il travaillait étaient heureux de le voir. Ils l'ont supplié de revenir au Maroc. Ça nous fait du bien d'avoir de ses nouvelles et surtout d'entendre parler de Safi.

Ensuite, on passe à table. On fait seulement la prière du pain car il n'y a pas d'homme pour faire le *guefen*[1]. Ma mère est dans tous ses états car elle a raté ses *halotes*[2]. Elles sont toutes plates. Ça lui arrive très rarement.

— Quand votre père n'est pas là, rien ne va plus !

— Tu es sûre que papa n'aura pas de problème à la douane quand il rentrera en France ? Il ne va pas s'amuser à sortir de l'argent, j'espère ? demande Simone.

— Ça ne va pas la tête ! Bien sûr que non !

— Ce serait tellement plus simple de retourner à Safi, je lance. Là-bas, on n'avait pas de problèmes d'argent ! Maman, elle n'était pas obligée de travailler !

Tous les yeux se tournent vers moi.

— Jacob, en quelle langue il faut te le dire ? On ne peut plus revenir en arrière ! s'énerve Simone.

— Je ne te parle pas à toi car toi tu n'as pas le droit de revenir au Maroc !

— Il dit vraiment n'importe quoi ! ajoute Anna.

Elle a oublié qu'elle aussi elle pleurait pour qu'on rentre, il n'y a pas si longtemps. J'ai envie de lui tirer les cheveux.

— Le Maroc, c'est fini, Jacob ! lance Messodi, avec une voix de grande comme si elle imitait maman. On est français maintenant !

1. Prière sur le vin.
2. Pains tressés du shabbat.

Ça m'énerve tellement que je réponds sans réfléchir :

— Toi, tu ne veux pas partir parce que tu attends un bébé de Geoffroy et en plus il n'est même pas juif !

La tête de Messodi se transforme. Ses yeux s'assombrissent.

— Qu'est-ce que c'est que cette histoire ? demande ma mère.

Toutes mes sœurs me regardent. Je continue ce que j'ai commencé. Tous les moyens sont bons pour que ma mère comprenne qu'il faut qu'on rentre chez nous.

— Si tu ne veux pas que Messodi se marie avec Geoffroy, il faut qu'on rentre au Maroc et vite !

— Mais il va se taire ce morveux ! s'énerve Simone.

Messodi ne parle pas. Elle est tellement rouge qu'on dirait que son sang va sortir de sa peau et éclabousser le plat de poulet au citron. Elle se lève, sort de table et claque la porte de sa chambre.

— Messodi ! crie ma mère. Reviens ici tout de suite ! C'est quoi cette histoire de bébé ?

Elle se lève et court après ma sœur. On les entend hurler dans la chambre.

Simone n'en a pas fini avec moi.

— Vas-y ! Crache le morceau ! Depuis quand Geoffroy et elle sont ensemble ?

Elle me fait peur. Je ne dis rien.

— Parle !

Elle se tourne vers Odette et Anna, en espérant une réponse. Odette baisse les yeux. Elle ne trahira jamais Messodi.

— Si vous croyez que j'ai le temps pour ces gamineries !

Elle se lève de table, enfile son manteau et sort de la maison en claquant la porte.

Je cherche du réconfort auprès d'Odette, avec mes yeux.

— Comment tu as pu ? Tu ne crois pas que maman a assez de soucis comme ça ? Et tu te rends compte de ce que tu as fait à Messodi ?

Elle paraît si déçue. J'ai l'impression qu'elle ne m'aimera plus jamais.

Anna finit de m'achever.

— Bravo ! Tu as détruit la famille !

20

Mes sœurs ne sont jamais en colère très longtemps contre moi. Elles disent que je suis trop mignon pour ça. Mais cette fois-ci, c'est différent. Plus personne ne m'adresse la parole à la maison, à part ma mère. Elles me détestent. Toutes. Messodi est punie à cause de moi. Elle n'a plus le droit de sortir et ma mère la surveille de très près. Et en plus Simone ne lui adresse plus la parole. Ça m'embête d'avoir mis ma sœur dans cette situation. J'ai de la peine pour elle.

À table, j'essaie de raconter des choses intéressantes, mais elles mangent en silence comme si je n'existais pas.

— Personne n'a envie de t'écouter, Jacob ! lance Anna.

— Ça suffit ! s'énerve ma mère.

Le silence revient. Messodi ne touche pas à son assiette. J'ai peur qu'elle tombe malade.

Je prends mon courage de toutes mes forces, et je toque à la porte de sa chambre après le repas.

— Messodi, je...

— Sors de là !

— Mais je…

— Disparais ! Je ne veux plus jamais te parler ! Tu as gâché ma vie ! Tu n'es plus mon frère !

Je vais voir Odette qui s'applique une pâte rouge sur les cheveux.

— Toi aussi, tu es fâchée ?

Elle ne me répond pas. Il y a de la pâte rouge partout dans la salle de bains et ça sent mauvais.

— Je regrette, voilà ! Mais maman aurait remarqué le bébé !

— Enfin, Jacob ! Qui t'a dit que Messodi était enceinte ?

— Un garçon l'a embrassée sur la bouche et elle a dit qu'elle avait des papillons dans le ventre ! Jacqueline a eu la même chose !

— Elle est juste amoureuse ! Avoir des papillons dans le ventre, c'est une expression ! À cause de toi, maman est persuadée qu'ils ont couché ensemble et elle lui interdit de sortir !

— Mais elle n'a jamais dormi ailleurs qu'à la maison depuis qu'on est en France !

— Coucher, ça veut dire autre chose que dormir. J'en ai ras le bol que tu comprennes tout de travers.

— Mais personne ne m'explique rien ici !

— Tu as fait une énorme bêtise, Jacob !

Je baisse les yeux et je montre le visage le plus triste possible. Je lui demande :

— Qu'est-ce que je pourrais faire pour qu'elle me pardonne ?

— Je ne sais pas. Tu dois déjà promettre de ne plus écouter nos conversations !

— Je suis bien obligé ! On ne me raconte rien !

— Ce n'est pas une raison pour tout répéter à table !

Je ne voulais pas faire de mal à ma famille. Ça m'a échappé !

— Pourquoi Messodi et Simone se disputent ?

— Simone reproche à Messodi de lui avoir menti et de lui avoir caché cette histoire avec Geoffroy.

— Elle aussi, elle est amoureuse de Geoffroy ?

— Peut-être... Je ne sais pas.

Tout ça parce qu'il vient de la famille royale !

— Je déteste l'amour !

— Tu verras quand tu seras plus grand ! L'amour, c'est magique ! Il n'y a rien de plus fort !

— C'est plus fort que la police ?

Elle rit.

— Tu pourras rappeler à Messodi que je suis son frère et lui dire que je m'excuse ?

Je ne lui demande pas, je la supplie.

Elle hésite.

— On verra. Il est tard, maintenant. Je dois finir d'appliquer cette coloration.

Je pars, puis je reviens la voir.

— Odette ? Tu vas quand même me prêter les pièces pour la collection de papi ?

— Tu sais, papi, il n'est pas...

Je ne respire plus. Et, heureusement, elle change d'avis au milieu de sa phrase :

— Oui, je vais te les prêter ces sous.

Je suis soulagé. Mais je m'en veux beaucoup.

Le soir, allongé sur mon lit, je regarde le plafond. Si seulement je pouvais retourner dans le passé et effacer ce que j'ai dit ! Si seulement je pouvais être plus grand pour tout comprendre sans qu'on m'explique ! Si seulement toutes les réponses aux questions qu'on se pose pouvaient être écrites là-haut sur ce plafond, la vie serait plus simple. Comment guérir tous les problèmes de cœur du monde entier ? Comment retourner vivre au Maroc ? Comment ne rien oublier ? Comment supprimer la pauvreté ? Comment avoir des bonnes notes sans faire ses devoirs ? Seulement, voilà, le plafond est blanc.

21

La pluie adore Paris. Elle tombe sur les toits des immeubles, sur la Seine, sur les pavés des rues, sur la tête des gens, sur les lampadaires. Elle n'oublie personne. Moi, je la déteste. Parfois, le temps est tellement mauvais qu'on n'a pas envie de sortir en récréation, même s'il y a un préau. Je grelotte alors qu'on est seulement fin novembre. Ma mère n'arrête pas de me rajouter des couches d'habits. Je ressemble à un oignon. Paul et Claude m'ont dit qu'en janvier, c'est encore pire. On a un peu recommencé à parler maintenant que du temps a passé et qu'ils ne sont plus punis. Et on s'entend toujours aussi bien.

Même si c'était mon idée, Paul et Claude ne m'en veulent pas. Ils sont toujours dans mon camp. Ça fait partie du pacte à la sauce tomate. Je leur ai même proposé de devenir communistes comme moi.

— Mon père aussi, il en a marre du gouvernement, a dit Paul. Il n'arrête pas de répéter tout le temps « Y en a marre ! ».

— Y en a marre de quoi exactement ? demande Claude.

— Je ne sais pas trop.

— Qu'est-ce qu'il fait comme travail ? je demande.

— Il fabrique des clés. Et le tien ?

— D'habitude, il fait la vaisselle, mais, là, il est au Maroc car mon grand-père a très mal au cœur. Il doit s'occuper de lui.

— Ma mère est infirmière à l'hôpital Saint-Antoine, m'informe Claude. S'il était en France, elle pourrait s'occuper de lui.

— Non, surtout pas ! Il est très bien au Maroc mon grand-père !

— Et toi, Claude, il fait quel métier ton père ? demande Paul.

— Il vend des machines à laver.

— Il en a marre, lui aussi ?

— Je ne sais pas. Je lui demanderai.

Je sors de ma poche les tracts que j'ai fabriqués à la maison et je leur explique :

— Il faut qu'on en fasse plein ! On les donne aux gens ; comme ça, ils sont d'accord avec nous et ils nous soutiennent. Et c'est comme ça que les choses vont changer et qu'on pourra faire tout ce qu'on voudra, nous aussi, même si on n'a que huit ans et demi.

— On les distribue où ces tracts ?

— Ma sœur Simone s'occupe de tout. Elle a l'habitude. Le problème, c'est qu'on est un peu fâchés en ce moment, elle et moi.

— On n'a qu'à les distribuer à l'école ? propose Claude.

— Tu es fou ? Si monsieur Jardin s'en aperçoit, on va se faire renvoyer pour de bon cette fois-ci ! Je vais me réconcilier avec Simone et elle nous aidera à les distribuer aux bonnes personnes.

— Je pourrais demander à ma mère de vous inviter tous les deux jeudi prochain à la maison pour qu'on en fasse plein ? propose Paul.

— Je ne sais pas si ma mère sera d'accord, car moi je suis encore puni, mais ça se tente !

***

Ma mère est venue me chercher à l'école avec un goûter et elle m'a emmené au magasin.

— Qu'est-ce que je vais faire pendant que tu travailles ? Je vais m'ennuyer !

— Pas du tout ! Comme tu es puni, tu vas nous donner un coup de main ! Tu réfléchiras à deux fois la prochaine fois que tu auras une bêtise à faire.

— C'est injuste ! Ça ne faisait pas partie de la punition !

— Et vendre des chewing-gums mâchés à des innocents, tu crois que c'est juste ?

Toujours et encore des obligations, des interdictions, des punitions ! Avec les communistes, on supprimera tous les mots en « tion » qui pourrissent la vie des jeunes !

J'aurais préféré vendre des assiettes aux clients, mais à la place je suis en charge de l'inventaire dans l'arrière-boutique. Je dois compter toutes les assiettes, tous les verres et tous les couverts de chaque gamme et inscrire le nombre sur un cahier. Ma mère m'a dit que ça m'entraînerait au calcul.

C'est tellement ennuyeux que je me demande si je ne préfère pas l'école.

Ma mère reçoit les clients comme des invités qu'elle n'aurait pas vus depuis longtemps. Certains achètent, d'autres non. Mais elle est souriante avec tout le monde. Monsieur Bouchard, lui, sourit rarement. Il n'a pas l'air content. Ma mère pense qu'il est jaloux qu'une femme soit meilleure vendeuse que lui.

Quand vient enfin l'heure de fermer la boutique, je suis épuisé. Je n'ai travaillé qu'une heure et demie, mais c'était déjà trop. Comment font les adultes pour travailler toute une journée ?

Même si elle ne m'a pas donné le choix, ma mère me remercie pour mon aide. Elle sort son porte-monnaie et me tend mon premier salaire : une pièce de cinquante centimes. Je suis fou de joie. Elle date de 1963, une année qui me manquait.

— Est-ce que je suis toujours puni ?

Ma mère réfléchit.

— C'est bon, je lève ta punition. Mais c'est la dernière fois, Jacob !

— Promis, maman ! Est-ce que je peux aller chez Paul jeudi après midi ?

— Tu ne perds pas de temps ! C'est d'accord. Mais pas de bêtises, ce coup-ci, hein ?

***

En attendant, Christina est revenue à la maison. Sa mère fait le ménage et me garde quand la mienne travaille. Cette fois-ci, elle avait deux nattes bien serrées de chaque côté de son visage. Elle m'a appris à faire du hula hoop. Elle est très forte.

— Tu me trouves belle ? me demande-t-elle, en même temps qu'elle fait tourner sa nouvelle robe violette.

Je ne sais pas trop quoi lui répondre. Je ne veux pas qu'elle croie que je suis amoureux d'elle.

— Pourquoi tu me demandes ça ?

— Parce que tu as du rouge sur les joues.

— Et alors ? Ça ne veut rien dire ! Toi, tu as bien des taches de rousseur !

— Donc tu ne me trouves pas belle ?

Son visage devient triste. Je me rattrape :

— Mais si, tu es très belle avec tes nattes, et puis, tu sais faire le grand écart ! Mais je te préviens, on n'a pas le droit de se marier ensemble.

— Pourquoi ?

— Parce que tu n'es pas juive.

— Et alors ?

— Ça cause des problèmes de cœur. Et après, tu pleures, tu pleures tellement, qu'en plus d'avoir mal au cœur, tu as mal aux yeux. Quand un juif est amoureux d'un catholique, crois-moi, ça se passe mal.

— Il suffit que le catholique devienne juif ou le contraire !

— Tu crois qu'on peut changer de Dieu comme ça, toi ? Ce serait trop facile ! Et puis, c'est important de respecter les quantités de départ. Si tout le monde devient juif, il n'y aura plus de catholiques ! Et si tout le monde devient catholique, il n'y aura plus de juifs !

— De toutes les manières, on va bientôt repartir vivre en Espagne.

— Quoi ? C'est impossible ! je réponds, paniqué.

— Ben si ! Avec mes parents, on a quitté l'Espagne à cause de Franco. Tu le connais ? C'est un dictateur. Si on ne fait pas exactement ce qu'il nous dit de faire, il nous met en prison et il nous torture. C'est ce qui est arrivé à mon oncle, Ignacio. Mes parents sont malheureux d'être loin de leur famille. Et en France, ils ne gagnent pas assez d'argent. Ils disent que Franco va bientôt mourir. Dès qu'il est dans sa tombe, *nos vamos* !

Même elle, elle va repartir !

— Ne fais pas cette tête ! On s'écrira ! On fait une partie de billes ou tu as peur qu'une fille te batte ?

Mon cœur va encore plus mal. Je ne veux pas qu'elle parte !

22

Aujourd'hui, j'ai reçu une nouvelle lettre de Brahim.

Le 20 novembre 1967

Salam, *Jacob,*

J'ai bien reçu tous tes problèmes. J'ai eu l'idée spectaculaire. Chouf ! *Tu te rappelles la* Taleb[1] *à Jrifat ? Je suis parti chez elle. C'est vrai ! Je t'assure ! J'ai pas peur. J'ai fait la commande du* chhor[2] *pour dire oui. Comme ça, tu dis à tes parents : « On revient à Safi ? », et eux, ils répondent « Oui, Jacob,* nabibesk ali *» ! La Taleb, elle a dit, le* chhor, *ça coûte beaucoup de dirhams. Reviens avec les dirhams ! Je vais fabriquer les poteries et les clients, ils vont me donner beaucoup de dirhams. La Taleb, elle a dit, pas de problème pour le* chhor *envoyé à Paris. Et après, toi, tu vas revenir. D'accord ?*

Brahim

1. Sorte de voyante-sorcière.
2. Sort.

En lisant la lettre, le souvenir me revient. La mère de Brahim était allée voir une *Taleb* (car elle était certaine qu'on avait jeté un *chhor* sur sa famille). La *Taleb* lui avait donné un mélange de plantes au goût amer à faire boire à toute la famille. Brahim m'avait raconté que ça avait donné des bons résultats car son père avait vendu plus de poteries après ça.

Comme on avait besoin de dirhams pour acheter des glaces, on avait eu l'idée de fabriquer notre propre potion. On s'était installés dans le champ derrière chez moi pour que personne ne nous voie. On avait mélangé des feuilles d'arbres, des fleurs jaunes, des herbes hautes, des pépins de raisin, un reste de Judor et, pour que ce soit meilleur, on avait ajouté des petits morceaux de réglisse.

Juste avant de boire, on avait eu un doute, car le mélange avait l'air dégoûtant, et puis on avait pensé à toutes les glaces qu'on pourrait s'acheter. On avait compté jusqu'à trois et on avait bu. On était tombés malades tous les deux. Je n'arrêtais pas de vomir et d'aller aux toilettes. Ma mère avait dû appeler le docteur Benmimouni. Il m'avait ausculté et il avait dit que c'était une indigestion. J'avais mangé quelque chose de pas frais. Ma mère était allée insulter le boucher cacher. Brahim, lui, avait eu droit à un autre mélange d'herbes, préparé par sa mère pour qu'il guérisse.

Quand on s'était retrouvés trois jours plus tard en bas de la Biada après l'école, on s'était demandé combien de temps il fallait attendre pour que la potion fasse arriver les pièces.

— C'est peut-être une histoire de recette. Et si tu allais voir la *Taleb* ? avais-je proposé.

J'ai vu que Brahim avait peur.

— Pourquoi moi ?

— On y va tous les deux si tu veux.

Il n'avait pas l'air rassuré. Moi non plus du coup.

— Je n'ai pas très envie de glace en ce moment.

— Oui, c'est vrai, moi non plus. J'ai encore un peu mal au ventre.

On n'avait plus jamais reparlé d'y aller.

J'espère que ce *chhor* pourra aussi guérir mon grand-père. Je suis content que Brahim essaie de m'aider. Même si j'ai des copains ici, c'est quand même mon meilleur ami. Je ne lui parle jamais de Claude et Paul, dans mes lettres. J'ai peur qu'il soit jaloux et qu'il pense que je l'ai remplacé. Je préfère lui raconter que je suis vraiment malheureux de ne plus habiter à Safi.

Le 27 novembre 1967

Salam, *Brahim !*

Le chhor *spécial oui, est vraiment une idée de génie !* Choukran *et encore* choukran *! Tu imagines le bonheur ? Est-ce qu'on peut déménager à Safi ? Oui ! Est-ce qu'on peut partir aujourd'hui ? Oui ! Est-ce qu'on peut oublier la France pour de bon ? Oui ! Pour les sous de la Taleb, dis-lui que quand j'arrive, je lui donne. Le mieux, c'est qu'elle t'explique sa recette et moi, je fais la potion ici. D'accord ?*

J'aimerais te rendre des services moi aussi. Est-ce que tu as besoin de quelque chose de France qui rentre dans une enveloppe ? Si c'est plus gros, il faudra attendre le mois de décembre. On va tellement bien s'amuser quand je reviendrai.

On ne s'arrêtera de jouer que pour dormir. Est-ce que tu te rappelles bien toutes mes têtes ? Moi, ne t'inquiète pas, je n'ai rien oublié.

Bon, j'attends ta réponse.

Jacob

Quand ma mère vient me chercher à la sortie de l'école, je suis heureux car j'ai la lettre de Brahim en tête, mais elle est pressée. Il y a beaucoup de clients au magasin et on doit se dépêcher d'y retourner.

— Je dois encore compter les assiettes ? je demande.

— Non, aujourd'hui, j'ai une nouvelle mission pour toi.

— Quoi ?

— Tu verras.

Ma mère m'a prévu un « travail surprise » ! Sauf que ce soir, je n'ai pas le moral.

— Maman, est-ce que parfois tu repenses à Safi ?

Ma question l'étonne.

— Ça m'arrive, oui.

— Tu préfères vivre à Paris sous la pluie, mais avec de jolis monuments ou vivre à Safi au soleil avec plein d'invités qui te font des compliments sur ta cuisine, mais sans monuments ?

— Jacob, je n'ai pas le temps maintenant. J'ai trop de choses dans la tête en ce moment.

On arrive à la boutique. Mon « travail surprise » consiste à coller des étiquettes de prix sur les assiettes. C'est plus marrant que l'inventaire, mais ça reste du travail. Un client entre. Ma mère

23

Comme la fois où j'étais invité chez Claude, ma mère a mis une belle robe et du maquillage pour m'accompagner chez Paul et m'a répété toutes les règles de politesse. Elle espère une nouvelle fois être invitée à prendre le thé. Mais quand on sonne à la porte, c'est Paul qui vient nous ouvrir. Sa mère est occupée dans la chambre et ne prend pas la peine de saluer ma mère. Mais elle insiste pour la rencontrer.

— Elle est bien là au moins ? demande-t-elle à Paul.

— Oui.

— Tu peux lui dire de venir ? J'aimerais la saluer.

Paul va la chercher. On l'entend râler dans la chambre. Une petite femme avec une blouse à fleurs pas très jolie arrive. Elle se force à sourire.

— Vous voulez me voir ?

— Je voulais me présenter, comme nos fils sont amis.

— Moi, c'est Geneviève.

— Enchantée ! Ruby Benshimon.

Elles n'ont rien à se dire. Ma mère comprend qu'elle doit partir. Elle m'embrasse et me demande d'être sage.

Claude arrive quelques minutes après moi. L'appartement de Paul est un peu plus petit que le mien. Mais c'est normal, il n'a qu'une sœur, alors que moi j'en ai trois qui vivent encore avec nous. Ses parents adorent le orange car il y en a sur tous les murs de chez lui.

On s'installe dans sa chambre. On arrache des feuilles de nos cahiers de brouillon, on prend des crayons de couleur et on fabrique nos tracts.

— Mon père aussi, il a envie de faire la grève, dit Paul. Il pense que les salaires sont trop bas en France et que les patrons gardent tout pour eux.

Je repense aux sous que m'a donnés ma mère. Après la grève, j'espère qu'elle m'en donnera plus.

— Mon père, lui, fait Claude en attrapant un crayon rouge, il est contre la grève. Il a peur qu'on accuse encore les juifs s'il y a le bazar en France.

— Pourquoi ? Les juifs n'ont rien à voir là-dedans. C'est le gouvernement, le problème, je réponds.

— Quand ça va mal dans un pays, souvent les gens pensent que c'est de la faute des juifs. C'est une habitude.

— Pas au Maroc !

— Alors pourquoi vous êtes partis ? demande Claude.

Je cherche un mensonge, car je ne peux pas leur avouer qu'ils avaient peur.

— Mes parents pensaient que la France, c'était mieux que le Maroc mais ils se sont trompés. D'ailleurs, on ne va pas tarder à déménager.

Paul et Claude me regardent, super surpris.

— Je croyais que tu devais seulement partir pour les vacances ? demande Paul.

— Oui, à Noël. Mais après, on va repartir pour de bon.

Paul et Claude ont l'air triste. Ça me fait mal au cœur, car on est des bons copains maintenant. Je les rassure.

— Vous pourrez venir me voir pendant les vacances ! C'est loin, mais je suis sûr que vous aimerez Safi. Et puis, je ne sais pas encore quand on va partir. Ça dépend de mes parents. Les enfants n'ont rien le droit de décider, je vous rappelle. D'ailleurs, on les fait ces tracts ?

Heureusement, aucun des deux ne s'aperçoit que je mens. Ils me manqueront quand je serai au Maroc.

La mère de Paul nous appelle pour le goûter. Elle nous sert un verre de lait et deux petits biscuits secs. J'ai encore faim, mais je n'ose pas demander. Ma mère me gronderait parce que ça voudrait dire qu'on n'a pas assez à manger chez nous. Je repense encore à la mère de Brahim qui nous gavait de délicieux gâteaux et qui me donnait même une boîte remplie pour mes parents.

Au final, on est fiers de nous car on a fabriqué vingt-huit tracts. On a sûrement laissé quelques fautes d'orthographe, mais les gens comprendront l'idée, car, en plus, on a ajouté un dessin.

« Liberté pour tous les primaires ! Même ceux qui sont punis ! »

« Le pouvoir aux écoliers ! »

« Augmentez l'argent de poche des pauvres ! »

« Celui qui donne une punition ira en prison. »

On a hésité pour le dernier, car on veut bien que monsieur Jardin aille en prison mais pas nos parents. Alors, on a barré et on a mis :

« Les punitions, c'est interdit ! Et les devoirs aussi ! »

Maintenant, il ne me reste plus qu'à me réconcilier avec Simone. C'est la seule qui sait comment et où les distribuer.

***

Ça tombe bien : Simone vient presque tous les jours à la maison. Mais elle passe son temps maintenant à se disputer avec Messodi. Je les ai entendues hurler l'une sur l'autre un soir où maman n'était pas encore rentrée.

— Avec tous les Français qu'il y a à Paris, il a fallu que tu choisisses Geoffroy !

— Il n'y a pas marqué ton nom sur son front ! Tu n'avais qu'à me dire que tu avais des vues sur lui.

— C'est vrai que, toi, tu as accouru pour m'annoncer que tu sortais avec lui !

— C'était un coup de foudre... On n'avait pas prévu de tomber amoureux.

— Tu t'entends parler ? Tu te crois dans un roman ?

— Tu es jalouse !

— Moi, jalouse de toi ? Avec ce qui se passe en France en ce moment ? Est-ce que tu sais qu'à côté de la fac, il y a des gens qui n'ont même pas d'eau potable pour vivre ? Je n'ai pas le temps pour ces niaiseries. D'ailleurs, Geoffroy a des choses plus importantes à faire que de sortir avec une gamine ! Et il va vite t'oublier avec toutes les filles qu'il y a à la fac !

Messodi a envie de la frapper. Odette intervient avec des bigoudis sur la tête pour les séparer. Messodi s'enferme dans sa chambre en l'insultant.

Simone a apporté son linge sale pour le laver à la maison dans la machine à laver. Je respire un grand coup et je vais lui parler. Je me plante devant elle avec les tracts dans la main.

— Qu'est-ce que tu veux ? aboie-t-elle.

Je lui tends les vingt-huit papiers. Elle lâche son linge.

— Mes copains et moi, on est des communistes comme toi. On veut faire la révolution nous aussi.

Elle sourit en lisant les tracts.

— « Unissons-nous contre les pauvres ! »

— Il est de moi celui-ci, je lui précise fièrement.

— Unissons-nous contre la pauvreté, pas contre les pauvres ! On dirait que tu leur en veux !

— Je corrigerai ! Est-ce que tu peux nous aider à les distribuer pour que le gouvernement réagisse ?

Elle réfléchit, puis elle me lance :

— Ça te dit de venir avec moi samedi à la prochaine assemblée ?

— Oh oui ! Je peux demander à mes copains de venir aussi ?

— Si tu veux. On racontera à maman qu'on va faire une promenade pour ne pas qu'elle s'inquiète.

— Et les tracts ?

— Prends-les avec toi !

24

Simone ne me fait plus la tête. Il faut dire qu'elle et moi, on mène le même combat. La réconciliation avec Messodi est beaucoup plus difficile.

J'ai tellement insisté qu'Odette a accepté de discuter avec Messodi. Mais il n'y a rien à faire, je ne suis plus son frère. Ça me rend triste. Messodi et moi, on n'était pas du genre à se disputer. La France, ça l'a complètement transformée.

— C'est normal qu'elle t'en veuille ! À cause de toi, elle ne peut plus voir le garçon qu'elle aime, m'explique Odette.

Odette a une drôle de couleur de cheveux. On dirait qu'elle les a frottés avec du poivron rouge. Elle dit que ce sera bientôt à la mode. Et c'est important qu'elle s'entraîne pour être admise dans son école de coiffure. Elle voulait essayer une autre pâte colorée sur mes cheveux, mais, heureusement, ma mère le lui a interdit.

— Mais c'est maman qui l'empêche de le voir ! Pas moi !

Odette m'a expliqué : maman pense que Messodi est trop jeune pour fréquenter un garçon, elle a peur que les gens disent que c'est une fille des rues, une fille facile qui sort avec tous les garçons qu'elle trouve. Je me suis demandé qui pourrait dire une chose pareille parce qu'à Paris on ne connaît personne. Mais en fait, le vrai problème, c'est qu'il n'est pas juif. Armand avait raison !

— Geoffroy n'a qu'à faire croire aux parents qu'il est juif ! Il apprend par cœur la prière du *guefen*, on lui prête une *kippa*, je lui file mes cours de Talmud Torah pour qu'il se renseigne sur les fêtes juives et voilà ! Moi, à sa place, c'est ce que j'aurais fait !

Elle a souri :

— Tu sais bien que ça ne peut pas marcher.

C'est vrai que ma mère est dure avec elle. Encore plus dure qu'avec moi. Elle est privée de sortie, elle doit rentrer directement à la maison après le lycée et elle n'a plus le droit de téléphoner, même à son amie Manon.

Quand elles ont des secrets à se raconter avec Odette, elles s'enferment dans la salle de bains et elles chuchotent. Impossible d'entendre quoi que ce soit. Pour Messodi, je suis transparent. Elle ne m'écoute plus, ne me parle plus, ne me regarde plus. Si seulement je pouvais revenir en arrière et ravaler ce que j'ai lancé à table.

La porte d'entrée claque. C'est Simone qui débarque, en colère, comme d'habitude.

— Allumez la radio ! Vous avez entendu le discours de Charles de Gaulle ?

Odette tourne le bouton et on s'installe tous autour.

— Qu'est-ce qu'il se passe ? s'inquiète ma mère.

— Écoutez ça !

Simone monte le son :

> Ils sont plus d'un millier de journalistes français et étrangers réunis à l'Élysée.
>
> « Certains redoutaient que les juifs, jusqu'alors dispersés, mais qui étaient restés ce qu'ils avaient été de tout temps, c'est-à-dire un peuple d'élite, sûr de lui-même et dominateur, n'en viennent, une fois rassemblés dans le site de leur ancienne grandeur, à changer en ambition ardente et conquérante les souhaits très émouvants qu'ils formaient depuis dix-neuf siècles : l'an prochain à Jérusalem. »

Ma sœur explose.

— Un peuple sûr de lui-même et dominateur ! Comment ose-t-il dire une chose pareille ? ! Il confond Israël et les juifs lui aussi !

— Tu interprètes mal, Simone ! intervient Odette. Charles de Gaulle a sorti la France de la guerre ! Et papa m'avait raconté que les Français ont manifesté pour soutenir Israël en mai dernier.

— Oui, mais les Français ont aussi aidé les Allemands à se débarrasser des juifs pendant la Seconde Guerre mondiale, répond Simone.

— C'était du temps de Pétain. Charles de Gaulle est un président juste et droit qui ne cautionnerait aucune persécution ! s'écrie Messodi.

— Ça va recommencer comme au Maroc ? demande Anna. Les Français aussi n'aiment pas les juifs ?

— Qui a dit que les Marocains n'aimaient pas les juifs ? je lance. La guerre des Six-Jours, c'était juste une petite dispute de rien du tout.

— Il ne faut pas tirer des conclusions trop rapidement ! dit calmement ma mère.

— Maman, ne sois pas naïve ! s'agace Simone. Sa déclaration va avoir des conséquences !

— Charles de Gaulle a mené la Résistance et s'est battu pour une France libre ! précise Odette.

— Il a sauvé des milliers de juifs ! s'énerve Messodi. C'est un héros ! Il s'est seulement mal exprimé dans son discours.

— Je ne t'ai pas parlé à toi ! aboie Simone.

— Moi non plus ! répond Messodi.

— Ça suffit toutes les deux ! crie ma mère.

Anna monte le son du poste de radio.

« Toujours autant de débats à l'Assemblée sur la loi Neuwirth. Partisan de longue date de l'abrogation de la loi de 1920, Lucien Neuwirth mène un combat pour la libéralisation de la contraception malgré l'opposition de la majorité de droite. »

Ma mère s'empresse d'éteindre.

— Rallume ! Il y a mon émission préférée, après les informations ! dit Anna.

— Va l'écouter dans ma chambre. Je dois appeler Rosette. Jacob ! Va te brosser les dents !

Messodi et Odette repartent dans leur chambre. Simone et ma mère discutent au salon. Elle est en boucle et lui répète que c'est grave.

— Simone, arrête avec ça ! Charles de Gaulle est un grand homme. Il ne fera jamais de mal à personne.

— Tu as entendu parler de la résolution 242 ? L'ONU veut forcer Israël à rendre les territoires ! Mais Israël ne rendra jamais les territoires car ça nuirait à sa sécurité. Les Palestiniens vont se battre ! Comment les Français vont réagir s'il y a une autre guerre ? Est-ce qu'ils vont manifester contre les sionistes ? Est-ce qu'ils vont écrire des cochonneries dans les journaux ?

Elle a réussi à effrayer maman.

On est partis parce qu'on pensait qu'on ne nous aimait pas. Mais, ici, c'est pareil. Alors pourquoi se forcer à rester ? Ça va plus vite que prévu. Si ça se trouve, on n'aura pas besoin d'attendre jusqu'à la grève car Brahim a réuni assez de dirhams pour la *Taleb* et le *chhor* commence à marcher.

Simone rentre à la Cité universitaire. Ma mère prend le téléphone.

— Allô, Rosette ? Oui, ma chérie... Comment va Prosper ?... Oui... Le discours de Charles de Gaulle... Je ne sais pas s'il faut s'inquiéter... C'est un grand homme ! Non ! Je ne sais pas ce que les gens pensent ici... Non... Pour Messodi ? J'aurais fini par l'apprendre !... Jamais de la vie !... Messodi ne serait jamais tombée amoureuse à Safi... Non... Oui... Oui... Même si elle n'a que dix-sept ans ! Il n'est pas question qu'elle sorte avec lui ! Max deviendrait fou s'il savait ! Oui... Elle n'arrête pas de dire que je suis cruelle et que j'ai gâché sa vie. Imagine-toi qu'ils vont légaliser la contraception ici ! Il ne manquait plus que ça ! Je ne sais plus quoi faire... Mais si ça ne passe pas ?... Pourquoi veux-tu que j'aille voir le rabbin ?... Des conseils ?... À Safi, je serais allée voir les saints à Ouled Ben Zmirou... Parfois, je me demande si on a bien fait de venir en France...

Elle finit sa conversation en arabe. Impossible de savoir si elle discute de notre retour avec Rosette.

Le 27 novembre 1967

Salam, *Brahim,*

Tu veux savoir la meilleure ? Le chhor *est en train de marcher ! Charles de Gaulle a critiqué les juifs ! Le roi Hassan II, il n'aurait jamais fait ça, pas vrai ? Ma sœur Simone, ça l'énerve. Tu crois que c'est grâce au* chhor *? Tu as donné tous les dirhams à la Taleb ? Parce que si la France, c'est dangereux pour les juifs, mes parents vont vouloir partir. Il faut lui donner l'adresse à la Taleb, on repart à Safi, pas ailleurs.*

Brahim, sans ton aide, je suis fichu ! Tu es mon meilleur ami.

Jacob

25

Décembre 1967

Dommage qu'il n'y ait pas de sonnerie spéciale du téléphone pour les terribles nouvelles. Il suffirait de ne pas répondre.

Nous sommes à table. Ma mère se lève pour décrocher. On la suit. C'est Henri. Son visage se décompose. Dans ses petits yeux marron clair, on voit la détresse en grand. Une larme apparaît au coin de son œil. Elle coule sur sa joue et, très vite, elle est suivie par d'autres. Elle n'arrive même plus à parler. Elle raccroche. Elle voudrait être forte, comme une adulte, mais c'est trop dur. Elle prend le mouchoir que lui tend Anna et nous annonce avec une voix qui tremble :

— Papi Prosper est parti.

— Où ça ? je demande, paniqué.

L'eau recouvre très vite les visages de mes sœurs.

— Au paradis, mon chéri.

J'ai envie de crier, de sortir les insultes interdites, d'arracher ce papier peint français que je déteste ! Les départs en général, au paradis ou à Paris, ça me met la rage. Pourquoi il a fait ça ? Pourquoi ? Il était ma seule chance de revenir au Maroc. Il m'avait donné sa parole ! Il m'a menti !

Le téléphone sonne de nouveau. Je ne respire plus. Peut-être qu'ils appellent pour dire qu'ils se sont trompés. Ils ont cru qu'il était mort parce qu'il fermait les yeux et qu'il avait mauvaise mine, mais, en fait, il s'est réveillé et il va bien. Peut-être même qu'il leur a fait une bonne blague. Papi est comme papa, c'est un grand farceur.

Ce n'est pas une erreur. Papi est complètement mort. Et, avec lui, mon voyage à Safi. Il me manquait seulement six pièces. J'aurais pu y arriver ! Pour lui, le *chhor* n'est pas arrivé à temps.

Papi est enterré au cimetière juif de Safi. Un rabbin d'Essaouira s'est déplacé pour faire la prière car il n'y a plus de rabbin à Safi depuis le mois dernier.

Ma mère appelle mon père tous les jours pendant la semaine de deuil. Elle nous a expliqué qu'il doit rester une semaine avec ses frères et sœurs dans la maison de papi, sans se laver, et sans se raser. On lui a déchiré sa chemise au niveau du cœur et il doit la garder pendant les sept jours. Ils n'ont pas le droit de cuisiner ni d'écouter de la musique. Elle aurait aimé être avec lui et lui apporter à manger tous les jours. Heureusement, ils ont encore beaucoup d'amis au Maroc, juifs et musulmans, qui leur rendent visite et s'occupent bien d'eux.

Le téléphone n'arrête pas de sonner. Toute la famille appelle pour présenter des condoléances.

Ma mère se plaint de ne pas être auprès de mon père.

Alors qu'elle vient juste de raccrocher, je lui saute dessus :

— Pourquoi on ne va pas au Maroc ?

Ma voix est remplie de colère.

— C'est impossible ! me répond ma mère à bout de forces.

— Et tu penses à papa ? Il pleure tout seul et il n'a même pas sa famille pour le consoler.

— Ses frères et sœurs sont avec lui, ne t'inquiète pas.

— Et nous alors ? Qui nous console ?

Odette me prend dans ses bras. Je sanglote.

— Pleure, mon Jacob, pleure.

Quelques jours plus tard, je reçois une lettre de Brahim.

Le 4 décembre 1967

Salam, *Jacob,*

Ton grand-père, hsismi, *c'est pas juste. Mon père, il veut pas, mais je vais le voir dans le cimetière juif. J'ai demandé à Allah de lui donner une bonne santé au paradis. Tant pis s'il est juif. Moi, je l'aime, ton grand-père. J'ai beaucoup de larmes pour lui. J'ai commencé la collection de crayons. Et pour la collection de pièces de France ? Tu vas faire comment ? Tu vas venir quand ? La Taleb, elle veut encore plus de dirhams pour le* chhor. *Alors, j'ai dit à mon père je vais faire les grandes livraisons avec le* hmar *pour gagner plus de dirhams. Parce que maintenant je suis grand. Il m'a donné la livraison pour Sidi Bouzid. Je monte, je monte la côte. L'âne, il fait des bruits d'âne, et moi,* msquin, *je comprends pas. Et* hak *! L'âne, il tombe. Il dort un peu, je pense. J'attends, j'attends. Et un autre paysan, il me dit : il est mort !*

Waliya ! *Mon père, il va être en colère. Il va croire, j'ai cassé l'âne, comme les poteries. Je lui fais les promesses à l'âne, s'il se réveille, je lui achète des glaces, des carottes, juste pour lui.* Walou. *L'âne, il est mort. Je reste dehors pendant deux jours. Je me cache derrière ta maison, en haut de la Biada, dans le champ. Mohamed, il me trouve. Je reçois les coups de Mohamed, après de mon père et après de ma mère. Ma mère, elle a pleuré. Mon père, il a dit maintenant, tu fais plus les livraisons, tu fais l'école. Alors après l'été, je fais l'école de la Biada. Fatima ici présente qui tient le stylo est très gentille. Mais pour l'écriture, c'est mieux l'école.*

Brahim

Je suis triste en lisant la lettre. Brahim a fait tout ce qu'il a pu pour trouver l'argent pour le *chhor* mais il a échoué et mon grand-père est mort. Je suis tout de même content pour lui qu'il aille à l'école de la Biada maintenant. Je suis aussi un peu jaloux, il va se faire d'autres amis, c'est sûr. Et peut-être que je ne serai plus son meilleur copain. Paul et Claude, ce n'est pas exactement la même chose, car ils sont dans un autre pays. Dans mes lettres à Brahim, je ne lui en parle jamais, car je ne veux pas lui faire de la peine. Peut-être m'a-t-il déjà remplacé et il n'ose pas m'en parler ?

***

Fernanda a vu que j'étais très triste et elle a proposé à ma mère que je vienne chez elle pour jouer avec Christina.

Elle habite un appartement encore plus petit que le nôtre. Il y a des croix de Jésus dans toutes les pièces. On a le même âge, mais on n'est pas dans la même école, car, elle, elle habite à Pantin. Aujourd'hui, elle a laissé ses cheveux détachés. Elle ressemble à la Belle au bois dormant.

Elle partage sa chambre avec sa sœur. Elle me montre sa collection de cadeaux Bonux. Ça me fait penser à papi et à la pièce où il empilait toutes ses collections. Qui va s'en occuper maintenant ?

— Tu es triste pour ton grand-père ?

— Oui. J'espérais retourner au Maroc pour l'enterrement, mais ma mère refuse. Elle dit que ce n'est pas pour les enfants.

Je vois qu'elle a de la peine pour moi. Elle met sa main sur mon bras pour me consoler. Ça me donne chaud tout à coup.

— Tu as déjà vu une tombe ? me demande-t-elle.

— Non.

— J'ai une idée. Suis-moi ! Mama, *nos vamos afuera*[1].

— *No vais lejos*[2] *!* répond sa mère.

Christina habite juste au-dessus du cimetière de Pantin. Elle connaît un chemin secret pour y entrer sans que les gardiens ne nous voient. J'hésite. Ça me fait un peu peur.

— C'est dangereux ? je demande, en essayant de me montrer le plus courageux possible.

---

1. On sort.
2. N'allez pas loin !

— Ne t'inquiète pas. Je vois les tombes depuis ma fenêtre et je n'ai jamais vu un mort se promener ! s'amuse-t-elle.

Il y a des centaines et des centaines de tombes.

— Tout ça, c'est des morts, m'explique Christina.

Je ne pensais pas qu'ils étaient autant en France !

— Mais comment ils sont morts ? je lui demande.

— Je ne sais pas trop. Des maladies, de la vieillesse, des accidents. Je ne les connais pas tous ces gens.

Au loin, on voit un rassemblement de personnes habillées tout en noir. Christina s'approche. Elle fait un geste avec sa main en chuchotant.

— Qu'est-ce que tu fais ?

— Je fais le signe de croix : au nom du Père, du Fils et du Saint-Esprit. Amen.

— Ah oui ! Don Camillo fait la même chose.

Le groupe de personnes autour de la tombe fait également ce signe.

On s'approche encore un peu.

Le curé récite une prière qui parle de Jésus puis il laisse la place à un homme de l'âge de mon père. Il raconte à quel point il aimait la femme qui est dans le cercueil. Il pleure.

— Les enterrements, c'est toujours triste. On n'a qu'à faire semblant que c'est ton grand-père qu'on enterre.

— Mais ce sont des catholiques ! Et mon grand-père, il était juif.

— Viens, on va chercher des tombes de juifs alors !

On marche un bon moment dans le cimetière. Certaines tombes sont énormes et ressemblent à des maisons. On finit par en trouver plusieurs avec des inscriptions en hébreu et des étoiles de David dessus.

— Voilà ! On y est ! Choisis-en une !

Il y en a tellement. C'est difficile. Je m'arrête sur une tombe en pierre grise sur laquelle sont posés plein de petits cailloux. Je me dis que mon grand-père aurait peut-être aimé faire la collection de ces cailloux. Je lis :

— Mardoché Levy…

— Maintenant, tu peux lui parler, m'indique Christina. Maman dit que les morts entendent tout depuis le Ciel.

— Qu'est-ce que je lui raconte ?

— Je ne sais pas ! Ce que tu veux !

Christina se recule, pour me laisser seul avec Mardoché. Je ne sais pas trop quoi dire. Je réfléchis un moment et je me lance.

— Bonjour, Mardoché, on ne se connaît pas. Je m'appelle Jacob Benshimon. J'ai huit ans, presque neuf. Est-ce que vous pourriez me rendre un grand service ? Pouvez-vous aller au paradis juif de Safi et chercher mon grand-père ? Il s'appelle Prosper Benshimon, il est petit, il n'a pas beaucoup de cheveux et il n'a pas de dents. Je ne pense pas qu'il a eu le temps de prendre son dentier avant de mourir. Ça nous fait beaucoup de peine à tous qu'il soit mort. Mes sœurs et ma mère n'arrêtent pas de pleurer. Moi, au début, j'étais très en colère car je ne m'y attendais pas. Et puis, maintenant la collection de pièces qu'il m'a demandé de faire ne sert plus à rien. Je suis tellement déçu. Et je suis triste aussi, de ne plus jamais le revoir.

Les larmes coulent sur mes joues. Je les essuie avec ma manche.

— Mais dites-lui bien que je ne lui en veux plus. Ce n'est pas de sa faute. La mort a dû lui tomber dessus, sans le prévenir. Sinon, ils nous auraient téléphoné avant pour qu'on lui parle une dernière fois. Demandez-lui quand même si, depuis le paradis, il peut faire quelque chose pour m'aider à retourner au Maroc. Mon ami Brahim est allé voir les saints de Ouled Ben Zmirou pour qu'ils s'occupent de moi. À plusieurs, il y a plus de chances que ça marche. Mardoché, j'ai encore quelque chose à vous demander. Comme vous êtes mort depuis l'année dernière, est-ce que vous pouvez vous occuper de mon grand-père pour ne pas qu'il se sente trop seul au début ? C'est toujours dur d'arriver dans un endroit qu'on ne connaît pas. Papi collectionne les collections. Vous verrez, il parle beaucoup, mais c'est vraiment un homme sympa. Dites-lui qu'il me manque beaucoup. J'irai voir sa tombe quand je reviendrai à Safi.

Je rejoins Christina. On rentre chez elle, sans dire un mot. Cette conversation avec Mardoché m'a fait du bien. Je me demande ce que ça fait d'être mort. Est-ce qu'on est triste d'avoir quitté sa famille, ses amis, sa maison ? Ou alors est-ce qu'on est heureux d'être enfin au paradis ? Tout le monde dit que c'est extra le paradis mais, en vrai, personne ne peut savoir.

26

Mon père a attendu la fin de la semaine de deuil et il est rentré à Paris. On lui manque trop.

Quand on entend la porte d'entrée s'ouvrir, on se jette sur lui. Anna et moi, on se dispute pour l'embrasser en premier.

Il n'a pas très bonne mine. Sa barbe a poussé, ses yeux sont entourés d'un cercle violet. Il a dû vider toutes les larmes qu'il avait dans ses yeux. Il est épuisé. Dès qu'il arrive, il va dans la chambre faire une sieste et on n'a pas le droit de faire de bruit dans la maison pour ne pas le déranger. Je reste devant sa porte pour être le premier à le voir quand il se réveille. J'ai hâte de l'entendre parler du Maroc, de Safi, du port nautique, de la place du Marché, de la rue du Rbat, de la Biada. Quand il se réveille enfin, ma mère lui sert un thé à la menthe avec des gâteaux au salon.

— Cinq fois sept, Jacob ? Vite !

— Trente-cinq.

— La capitale de l'Espagne ?

— Madrid.

— C'est bien, mon garçon ! Tu as mérité ça !

Il sort une lettre et une petite poterie carrée.

— Quand j'étais dans la maison de papi, pendant la semaine de deuil, ton ami Brahim est passé tous les jours. Il nous a apporté des bons plats que sa mère a préparés. Ruby, je pense qu'elle te bat en tajine de poisson ! Elle doit ajouter des épices ou le cuire différemment, je ne sais pas. On s'est régalés !

C'est la première fois que ça m'arrive : plus je souris, plus je pleure.

— Qu'est-ce qu'il t'a dit, Brahim ? Comment il est ? Il a changé ?

— Il voulait que je l'emmène à Paris avec moi ! s'amuse mon père. Il était prêt à travailler dans mon magasin ! Il m'a dit les assiettes, les poteries, c'est la même chose !

— Tu lui as répondu quoi ?

— Il faut qu'il apprenne à lire et à écrire, d'abord. Il m'a dit qu'il commençait l'école de la Biada à la rentrée.

Les têtes de Brahim que j'avais oubliées me reviennent en mémoire.

— Et Safi ? C'était comment ?

— Les sardines vont bien ! Elles te passent le bonjour !

Je ne trouve pas sa blague drôle, mais je ne peux pas m'empêcher de sourire. Qu'est-ce que je donnerais pour sentir cette odeur de sardine !

— Et les rues ? Elles ont changé ? Et notre maison ?

— Notre maison est toujours à sa place en haut de la Biada.

J'ai peur de poser la question, mais je dois savoir.

— On va la vendre ?

Mon père regarde ma mère. Il hésite à me répondre.

— Oui. J'ai trouvé un acheteur.

— Non ! je crie, affolé. Non ! Tu ne peux pas faire ça !

— Jacob, on n'a pas le choix. Moi aussi, j'aurais aimé la garder cette maison. Mais il faut que tu comprennes qu'on a besoin de cet argent.

Pour la première fois, mon père m'a parlé comme à un grand. J'essaie de retenir mes larmes. Il me prend dans ses bras. Il est aussi triste que moi.

— Les Dayan sont partis où finalement ? interroge ma mère.

— Au Canada, répond mon père. Beaucoup de commerces ont fermé. Certains ont été repris par des musulmans, comme la boulangerie.

— Et les musulmans, tu les as trouvés en colère ? je demande après m'être mouché.

— Non ! Au contraire, ils étaient tous contents de me voir. Le garagiste m'a pris dans ses bras et il m'a supplié de revenir à Safi. Il m'a invité à dîner chez lui. À l'enterrement de papa, il y avait autant de musulmans que de juifs. Il faut dire qu'il n'y avait pas plus marocain que lui.

La boule que j'ai dans la gorge ne s'arrête plus de grossir.

— Tu vois, papa ! On n'aurait jamais dû partir ! C'est chez nous le Maroc. Les musulmans nous aiment avec tout leur cœur. Charles de Gaulle, lui, il nous critique. C'est Simone qui l'a dit.

— Simone exagère, comme toujours, intervient ma mère. Le discours du président était maladroit. Même Ben Gourion le défend. Il dit que les gens ont mal compris ce qu'il voulait dire.

— Qu'est-ce que c'est que cette histoire ?

— Attends que Simone arrive et elle va t'en parler pendant des heures !

— Personne n'est heureux ici, papa, dis-je. Et il fait super froid en plus. On va tous finir par attraper des toux, des rhumes, et de la fièvre !

— *Man hdars !* fait ma mère.

— Papa ! On peut annuler la vente de notre maison et retrouver nos amis marocains, reprendre notre vie de là-bas qu'on aimait tant !

— *Bsala,* Jacob ! s'énerve ma mère.

Je vois dans les yeux de mon père qu'il doute. Il ne dit rien. Il regrette qu'on soit partis. J'en suis certain. Ma mère lui ressert un verre de thé et change de sujet.

Je vais dans ma chambre pour ouvrir la lettre de Brahim. En déchirant l'enveloppe, un peu de sable tombe par terre. Je ramasse le plus de grains possible.

Le 9 décembre 1967

Salam, *Jacob,*

Tu trouveras dans cette lettre plein de waha. *Des* waha *de Mohamed, de mes parents, du boulanger, du cordonnier, du marchand de glace, de Aïcha, du marchand d'épices, et des trois policiers du rond-point. Je leur ai demandé : tu veux que les juifs reviennent à Safi, et ils ont dit :* Waha. *Je ne suis pas le seul ! Il faut revenir maintenant. Plus personne ne dira les choses méchantes.*

Est-ce que tu aimes le cadeau ? C'est une boîte à rangement d'osselets. Sinon j'ai donné les dirhams à la Taleb pour le chhor *spécial oui. Elle a dit les prières en berbère. Elle a dit, pas la peine de boire les herbes. Juste les prières. Il faut attendre* chouya *pour le résultat. Maintenant, tu vas revenir bientôt.*

Brahim

Je sors le réglisse plein de sable de l'enveloppe. Je le nettoie un peu avant de le manger. Ça croque sous la dent. Mais qu'est-ce que c'est bon ! On n'en trouve pas ici. Je prends la petite boîte en poterie marron. Il y a de la place pour un seul osselet. Je la pose sur mon étagère. Et je la regarde. Je me rappelle tous nos moments de rigolade. Je souris tout seul.

Je me demande combien de temps il faut que j'attende avant que le *chhor* fasse de l'effet. C'était trop tard pour papi mais peut-être pas pour la révolution des communistes : si elle commence bientôt, peut-être que nous rentrerons à Safi ?

27

Ma mère n'a pas raconté à mon père l'histoire de Messodi et de son amoureux qui n'est pas juif. Il est encore triste à cause de la mort de papi et, d'après Odette, s'il l'apprend, Messodi a du souci à se faire ! Elle essaie de régler le problème toute seule.

Elle vient me chercher après l'école et au lieu de rentrer, elle m'emmène à la synagogue. On n'y est pas retournés depuis Kippour et je ne suis même pas inscrit au Talmud Torah.

Le rabbin à la barbe rousse et grise nous accueille. Il est beaucoup plus grand que le rabbin Moshé de Safi. Il fait une tête de plus que ma mère. Moi, je suis obligé de lever la mienne pour voir sa figure. Il ne sourit pas. Il a l'air d'être né de mauvaise humeur avec son regard sévère. Même ma mère est impressionnée. Dans son bureau, il y a des livres de prières partout, en pile sur son bureau et sur toutes les étagères du mur.

— Je viens vous voir pour ma fille, explique-t-elle.

— Que se passe-t-il ?

— Elle est amoureuse d'un non-juif. Je ne sais plus quoi faire.

Il passe la main dans sa barbe.

— Est-ce que vous respectez le shabbat ?

— Pas toujours, répond ma mère avec une petite voix.

— Est-ce que vous suivez les règles de la *cacherout* ?

— Oui, plus ou moins.

— C'est plus ou c'est moins ? s'agace le rabbin.

— La viande est cachère. Et on ne mange pas de porc.

Je sais que mes parents adoraient manger des huîtres à Oualidia. Mais elle garde cette information pour elle.

— Comment voulez-vous que votre enfant se comporte en bon juif quand vous, vous ne l'êtes pas ?

Silence. Puis il continue :

— C'est très grave, madame Benshimon. Très grave. L'assimilation est ce qu'il y a de pire pour la communauté. Si elle tombe enceinte, l'enfant sera considéré comme un bâtard !

Ma mère a l'air terrifiée.

— Enfin, il me semble que la judaïté se transmet par la mère ! ose-t-elle répondre.

— « Ta fille, ne la donne pas à son fils, et sa fille, n'en fais pas l'épouse du tien. » La Torah interdit formellement les mariages mixtes ! C'est écrit dans les livres ! C'est un péché très grave.

Il hausse le ton.

— C'est ce genre de comportement qui empêchera le Messie de venir.

Je me lève d'un coup :

— C'est moi, le Messie !

Le rabbin et ma mère me regardent comme si j'étais devenu fou.

— Comment oses-tu dire une chose pareille ? me gronde le rabbin.

Puis il s'adresse à ma mère :

— Comment élevez-vous vos enfants, madame Benshimon ?

Ma mère était d'accord pour qu'on lui fasse des reproches, mais il n'est pas question qu'on s'en prenne à son fils.

— Je ne vous permets pas de lui parler sur ce ton ! Il n'a que huit ans !

— Je ne l'ai jamais vu au Talmud Torah et on voit le résultat ! Votre famille est perdue, avec une éducation aussi laxiste ! Si vous attendez de moi que je vous pardonne pour tous vos péchés, vous vous êtes trompée d'adresse !

— Je suis venue ici pour des conseils, pas pour me faire insulter ! Depuis quand les rabbins se prennent pour Dieu ?

Le rabbin n'est pas habitué à ce qu'on lui tienne tête. Il ne connaît pas ma mère.

— Notre communauté n'a pas besoin de famille païenne comme la vôtre !

— Pas d'inquiétude, vous ne nous reverrez plus jamais dans cette synagogue !

Ma mère attache mon manteau et m'entraîne vers la sortie sans même lui dire au revoir.

Une fois dans la rue, elle me gronde :

— Mais enfin, Jacob, ça ne va pas la tête ? Tu te prends pour le Messie maintenant ?

— Le rabbin Moshé avait dit que le Messie était sûrement déjà parmi nous et qu'il apporterait la paix dans le monde. J'ai envie que ce soit moi.

Ma mère me regarde avec tendresse.

— Le rabbin Moshé me manque à moi aussi. On ira dans une autre synagogue pour les fêtes.

— Dis, maman, tu crois qu'il va dire du mal de nous à Dieu et qu'on va se faire punir ?

— Tu sais bien qu'il est interdit de rapporter. C'est aussi valable pour les rabbins ! Qu'il essaie et il aura affaire à moi !

Je me demande ce qu'elle pourrait bien lui faire à ce rabbin.

28

Avec la mort de papi, Simone n'a pas encore pu nous emmener à une assemblée comme elle me l'avait promis. Elle était triste elle aussi, mais elle était également très occupée car les étudiants et les professeurs de Nanterre ont enfin fait une grève. Il n'y avait aucun cours. Le rêve !

— On se rassemble rue Soufflot samedi. Ça te dirait de venir avec moi ? Prends tes tracts !

Je réponds tout de suite oui. Je propose à Claude et à Paul. Mais ils ne peuvent pas venir.

Mes parents travaillent tous les deux au magasin car avec Noël, il y a plus de clients. Simone prévient ma mère qu'on ira se balader dans Paris après le déjeuner, sans lui préciser qu'on va rejoindre d'autres étudiants en colère.

Ça fait quatre mois que nous sommes à Paris, mais je n'ai jamais pris le métro, car ça effraie ma mère. On prend toujours le bus ou la voiture quand on doit se déplacer. Simone n'a peur de rien. On descend les escaliers à la station Ledru-Rollin pour entrer dans un souterrain. On arrive sur le quai où il y a beaucoup de monde. Soudain, un bruit me fait sursauter. J'ai l'impression que la terre va nous tomber sur la tête. Je serre fort la main de Simone qui me rassure : c'est le train qui arrive en station. On se dépêche de monter dedans avant que les portes se referment. Même si on est dans un tunnel, j'ai l'impression qu'on va décoller. Je regarde par la fenêtre, c'est comme un film qui passe en accéléré.

— Alors ? Ça te plaît le métro ?

— J'adore ! Tu crois qu'un jour, il y en aura un au Maroc ?

— Peut-être à Casa ou à Rabat. Le Maroc te manque toujours autant ?

— Oui, je réponds avec la gorge un peu serrée. Et toi ?

— Moi aussi, mon Jacob. J'y pense très souvent.

— Tu n'as pas oublié Safi ?

— Jamais je n'oublierai Safi !

— Mais pourquoi tu voulais que les juifs partent alors ?

— Jacob, je voulais donner le choix aux juifs de vivre en Israël s'ils le souhaitaient. Et ici aussi, je me bats pour la liberté ! La liberté de pouvoir s'exprimer, la liberté d'étudier, la liberté de pouvoir choisir un autre métier que celui de ses parents !

— Moi aussi je me bats pour la liberté ! La liberté de rentrer au Maroc si j'en ai envie.

— *Borras*[1] *!*

On sort à la station Cardinal-Lemoine.

— Tu vois, ça, c'est le Panthéon. C'est ici que sont enterrés les grands personnages qui ont marqué l'histoire.

1. Tête de mule.

— Qui ?

— Des grands écrivains comme Victor Hugo, Voltaire ou Zola ou une scientifique comme Marie Curie. Ils ont tous, à leur manière, changé le monde.

— Tu aimerais bien être enterrée là toi aussi ? je lui demande.

— Non, moi je veux juste changer le monde.

Des étudiants sont rassemblés devant le Panthéon. Il fait un froid glacial, mais ça ne les dérange pas. Des filles sont assises sur les épaules de garçons et elles crient pour se faire entendre. C'est le bazar. Les gens se coupent la parole. Certains ont apporté une banderole sur laquelle il est inscrit « Égalité des chances pour tous les étudiants ! ». Un garçon avec un gros bonnet en laine se met devant le groupe avec un haut-parleur. Il lance un slogan qui est tout de suite repris par la foule. Au début, je pense avoir mal entendu. Ils sont en train de crier : « Sélection, piège à cons ! » Ils hurlent un gros mot sans que personne ne leur dise rien ! Je n'en crois pas mes oreilles ! Je regarde autour de moi pour m'assurer qu'il n'y a pas d'adulte et je hurle à mon tour « Sélection, piège à cons ! » plusieurs fois d'affilée. Si ma mère m'entendait ! Quand Paul et Claude vont savoir ce qu'ils ont raté ! Puis une jeune fille prend le haut-parleur. Les gens se calment un peu pour l'écouter. Elle explique qu'il faut lutter contre l'injustice : les jeunes sont enfermés dans leur classe sociale. La seule solution, c'est la révolution ! Tout le monde l'applaudit et crie bravo.

Je pense exactement comme elle. Moi aussi je suis enfermé dans ma classe toute la journée. Moi aussi, je veux faire la révolution.

J'aperçois un étudiant qui donne des tracts en criant « Rejoignez le mouvement ! ». Je sors les miens et je les distribue moi aussi, en disant : « Plus de liberté pour les primaires ! », « Les primaires sont des étudiants comme vous et moi ! ». Les gens me sourient et me félicitent. Simone me suit à travers la foule car elle a peur que je me perde et s'arrête toutes les deux secondes pour saluer ses amis. Nos tracts partent en quelques minutes. J'en garde un en souvenir, mon préféré : « Non aux non, oui aux oui ! » car il me fait penser au *chhor* spécial oui de Brahim.

Simone me l'a confirmé : maintenant, je suis un vrai communiste. Vivement la grève à l'école primaire !

29

Les catholiques ont vraiment de la chance de fêter Noël. En France, ils décorent même les rues ! Des guirlandes brillantes pendent devant les vitrines des magasins et ils ont suspendu des petites lumières sur la rue du Faubourg-Saint-Antoine. Il y a des sapins partout : chez Paul, à l'école, et dans les grands magasins. On est allés aux Galeries Lafayette avec ma mère, boulevard Haussmann, car elle voulait voir le rayon vaisselle. C'est une boutique de luxe où tout est très cher et elle voulait regarder comment ils disposent leurs produits pour faire pareil au magasin de papa. Et là, dans l'entrée, je l'ai vu : le plus grand sapin du monde. J'ai supplié ma mère pour qu'on en ait un à la maison nous aussi, mais elle m'a répondu que les juifs ne fêtaient pas Noël. Les parents de Claude lui ont dit la même chose. Les sapins, c'est pas un arbre de juif.

Paul, lui, ne croit plus au père Noël. Il m'a dit qu'il avait vu ses parents déposer des paquets au pied du sapin. Mais pour être sûr d'avoir les cadeaux qu'il veut, il continue à lui écrire une lettre en lui listant tous les jouets qu'il aimerait avoir et il évite de faire des bêtises à partir du quinze décembre.

Pour Claude et moi, ce n'est pas aussi compliqué. Pendant les huit jours de Hanoucca, on allume une bougie tous les soirs pour commémorer le miracle de la fiole d'huile et on reçoit des cadeaux le premier jour.

Pour les vacances, Claude est allé chez sa tante à Strasbourg. Paul, lui, part à la montagne juste après Noël voir ses grands-parents. Moi, au lieu d'être à Safi avec Brahim et mon grand-père, je suis à Paris.

Heureusement qu'il y a Christina ! Elle ne va nulle part car ses parents travaillent. Elle vient presque tous les jours à la maison avec sa mère. On s'est installés dans la cuisine. On dessine et on discute en même temps.

— On se raconte nos pires bêtises ? me propose-t-elle.

J'hésite à lui raconter l'histoire de Messodi car je ne suis pas très fier de ce que j'ai fait. Mais comme c'est une fille, elle pourra peut-être me donner des conseils pour me réconcilier avec elle.

— J'ai rapporté.

— Qu'est-ce que tu as rapporté ? Et à qui ?

— J'ai rapporté à ma mère que ma sœur Messodi avait un amoureux, et maintenant elle est privée de sortie.

Christina s'arrête de dessiner et me regarde.

— Pourquoi tu as fait ça ?

Je vois dans ses yeux qu'elle est déçue. Je regrette de lui avoir avoué ma bêtise. Peut-être qu'elle aussi va me faire la tête maintenant ! « Solidarité féminine ! », comme disent souvent mes sœurs.

— On s'est disputés à table, et elle m'a énervé. Et puis je pensais que mes parents voudraient repartir au Maroc après ça, car son amoureux, c'est un Français qui n'est pas juif. Mais à cause de moi, ma sœur est triste et elle ne veut plus que je sois son frère.

Christina se remet à son dessin. Elle ne répond rien. J'ai une boule dans la gorge.

— Je t'ai raconté cette histoire car je voulais savoir ce que tu ferais à ma place pour ne plus qu'elle soit fâchée.

Elle ferme son feutre jaune et prend le marron. Son silence fait encore grossir la boule dans ma gorge.

— Tu n'as qu'à lui demander pardon ! finit-elle par dire.

— Elle ne m'écoute pas ! Même ma sœur Odette a essayé de nous réconcilier. Et ça n'a pas marché.

Silence de nouveau. Je crois que je l'ai déçue. Je préfère changer de sujet.

— Et toi, c'est quoi ta plus grosse bêtise ?

— À côté de la tienne, ce n'est plus tellement une bêtise ! J'ai réfléchi à une idée pour toi qui pourrait arranger la situation.

Elle met son dessin de côté, et sort une autre feuille blanche.

— Puisqu'elle ne t'écoute pas, tu vas lui faire une chasse au trésor !

Elle m'explique ce que je dois faire. Je vais cacher deux indices qui la mèneront à une lettre, qui la conduira à un trésor. Je glisse le premier indice sous la porte de sa chambre. Le deuxième se trouve derrière les toilettes. Et pour finir, j'ai caché une lettre sous son oreiller.

Salut, Messodi,

Non, ne déchire pas cette lettre tout de suite ! Si tu la lis jusqu'au bout, elle te mènera vers ton trésor. Pas un coffre avec des bijoux ou des pièces, non ! Ton trésor à toi : ton Geoffroy. Alors voilà ce que je te propose. Je vais demander à maman si tu peux m'accompagner au parc pour jouer avec mes copains. Tu demandes à ton amoureux de te rejoindre. Je fermerai les yeux quand vous vous ferez des bisous sur la bouche. Je te promets que je ne le dirai jamais de ma vie à papa et maman. Je veux juste redevenir ton frère, comme avant.

Jacob, ton ancien frère

Je plie la feuille en deux et je la mets dans une enveloppe. Comme Messodi n'est pas à la maison, on en profite pour cacher les indices. Cette chasse au Geoffroy est ma dernière chance. Je remercie Christina pour son idée et je lui promets de lui raconter tous les détails. J'aime de plus en plus passer du temps avec elle.

Le soir, à table, Messodi a toujours son visage des mauvais jours. Je ne sais pas si elle a trouvé les messages. J'essaie de croiser son regard, mais elle fixe son assiette sans regarder personne, sans dire un mot. Aucun moyen de savoir ce qu'elle pense de ma proposition.

Le lendemain matin, je trouve un morceau de papier à l'entrée de ma porte.

D'accord.

Je me précipite à la cuisine.

— Est-ce que je peux aller au parc à côté de l'école aujourd'hui ? Je verrai peut-être des copains de classe.

— Je croyais que Paul et Claude n'étaient pas à Paris ?

— Je n'ai pas qu'eux comme copains, maman !

Elle sourit. Ça lui fait plaisir de savoir que j'ai des amis. On est jeudi et je sais que sa journée est très chargée. Elle travaille au magasin et elle fait ses courses pour préparer le repas de shabbat.

— Avec ce froid ? Tu ferais mieux de rester au chaud.

— Mais tu dis toujours que ça fait du bien aux poumons de prendre l'air. Si tu es occupée, tu pourrais demander à Messodi de me surveiller ? Comme ça, on en profiterait pour se réconcilier ?

Ma mère réfléchit. L'idée lui plaît.

— Messodi ! Messodi ! crie ma mère.

Ma sœur arrive dans la cuisine, encore en chemise de nuit.

— Tu emmèneras ton frère au parc cet après-midi.

Elle ne lui a pas laissé le choix.

— Ça fait partie de ma punition ? demande Messodi.

— Jusqu'à quand ? Jusqu'à quand ? s'énerve ma mère.

— C'est à moi que tu poses cette question, alors que tu as gâché ma vie ?

Ma sœur retourne dans sa chambre et claque la porte.

Après le déjeuner, je passe voir Messodi :

— On y va ?

On enfile nos manteaux et on part en direction du parc. Sur le chemin, elle s'arrête dans une cabine téléphonique et appelle Geoffroy. Puis, elle sort un peigne pour se recoiffer et un rouge à lèvres. Elle s'en étale aussi sur les joues. Quand elle est prête, je lui prends la main. Elle serre la mienne. Je me jette dans ses bras.

— Pardon ! Je ne voulais pas te rendre malheureuse. Je ne recommencerai plus jamais ! Je te promets !

Geoffroy sent très fort l'eau de Cologne. Il la regarde comme s'il n'avait jamais vu une fille de sa vie. Je me mets sur la balançoire du parc et je me balance. De temps en temps, je me tourne et je les vois s'embrasser sur la bouche. Je détourne tout de suite les yeux, c'est trop dégoûtant.

Au bout d'un moment, j'en ai marre. Je me penche sur un coin d'herbe et je regarde les fourmis. Je creuse un petit trou pour voir si elles tombent dedans. Mais elles sont malignes, elles le contournent. Je me demande laquelle est juive, catholique, ou musulmane. Impossible de savoir. Ça ne se voit pas à l'œil nu. Aucune ne porte une kippa, une croix ou un tchador. Peut-être même qu'elles ont une religion spéciale pour les fourmis.

Sur le chemin du retour, Messodi n'a plus la même figure :

— Merci, Jacob. Je n'oublierai jamais le service que tu m'as rendu aujourd'hui.

Ça me réchauffe le cœur immédiatement.

— Est-ce que tu peux demander à maman de retourner au parc demain ?

J'accepte.

Même Odette est fière de moi.

Quand je raconte à Christina, je n'oublie aucun détail. Je la remercie pour son idée géniale.

— Je n'ai pas fait grand-chose. C'est toi le héros, Jacob.

Je rougis comme une tomate.

30

Aujourd'hui, Odette travaille dans le salon de coiffure et Messodi aide mon père à la boutique car ma mère a des choses à faire et il y a beaucoup de clients à Noël.

Comme il n'y a personne pour me garder, ma mère m'emmène voir un nouveau rabbin. Ce qu'il y a de bien, c'est qu'on peut changer de rabbin, tout en gardant le même Dieu.

— Tu n'ouvres pas la bouche cette fois-ci ! Sauf pour être poli, bien sûr. C'est compris ?

— Oui, maman !

Ce nouveau rabbin dirige la synagogue de la rue Cadet. Ce n'est pas à côté de chez nous et on tourne pendant des heures en voiture car ma mère ne connaît pas le chemin. On passe plus de sept fois devant l'Opéra de Paris. Ma mère rêve d'y aller car il y a des spectacles incroyables avec les plus belles voix du monde.

— Je t'emmènerai voir un opéra quand tu seras plus grand !

— Pourquoi pas maintenant, ça fait peur ?

— Non ! Mais c'est très dur d'obtenir des places. Et les spectacles sont difficiles à comprendre pour les enfants.

En même temps qu'elle m'explique, elle se trompe de rue. Elle demande son chemin à un monsieur, puis à une dame et encore un monsieur. On finit par trouver la synagogue. C'est la première fois que je vois un rabbin de ce genre. Il est jeune, alors que je pensais qu'il fallait avoir un minimum de cheveux gris pour faire ce métier, et il a une barbe très courte. Ma mère est aussi étonnée que moi. Mais contrairement au grand rabbin à la barbe rousse, il sourit et il est très sympathique.

— Ça me fait plaisir de rencontrer des juifs marocains ! Soyez les bienvenus dans cette synagogue ! Je m'appelle Victor Halevy !

— Enchantée, monsieur le rabbin. Voici mon fils, Jacob !

— Tu as quel âge, Jacob ?

J'obéis à ma mère. Je le regarde sans répondre.

— Huit ans et demi, dit-elle à ma place.

— Tu es content d'être à Paris ?

— Nous sommes ravis d'habiter ici, s'empresse de répondre ma mère, de peur que je dise du mal de la France.

Le rabbin ne se décourage pas et continue de s'adresser à moi :

— Même si tu ne parles pas, je vois dans ton regard que tu as l'air d'un garçon intelligent. On organise des activités pour les enfants un dimanche par mois. Ça te plairait de venir ?

— Mais, enfin, Jacob ! Réponds quand on te parle !

— Non, merci.

— Jacob ! me gronde ma mère.

Pourtant, j'ai été poli ! Avec elle, on n'a jamais la bonne réponse.

— Il viendra avec plaisir ! Merci beaucoup.

Elle me demande ensuite d'attendre dans le couloir pendant qu'elle parle avec le rabbin. Elle a peur que je dise quelque chose de travers. J'entends tout. Elle lui explique son problème. Messodi n'a que dix-sept ans, blablabla, elle est malheureuse blablabla et elle ne sait plus comment faire blablabla.

— Ça peut arriver aux meilleurs, répond le rabbin. À l'adolescence, les jeunes ont la bêtise facile. Il ne faut pas vous inquiéter, votre fille est jeune, ça va lui passer.

— Si ça ne passe pas ? Si elle veut se marier avec lui ?

— Expliquez-lui calmement. Ça ne sert à rien de s'énerver. Depuis que nous avons reçu la Torah au mont Sinaï, nous sommes tous les maillons d'une seule chaîne qui doit transmettre à chaque génération ses croyances et ses pratiques. Il est important de ne jamais briser cette chaîne. Un mariage mixte peut briser cette chaîne si fragile. Et les juifs pourraient finalement disparaître. Montrez-lui ce qu'elle a à perdre ! Les traditions, les fêtes, sa culture... et ses enfants ? Est-elle prête à leur donner une éducation différente de la sienne ? Ne la bousculez pas. Aidez-la à prendre cette décision toute seule.

Il est calme et il rassure ma mère.

— Au Maroc, tout semblait plus simple avec les enfants. On savait qui ils fréquentaient et où ils sortaient.

— C'est normal. Vous avez besoin de trouver vos repères. Ça va venir. Les juifs vivent très bien en France, vous verrez. Ma femme et moi, nous sommes d'origine polonaise, mais nous habitons à Paris depuis plus de quinze ans. Savez-vous qu'en France, nous faisons une prière chaque samedi matin pendant l'office du shabbat pour la République française : « De Ta demeure sainte, Ô Seigneur, bénis et protège : la République française et le peuple français. Que la France vive heureuse et prospère ; qu'elle soit forte et grande par l'union et la concorde. »

Je ne sais pas comment ils en sont venus à parler littérature. Lui aussi admire beaucoup Victor Hugo. Il en fallait moins que ça pour que ma mère soit fan. Peut-être qu'il saura répondre à des questions difficiles si j'ai besoin. Odette a ses limites parfois.

Comme ce rabbin a promis de prier pour nous, elle pense que c'est grâce à lui si Messodi a retrouvé le sourire. Elle ne se doute pas que c'est grâce à moi.

***

— Comment vous vous êtes rencontrés avec papa ? je demande à table.

Ma mère sourit, en découpant la *pastilla* au poulet.

— C'est moi qui vais te raconter l'histoire, intervient mon père. Il faut savoir que, dans ma jeunesse, j'étais le grand beau gosse de Safi.

— C'est ça !

— Et en plus, j'étais de bonne famille. Alors, ta grand-mère venait souvent prendre le thé chez nous. Et avec qui elle venait ? Avec Ruby ! Car elle espérait que sa fille tombe amoureuse d'un beau parti comme moi !

— C'est ta mère à toi qui insistait pour que je vienne avec ma mère !

— Comment vous avez su que vous étiez amoureux ?

— J'ai très vite vu que maman en pinçait pour moi. Elle rigolait à toutes mes blagues.

— J'étais polie, c'est tout. Toi tu me regardais comme un beignet au miel le jour de Kippour !

— Papa, ça te faisait quoi exactement ?

— Ça fait du bien !

Mes deux parents se lancent un regard complice et se mettent à rire. J'ai besoin de savoir ce que c'est d'être amoureux. J'aime bien Christina, je la trouve jolie, intelligente, marrante et quand on est ensemble, je ne suis pas comme avec mes sœurs ou comme avec mes copains. J'ai toujours envie de lui faire plaisir. J'accepte de jouer à tous les jeux qu'elle propose, même si je n'en ai pas envie. Est-ce que c'est de l'amour ?

— Et alors, qu'est-ce qu'il s'est passé ? je demande.

— Ton père est tombé amoureux de moi et il a demandé ma main à mes parents. On s'est mariés et on a eu de merveilleux enfants.

— Si vite ? Vous vous êtes embrassés avant de vous marier ?

Ma mère est gênée. Pas mon père.

— Je l'ai invitée à être ma cavalière au bal municipal du 31 décembre. Elle n'a pas pu résister à mon tango et je l'ai embrassée.

— Ce que ton père ne te raconte pas, c'est qu'il y avait un autre homme ce soir-là qui dansait le rock comme personne.

— Oui, mais c'est moi que tu as choisi au final. En plus, tu m'as avoué que tu n'aurais pas pu vivre avec quelqu'un qui puait des pieds. Tu as fait le bon choix.

Christina ne pue pas des pieds, mais elle n'est pas juive.

— Et si maman n'était pas juive, tu l'aurais quand même aimée ?

Ma mère s'agite. Messodi et Anna, qui discutaient de leur côté, s'arrêtent de parler. Mon père ne sait toujours rien à propos de Messodi.

— On ne se serait même pas regardés ! répond-il.

— Ben alors, comment tu aurais su qu'elle n'était pas juive ?

— C'est une expression, Jacob ! On aurait peut-être été amis, mais on ne se serait pas mariés. Impossible !

— Je ne serais pas né !

— On aurait eu moins mal à la tête ! dit Anna.

— Toi, je t'ai rien demandé ! Mais pourquoi tu ne l'aurais même pas regardée ? j'insiste.

— Tu sais, Jacob, m'explique mon père, vivre en couple, c'est pas simple. Alors si, en plus, ta femme et toi, vous n'avez pas la même religion ! *Fssara*[1] ! Elle va te casser la tête ! Elle risque de ne pas comprendre nos fêtes, nos traditions.

— Il suffira de lui expliquer !

— Peut-être qu'elle t'obligera à aller à la messe tous les dimanches, elle t'en voudra de venir dîner chez nous tous les vendredis soir pour shabbat. Et quand vous aurez des enfants, ce sera pire ! Peut-être qu'elle s'opposera à la circoncision pour ton

1. C'est la catastrophe !

fils, elle insistera pour lui apprendre le catéchisme ! Au début, sûrement par amour, elle acceptera tout, mais après, c'est une autre histoire !

— Comment tu peux savoir ? Tu ne t'es pas marié avec une catholique !

— Les juifs se marient avec des juifs. C'est comme ça.

— Oui, mais...

— C'est non négociable, ajoute mon père avec autorité. Moi vivant, ça n'arrivera jamais dans notre famille en tout cas !

Je jette un œil discret à Messodi qui regarde son assiette. Messodi et moi, on a un vrai problème.

— Mangez pendant que c'est chaud ! dit ma mère. Et rajoutez de la cannelle sur la *pastilla*, c'est encore meilleur !

C'est super d'être un héros, mais le héros s'ennuie et grelotte pendant que les amoureux s'embrassent. Les menaces de mon père à table n'ont eu aucun effet sur Messodi. C'est en les observant se faire des bisous sur la bouche que j'ai réalisé que je n'étais pas amoureux de Christina. Je n'ai pas du tout envie de l'embrasser comme ça. C'est dégoûtant ! Mais j'aime bien quand on joue au docteur et qu'elle me fait des petits bisous sur le front.

— Ça va durer combien de temps ces rendez-vous secrets ? je lui demande. Vous allez aussi vous marier en secret, faire des bébés en secret, acheter une maison en secret...

— Jusqu'à ce que les parents changent d'avis !

— Papa n'est même pas au courant ! Comment peut-il changer d'avis ? Et tu as vu ce qu'il a dit à table ?

— Quand je serai sûre que c'est l'homme de ma vie, Geoffroy et moi, on leur parlera. Et s'ils ne veulent pas nous écouter, on s'enfuira !

— Quand est-ce que tu seras sûre ? Comment tu peux le savoir ?

— Le jour venu, ce sera une évidence.

— Mais tu ne peux pas t'enfuir ! Et nous alors ? On va te manquer !

— Je reviendrai quand ils auront accepté notre amour.

— Et s'ils n'acceptent jamais ?

— Je ne les reverrai plus, mais, toi, je m'arrangerai pour te voir en cachette.

— Et sa famille à lui, ils sont d'accord ?

— Ils habitent en Charente. Ils ne savent pas encore. Et il est fâché avec son père. Jacob, tu me promets que tu ne parleras jamais aux parents de ces rendez-vous secrets avec Geoffroy au parc ?

— Promis !

— Même si je t'énerve ? Jamais de chez jamais ?

— Je te le jure ! Même quand je serai papi, je ne leur dirai pas.

— Tu es un frère extraordinaire, tu sais.

Lorsqu'on passe la porte, mon père se lève du canapé et se précipite vers l'entrée pour me donner une énorme claque puis il me pousse sur le côté et il envoie la même à Messodi.

Ma mère lui hurle dessus.

— Max ! Calme-toi ! Je t'en supplie !

— Non ! Je ne me calme pas ! Ma fille traîne avec le premier venu ! Mon fils est complice et me prend pour un âne et tu veux que je me calme ?

Il est fou de rage.

— Je ne veux plus que tu revoies ce garçon !

Ma sœur est rouge de colère, mais ne répond rien. Elle sait que si elle ouvre la bouche, elle va s'en prendre une autre.

— Vous êtes punis tous les deux ! crie mon père. Dans vos chambres !

Ma sœur part en pleurs. Je file aussi.

Après son travail dans le salon de coiffure, Odette passe me voir.

— Anna m'a raconté. Ça va ?

— J'ai pris une baffe et je suis encore puni alors que ce n'est même pas moi qui ai fait la bêtise !

— Apparemment, c'est la gardienne de l'immeuble qui vous a vus au parc en allant faire ses courses et qui a tout rapporté aux parents tout à l'heure. Elle leur a dit que tu jouais tout seul pendant qu'ils s'embrassaient. Papa est encore très énervé.

— Je déteste tomber amoureux !

— Tu parles ! Crois-moi, quand tu seras plus grand, tu les feras toutes tomber !

— Tu veux que je me fasse punir en plus ?

— C'est une expression, Jacob ! Tomber amoureux, pas tomber par terre !

— Tomber amoureux, ça fait quand même mal, même si on ne touche pas le sol. On ne sait même pas pourquoi on aime une personne et pas une autre. On ne sait même pas si elle nous aime aussi. Et on ne peut pas la forcer à nous aimer. Le pire, c'est qu'on doit arrêter de l'aimer si elle n'est pas juive. Et ça, c'est très dur !

Je pense à Christina en disant tout ça. Je n'arrive toujours pas à savoir si, moi aussi, je suis amoureux.

31

Le 31 décembre, c'est le pic de la tristesse. À Safi, la famille se préparait pour le bal municipal du Nouvel An et dansait toute la nuit avec l'orchestre Coriate. Nous, les enfants, on restait à la maison avec mes cousins et on organisait une fête avec Aïcha qui nous gardait. Cette année, entre les punitions, mon père qui est en deuil, Messodi qui pleure tous les jours, aucune fête n'est prévue. De toutes les manières, mes parents n'ont pas d'amis ici. Moi, j'ai Paul, Claude et Christina mais j'aurais adoré passer mes vacances à Safi à jouer aux osselets avec Brahim.

J'attends encore les effets du *chhor*. J'ai posé plusieurs questions à mes parents pour voir s'ils disent oui à tous les coups.

— Est-ce que je peux manger un chocolat avant de passer à table ?

— Essaie et je te le fais recracher par les yeux, me répond ma mère.

— Est-ce que je peux manquer la rentrée ?

— Pour quelle raison ?

— Comme ça.

— Tu connais la réponse ?

J'ai tenté à tout hasard :

— Est-ce qu'on va bientôt aller au Maroc ?

Mon père m'a répondu :

— Peut-être.

J'ai fait un bond de joie ! Ça y est, ça marche !

— Quand ?

— D'ici un ou deux ans, on passera un été là-bas.

— C'est beaucoup trop long !

Je m'endors sans même attendre minuit.

Je pensais que 1968 serait rempli de bonheur puisque c'est ce qu'on se souhaite. Faux. Le début d'année est à jeter à la poubelle.

Tout commence quand je surprends ma mère et Odette qui discutent dans la cuisine, en nettoyant la vaisselle.

— Ça sert à quoi de lui raconter ? Il ne le saura jamais.

— Mais bien sûr qu'il finira par savoir ! Tu le connais !

— Je t'interdis de lui dire ! C'est terrible, mais on ne peut rien y faire.

Elles parlent de moi, j'en suis certain. Je laisse mes oreilles traîner partout, mais je n'obtiens pas d'information. Odette m'évite.

Vendredi soir. On est tous réunis autour de la grande table du salon. Simone arrive en retard. Même si mon père est l'inventeur du retard avec ma mère, il ne supporte pas que l'un d'entre nous ne soit pas à l'heure pour le dîner de shabbat. Ça le met de très mauvaise humeur.

— Qu'est-ce qu'il y a de si important pour que tu arrives à une heure pareille ?

— Les cours reprennent lundi, on prépare une révolution, papa. Si tu avais vu l'état de la fac avant les vacances ! C'est impossible d'étudier dans des conditions pareilles !

Ah, ça y est, c'est pas trop tôt !

— Et la révolution ne peut pas attendre demain ? réplique mon père.

— Tu ne comprends pas ! On ne veut plus de cette société qui nous dit comment on doit penser ! On va tous descendre dans la rue ! C'est le seul moyen pour que les politiques réagissent !

— Il n'en est pas question, Simone ! intervient ma mère. Que tu débattes avec des amis pendant des heures, passe encore, mais je t'interdis de manifester ! C'est beaucoup trop dangereux !

— Maman, tu sais dans quelles conditions on étudie ? Tu sais combien d'étudiants se sont vu refuser leur inscription pour des raisons absurdes ?

— Peu importe ! Tu n'iras pas manifester ! À chaque fois, il y a des débordements, avec des morts ou des blessés !

Dans ma tête, je lance un compte à rebours avant l'explosion de Simone.

— Vous n'avez qu'à vendre des gâteaux à la sortie de la fac pour récolter des fonds. C'est ce qu'on avait fait au Maroc pour rénover le toit de l'Alliance.

— Tu plaisantes, j'espère ? Ou alors tu es complètement naïve !

— Simone ! lance mon père avec autorité. Ne manque pas de respect à ta mère !

— Tous les étudiants seront dans la rue avant la fin du mois de janvier !

— Les lycéens aussi ! intervient Messodi à la surprise générale. Ils se battent aussi pour leur liberté d'expression !

Elles sont toujours fâchées à cause de Geoffroy. Et personne ne s'attend à ce qu'elles s'entraident.

— *Hadi mleha*[1] *!* Les lycéens ! Il ne manquerait plus que ça ! s'agace ma mère. Et pourquoi pas l'école primaire aussi !

Si je lui parle des tracts que j'ai distribués rue Soufflot, elle va exploser. Il faudra bien qu'elle apprenne un jour que je suis pour la révolution, moi et mes camarades Paul et Claude.

— On n'est pas venus en France pour y mettre la pagaille ! ajoute-t-elle.

— Tu entends ce que tu dis maman ? s'énerve Simone. On se bat pour notre liberté ! Notre liberté d'étudier ! Si tout le monde pense comme toi, la France est perdue ! « Ouvrez des écoles, vous fermerez des prisons ! » C'est ton chouchou Victor Hugo qui a écrit ça !

Ma mère hurle à son tour :

— Ça ne vous a pas suffi toutes les deux votre séjour en prison au Maroc ? Vous avez envie d'essayer les prisons françaises ? C'est ça ? Vous croyez que je vais passer ma vie à m'angoisser pour vous ? Je vous interdis de participer à l'une de ces manifestations ! Je vous l'interdis !

Silence.

— Maintenant, dépêchez-vous de manger mon couscous, sinon il va être glacé !

Simone reprend calmement :

— Maman, c'est pour défendre cette France que tu aimes tant que nous devons agir.

— Organisez des débats, lisez Marx, collez des affiches sur les murs de la fac, mais je t'en supplie, ne descendez pas dans la rue !

1. Elle est bien bonne celle-là !

Je m'attends à ce que ma mère ajoute une menace comme elle fait d'habitude. Mais Simone a vingt ans, elle n'habite plus chez nous et elle a toujours fait ce qu'elle voulait, même au Maroc.

— Maman, ton couscous est une merveille ! s'écrie Anna pour faire sa première de la classe. Tu peux me resservir des légumes et du bouillon, s'il te plaît ?

À la fin du repas, je reste à table avec Simone et Messodi et je demande :

— Ça y est ? Vous n'êtes plus fâchées ?

Aucune des deux ne me répond.

Simone se lève de table, embrasse papa et maman et rentre chez elle.

***

Je suis inquiet pour Messodi. Elle est allée à la boulangerie en bas de la maison et a mis vingt minutes pour acheter deux baguettes. Quand elle est rentrée, mon père s'est mis à crier. Il n'a pas de preuve, mais il a trouvé que c'était beaucoup trop long. S'il apprend qu'elle continue à fréquenter Geoffroy, il l'envoie en pension loin de la maison. Les menaces de ma mère font peur, mais les menaces de mon père font très peur.

Maintenant, c'est sûr, elle ne pourra plus jamais embrasser son amoureux. Quand Christina arrive avec sa mère, j'en discute avec elle. Depuis qu'elle m'a aidé à me réconcilier avec ma sœur, on parle de Messodi à chaque fois qu'on se voit. Aujourd'hui, elle m'a apporté une boule de coco qu'elle a achetée exprès pour moi car elle sait que j'adore ces bonbons. Ça me fait tellement plaisir que je ne sais pas quoi lui dire. Je la coupe en deux et je lui donne une moitié, puis je lui raconte.

— C'est triste cette histoire, me dit-elle. Deux personnes qui s'aiment, mais qui ne peuvent pas se voir.

Je ne sais pas si on est amoureux tous les deux, mais on peut encore se voir.

— J'espère que ta sœur ne va pas mourir de chagrin, ajoute-t-elle.

— Mourir ?

— Oui, c'est ce qui est arrivé à ma grand-mère. Quand *el abuelo*[1] est mort, elle a tellement pleuré qu'elle en est morte.

Je suis encore plus inquiet pour Messodi maintenant. Je vais la voir quand elle rentre du lycée :

— Tu as pleuré aujourd'hui ?

— Oui.

— Un peu ou beaucoup ?

— Pourquoi tu me poses cette question ? Ça ne change rien ! Papa et maman ne veulent rien entendre.

J'aperçois ses larmes qui remplissent ses yeux.

— Non, surtout ne pleure pas !

Je cherche quelque chose de drôle à lui raconter.

— Au fait, tu sais ce qui est vert et qui se balance ? Tu veux que je te fasse une imitation de Johnny Hallyday ?

— Jacob, c'est gentil d'essayer de me remonter le moral, mais tant que les parents resteront sur leur position pour Geoffroy, je me sentirai incomprise et je ne pourrai pas être heureuse.

Peut-être pour se venger des parents ou pour me remercier de lui avoir permis de voir son

---

1. Mon grand-père.

amoureux, c'est Messodi qui m'annonce la terrible nouvelle qu'ils me cachent tous depuis une semaine.

— Ils ne veulent rien te raconter, mais tu as le droit de savoir. Henri est retourné à Safi pour ses affaires. Il a appris que trois maisons ont pris feu dans le quartier de la Biada. La maison de Brahim... Elle a brûlé !

Je suis en choc. Mes yeux ont du mal à cligner.

Je revois la mère de Brahim de dos dans sa cuisine. Et la chambre de Brahim qui était aussi celle de ses frères. Et la terrasse où on pouvait voir les étoiles créées par Allah. C'est difficile à imaginer, une maison qui brûle.

— Brahim et sa famille se portent bien, me rassure ma sœur. Ils étaient à Jemâa Sahim chez leur famille quand c'est arrivé.

— Qui a mis le feu à leur maison ?

— Personne ne sait. C'est sans doute un accident.

— Où il dort Brahim maintenant ?

Messodi est embarrassée. Elle n'en a aucune idée.

— Ils doivent avoir de la famille, ou des amis qui les hébergeront en attendant.

Je panique encore plus. La maison de Mohamed et de sa femme est minuscule. Jamais ils ne pourront tous rentrer dedans. Comment je ferai pour lui écrire ? Pire, si le *chhor* fonctionne et que je réussis à revenir et qu'il n'est plus à Safi !

— Il ne faut surtout pas qu'il déménage !

— Sa famille n'a pas le choix, Jacob. Ils ne vont pas habiter dans la rue quand même !

Je me précipite au salon.

— La maison de Brahim a brûlé !

Mes parents échangent un regard de surprise.

— Qui te l'a raconté ?

— Il a le droit de savoir ! lance Messodi.

— Vous pensiez me cacher que mon meilleur ami a des problèmes ?

— Mais non, mon chéri !

— La famille de Brahim a besoin de nous ! On doit retourner à Safi tout de suite !

— Tu sais bien que c'est impossible.

— Comment ils vont vivre ? Ils vont finir dans la rue ! On doit les aider !

— Jacob, ne t'inquiète pas. Ils ont sûrement de la famille.

— Qu'est-ce que tu en sais ? Tu étais bien content que Mohamed nous rende service quand Messodi et Simone étaient en prison ! Et la mère de Brahim qui t'a préparé des plats pendant toute la semaine de deuil ?

Je pleure. Je suis impossible à consoler. Mes parents sont des égoïstes.

— Sa famille habite El Jadida et Jemâa Sahim. Il va être obligé de quitter Safi et je ne vais plus jamais le revoir !

— Regarde ce que je te propose, lance mon père : si tu sèches tes larmes, j'appelle Abdelkhader, un ami marocain qui habite pas loin de la Biada et je lui demande de se renseigner.

Ma mère lui jette un regard noir. Mon père lui répond par un regard difficile à traduire.

Je m'essuie les yeux.

— Tu l'appelles maintenant ?

Il va chercher son petit carnet d'adresses dans sa table de nuit et compose un numéro sur le combiné.

L'ami marocain est heureux d'entendre mon père. Ils se parlent arabe. Je ne comprends presque rien. Il raccroche et il m'annonce :

— Il ne les connaît pas personnellement. Il va prendre des nouvelles. Je dois le rappeler demain.

— Tu as fini tes devoirs ?

— Ça va, Ruby, laisse-le.

Le soir, dans mon lit, je mets des heures à m'endormir. J'imagine Brahim et sa famille, sans lits, sans habits, sans jouets, sans cuisine pour se faire à manger.

Le lendemain, dès que j'ouvre les yeux, je me précipite dans la chambre de mon père.

— Papa, tu l'appelles maintenant ton ami ?

— Mais, Jacob, il est trop tôt ! Il n'a pas pu se renseigner pendant la nuit ! Je l'appellerai ce soir. Va te préparer !

Je n'ai jamais envie d'aller à l'école, mais là, c'est encore pire.

Je n'arrive pas à écouter monsieur Jardin. Je regarde par la fenêtre et je pense à Brahim.

Et, d'un coup, je les vois. C'est la première fois de ma vie. Ça me fait un choc alors je crie dans la classe sans lever le doigt :

— Des flocons de neige !

— Jacob Benshimon ! Vous vous croyez où exactement ?

Les autres élèves se précipitent vers la fenêtre.

— Qui vous a permis de vous lever ? À votre place ! Tout de suite !

C'est un spectacle incroyable. Les trottoirs et les toits des maisons sont comme recouverts de mousse à raser. Tout est blanc. Je dois reconnaître que c'est magnifique. Je n'avais jamais vu la neige en vrai et de si près. Elle n'est jamais venue à Safi. Si seulement Brahim était là pour voir ça !

Dehors, c'est le froid maximum. Il y a de la fumée qui sort de nos bouches, alors qu'on n'a même pas allumé de cigarettes. Avec Claude et Paul, on s'amuse à laisser des traces de pas. Puis on court et on se laisse glisser.

Ma mère pense tout le contraire. Avec ses talons, elle a du mal à marcher. Elle se tient à moi et manque de tomber plusieurs fois sur le chemin du retour.

Dès que mon père rentre, je lui saute dessus. Je ne lui laisse pas le temps de retirer son manteau.

— Téléphone à ton ami marocain !

Je reste à côté de lui. Je ne comprends pas tout, mais j'écoute tous les mots arabes qui sortent de sa bouche.

— *Choukran !* La santé pour toi aussi !

— Alors ? je demande.

— Une partie de sa famille habite chez Mohamed et l'autre chez des cousins, rue du Rbat.

— Ils reconstruisent leur maison ?

— Ils n'ont pas assez d'argent pour le moment.

— Tu dois les aider, papa, tu dois leur envoyer des sous !

— Tu sais, Jacob, c'est compliqué aussi pour nous...

Mon père réfléchit quelques minutes. Je le supplie des yeux.

— Tu as raison, depuis Noël, les affaires vont mieux. Je vais demander à Henri de s'en occuper. Je le rembourserai plus tard.

Je cours chercher les pièces que j'ai collectionnées pour papi dans ma chambre. J'ai dépensé seulement une partie pour des Carambars et des BD d'Akim. Je les tends à mon père.

— J'espère qu'ils auront assez d'argent pour reconstruire leur maison !

— Tu sais, Jacob, Abdelkhader m'a dit qu'ils prévoient de quitter Safi.

— Non ! Ton ami a dû mal comprendre ! Le père de Brahim a son atelier de poterie dans le quartier des potiers ! Il ne peut pas partir sinon il n'aura plus de travail.

— Oui, tu as sans doute raison. Et si on allait jouer avec la neige dehors ?

— Ça ne va pas la tête ? s'énerve ma mère. Vous allez attraper froid ! Et il ne manquerait plus que tu te casses une jambe ou un poignet, Max !

Mon père n'écoute pas. On enfile nos manteaux, nos écharpes et nos bonnets et on sort. On s'amuse comme des fous avec mon père.

Je prends une feuille de papier et j'écris à Brahim. Je veux le prévenir que ma famille va l'aider. Mais d'un coup, je réalise que je ne sais pas quelle adresse écrire sur l'enveloppe.

Le soir dans mon lit, les mêmes images que la veille reviennent dans ma tête : Brahim et sa famille, sans lits, sans habits, sans jouets, sans cuisine pour se faire à manger. Je les vois en train de grelotter dans la neige même si, à Safi, il n'y a que la pluie.

J'ai encore plus de mal à trouver le sommeil. Il doit être tard, car il n'y a plus un seul bruit dans la maison. Je regarde par la fenêtre. La neige tombe encore et encore. Je trouve ça beau. On dirait que quelqu'un saupoudre de la farine depuis le ciel.

Soudain, j'ai une idée. Une idée tellement extraordinaire que je ne peux pas attendre le lendemain.

Je fais exprès de faire du bruit pour réveiller mes parents. Je laisse tomber un livre, je ferme la porte des toilettes, je fais semblant de chercher quelque chose. Rien à faire. Ils dorment profondément.

Tant pis. Je rentre dans leur chambre.

— Maman, papa !

— Qu'est-ce qu'il se passe ? s'affole ma mère. Tu as mal où ?

— Nulle part ! Je vais bien. Je sais comment nous pouvons aider Brahim et sa famille.

— Henri va leur donner des sous quand il descendra à Safi la semaine prochaine, répète mon père à moitié endormi.

— Ils n'auront jamais assez pour s'acheter une maison.

— On en parle demain. Va te coucher !

— Non ! Je ne peux pas attendre demain !

J'ai arrêté de chuchoter. Mon père se redresse. Il allume la lumière de sa table de chevet.

— Qu'est-ce qu'il y a de si urgent ?

— Garde tes sous, papa ! On va leur prêter notre maison, en haut de la Biada !

— C'est impossible, mon fils. J'ai trouvé un acheteur. Bientôt, la maison ne nous appartiendra plus.

J'ai un pincement au cœur en écoutant ce que je sais déjà.

— Mais bientôt, c'est quand ? En attendant, ils peuvent y habiter !

— Non, Jacob. Ça ne se passe pas comme ça. Va te coucher, maintenant !

— Mais, papa…

— Jacob ! Au lit !

32

Je n'ai pas beaucoup dormi. Quand j'arrive à la cuisine pour le petit déjeuner, j'y crois très fort. Hier, ils avaient trop sommeil pour réfléchir. Mais ce matin, j'espère qu'ils vont dire oui.

— Alors ? On leur prête notre maison ?

Mon père lit son journal. Je suis prêt à lui casser la tête toute la journée, s'il le faut, même à lui révéler que je suis communiste, et que je me suis uni pour la suppression des pauvres. Je dois lui faire comprendre à quel point c'est très important de partager ses richesses. Mais mon père ne m'en laisse pas le temps :

— Oui, nous allons leur prêter la maison.

Je n'imaginais pas que ce serait si facile ! Je suis fou de joie. Mes parents sont communistes sans le savoir !

— On ne vend plus la maison ? s'étonne Odette en se préparant un thé.

— Avec maman, on a décidé d'attendre un peu. L'acheteur de la maison ne m'inspirait pas confiance. Il m'a rappelé la semaine dernière pour baisser le prix, je lui ai dit que je réfléchissais. Ça y est, j'ai réfléchi, je ne vends plus !

Je saute au cou de mon père et je lui fais une attaque de bisous.

Mon père appelle Henri car c'est lui qui a le double des clés. Il est à Safi jusqu'à la fin de la semaine. Il pourra s'occuper d'installer la famille de Brahim chez nous. Je sautille d'excitation sur le chemin de l'école. J'imagine la tête de Brahim quand il apprendra qu'il va habiter chez moi. Ça me rend fou de joie.

À la récréation, avec Claude et Paul, on s'amuse à se jeter des boules de neige. Puis, on fait des courses dans la neige en essayant de ne pas tomber. Qu'est-ce que c'est drôle ! La France a quand même des qualités.

Cette qualité ne plaît pas du tout à ma mère. Les maladies rôdent, comme si elles se cachaient sous la neige. Impossible pour mon père, mes sœurs et moi de sortir sans une écharpe, un bonnet et un manteau sinon elle hurle et elle menace. Encore plus fort qu'à Safi, quand je ne mettais pas mon chapeau à la plage en plein été.

Entre la météo, l'histoire de Messodi avec son Français et la révolution de Simone qui veut manifester dans la rue, je pensais que ma mère finirait par regretter notre vie à Safi. Mais peine perdue, elle aime la France plus que tout.

Et puis, de plus en plus de juifs marocains s'installent à Paris. Sa sœur Arlette qui habitait Meknès, Roger, le frère de mon père, des cousins germains ou éloignés, des amis d'amis, cela n'a pas d'importance : ma mère s'occupe d'eux comme si elle habitait en France depuis sa naissance. Elle invite les nouveaux arrivants à prendre le thé, elle leur donne des conseils. Elle leur recommande des endroits exceptionnels à visiter absolument. Elle en profite pour récupérer des compliments sur ses gâteaux.

Messodi est toujours en guerre avec mes parents. Je ne sais pas si elle a réussi à revoir Geoffroy, depuis que mon père sait.

— J'attends ma majorité et ils ne pourront plus rien m'interdire !

— À la majorité, on peut faire tout ce qu'on veut ? Même sortir sans manteau ?

— C'est toi qui décides pour ta vie ! Tu es responsable !

— Tu vas décider de ne plus voir ta famille ? je demande.

— Je ne sais pas encore.

— Et si tu lui écrivais des lettres à Geoffroy ?

Ma sœur sourit.

— C'est ce qu'on fait. On s'écrit. Il m'a envoyé une poésie qu'il a inventée pour moi. Tu veux que je te la lise ?

— Une poésie ? Non, merci. J'ai déjà des devoirs. Les parents savent ?

— Bien sûr que non. C'est Odette qui s'occupe de l'échange de lettres. Geoffroy vient la voir au salon de coiffure.

— Tu pleures moins maintenant ?

— Pourquoi tu me poses toujours cette question ?

— J'ai peur que tu meures de chagrin.

Messodi me prend dans ses bras et me rassure. Elle ne va pas mourir.

J'attends Christina avec impatience aujourd'hui, car moi aussi, j'ai un cadeau pour elle : j'ai acheté trois chewing-gums Veinard à l'épicerie et j'ai prévu de lui en offrir deux. Paul m'a montré comment reconnaître ceux sur lesquels il y a marqué « gagné ». Elle était trop contente d'avoir un chewing-gum gagnant. Elle m'a précisé que j'avais choisi son goût préféré. On se met à mâcher tous les deux, puis elle m'annonce en me regardant droit dans les yeux :

— On repart en Espagne.

J'ai l'impression que mon chewing-gum est coincé dans ma gorge, alors qu'il est encore dans ma bouche.

— Tu es triste ? me demande-t-elle.

— Oui, un peu, je mens.

— Tu aimerais que je reste ?

— Oui.

Je n'arrive plus ni à parler ni à mâcher. J'ai mal partout. Pourquoi ? Pourquoi il faut toujours qu'il y ait des départs qui gâchent tout ? Je déteste les départs ! C'est tellement injuste ! Je n'arrive pas à imaginer que je ne vais plus la revoir. J'ai envie de pleurer.

— Je t'ai fait une blague ! Je ne pars nulle part !

Je me force à sourire alors que je ne l'ai pas trouvée drôle sa blague.

— Tu aurais vu ta tête ! ajoute-t-elle.

Je crois que je suis un peu amoureux d'elle.

En fait, la nouvelle tactique de ma mère, c'est de chercher un remplaçant à Geoffroy dans les familles marocaines qui viennent d'arriver. Elle pensait en avoir trouvé un bon : le fils d'une famille de Fès qui commence des études de pharmacie à Paris.

Ma mère a forcé Messodi à prendre le thé pour faire la connaissance de monsieur et madame Benzaken. Ils sont venus avec leur fils Joach et l'une de leurs filles, Jeannette, qui a le même âge qu'Odette. Messodi n'a pas décroché un mot. Elle ne l'a même pas regardé, au grand désespoir de ma mère, qui tentait de leur trouver des points en commun.

Quand ils sont partis, elle est allée dans la chambre de Messodi pour lui reprocher :

— Tu aurais pu faire un effort ! Il était joli garçon et bien élevé !

— Tu veux me marier de force maintenant ? On est retournés à l'époque du Moyen Âge ?

— Tout de suite les grands mots ! Personne ne te force à quoi que ce soit ! De toutes les manières, tu es trop jeune pour sortir avec un garçon.

— Si, au moins, tu apprenais à le connaître, maman. Geoffroy est si intelligent ! Il veut devenir philosophe ! Il connaît tous les auteurs français que tu aimes tant !

— Les Benzaken nous invitent à prendre le thé, dimanche prochain. Tu as intérêt à mettre plus de volonté.

Ma mère sort et je vais voir Messodi pour m'assurer qu'elle ne pleure pas trop.

— C'est bientôt mon anniversaire, je lui annonce. Maman a dit que j'avais le droit d'inviter des copains à la maison. Tu veux que j'invite Geoffroy ?

Elle sourit. Je ne dirai jamais à personne que je suis amoureux de Christina. Pas même à Christina.

***

Le 12 janvier 1967

Salam, *Jacob,*

Une maison, c'est un cadeau trop gros à accepter. Il y a une taille maximum, sinon après on est gênés. Mon père, il a eu les larmes quand il a su. Ton oncle Henri, il a dit qu'on devait habiter dans la maison pour la protéger des voleurs. Il voulait pas mon père au début et après il a dit waha. *On reste le temps qu'il vend des poteries pour avoir de l'argent. Ma mère, elle remercie Allah tous les jours pour votre existence. Ta chambre est pleine de poussière, mais on a fait le lavage. Jacob, ma famille va garder ta maison comme si c'était la maison du roi. Je te le promets. Grâce à vous, on n'a pas déménagé à Jemâa Sahim.* Choukran.

Pour le chhor, *ça marche ?*

Brahim

Mon anniversaire est dans une semaine, mais j'ai l'impression d'avoir déjà reçu un premier cadeau avec cette lettre. Quand j'ai dit à mes parents que Brahim et sa famille remercient Allah tous les jours de notre existence, mon père était tout bizarre. Et il a laissé sortir une phrase de sa bouche sans faire exprès :

— Le Maroc me manque tant…

Et il s'est rattrapé pour ne pas se faire gronder par ma mère.

— Enfin, c'est surtout le soleil et la mer qui me manquent. Mais heureusement, le printemps arrive bientôt.

Son histoire de beau temps, je n'y crois pas une seconde. Mon père a souvent l'air triste depuis qu'il est revenu de Safi. Il compare tout le temps le Maroc et la France, il n'arrête pas de commencer des phrases par : « Vous vous souvenez quand... » et ses souvenirs parlent toujours du Maroc. Il travaille beaucoup ici. Je l'ai entendu dire plusieurs fois : « La vie était plus facile avant. » Il empêche souvent ma mère d'appeler car ça coûte très cher, mais, lui, dès qu'il a l'occasion, il appelle ses amis marocains.

Je sens qu'il ne faudrait pas grand-chose pour qu'on reparte. Mais quoi ? Et en même temps, j'avoue que si on quittait la France, Paul, Claude et surtout Christina me manqueraient beaucoup. Je préfère Safi, mais Paris a quelques bons côtés : le métro, le fromager et la tour Eiffel et la neige. La vie, c'est jamais simple.

33

La vie est pleine de mystères : Messodi et Simone ne sont plus fâchées. Je ne sais pas à quel moment elles se sont réconciliées, mais maintenant, elles sont devenues inséparables et recommencent à aller ensemble aux assemblées communistes.

Autre mystère : du jour au lendemain, Messodi et ma mère ont arrêté de se disputer à propos de Geoffroy. Ma sœur n'est plus punie. Elle a même le droit de sortir, sauf si c'est pour manifester dans la rue.

— Comment tu as fait pour ne plus être punie ? je lui demande. Tu as le droit de voir Geoffroy maintenant ?

— Quel curieux, celui-ci !

— Allez, dis-moi ! Rappelle-toi que je suis un frère extraordinaire ! Je t'ai aidé à voir ton chéri et j'ai été puni à cause de toi !

— Maman a eu du mal, mais elle a fini par accepter de lire les poèmes de Geoffroy !

Je pense surtout qu'elle a suivi les conseils du rabbin Halevy qui lui recommandait de ne pas s'énerver.

— Et alors ?
— Alors elle trouve qu'il a du talent.
— Elle accepte que tu te maries avec lui ?
— Jacob, enfin, je n'ai que dix-sept ans ! Il n'est pas question que je me marie si jeune ! Je dois terminer mes études !
— Mais la dernière fois, tu as dit que c'était l'homme de ta…
Je ravale mes mots juste à temps. Elle n'est pas censée savoir que j'écoutais ses conversations.
— Elle accepte que tu le voies ?
— Disons qu'elle ne s'y oppose pas.
— Et papa ?
— Papa, c'est une autre histoire. Il n'est au courant de rien. Et je compte sur toi pour qu'il ne l'apprenne jamais.
— Je ne suis pas un rapporteur.
— J'espère bien ! Maman lui parlera et elle réussira à le convaincre.

Mon père regarde souvent les albums photo. Il regrette de ne pas avoir récupéré ceux de papi. Il en avait plein. Et même si les jours passent, il n'oublie rien et continue à parler de Safi.
— Tu te rappelles, Jacob, quand on allait voir Fernandel au cinéma Roxy ? Et les pique-niques à Souera Kdima ! Et la fois où votre mère a oublié les clés à 40 km de la maison ! Et le restaurant Le Refuge à Sidi Bouzid ? Et la librairie L'Aiglon ? Et le marchand de *sfunj* rue du Rbat ? Ruby, tu pourras nous faire des *sfunj* ?
Ma mère s'est transformée en Française, mais pas mon père. C'est toujours un Marocain. Il a envie de rentrer dans son pays. Ça se sent ! Et

s'il savait pour Messodi, ça augmenterait peut-être encore son envie. Mais je ne dirai rien cette fois-ci. Il finira par s'en rendre compte tout seul. Mieux vaut ne pas être dans le coin ce jour-là.

Dans quelques jours, c'est mon anniversaire. Ma mère m'a demandé ce qui me ferait plaisir.

— Est-ce qu'on peut partir en vacances à Safi ?

Je compte sur le *chhor* de la sorcière pour que mes parents répondent oui.

Ils restent silencieux quelques secondes.

— Non, pas cette année ! s'empresse de dire ma mère.

— Pourquoi ? Quand alors ?

— Peut-être l'année prochaine.

L'année prochaine, j'aurai dix ans. Peut-être que j'aurai complètement oublié Safi, peut-être que j'aurai oublié comment on joue aux osselets, peut-être que j'aurai oublié Brahim. Ça me rend triste. Pourtant, si je retournais vivre à Safi, ça voudrait dire oublier Paul, Claude et Christina. Et ça me fait de la peine aussi. Je ne sais plus si j'ai envie de déménager. Si seulement c'était possible d'avoir deux vies en même temps ! Une maison à Safi, une maison à Paris ; des amis à Safi, des amis à Paris ; le soleil et la mer à Safi, la neige et le métro à Paris ; et des devoirs nulle part.

Dimanche 26 janvier, c'est mon anniversaire. J'ai reçu des voitures Dinky Toys, comme celles de Claude, et un train à construire.

Mes sœurs sont autour de moi. Ma mère apporte le Paille, mon gâteau préféré, même si je n'aime que la crème, et pas trop la génoise, car il y a de la fleur d'oranger.

— Fais un vœu, Jacob ! me crient-ils tous avant que je souffle mes neuf bougies.

Je ferme les yeux. Mon cœur se serre comme une sardine et j'articule bien fort dans ma tête encore une fois :

« Je veux retourner un jour à Safi. »

Épilogue

Que sont devenus les deux amis ? Jacob a-t-il fini par retrouver Brahim ? Est-il retourné vivre à Safi ? Ou se sont-ils perdus de vue, pendant que Jacob suivait une grande carrière politique en France et que Brahim devenait le plus grand potier du Maroc ?

Plus l'écriture de ce roman avançait, plus je rêvais d'eux, les imaginais grandir, devenir adultes, et rester amis malgré la distance. Pour leurs cinquante ans, ils auraient organisé une grande fête d'anniversaire ensemble à Safi. Ils auraient invité leur famille et leurs amis du Maroc, du Canada, d'Israël, et de France. Certains auraient refusé de venir. Mais d'autres auraient tout de suite répondu présents. Le soir de la fête, il y aurait eu de nombreux Safiots : des musulmans, des juifs et des catholiques. Ils se seraient remémoré leur enfance, ils auraient ri, parlé moitié arabe, moitié français. Les enfants de Brahim et de Jacob auraient fait connaissance. À un moment, les musiciens auraient sorti les darboukas, et entamé un air connu de tous les Marocains. Jacob et Brahim se seraient levés pour danser. Les invités auraient formé un cercle autour d'eux, fait des youyous, bougé leur ventre en rythme et tapé dans les mains. Jacob et Brahim se seraient pris dans les bras comme deux frères et se seraient souhaité en arabe de vivre heureux jusqu'à cent vingt ans. Ce soir-là, sur la piste de danse, ballet de mon imagination, comme l'avait si bien dit le roi Mohamed V dans les années 1940, il n'y aurait pas eu de juifs, il n'y aurait pas eu de musulmans : il n'y aurait eu que des Marocains.

Tout roman est un mélange de fiction et de réel. Mais si on considère les souvenirs comme des faits réels, alors tout est vrai. L'histoire de Jacob et Brahim, c'est un mélange des différentes anecdotes que des juifs et des musulmans marocains m'ont racontées. Parmi ces souvenirs, les amitiés fortes comme celle de ces deux enfants sont nombreuses. Certains ont repris contact des années plus tard grâce aux réunions de Safiots qui rassemblent aussi bien les juifs, les musulmans que les catholiques, d'autres se sont retrouvés grâce aux réseaux sociaux, d'autres encore ne se sont jamais revus mais parlent des amis de leur jeunesse avec beaucoup d'émotion.

Moi qui ai hérité de ces souvenirs, je suis née à Paris. Je fais partie de la génération suivante, celle qui n'a pas vécu à Safi, celle qui a seulement connu le « Maroc importé en France » dans les plats et les traditions. Je fais partie de cette génération à qui on a répété que les juifs et les musulmans ne s'entendent pas.

Quand ma grand-mère a fêté ses quatre-vingt-dix ans, il y a cinq ans, avec tous mes cousins (ses neuf petits-enfants), nous avons décidé de l'emmener au Maroc. Ce n'était pas la première fois que j'y allais, mais j'ai redécouvert ce pays en écoutant les histoires qu'elle nous racontait sur nos parents et leur vie passée : les journées à la plage de Souera Kdima le dimanche, la voiture qui tombait souvent en panne sur la côte de la Biada, le car de la CTM qui reliait Casa et Safi et dans lequel on pouvait se retrouver assis à côté de poules ou de chèvres, le cycliste en djellaba qui s'était retrouvé sur le capot de sa voiture alors qu'elle ramenait une amie chez elle, la saveur des fruits, des légumes et des épices qui ne coûtaient rien comparé à la France, sa *dafina* qu'elle emportait au four public après avoir soudoyé le gardien pour avoir la meilleure place, les cris de mon oncle quand il était bébé qui recouvraient l'appel de la prière du muezzin... Ma grand-mère prenait plaisir à discuter en arabe avec tous les Marocains qu'elle croisait, comme s'ils se connaissaient depuis toujours. Elle n'oubliait pas de leur préciser qu'elle était originaire de Safi. J'ai réalisé à quel point ma famille avait été heureuse dans ce pays.

Pendant ce voyage, d'autres souvenirs me sont revenus en tête et ont fait naître l'idée de ce roman. Ma mère négociant en arabe une théière pour moi au souk lors d'un autre voyage à Agadir. Quand on voit ma mère pour la première fois, on n'imagine pas qu'elle est d'origine marocaine. Elle n'est pas typée, et elle n'a aucune intonation arabe quand elle parle. Pourtant, quand le vendeur nous annonce un prix de touriste en nous précisant que « la théière n'est pas fabriquée avec des boîtes de sardines », elle ne le lâche pas. « C'est de la très bonne qualité ! Touche, madame ! Regarde la décoration ! », mais ma mère a aussi ses arguments pour baisser le prix : « *Ana men bled*[1] *!* » Elle commence une négociation en arabe. Le vendeur plaisante avec elle. Ils rient tous les deux. Nous repartons avec une théière et des verres à thé pour la moitié du prix de départ. L'artisan nous emballe le tout dans du papier journal et nous invite à prendre un thé à la menthe au fond de sa boutique. On accepte avec plaisir et on passe un très bon moment. En partant, le vendeur me lance : « Ta mère, c'est une vraie Marocaine ! »

De souvenirs en souvenirs, un autre, plus ancien, remonte à la surface. Je suis adolescente et c'est la première fois que je visite Safi avec mes parents. Nous nous promenons dans la ville de leur enfance. Mon père se souvient des cris de sa mère sur la plage du club nautique : « Jojo ! Mets ton chapeau ! » On se balade rue du Rbat, place du Marché, puis on visite le quartier des potiers. On admire des céramiques quand, soudain, un homme crie le nom de mon père. Un Marocain (musulman) en djellaba vient à sa rencontre. Papa sourit poliment car il ne le reconnaît pas. L'homme a à peu près son âge. Il porte une moustache et a quelques cheveux gris. D'un coup, il se souvient. C'est un moment fort. Mon père et lui se prennent dans les bras, ils sont émus aux larmes de se retrouver. Cela fait plus de quarante ans qu'ils ne se sont pas vus. Le Marocain nous invite chez lui et nous prépare un festin. Mon père et lui étaient en classe ensemble. Ils se remémorent les « quatre cents coups » de leur jeunesse et ils rient. Des noms du passé resurgissent, ils se demandent ce qu'ils sont devenus. Ils échangent

1. Je suis du bled !

des nouvelles des connaissances qu'ils avaient en commun. Aujourd'hui, c'est l'un des plus grands artisans potiers de Safi et il est reconnu dans tout le Maroc. Mon père et lui se sont promis de rester en contact et de ne pas attendre quarante ans pour se revoir.

Ces retrouvailles m'ont tellement marquée qu'elles m'ont inspiré ce roman.

Quand j'ai commencé à écrire, la grande question qui m'intéressait par-dessus tout, c'était de savoir si les juifs et les musulmans entretenaient de bonnes relations. J'avais envie que la réponse soit simple, alors j'ai décidé de raconter cette histoire à travers les yeux d'un enfant juif de huit ans, dont le meilleur ami est musulman. Il aime sa vie au Maroc et il ne comprend pas comment un conflit en Israël, à des milliers de kilomètres de chez lui, peut engendrer des tensions entre ces deux communautés. Pour lui, les juifs et les musulmans se disputent comme tous les gens qui s'apprécient, et puis ils se réconcilient et tout rentre dans l'ordre.

La réalité est évidemment plus complexe. Les Marocains musulmans m'ont raconté qu'ils travaillaient avec des juifs, qu'ils s'entraidaient, et qu'ils étaient même amis. Et, du jour au lendemain, les commerces ont fermé et des familles entières ont disparu sans prévenir personne. Certains disent, avec beaucoup de tristesse : « Ils ont abandonné le Maroc. » Ils reconnaissent qu'il y avait un froid pendant la guerre des Six-Jours et la guerre de Kippour quelques années plus tard, mais ils ne s'attendaient pas à ce qu'ils quittent leur pays pour toujours.

Une musulmane de ma génération qui a grandi au Maroc m'explique qu'avant de venir en France, elle n'avait jamais vu ou entendu parler des juifs. Ce n'est que récemment, lors d'une discussion avec son père, qu'elle apprend qu'il a travaillé pendant des années avec des juifs. Elle lui demande pourquoi il ne lui en a jamais parlé. Il lui répond : « Quand ils sont partis, on les a oubliés. »

Et puis j'ai interrogé des juifs marocains. Tous sans exception m'ont répondu qu'ils avaient eu une enfance heureuse, tous ont aimé leur vie au Maroc, tous se sentent encore marocains. Mais alors pourquoi ont-ils quitté le Maroc ? Est-ce qu'on les maltraitait ? Est-ce qu'on les a poussés de force à la frontière ? Non. Que s'est-il donc passé pour qu'ils partent du pays où ils vivaient depuis plusieurs générations ? En toute honnêteté, j'ai encore du mal à comprendre ce que les juifs ressentaient à cette époque. J'ai entendu plusieurs fois : « On savait qu'on ne resterait pas au Maroc. » Certes, ils étaient une minorité dans un pays où l'islam est la religion majoritaire, mais il n'y a pas eu de persécution, il n'y a pas eu de morts. Il y a eu la peur. La peur qui s'est amplifiée avec les conflits en Israël, avec les articles antisionistes dans les journaux et avec le bouche-à-oreille communautaire. Est-ce que cette peur était justifiée ? Peut-être… Mais encore aujourd'hui, vous aurez du mal à trouver un juif marocain qui n'encense pas ce pays dans lequel il a grandi.

Cet attachement au Maroc et à sa culture, je le ressens moi aussi. À chaque fois que je voyage là-bas, ça me fait quelque chose. J'ai grandi à Créteil en banlieue parisienne. À l'école, il y avait autant de musulmans que de juifs que de catholiques. Je ne m'intéressais pas vraiment à l'actualité mais j'entendais souvent qu'il y avait des tensions entre les juifs et les musulmans. Pourtant, je me suis toujours sentie proche des musulmans d'Afrique du Nord. J'étais fière de leur montrer que nous avions les mêmes origines : je ne parle pas un mot d'arabe mais j'essayais de caser des expressions entendues dans les conversations de mes parents, ou alors je leur racontais que j'avais mangé du couscous ou de la *pastilla* la veille !

Les juifs et les musulmans ont passé des siècles côte à côte au Maroc et dans d'autres pays. Mais aujourd'hui, ils ne se connaissent plus, ou alors de loin. Et on a tendance à rejeter plus facilement ceux qu'on ne connaît pas. Malgré cet éloignement, ils ont encore de nombreuses traditions en commun qu'ils transmettent à leurs enfants. Ils partagent la même cuisine, la même musique… Au Maroc, il existe même des lieux saints pour les juifs qui sont également visités par les musulmans avec les mêmes croyances. Je me suis souvent demandé ce qu'il se serait passé si les juifs n'étaient pas partis du Maroc. Est-ce que cette cohabitation aurait pu devenir un modèle, une référence pour le monde à laquelle se raccrocher quand il y a des tensions ?

On écrit souvent le livre qui nous manque. Cette histoire d'amitié entre un juif et un musulman me manquait.

Remerciements

J'ai cherché un mot plus fort que MERCI pour exprimer ma gratitude aux nombreux Marocains, Français, juifs et musulmans, qui ont partagé leurs souvenirs. Je n'ai pas trouvé ce mot, alors je me contente de multiplier MERCI à l'infini ! C'est grâce à vous que ce roman existe !

Mes parents, tout d'abord, à qui j'ai posé un nombre incalculable de questions. Ils auront été mon moyen de transport dans le passé pour comprendre l'ambiance de cette époque.

Mon père a veillé à ce que cette histoire ne devienne pas de la science-fiction ! Ça me plaît beaucoup qu'il pense que j'ai écrit sa vie !

Étant une grande lectrice, ma mère s'est assurée que le récit tenait debout et m'a servi de « hotline » pour beaucoup de petits détails.

Je suis fière d'être leur fille et je les remercie pour leur soutien inconditionnel.

Ma grand-mère adorée, mamie Suzanne, qui m'a transmis le goût de raconter des histoires. Des faits banals deviennent des intrigues captivantes quand ils sortent de sa bouche. Avec un thé à la menthe et des bons gâteaux le samedi après-midi, elle m'a nourrie d'histoires merveilleuses.

Lisbeth Goetz, le « disque dur » de la vie au Maroc ! Elle se souvient de tout ! Elle m'a aussi beaucoup aidée dans la traduction des expressions arabes.

Avigdor Weizman, dont l'incroyable histoire m'a inspiré le personnage de Simone.

Leila Merran, qui me fait toujours autant rire et qui a beaucoup apporté à ce roman, notamment sur le côté musulman.

Mais aussi Mohamed Boukari, Ali Jaoui, Albert Maman, Albert Murciano, Serge Merran, Guy Merran, Kathy Vignati, Gilbert Vignati, Tova Weizman, Roger Botbol qui ont accepté de chercher dans leur mémoire des histoires et des détails croustillants de leur jeunesse à me raconter.

Merci à Dan Benisty et à ses parents pour leur aide sur certaines expressions marocaines.

Merci à la famille Ziegler : Évelyne et Alain, qui ont grandi en France et qui m'ont livré toutes sortes d'anecdotes (souvent drôles) sur leur enfance à Paris. Merci à Gary et Johanna pour leur générosité et leur coup de pouce.

Un grand merci également à mes très chers premiers lecteurs, ceux qui lisent mes toutes premières versions et dont le retour est toujours très précieux. Leur soutien et leur bienveillance m'ont accompagnée jusqu'au bout de ce rêve : Kelly Merran, Solene Merran, Éric Merran, Nicole Vincent, Audrey Casas, Audrey Schecroun, Jacques Schecroun, Séverine Marciano et Christiane Leandri.

Un merci tout particulier à Yann Merran et à Cécile Piel qui agissent comme un démêlant sur les nœuds que je me fais parfois au cerveau ! Je les ai beaucoup sollicités, notamment pour l'écriture du dernier chapitre. Nous avons eu de bonnes discussions qui m'ont énormément aidée.

Merci à Aurélie Valognes, cette auteure au grand cœur, qui a lu et soutenu mon roman.

Merci du fond du cœur à Stéphanie Ricordel et aux éditions Eyrolles de me donner ma chance et de réaliser un de mes rêves les plus chers.

Un merci teinté d'émotion à Nolwenn Tréhondart avec qui j'ai beaucoup apprécié de retravailler ce roman. Jusqu'à la remise du manuscrit définitif, Nolwenn aura été ma lumière : celle qui m'éclaire et qui me fait avancer sur le bon chemin !

Le meilleur pour la fin : mon mari !

Je le remercie d'exister et d'être là à mes côtés, de m'inspirer, de me rassurer, de me faire rire, d'avoir souvent des bonnes idées et surtout de m'avoir offert ce temps précieux pour écrire.

Glossaire

Mots arabes

Alech : pourquoi.
Ana men bled : je suis du bled.
Baraka : ça suffit.
Barakala ofik : merci.
Behima : imbécile.
Blabess les absents ! : les absents nous manquent.
Borras : tête de mule.
Bsala : Que tu es lourd.
Canoun : récipient en terre cuite destiné à la cuisson des aliments.
Chana tova : bonne année (en hébreu).
Chebakia : pâtisserie frite au miel.
Chfafa : une serpillière.
Chhor : sort.
Chiba : absinthe.
Chkoun ? : c'est qui ?
Chouchouka : salade cuite avec poivrons, tomates, oignons, ail et huile.
Chouf : regarde.
Choukran : merci.
Crada : argent donné à Pourim aux enfants.

Cumpara alikoum : que je prenne ton mal.

Fazuelos : gâteau feuilleté très fin au miel.

Fchiouechet : des manières.

Fdeha : catastrophe.

Fssara : c'est la catastrophe.

Gnaouas : descendants d'anciens esclaves issus d'Afrique noire.

Hadi melha : Elle est bien bonne celle-là.

Hamsa : cinq.

Hmar : âne.

Hsismi : le malheureux, la malheureuse.

Inch'Allah : si Dieu veut.

Kbal 120 ans : jusqu'à 120 ans.

Kesbor : coriandre.

Kif arda khaouia : comme une parole vide.

La : non.

Lahl hfed : que Dieu préserve.

Lamardiali : ma vie.

Louiza : verveine.

Macroud : gâteau de semoule fourré à la pâte de datte et trempé dans le miel.

Man hdars : que Dieu préserve.

Massapan : gâteau à base de pâte d'amande.

Mat jich ina : c'est interdit de venir ici.

Mektoub : c'est écrit.

Mkhar : voleur.

Msquin : le pauvre.

Muezzin : fonctionnaire religieux musulman chargé d'appeler du haut des minarets les fidèles à la prière.

Nabibesk ana : que je souffre à ta place !

Nanah : menthe.

Rlibat : gâteau sablé.

Sfunj : beignet au miel.

Smehlya : pardon.

Talbah : que tu réussisses.

Taleb : sorte de voyante-sorcière.

Tarfes : truffes marocaines.

Tbarquela : grâce à Dieu.

Touhsi sahbek ? : ton ami te manque ?

Treha : raclée.

Unta men bled : tu es de chez nous.

Waha : d'accord.

Walou : rien.

Would sok : fils de nulle part.

Yahtik srana : attrape la fièvre.

Yéhoudi : juif.

Zahtar : thym.

Proverbes arabes

Daif l deuz tlata nhar rihto hya del heut ou sardina : « Un invité, au bout de trois jours, il pue le poisson. »

El femm el merbot ma t dhel li debbana : « Une bouche fermée, la mouche n'y rentre pas. »

El lsan ma fih a'dam ou li touah ma inedem ! : « La langue n'a pas d'os et qui la plie ne le regrette pas ! »

Harf allah halesh deljann quelb rasso l'taht : « Dieu sait pourquoi il a créé l'aubergine la tête en bas. »

Libra lahssal yessbar lekriss enhal : « Qui veut du miel doit supporter les piqûres d'abeilles. »

Li ma britt itchouf oujhou f'zanca ta t'chouf tremto f'l'hammam ! : « Celui dont tu ne veux pas voir le visage dans la rue, tu vois son derrière au hammam ! »

Mat'harf, behek omek tad'hel mrat bouk ! : « Tu connaîtras la valeur de ta mère quand arrivera ta belle-mère ! »

Tah el kesskass ou ta hala rtah ? : « Le couscoussier est tombé sur son couvercle ? »

Tehkt aala zman ouzman houa li thak aalia : « Je me suis moquée du temps et le temps s'est moqué de moi. »

Mots liés à la religion juive

Brit mila : circoncision.

Chavouot : fête qui célèbre le début de la saison de la moisson du blé et le don de la Torah sur le mont Sinaï.

Dafina : plat traditionnel de la cuisine juive sépharade, consommé le samedi midi, après avoir cuit pendant plus de douze heures.

Guefen : prière sur le vin.

Hakadoch barouch hou : nom de Dieu en hébreu.

Halotes : pains tressés du shabbat.

Hametz : produit composé d'une des cinq céréales suivantes : blé, orge, avoine, épeautre, seigle, qui vont subir le processus de fermentation.

Kiboutzim : type de village collectiviste créé au début du XXe siècle.

Kiddouch : prière du vendredi soir.

Kippour : jeûne du grand pardon.

Lehaim ! : santé !

Machia'h : Messie.

Matsah : pain non levé, consommé pendant Pessah.

Mimouna : fête de la fin de Pessah.

Mofleta : crêpe juive sépharade.

Motsé : bénédiction sur le pain avant le repas.

Pessah : Pâque juive.

Pourim : fête juive qui commémore la délivrance miraculeuse du peuple juif d'un massacre planifié par Haman.

Roch Hachana : fête juive célébrant la nouvelle année civile du calendrier hébraïque.

Seder : rituel hautement symbolique propre à la fête de Pessah visant à commémorer la libération du peuple juif après des années d'esclavage.

Zakat : l'aumône.

Bibliographie

Pour l'écriture de ce roman, j'ai posé beaucoup de questions à beaucoup de personnes : des Marocains, juifs et musulmans, des juifs ashkénazes et des Français. C'est grâce à leurs souvenirs que j'ai pu écrire cette histoire.

J'ai également lu beaucoup d'articles, consulté de nombreux sites et visionné des documentaires.

Voici ci-dessous quelques-unes des sources qui m'ont inspirée :

Émissions radiophoniques

Émissions de radio du 5 au 10 juin 1967, Inter actualités, Archives Ina.

Inter actualités de 20 h du 5 juin 1967 : https://www.ina.fr/audio/PHF06019126

Inter actualités de 20 h du 6 juin 1967 : https://www.ina.fr/audio/PHF06019161

Inter actualités de 20 h du 7 juin 1967 : https://www.ina.fr/audio/PHF06019163

Inter actualités de 20 h du 8 juin 1967 : https://www.ina.fr/audio/PHF06019165

Inter actualités de 20 h du 9 juin 1967 : https://www.ina.fr/audio/PHF06020657

Inter actualités de 20 h du 10 juin 1967 : https://www.ina.fr/audio/PHF06019173

« Une prière pour la République », 16/09/2018, France Culture. URL : https://www.franceculture.fr/emissions/talmudiques/une-priere-pour-la-republique

Vidéos

« Mai 1968, dix semaines qui ébranlèrent la France » – 1re partie – émission « Les Brûlures de l'histoire », chaîne histoire et géopolitique, archives Ina. URL : https://www.youtube.com/watch?v=6kDZG9RZWtw

Conférence de presse du 27 novembre 1967 du général de Gaulle, archives Ina. URL : https://fresques.ina.fr/de-gaulle/fiche-media/Gaulle00139/conference-de-presse-du-27-novembre-1967.html

Laghrari Younes, Youngslav film, 2014, deux documentaires Marocains, juifs, destins contrariés ; Pourquoi les juifs ont quitté le Maroc. URL : https://www.youtube.com/watch?v=esEoG16ZxiM

Poterie Serghini Safi : ce film raconte les étapes de fabrication des poteries Serghini, je m'en suis inspirée pour la visite de Jacob dans l'atelier de poterie du père de Brahim. URL : https://www.youtube.com/watch?v=G48xO0YWf8w

Sitographie

dafina.net : site consacré aux juifs marocains, comprenant des articles sur l'histoire, la culture et l'actualité, ainsi qu'un forum de discussion.

moreshet-morocco.com : site consacré à la communauté juive marocaine et à sa culture.

Articles de presse

Bensoussan Georges, « L'histoire enchantée des juifs du Maroc », crif.org, 1er octobre 2019 [en ligne]. URL : http://www.crif.org/fr/tribune/l%E2%80%99 histoire-enchant%C3%A9e-des-juifs-du-maroc/31573

Bin Nun Yigal, « La quête d'un compromis pour l'évacuation des Juifs du Maroc », *Pardès*, n° 34, 2003 [en ligne]. URL : https://www.cairn.info/revue-pardes-2003-1-page-75.htm

Bonchamp Lazare, « Mai 1968 en France », Histoire pour tous, de France et du monde, 3 mai 2020 [en ligne]. URL : https://www.histoire-pour-tous.fr/histoire-de-france/5630-crise-de-mai-68-en-france.html

Brunot Louis, « Du rôle de certaines croyances dans les relations sociales », *Au seuil de la vie marocaine*, Rabat : centre Jacques-Berque. URL : https://books.openedition.org/cjb/418?lang=fr

Dominitz Yehuda, Lurçat Pierre, « Les Ma'abarot et les efforts d'Israël pour intégrer les nouveaux immigrants des pays arabes », *Pardès*, n° 34, Édition Inpress, 2003 [en ligne]. URL : https://www.cairn.info/revue-pardes-2003-1-page-257.htm#

Dreyfus-Armand Geneviève, « Les années 1968, ou la jeunesse du monde », *L'Histoire*, avril 2008 [en ligne]. URL : https://www.lhistoire.fr/les-années-1968-ou-la-jeunesse-du-monde

Gresh Alain, « De Gaulle : les juifs, un peuple sûr de lui-même et dominateur », Orient XXI, 5 septembre 2017 [en ligne]. URL : https://orientxxi.info/magazine/de-gaulle-les-juifs-un-peuple-sur-de-lui-meme-et-dominateur,1964

Guilhaumou Jacques, « Mémoires d'un étudiant en mai 1968 : le flux des manifestations et le protagoniste de l'événement », *Le Mouvement social*, n° 233, 2010, p. 165-181. URL : https://www.cairn.info/revue-le-mouvement-social-2010-4-page-165.htm

Haj-Hamou Kamil, « Mais où sont passés les juifs du Maroc ? », Tribune juive, 15 février 2018 [en ligne]. URL : http://www.tribunejuive.info/communaute/mais-ou-sont-donc-passes-les-juifs-du-maroc

Knobel Marc, « La presse marocaine parle des juifs du Maroc », crif.org, 1er juin 2017 [en ligne]. Mohamed Hatimi. URL : http://www.crif.org/fr/tribune/La-presse-marocaine-parle-des-Juifs-du-Maroc8992

Mazuy Rachel, Le Cornu Danièle, « Chronologie des événements à Nanterre en 1967-1968 », Stéphane Courtois (dir.), dans *Matériaux pour l'histoire de notre temps*, dossier « Mai-68 : Les mouvements étudiants en France et dans le monde », n° 11-13, 1988, p. 133-135. URL : https://www.persee.fr/doc/mat_0769-3206_1988_num_11_1_403843

Pascal-Moussellard Olivier, « Juifs et musulmans : 6 clés pour comprendre 1400 ans d'histoire commune », *Télérama*, 18 octobre 2013 [en ligne]. URL : https://www.telerama.fr/idees/juifs-et-musulmans-6-clefs-pour-comprendre-1400-ans-d-histoire-commune,103816.php

Rol-Benzaken, « La vie des juifs de Safi », Center Blob, 3 avril 2014 [en ligne]. URL : http://rol-benzaken.centerblog.net/1683-la-vie-des-juifs-de-safi-autrefois

Source anonyme, « Mai 1968, il est interdit d'interdire », LeMondepolitique.fr [en ligne]. URL : https://www.lemonde-politique.fr/culture/mai-68

Source anonyme, « Ne jamais oublier le Roi Mohamed V, sauveur de juifs », Tribune juive, 3 mai 2017 [en ligne]. URL : http://www.tribunejuive.info/histoire/ne-jamais-oublier-le-roi-mohammed-v-le-sauveur-des-juifs

Trevisan Semi Emanuela, « Différents récits sur le départ des juifs du Maroc dans les années 1960-1970 », Abécassis Frédéric, Dirèche Karima, Aouad Rita (dir.), dans *La bienvenue et l'adieu, Migrants juifs et musulmans au Maghreb (XV*e*-XX*e *siècle)*, Casablanca : Centre Jacques-Berque, La Croisée des Chemins, 2012 [en ligne]. URL : https://books.openedition.org/cjb/174?lang=fr